浪漫沧桑

陶纯 ◎ 著

中国言实出版社

图书在版编目(CIP)数据

浪漫沧桑 / 陶纯著 . —— 北京：中国言实出版社，
2021.2

ISBN 978-7-5171-3772-6

Ⅰ.①浪… Ⅱ.①陶… Ⅲ.①长篇小说 - 中国 - 当代
Ⅳ.①I247.5

中国版本图书馆 CIP 数据核字（2021）第 023081 号

出 版 人　王昕朋
责任编辑　李　岩
责任校对　张国旗

出版发行　中国言实出版社

　　　　　　地　　址：北京市朝阳区北苑路 180 号加利大厦 5 号楼 105 室
　　　　　　邮　　编：100101
　　　　　　编辑部：北京市海淀区花园路 6 号院 B 座 6 层
　　　　　　邮　　编：100088
　　　　　　电　　话：64924853（总编室）　64924716（发行部）
　　　　　　网　　址：www.zgyscbs.cn
　　　　　　E-mail：zgyscbs@263.net

经　　销　新华书店
印　　刷　北京中科印刷有限公司
版　　次　2021 年 3 月第 1 版　　2021 年 3 月第 1 次印刷
规　　格　710 毫米 ×1000 毫米　1/16　20.5 印张
字　　数　345 千字
定　　价　88.00 元　　ISBN 978-7-5171-3772-6

陶纯，本名姚泽春，山东聊城人，1964年生，1980年入伍，先后就读于解放军艺术学院文学系、鲁迅文学院首届高研班。有大量长、中、短篇小说见于

各文学期刊，部分作品被各类选刊转载。长篇小说《一座营盘》入选 2015 年度中国小说学会年度排行榜、《当代》长篇小说"年度五佳"。2017 年出版长篇小说《浪漫沧桑》。曾两次获得"中国人民解放军文艺大奖"，两次获得全国"五个一工程"奖，三次获得"全军文艺新作品奖一等奖"，两次获得"中国图书奖"，以及《人民文学》《解放军文艺》《中国作家》等刊物优秀作品奖。现为解放军战略支援部队专业作家。

目录

第一章

1

一九三六年——民国二十五年，夏天，龙城的余家"双喜临门"。

其实是"三喜临门"——只是这第三喜，不便与人说。

第一喜——在龙城警察局副局长任上多年的余乃谦，接到了新的任命状——他去掉了副字，当上了正局长——余副局变成了余局，自然可喜可贺。

余家小姐余立贞，刚从礼贤中学毕业，就拿到了去美国留学的护照，半个多月后即可成行。此乃第二喜。

第三喜嘛——还是暂不说为好。

除了这三大喜，余家还迎来一些小喜庆——比如处暑这天，是立贞十八周岁的生日。立贞转眼间长成大姑娘了，即将出国。当此时机，余乃谦和夫人商定，趁着立贞生日，好好地庆贺一番。处暑过后就该迎来真正的秋天，秋天是收获的季节，余家终于赢来了大收获的时刻。

余小姐十八岁生日庆典，处暑那天中午在龙城饭店三楼金色大厅隆重举行。这天的场面盛大、热烈，龙城不少头面人物亲自到场祝贺。徐市长派人送来了贺幛，贺幛是用整幅绸布做的，上面有徐市长的亲笔贺词"贞贞生日快乐，余家前程似锦"，张挂在大厅显著位置，分外醒目。驻防龙城的四十七师郭师长派副官送来了鲜花和贺礼。这位副官姓申，名叫申之剑，父亲是省教育厅的厅长，书香世家，申副官二十五岁，就已经是中校，可谓年轻有为。郭师长有意撮合申之剑和立贞，余乃谦夫妇也觉得这门亲事相当不错，答应好好考虑，最迟明年，等立贞回国探亲，就把事情挑明。至于结果如何，要看双方缘分。

余乃谦七十多岁的老母亲早早到场了。老太太最喜欢立贞，把立贞当心肝宝贝，疼爱立贞的程度远远超过了长孙立文。此刻，老太太慈眉善目，满面红光，喜气洋洋，笑声朗朗，端坐在太师椅上，接受一众贵客的祝福。片刻后，一阵香风飘来，人未至，悦耳的笑声先到——余夫人韩素君过来了，她一袭华贵的旗袍，身形婀娜，香颈微露，云鬟飘逸，完全不像个四十出头的女人，说三十岁都觉得多了。余夫人真有点仪态万方、母仪天下的风范。余乃谦呢，今天没着警服，他穿一身浅灰色的西装，相貌堂堂，风度翩翩。这对夫妻，真是少有的般配，令人称羡。

几个头面人物和余乃谦、韩素君说笑着。有人问起少爷立文。余乃谦打着哈哈，说立文在南京，忙得很，赶不回。有人又问，前些日子还见他呢，怎么说走就走了？余乃谦说，孔部长让人打电话来，催他回去有要紧事。余乃谦说的孔部长，是指中央政府财政部长孔祥熙。大家都知道，余公子在财政部供职。有人感叹，如果少爷在，余家今天就齐全了，是个多么和睦、幸福的家庭啊……

此时，众人都在翘首以待——小寿星怎么还不出场呢？

音乐起，一曲欢快的华尔兹乐曲声中，余立贞娉婷而来，众人的目光宛若被磁石吸引，一齐望过去。她身着湖绿色的短袖上装，下面是一条长长的丝质百褶红裙，白色的高跟鞋有节奏地敲击着大理石地面，长发飘飘，略施粉黛，花团锦簇，显得清纯典雅，光彩照人。她像一个降临人间的天使，略含羞涩，微笑着对全场颔首致意，长长的睫毛偶尔眨动一下，一双丹凤眼荡漾出道道明媚的秋波……

今天很多客人来，就是为一睹余小姐风采的。

申之剑目不转睛地盯着她。以前他只见过她的照片，今天是头一回目睹她的真容，她的艳丽程度完全超出了他的想象。经过申之剑身边时，仿佛有心灵感应，她微微停顿一下，瞥了他一眼。这一眼，令他心慌意乱，全身麻酥酥的。他竟然红了脸。

西洋乐队停顿片刻，随之生日祝福曲瞬间溢满了整个大厅。人们起身热烈地鼓掌。余立贞站在大厅中央，手挽红裙，冲着宾客们频频鞠躬致谢，天使般的笑意写在脸上，像一朵刚盛开的玫瑰。这一刻，余家的小姐立贞，让所有人陶醉了，让整个世界陶醉了。

简短的仪式结束后，就是丰盛的午宴。

生日宴进行到一半时，一个男侍者无声地来到余立贞身边，礼貌地递上一个信封，轻声道："小姐，一位先生给你的。"

立贞略一犹豫，接过信封，拆开看。一行熟悉的字迹进入她的眼帘，她的表情先是惊愕，随即是惊喜。她快速折起纸片，攥在手心，故作镇静地给身边的客人敬酒。其实这时候，她的心早乱了……

2

天气依然很燥热。余立贞从一辆黄包车上跳下来，撑起一把紫色小洋伞，快步朝东湖公园走去。公园里人不多，三三两两的大都是学生。今天她也是一身学生打扮，长头发盘在脑后，人显得利索。

自从昨天接到那个纸片，她一直惴惴不安，搞不清等待她的会是什么结局。现在那个纸团仍然攥在她手心，都汗湿了，字迹早就难辨，不过她早已记在了心里。

那上面写的是："立贞同学，明天下午三点，东湖公园老码头见。"落款只有一个字：汪。

就是不落款，她一眼也能看出是谁写的。她对这个笔迹太熟悉了。差不多有一年半光景，她几乎每天都在教室黑板上见到这个笔迹，还有那个儒雅、稳重、超脱的身影。她早就把这个身影记在了心里。

她一步一步朝老码头走去，越是快要到了，心越是跳得厉害，怦怦的，像有一面小鼓在胸腔里擂响。她希望早点见到他，又害怕他爽约。以前她曾经给他写过纸条，约他到这里或那里见面，他好几次都拒绝了，令她羞愤不已。

码头就在前面。码头上人也不多，十几条小木船拴在靠岸的铁柱子上，随风随水摇摆。她深吸一口气，抑制一下心跳，把伞撑高一些，四下打量着。

没有他的身影。

她木呆呆的，不知该怎么办了。

难道又要让她空等一场吗？……她的大眼睛里慢慢充溢了泪水……

愣了一会儿，她把伞拉低，收回目光，转身往回走……

突然，一个隐约的声音飘了过来："立贞同学……"

她一愣。以为是幻觉，苦笑一下，摇摇头，继续往前走……

"贞贞，我在这儿。"

这回她听清了，不是幻觉，真真正正是他真实的声音，而且他居然叫了她的小名！她猛地回过头——她看清了，一棵大柳树后面，有一条小船。刚才大柳树挡住了她的视线——有个人坐在船头，撑一把很大的油布伞，伞往上一挑，那个熟悉的面孔在她眼前闪了一下！

没错，就是汪然——她的国文老师，也是她的心上人。几天前，她曾经做过这样的梦——在她出国前，他来给她送行——但那毕竟是梦，醒来一阵怅然，泪湿眼眶。而此时，他真的出现在了她面前……她刚才含在眼眶里的泪珠，忍不住滚落下来。她像听到一个命令、一个召唤一样，快步朝他和他的小船跑去。到了水边，她把小洋伞一收，迎着他递过来的大手，伸出自己的小手。他轻轻地把她拉上了小船。这似乎是他们第一次有身体接触，以前却是连手都不曾碰过的。她不由得心里一阵温热，心脏怦怦乱跳。

他警惕地往岸上睃了两眼，没发现什么异常，便拿起桨，轻轻划动。小船向湖心漂去。到了一片宽阔的水面，他收起桨，船停住了。

两个人面对面坐着，都不知如何开口。两个人的呼吸都有些急促。湖面上有凉风吹过，顿感舒坦。她火辣辣的目光望着他，一时间他竟然不敢与她对视。她注意到他这身打扮不像一个教员，而像一个混得不好的政府小职员。这才一个多月不见，他似乎苍老了许多，嘴唇上有黑胡楂冒出来，看上去很疲惫，很落魄，与先前那个神采飞扬、文辞激越的汪先生大相径庭。似乎经历了什么大事，几乎要把他压垮的样子。

终于，还是她先开了口："汪……汪先生，我以为再也见不到你了……"

"我这不是又回来了吗？"他干巴巴地说。

"你去哪儿了？连个招呼都不打。怕你有啥意外，挺担心的……"她有点语无伦次。还好，没有失态。

"谢谢……我还好……"

"还走吗？"

他愣怔片刻，欲言又止，终于道："暂时，不走了。"

"太好了!"她开心地笑了,笑容灿烂,如湖水的波纹荡漾开来。

"你来见我,你家里人知道吗?"他问。

"你当我是傻子呀!"她咯咯一笑,笑声清脆悦耳。她一下子回到了先前的样子,无拘无束,闪动一双异常明亮的大眼睛望着他。

"你可能不知道,你爸爸手下的人,正满城找我呢。"

"找你做什么?"她不解,一愣。

看来她什么都不知道,他放心地点点头。

本来他离开之前,有一天曾经答应过她,一定参加她十八岁的生日聚会。早在半年之前,家里就开始张罗她出国的事,就是因为不想离开他,她一直没答应。一个多月前他不辞而别后,她才勉强同意出国。这一个多月来,她闷闷不乐,茶饭不思,人也瘦了一些。以前在学校,她虽然不像有些女同学那样把自己打扮得花枝招展,但也注意修饰,加上她天生丽质,所以才出类拔萃。他消失之后,她就懒得修饰自己,经常头发都不好好梳理。她想起他在课堂上,曾经讲过《诗经》里的一段话:"自伯之东,首如飞蓬。岂无膏沐,谁适为容?"意思是说,自从心爱的人走后,我的头发便乱糟糟的,不是没有润泽的发油,而是我把头发梳好了,又给谁看呢?她觉得这段话,多么适合眼下的自己呀……祖母以为她恋家,百般劝慰她,天天吩咐厨子给她做好吃的,有话没话陪她拉呱儿——家人谁也猜不透她的心事,只有她清楚,她是因为惦记面前的这个男人。

终于,他回来了。

可是,半个月后,她又要离开。

想到这里,她突然皱紧了眉头,心里一阵悸动。

3

一年多以前,汪默涵化名汪然,来龙城有名的礼贤中学当国文教员。第一堂课,他就注意到了这个名叫余立贞的女生。

礼贤中学男教员少,女教员多,学生也是男生少,女生多。礼贤中学属于所谓的贵族学校,上得起这个学校的,都不是一般人家。校园里,女孩子花枝招展,与大街上破败的景象仿佛是两个世界。

即便在众多的漂亮女学生中间，他也能一眼挑出余立贞，她像出水芙蓉，格外吸引人的视线。在班上，她虽然坐在角落里，但她那个地方的光线让他感觉最明亮。她学习成绩不好也不坏，好像也不刻苦，也不爱出头露面，做事不张扬。她就像一朵百合，不与群芳争艳，只是静静开放，但她的芳香却温馨而持久。可以说，她的光彩在整个校园里面，无人出其右。

汪默涵毕业于南京的金陵大学，他外表俊朗，谈吐不凡，学识渊博，动作洒脱，朝气蓬勃，没有架子，与那些老气横秋、面容呆板、做事古板的男教员们一比，立马把他们比下去一大截。班上的女学生大多出身官宦富贵之家，受教育早，接受西式生活方式快，见多识广，她们中很多人并不像他想象的那么封建保守，有些人往往有惊人之举。

汪默涵便成为她们最好的目标。

半年之后，彼此都熟悉了。汪默涵时常收到女孩子悄悄塞给他的西洋产的小礼物，或者一张电影票、戏票之类，也有人邀请过他参加周末举办的生日派对。他能不去尽量不去，礼物能退还的尽量退还。他是她们的老师，他可不想和她们玩什么师生恋之类的感情游戏。他负有重要使命，他顾不上做这些男欢女爱的事情。

况且，他已有妻室。他的妻子也在龙城做地下工作，他们单线联系，秘密交往，除了党组织的上层人物，几乎没有人知道他们的关系。

余立贞好像是最后一个向他表示爱慕之情的女生。

他有晨练的习惯，周末一般都离开校园的教职工宿舍，跑步穿过最宽阔的四马路，去爬南郊的龙山。龙山是市区的制高点，站在龙山顶上，能够俯瞰像一面镜子一样美丽的东湖，同时想些心事，谋划一些稍后要做的大事。一天早晨，他像往常一样爬山，爬着爬着觉得身后有动静，回头一看，是一个熟悉的倩影——余立贞不知何时跟了上来。

她戴一顶小巧的白色太阳帽，身穿蓝色的运动衣，足蹬白色的爬山鞋——都是洋货——她这身打扮顿时令他眼前一亮。

"汪先生早。"她莞尔一笑，露出洁白的牙齿。

"哎，早。你也喜欢爬山？"

"我嘛，偶尔。"

她赶上几步，和他并肩往上爬。她告诉他，她的家，人称余公馆的一栋小洋楼，就在山下不远处。爬到山顶，二人都微微出了点汗。她摘下太阳帽，盘扎在一起的发辫垂下来，愈发显得青春洋溢。他们望着远处闪耀着蓝光的湖面，一时不知说什么好。许久，她收回目光，飞快地看他一眼，随即又移开。

他留意到，她竟然脸红了。他是过来人，早就感觉到她对自己有那么点意思。打心里，他也愿意与她接触——不是为了爱情，他的爱情之花已经开放过，一生绽放一次足矣——他与她接触的目的，因为她父亲是龙城警察局的副局长，在当地算是炙手可热的人物。

他真实的身份，是中共龙城地下党支部的最高负责人，负责党在龙城的秘密工作。来后不久，他暗中领导了大华纱厂的大罢工，还秘密组织了两次暗杀。他很想在龙城发展一些同志，尤其有身份有家庭背景的年轻人是首选，因为他们有丰富的资源和保护伞，能够为党组织做更多的事情。所以他注意到余立贞，再正常不过。

不久，她约他外出喝咖啡，他爽快地赴约，地点在三马路的"吉卜赛的诱惑"咖啡馆。他试着给她讲共产主义，讲马克思，讲列宁，讲俄国十月革命。但她似乎丝毫不感兴趣，只知道睁着大眼睛，眼睫毛一眨一眨地看着他，完全像个局外人，不知道她脑子里想些什么。过几天，他在校园里塞给她几本书，都是关于青年人思想进步的小册子，当局明令禁止的，他叮嘱她好好看。然而，没两天她就把书还给了他。他问她："有什么心得体会？"她咯咯一笑说："看不进去，没啥意思啊。"

他失望了。经验告诉他，那些对时事一点也不敏感，对政治不感兴趣的读书人，尤其是家境优裕的年轻人，是很难拉进革命队伍的，他们身上缺乏革命的基因，他们就像一块石头而不是一堆柴火，你是无法点燃它的。自那以后，她再主动约他看电影呀，跳舞呀，吃饭呀，他一概婉拒。

4

后来发生了一件事情——地下交通员苏小淘被便衣抓获。得到消息，汪默涵火速安排与苏小淘认识的上下线先撤离，防止发生更大损失。他自己留了下来，因为苏小淘并没有与他打过照面，他相对安全。

苏小淘是大华纱厂的机工，人很机灵。那天他外出送一份情报，不知怎么让警察局侦缉队的便衣盯上了。便衣上前动手，情急之下，他把塞在老刀牌香烟盒里的纸卷扯出来，塞进马路牙子边的下水道里。便衣急忙撬开下水道的铁盖子，捞出那张臭烘烘的纸条，被脏水浸泡的纸条字迹模糊，什么也看不清。便衣把他带进警局审讯，他死咬着不松口，只承认丢纸条是搞恶作剧，逗警察玩的。对方一时也无可奈何。

那几天汪默涵愁眉不展，盘算着怎样去营救苏小淘。余立贞察觉他情绪不对，问他："先生，你怎么不高兴？"他犹豫一阵，就把苏小淘被警察局扣住的事情说了，并说自己并不认识苏小淘，只是一个朋友托他打听一下，谁认识警局的人，想办法把苏小淘给"捞"出来。

"咳，咋不早说。"她嗔怪道。

"你有办法？"

"让我试试嘛。"

他早知道她父亲在警察局任职，但他担心自己因此暴露，于是沉吟片刻，没表态。

"你不相信我？"

"不是……我想知道，你打算怎么办？"

"找我爸爸呀，我求他的事，他没有不办的。"

"你咋给你爸爸说？"

"哎呀，先生你太啰唆了。不就'捞'个人吗？小事一桩！这事以前我妈妈常干。"

"你爸爸如果问你，谁托办的，你咋说？"

"我就说……我就说是一个同学托我办的，不提你，这行吧？"

他笑了笑，心想这丫头还算聪明，终于下了决心，点点头："可以。你就说苏小淘是你一个同学的亲戚。"

他随即拿出一张一百块大洋的银票，交给她。她不高兴了："我怎么能要钱？"

"托人办事，拿钱再正常不过，你先拿上吧。"

他坚持让她带上银票，这样更稳妥。他担心一着不慎，引起她父亲的怀疑，顺着这个线索追查，所以她走后，慎重起见，他先找个地方躲了起来。

吃晚饭的时候，余立贞趁母亲不在，把事情给父亲说了。母亲韩素君平时在家的时候少，她要么约朋友打牌，要么去看戏，要么去喝茶，然后就是隔三岔五替请托人办事，主要是从警局里面捞人，当然不是白干，都是有报酬的，明码标价，童叟无欺。立贞看不惯母亲的做派，动不动就收钱，党国的名声，都给她这样的人败坏了。所以她想趁母亲不在，求父亲把这个事办了，免得母亲又提钱，钱钱钱的，真烦人。

余乃谦想了想，说："我知道有这么个苏小淘。"

立贞说："爸，同学求我了，赶紧把人放出来吧。"

余乃谦犹豫着，低头喝粥。

立贞撒娇："爸，我可是头一回求你呀。"

余乃谦放下碗："私放嫌疑人，可不是小事。"

"我妈三天两头干这事，你怎么都答应？"

"她都是打着我旗号偷偷摸摸办的，我根本不清楚。"

"我妈办那么多了，你办一个还不行吗？"

"哎呀，这个苏小淘，可不是一般的刑事案，他有可能是政治犯。"

"那我不管。爸，这个事你一定得办。"

余乃谦沉默着。

立贞拿出了那张银票："人家不是白让办的，给！"她想好了，如果父亲收下这钱，她就从自己的积蓄里拿钱补上，还给汪先生。

余乃谦看都不看，就把银票推给立贞："还给人家吧，都不容易。我明天上班看看怎么办好。"

"谢谢爸爸了。"立贞起身搂着父亲的脖子，兴奋地亲了一下他的脸，然后拿起银票，上楼去了。

正是这张面额不菲的银票，让余乃谦起了更大的疑心。底下的人已经调查过，苏小淘老家在大阳山，他一个人在城里做工，每月只有两块现大洋的薪水，如果他不是重要的人物，谁会拿一百块大洋替他赎身？

由此他得出结论：这个苏小淘，绝对有问题。而且贞贞的身边，就有共产党的人。

第二天上班，余乃谦把张勇叫来，把疑问说了。张勇是他的铁杆亲信，当年龙城警察局招人，张勇无人举荐，没有招录上，一个人坐在警察局大铁门外面的马路牙子上抹眼泪。适逢他经过，问及缘由，见此人面容憨厚，长相精干，衣着洁净，遂破例收录了他。因此，张勇对他忠心耿耿，他也悉心栽培，七八年时间张勇就坐上了侦缉队队长的宝座。

张勇说："那我们对姓苏的加大审讯力度，上手段。"

余乃谦说："不用。"

张勇又问："那我派人，到贞贞学校里，找找线索？"

余乃谦摆摆手："不用。"

张勇糊涂了，不知该说什么。余乃谦挥挥手："放人！"

"余副局，这人不能放！"

"立刻放人！"

5

事情出乎预料地顺利，苏小淘当天就给放出来了。余立贞找到汪默涵，把那张银票还给了他，还给他捎来一件上海产的白衬衫。他不解："应该谢谢你。怎么还要你给我送礼？"

"先生，今天是你的生日。"她含情脉脉地说。

由于连日紧张和操劳，他竟然把自己生日给忘了。她怎么知道今天是他的生日，他也没问她。

"看，你这衬衫都有破洞了，快换下来吧。"说罢，她就离开了。

他若有所思地脱下身上的旧衬衫，换上这件洁白的新衬衫。新布料的气息，让他微微有一些陶醉……

苏小淘放出来后，警报解除，汪默涵领导下的龙城地下工作，重回正轨。

其实自从一九三二年之后，中共在白区的地下工作就日渐式微，很多地方的地下力量，几乎百分之百损失掉，侥幸存活下来的，要么长期蛰伏，伺机再起，要么零敲碎打搞一点小活动，形不成气候。龙城的地下党组织原本很活跃，一九三三年龙城警备司令部的一次清网行动，把中共地下组织一锅端，从此他们在龙城偃旗息鼓，一蹶不振，直到汪默涵到来之后，才逐步又打开了局面。

余乃谦当副局长已有五年多，他朝思暮想爬上局长的位子，却总是不能如愿。局长的宝座一直由副市长梁守盘兼任，大事都由梁说了算，好处都是他的，还处处压制自己。所以去掉这个副字，早就成了余乃谦的一块心病。只有扶正，他才能出这口气，否则真要给憋死。

进入一九三六年之后，本市治安形势相当不好，最典型的事件是大华纱厂的罢工，闹了九天才罢休，整个城市都跟着乱了套；再就是省党部的副主任李纪贵、宪兵队的大队长杨怀元先后被人杀死，佩枪被抢走。上峰倾向认为，是共产党的地下人员背后主使、所为。余乃谦心里当然明镜似的，除了共产党，谁还有那么大胆？尤其是那两个死者，参与过三年前对共党地下人员的清剿，手上都沾有共党的鲜血。

张勇等几个心腹都想早日破案，挖出潜入本市的共党要员。余乃谦叮嘱他们不要急，慢慢来。现在你把案子破了，功劳大半属于姓梁的，姓梁的吃肉，你顶多喝口汤。他要等待机会，机会来了，再下手不迟。

放走苏小淘，是他的一个计谋，他让张勇时不时派个人盯着苏小淘，看他都和哪些人来往。没多久，张勇来报告，苏小淘和《劝业报》的女记者冷眉来往密切，而冷眉又和礼贤中学的教员汪然来往密切。汪然还是贞贞的老师。

这下余乃谦心里有了底。

张勇摩拳擦掌要抓人。余乃谦训斥道："慌什么！"

"他们跑了咋办？"

"非要跑，就让他跑嘛。跑了还会回来的！"

"早点抓了早省心，抓一个，搞好了，挖一串！"张勇抑制不住兴奋。

"别忘了，李纪贵、杨怀元怎么死的，你不怕？"

张勇小眼睛眨巴几下，挺胸立正，道："不怕！为了余副局，我张勇愿上刀山下油锅！"

余乃谦满意地点点头，纠正说不是为他，心中要时时想着党国。他叮嘱张勇，想干大事，就要沉住气，好比水塘里养鱼，等鱼长肥了再起网，岂不更好？"你现在抓几条小鱼，不够塞牙缝的。"他又说。

他要等待最好的时机。他甚至希望共党的地下队伍像雨后春笋般，再壮大一些。他们是他盘子里的菜，是他立功的最大筹码。

最好的时机终于来了，上头传话，梁守盘要辞任警察局长，到宪兵司令部任职。警察局长的宝座，随时会空出来。但又有消息说，好几个人盯着这个肥缺，而且个个都大有来头。

余乃谦茶饭不思，焦虑异常。韩素君最了解丈夫心思，打算拿出十万银圆到南京活动一下。她父亲曾经在中央监察委员会当过多年的委员，算是监委会的元老，因身体不好退职，现赋闲在家。靠老父亲给上层打个招呼，再送点银子，应该可以帮丈夫谋到局长这个职位。

韩素君提出去趟南京，让张勇护送。余乃谦问："这时候跑去干什么？"

"你是装糊涂吧？平时怪我弄钱弄钱——我弄钱干啥？不是我一人花。现在到了花钱的时候了，还不是为你！"韩素君边说边冲丈夫脑门点了一指头。

余乃谦愣了愣："还是算了吧，走歪门邪道，不好。"

"走正门正道？只能喝西北风！不信等着吧！"韩素君一声冷笑。

"我就不信，党国一点正经事没有。"

6

余乃谦决定收网。第一个进来的自然是苏小淘，然后是苏小淘的上线冷眉，下线黄育光——一个开杂货铺的中年人。

张勇带人从苏小淘的住处搜出了爆炸工具，以及下一步的行动方案——他们计划刺杀副市长兼警察局局长梁守盘。

这让余乃谦颇有些后悔——如果晚几天动手，他们会不会把姓梁的给敲掉？那样可真就圆满了。是他无意中救了姓梁的，算他命大。他真不愿意当这个救命恩人。

除了这三人，还有贞贞的那个名叫汪然的国文老师。然而派出去的人空着手回来了，说是学校里没有，宿舍也没有，不知跑哪儿去了。余乃谦吩咐手下，在各处张网以待，一旦姓汪的露头，立即捉拿归案。

必须尽快撬开这三个人的嘴，把潜伏在龙城的所有共党一网打尽，才能把功劳攥在手心里。余乃谦打起十二分的精神，坐镇指挥。

苏小淘还像上次进来那样，嬉皮笑脸，妄图抵赖。审讯处的警察上去就是几个耳光，一顿暴打，苏小淘就闭了嘴。一个警察说："裤子里有屎，兜不住的，都招了吧。"

不论怎么上手段，苏小淘只承认自己是共产党，可他就是不交代别人，他号叫："人有志，竹有节。我是不会叛变的，你们有种，打死我吧！"

另一个审讯室里，黄育光也是坚决不招，辣椒水也灌过了，老虎凳也上过

12

了，不管用。

事不宜迟，只能指望冷眉了。

张勇陪余乃谦过来看了看，这个叫冷眉的女记者二十四五岁的样子，细皮嫩肉，外表柔弱，低眉顺眼，铐坐在特制的椅子上，一声不吭，满腹心事的样子，怎么看都不像个共产党，倒像一个失恋的女学生。

出来后，余乃谦叹口气，说："她比我家贞贞大不了多少，到这地步，也怪可怜的。还是尽量别伤害她。"

张勇说："余副局，这些人软硬不吃，他们有信仰，太难对付了。"

"胡扯！"余乃谦说，"我们不是也有信仰吗？我信三民主义。我倒要看看，三民主义、共产主义哪个更硬。"停了停，叹口气，又说，"先软后硬，今天务必拿到结果。尤其这个冷眉，就指望她了。"

余乃谦的菩萨手段不起作用，半天过去，不论审讯冷眉的警察怎么问话，她都是沉默不语，一个字也不吐。

从隔壁监室不时传来苏小淘、黄育光的惨号声、怒骂声，审讯者的呼喝声，还有刑具发出的金属声……这些声音太瘆人，冷眉时不时地哆嗦一下。

张勇奉余乃谦之命进来观察了一会儿，对负责审讯的三个警察耳语几句，就出去了。他一走，三个警察立即就变了脸，开始对冷眉动手，把她绑起来，先是打耳光，撕扯头发，然后是拿鞭子抽……

冷眉咬牙坚持，除了呻吟，仍是一个字不吐。一般性的动手不起作用，只能加码了。那个大嘴叉子警察把嘴巴凑上来，咬着她耳朵说："美丽的小姑娘，再不开口，我们就强奸你！不，轮奸！"

她吓得猛一哆嗦。

接着，那个大耳朵警察也凑过来说："轮奸完，就给你破相！"边说边拿起炭火盆里一个烧得通红的铁铲子，在她面前晃了又晃。

她又是一阵剧烈的哆嗦，眼泪就要下来了。

随后，那个大脑袋警察哈哈一笑，说："给你破完相，牵狼狗过来，掏你的心。乖乖，这肉，又嫩又香，今天大狼狗可真有口福……"

恰恰这时，从外面传来一阵狼狗的狂叫声……她再也忍不住，呜呜地哭起来……三个警察得意地对视一眼，点上烟抽着，等她张嘴。

哭了一阵，她却出人意料地挺起胸，斩钉截铁地说："你们别想！我什么都不知道！"三个人一愣。却在这时，她又忍不住大声哭起来……

7

一大早，就有喜鹊在小院里的一棵柿子树上欢叫，想必是有喜事了。果然，余乃谦刚吃过早餐，张勇就兴冲冲跑来报告，他带人连夜行动，龙城地下共党组织被一网打尽。余乃谦抹抹嘴巴，想起什么，问道："那个汪然呢？"

张勇摇摇头："他还是没露面。"

"还说一网打尽。"余乃谦有些不快。据冷眉交代，姓汪的是大头目。让他跑掉，那是捡了芝麻丢了西瓜，太可惜了！不过，话又说回来，能有现在这个结果已经相当不错了。

"难道我们这边有人走漏消息，让他提前溜掉？"张勇纳闷。

"不会。如果这样，昨夜你一个人也抓不到。"

余乃谦端起牛奶杯子，示意张勇端起另一只牛奶杯子，两只牛奶杯子响亮地碰一下，二人仰脖把杯中牛奶喝光。

这时，院子里传来汽车声，不一会儿，门被推开，进来一个俊朗的小伙子。正所谓喜事连连，原来是少爷从南京回来了。余乃谦高兴地起身，与儿子来了个西洋式的拥抱。

余立文赶在这个节骨眼上，从南京回龙城度暑假，仿佛是专程回来为父亲庆祝。立文三年前从南京中央大学毕业后，进入财政部供职，每年只能回龙城一两次，一家人聚少离多。今早韩素君亲自去火车站接儿子，为了能早起，她昨夜破例没有打牌。

父子俩寒暄几句，余乃谦吩咐立文去见奶奶。立文礼貌地冲张勇点点头，退出餐厅，往外走。就在这时，他听到张勇小声说："那女的其实不叫冷眉，冷眉是个化名，她真名叫李雅岚……"

就像被炸雷击中一样，余立文一下子定在那里，愣了足有半分钟。张勇似乎还说了几句什么，他没有听清。片刻后，他清醒过来，几乎是跌跌撞撞跑过来，冲进餐厅，盯着张勇："张队长，你刚才说什么？"

余乃谦和张勇都愣了一下。张勇两手一摊，道："我说什么了？"

"你刚才说，有个人真名叫李雅岚——她在哪儿？"余立文急切地问。

余乃谦和张勇更加犯愣。余乃谦问："立文，怎么回事？"

"快告诉我，她在哪儿？"余立文眼睛通红，几乎要上前揪张勇的脖领子。

半个小时后，余立文在张勇陪同下，走进警察局大楼里面的地下室，审讯室就设在这里面，戒备森严。来的路上，他神情一直恍惚，宛若梦中，坐在小汽车里，就像坐在风浪中的小船上，晕头晕脑的。他既害怕那个人不是他要找的李雅岚，仅仅是重名而已，又担心真的是她——在这样的场所相见，他做梦都想不到。

地下室里的味道臭烘烘的，有一股烧焦的人肉味，令人喘不动气，几欲干呕。来到一间小房门口，张勇说："到了。"

余立文急迫地凑上去，透过门上的小玻璃窗，他看到屋角的地铺上，侧身蜷缩着一个满身脏污的女人，散乱的头发半遮住她的脸。他眨巴几下眼睛，终于看清了，是她。没错，就是她！

他们曾经是中央大学的同班同学，一起待了四年。从入学第一天，看到她第一眼起，他就喜欢上了她。她父亲是江南的大地主，母亲知书达理。她的性格温文尔雅，不像班里那些家有来头的大小姐，个个颐指气使，一身毛病，她是典型的南方淑女，身上常年飘着淡雅的香气。四年里，他无数次在梦中与她相聚相爱，爱意浸到了骨子里。可是他一直没有勇气向她表白，临近毕业，他鼓足勇气给她写了一封信，却没有等到她的回信——她神秘地失踪了，无影无踪。他托很多同学打听她的下落，三年来一直没有关于她的任何消息。想不到在这肮脏龌龊的地方，他与她相遇了。

"开门！"他低吼道。

那个大嘴叉子警察赶紧摘下腰上的一串钥匙，找出一把，打开门。张勇示意众人走开，他自己也离开了。

余立文脚步沉重、心情复杂、一步步地走向屋角的地铺……睡在那上面的人毫无知觉，想必她倦极了，累坏了，一动不动，像一幅被遗弃多年的旧油画。他蹲在她身前，打量了一会儿，轻轻道："李雅岚……李雅岚……"

她仍然在昏睡。

他提高声音："李雅岚，我是余立文……"

她缓缓地睁开了眼，猛地一怔！

"雅岚，我是立文。"

　　她呆愣着，就像刚从地狱里走了一遭一样，脑子还是混沌的。随即她又闭上眼睛，脸扭向脏污的墙壁。

　　"他们……他们太狠了……"他轻轻抓住她的一只手，心疼得流出了眼泪。

　　过了许久，她开始小声地啜泣……他松开她的手，轻轻梳理她凌乱至极的头发，不停念叨："我来晚了，我早到一天就好了……让你受罪了……以后就没事了，我保证……"

　　她的哭声渐渐变大，身子一颤一颤，肩膀一抖一抖。他感觉到了她急促的心跳，还有自己的心跳，像有无数面小鼓被胡乱击打……他用力扶她起来，说："我马上送你上医院，怎么把你弄成这样？太狠了……"

　　她坚决地摇摇头。嘴角上、额角上、身上的伤口原本疼得钻心，现在都麻木了。

　　昨天那一幕，让她不堪回首。如果真让大狼狗掏心，她不怕，她早就做好了死的准备。可是，他们要轮奸她，还要给她破相，这让她浑身发颤，心脏像被一把钝刀子切割一样，痛得她生不如死。她终于顶不住了，胆怯了，说出了一个人。说了第一个，往下就收不住了，她和汪默涵接触多，情况掌握得全面，直到把所有人都说了出来，包括自己的爱人汪默涵。

　　半夜里，她听到人一个一个给带了进来。这时候她又后悔了，后悔极了。她低下头，突然朝一张桌子的角上猛力撞去——如果不是那个大嘴叉子警察伸手拽了她一把，她会当场撞死自己，脑浆飞溅。她几乎要疯了，感觉天旋地转，世界要崩溃，身子要裂成碎片。后来警察喊一个大夫过来，给她打了一针镇静剂，她才昏睡过去，一直到余立文进来。

　　余立文抱起她。她微微挣扎了一下，试探着伸出双臂，搂紧了他的脖子，像抓住一根救命稻草，再也不想放手。她内心最牵挂的，当然是汪默涵。但是她清楚，这辈子她已经没有资格，也没有勇气再见到自己的爱人。

8

　　自从儿子早晨叫着闹着去见那个女人起，余乃谦就意识到，麻烦来了。果然，立文从医院一回到家，立即说出了一个令余乃谦、韩素君心惊肉跳的决定——他要娶李雅岚！

16

余乃谦手抖了抖，不知说什么好。韩素君眼睛瞪得老大，盯着儿子："你疯了！娶这种人，传出去，不是要我们的命吗？"

"不让我娶她，那会要我的命！"立文眼睛通红，目光如炬，甩下这句话，捂着脸上楼去了。他一天没吃饭了，韩素君吩咐仆人给立文送饭，不一会儿楼上就传来碗盘破碎的声音。

余乃谦脸色很难看，一举破获共党地下组织所带来的喜悦一扫而光。韩素君靠近丈夫，提出了一个大胆的设想：趁生米还没煮成熟饭，赶紧把那个女人做掉！

余乃谦一阵惊愕："……你是说，除掉她？"他边说边做了一个砍头的手势。

"反正她也没啥用处了，留着还不是祸害。"韩素君轻描淡写地说。

"你想过吗？如果她死了，立文会怎样？"

"还能怎样？闹几天就消停了。好女人有的是。"

余乃谦郑重地摇摇头。知子莫若父，真要这么干，立文一辈子恨父母不说，说不定他会因此疯掉。这从他的眼神就能看出来，他爱这个女人已经很深很深，心拔不出来了。韩素君催促丈夫："你快拿主意啊。"

余乃谦叹口气，说："不但不能让她死，还得让她好好活着。她活得好，儿子就好，否则全家受累。"

韩素君这才回过味来。余家的男人都是情种，有其父必有其子，当年余乃谦就为这个差点疯掉——那时还在南京，二十出头的余乃谦只是一个每月挣两块大洋的小警察，他在秦淮河边偶遇女子师范学校的女学生韩素君，彼此留下了好印象，一来二去，他动了真心。韩父瞧不起他卑微的身世和地位，死活不同意，素君不敢违抗父命，劝他离开。哪想这姓余的穷小子是个天大的情种，竟然跑到韩府门口，蹲了四天四夜，哭着闹着要见素君，打都打不走，瓢泼大雨兜头浇下来，他连地方都不挪。水米不进，几次饿昏过去。素君父亲心肠一软，重重地叹口气，对素君说："罢了，罢了，难得这小子对你一片痴情，你就跟了他吧。"后来他说，如果素君不答应他，他真会饿死自己的。

十多年前，余乃谦执意离开南京，拖儿带女来故乡龙城任职，一是因为他老娘不愿去南京生活，而他又是个大孝子；二是他不愿看老丈人一家的脸色。他发誓混上去，韩父不就是个监察委员吗？有何了不起？他的目标是中央委员，他要成为中央大员，春风得意杀回南京来，给老丈人一家瞧瞧！这便是他余乃谦此生最大的动力。

"余家娶个女共党，这成何体统啊？"韩素君脑子还是转不过弯来。

"她全招了，为党国立了功，就算是党国的人了。"

"那，共产党能放过她吗？"

"问题正在这里。假以时日，共产党一定会锄奸的，她不但活不了，立文……也悬。"

"所以，不能同意！"

"你让我想想。"

最好的办法，就是让他二人从龙城销声匿迹。去南京，肯定不行，早晚会暴露。走得越远越好。余乃谦思忖良久，决定让立文带上他心爱的女人，先去香港，伺机再去美国。美国隔着太平洋，共产党的人想锄奸，手也伸不到那么远。立贞不是也要去美国吗？那就让他们兄妹在美国会合好了……余乃谦把这个想法和盘托出，韩素君连说可惜，道："立文南京的公务，说放弃就放弃？"

"留着何用？"

"那可是财政部啊！财政部——那可是管全国的钱啊！"

"都这时候了，还管什么钱不钱。况且他又不是财政部长。"

"谁敢说儿子日后当不上部长？"

"你是顾眼前还是管日后？这事不能犹豫，我说了算！"余乃谦用力一拍红木茶几。他真急了。

事情就这么定了，先让立文给部里秘书打个电话，就说自己染上急性肺炎，需要在龙城住院做一段治疗，能否回去上班，观察一阵再说。

到了办公室，余乃谦觉得这么做还不太保险。他把张勇叫来，二人合计一番，决定再加个双保险——叛徒的名分，干脆就让苏小淘担了吧，谁让他一着不慎，先让警察盯上呢？一是割了他的舌头，让他说不出话来；二是代他写一封脱党悔过书，在龙城所有的报纸上都登一遍，同时给他一个官衔；三是找个时机杀掉苏小淘灭口。这样一来，就没人怀疑冷眉了。

很快，上峰发布了余乃谦升任警察局长的命令状。他立下如此大功，官升一级都算吃亏。但他是满足的，这个当局长的梦，他做了六年。他拿着任命状对韩素君说："夫人，怎么样？党国还是有正经事的！我给你省下十万块钱，对吧？"

"乃谦，不要太得意，当心共产党的人报复，我让张勇每天接送你。"

"不用怕，他们那点星星之火，没个三年五载，冒不出火苗。"

余乃谦当上局长的那天晚上，他安排儿子立文携李雅岚离开龙城，神不知鬼不觉地坐火车去青岛，从那儿坐船到香港，然后再寻机去美国。紧接着，立贞去美国留学的手续也办妥。余家算是三喜临门。

余家的第三喜就是余公子一眨巴眼找了个媳妇，只是这事需要严加保密，或许一辈子都不能与人说。

包括老太太、立贞，也是很多年里不知道这事。立贞只是纳闷——哥哥怎么说来就来，说走就走？而且还不回南京了。父亲哄她说，哥哥负有重要使命，要派往国外工作一段时间，当然这话也不能与外人说。

立贞对这些乱七八糟的事情本来不感兴趣，她只是惦记一个人，所以哥哥来也好，走也好，她是不会过多挂怀的。

9

这一次的雷霆出击，包括冷眉在内，一共抓捕了十三个人。经审讯，这些人都参与了大华纱厂的罢工运动，以及对李纪贵、杨怀元的暗杀。这个时候，红军的残余部队都给蒋委员长赶到了遥远的大西北荒凉地带，上峰要求对内地的共党落网分子，罪大恶极的，务必赶尽杀绝，永除后患。因此，这十三个人，除了苏小淘、冷眉之外，其余十一个人，是不能留下了。

余乃谦签署了他上任后的第一个死刑状。

割了舌头的苏小淘暂时不死，算他有福。问题在于，如果冷眉不死，势必引起共党的怀疑。假戏还得做下去。余乃谦吩咐张勇，从号子里寻到一个与冷眉年龄、面相、身形相仿的年轻女犯——这个女人谋杀亲夫未遂，法院尚未判她的刑——把她提出来，给她换上冷眉的衣服。冷眉是短发，这个女犯留长发，张勇命人给她把头发剪短，哄她说，很快就能放她出去。她很配合。

三天之后，行刑队枪决了十二个共产党恐怖分子，然后遵照余乃谦的命令，把他们的脑袋割下来，挂在南门外的城墙上，以儆效尤。当然，为防止被人认出，那个假冷眉的面部用刀处理了一下，血糊糊的，任谁也认不出来了。

汪默涵因为临时被叫走参加大阳山特委的紧急会议，躲过了这场灾难。他前脚刚走，警察局的人后脚就到了学校，也就只差那么一点点。

龙城地下党组织被一网打尽的消息传到大阳山营地，已是七日之后。汪默涵无比震惊，马上意识到，出了叛徒。他首先想到的就是苏小淘。上次苏小淘被捕，营救出来后就应该果断停止他的工作，把他转送到大阳山营地来。因为考虑到他对当地熟悉，工作热情高，汪默涵犹豫了一下，就没有坚持把他送出来。

悔之晚矣！

眼看自己用一年半时间建立起来的这条地下网毁于一旦，汪默涵茶饭不思，终于坐不住了，他提出回龙城，想法营救同志们。他首先想到的就是余立贞，她父亲当警察局副局长，应该有点办法。

但是，特委书记兼大阳山游击队司令、政委江山坚决不同意他返城，江山说："你单枪匹马回去，不是送死吗？纯粹是肉包子打狗！"江山提出，先观察一下形势再说。

结果，又过了七日，等来的消息令人肝胆欲裂——南城门楼子上，挂起了十二颗血淋淋的人头！

这个结果也基本证实了汪默涵最初的判断——苏小淘是变节分子。报纸上登出的苏小淘悔过书，也可以拿来佐证。同时，余立贞父亲当上警察局长的消息，也让他相信，真正的刽子手是余乃谦，此人头上的红顶子是革命烈士的鲜血染红的呀……

那几天，不论睁眼闭眼，不论白天黑夜，汪默涵的脑子里、眼睛里，都是那十二颗血淋淋的脑袋。这些人，都是他一手发展起来的党员，其中有两个是礼贤中学的男学生，还不到二十岁。

冷眉的死，对他打击尤其大，简直令他万箭穿心。他们是一个地方的人，她父亲是镇江乡下的大户人家，有上百公顷土地，汪家是她家的佃户。他来南京上学，就是她家资助的。他比她大三岁，从小她把他当大哥哥看待，他自然把她当作小妹妹。在南京，他在金陵大学，她在中央大学，他比她高两届。他们周末常常到一起相聚。后来他秘密加入了共产主义运动小组，经常把一些书籍拿给她看。再后来，他秘密加入了党组织，顺理成章地也介绍她加入了。大学毕业后，他前往上海工作了一段时间，又被党组织派往龙城，开展北方地区的地下工作。又顺理成章地，她毕业后，跟随他来到龙城。冷眉这个化名，就是他帮着取的。他私下叫她岚岚。

　　共同的故乡，共同的志向，共同的工作，共同的梦想——他们相爱是必然的。虽说不能朝夕相伴，但在这个城市，或者说在这个世界上，他们是心贴得最近的两个人。因为爱情，他们工作干劲更大了。去年，大阳山特委批准他们结婚。"婚礼"在他的一个秘密住处举行，现场没有父母，没有同志，只有他们两个人。似乎怕新郎新娘太孤单，有一只灰色的喜鹊飞到窗台上凑热闹，叽叽喳喳唱个没完。岚岚欣喜地说："好心的鸟儿，你飞到江南去吧，告诉我们的父母，我们结婚了。"话音刚落，那只喜鹊真的振翅飞走了。他们都笑了。他把一束鲜花递给她，半开玩笑地说："岚岚，我与你不求同年同月同日生，但求同年同月同日死。"她上来捂他的嘴，嗔怪道："不许说死，乌鸦嘴。"

　　现在，岚岚死了，他还活着。他觉得自己很卑鄙，因为他违背了自己的诺言。他一面后悔不该把她带到龙城来，她一个柔弱的女子，到这种虎狼之地，一旦有事，就是致命的。以前他曾经想过，是否找个机会把她送回大阳山营地，可是那块巴掌大的地儿也不安全啊，敌人三天两头清剿，队伍在山里东躲西藏，吃了上顿没下顿，常常露天宿营，哪有住城市安逸？她开导他，最危险的地方，往往最安全，因为灯下黑，在龙城，反而更安全，多加小心就是了。因此结婚后，他们很长时间才相聚一次，那个秘密的住处，虽然是个安乐窝，但他们很少光顾，就怕引起敌人注意。

　　现在，他真的后悔不该出城，他宁愿与她，与同志们一起死掉。他是被叫来开会才躲过一劫的，但他总觉得，自己是个胆小鬼，刻意躲出来的。他自己活下来，同志们全死了。他活着，在别人眼里，是他幸运，命大；可在他心里，他却觉得活下去是煎熬，这份煎熬也许会一生一世追随他，令他每每感到痛悔不已，生不如死。死去的人，什么都不知道了，活着的人，却还要忍受心灵的煎熬，心窝像是永远压着一个巨大的磨盘。这样苟且活着，还有什么意义呢？

　　那些天，他一直处于高度的忧愤和自责中。几乎每天夜里，他都梦见那十二颗血淋淋的头颅，像十二只血红的灯笼，绕着他旋转，照得他睁不开眼。他大汗淋漓，喘不动气，牙齿咬得咯咯响，醒来就头疼欲裂，气喘吁吁。这是他革命生涯遇到的第一个重大挫折，他想他真的要疯了。

　　一天夜里，他又梦见岚岚的那颗头颅。岚岚的头颅睁开带血的眼睛，深情地望着他，说："默涵哥，我的爱人，你去哪里了？你怎么不来看我？我好孤单啊……"他醒了，泪流满面，泣不成声。

江山怕他出意外，每天派人守着他。守住他的人，守不住他的心哪……

10

这天在东湖公园泛舟，是汪默涵一个月来最轻松的时刻，他忘了仇恨，忘了苦难，似乎也忘了自己的使命，他只是来赴一个约会，一个令人心旌动摇的约会。面前的这个丽人仿佛与他有一个前世的约定。

夕阳西下，冷风吹来，他清醒了一些，这才想到自己此行的使命。他单枪匹马回来干什么？找到苏小淘，锄奸？还是找警察头子余乃谦复仇？别说单枪匹马，其实他手头连一把刀都没有，他赤手空拳，锄奸也好，复仇也好，都是不可能实现的。如果再出点意外，他把命留下，都是再正常不过。他甚至想："让他们抓到我也好，最好把我的脑袋也砍下来，挂到城门楼子上……岚岚，等等哥，默涵来了……"

想到这里，他眼圈红了红。余立贞察觉了，仰脸问道："汪先生，你怎么了？"

"……哦，没事，没事……"

"是吗？"她用疑惑的目光望着他。

"哦，有些事，你可能永远不会懂……到了。"

小船靠岸。汪默涵先跳上岸，余立贞脚离船时，船摇晃了一下，她顺势扑到他怀里，他一把抱住她。二人离得这样近，彼此感受到了对方的呼吸，听到了对方的心跳。片刻后，他松开手，她站定。二人的脸，都红红的，像涂抹上一层油彩。

也许就在此时，一个计划在他脑子里形成了。

她成了他唯一的目标。

公园里人影稀疏，知了不知疲倦地鸣叫——知了知了，你知道什么吗？你什么都不知道。夕阳的余晖泼洒下来，满眼都是红彤彤的，有一种诗情画意的美。他们并肩往大门的方向走。这时反而没话了，都是满怀心事。他犹豫着，是否把自己的真实身份告诉她。说出来会不会吓跑她？早晚要说的，索性就说了吧，豁出去了。于是他停住脚步。她也停下来。

"立贞同学，我想告诉你一件事。"他说。

她水汪汪的大眼睛一眨不眨地望着他。

他一咬牙，道："如果你知道……知道我是个共产党，你——怕吗？"

她微微一愣："是吗？"

"千真万确！"

他以为她会惊恐。哪想她轻轻笑了笑，笑靥如花。她收住笑，说："你又不是青面獠牙的，有啥好怕？我才不管这党那党的，政治与我无关，真的！"

他释然。

她接着说，爸爸曾经提醒过她，要她适当时候入党——当然是加入执政党国民党——说是入了党，有前途；妈妈也说过，在这个世上混，得入党，会有好处。"我才不稀罕呢，我要当个无党无派人士，自由自在的，多好！"

"立贞，知道我身份了，你还愿意见我吗？"

她郑重地点点头："谁说不会？……你不会怀疑我去告密吧？"

"如果你真告密，我也不会怪你。"

她摇摇头："我为什么要告密？"

她眼窝里突然噙满了泪，很委屈的样子，心里责怪汪先生还是不信任她。

他轻轻吐出一口气："好啦，我是随便说说。"

又聊了几句，他们就此分了手。

她回到家，晚餐已经上桌，一家人都在等她。自从她同意出国，家里人大小事都顺着她，生怕她改变主意。父亲当上局长之后，一再谢绝上下左右的人给他摆的庆祝酒会，本来他就不喜欢喝酒，死烦应酬，如今理由更充分了：女儿马上要出国，得回家陪宝贝。

这一晚的晚餐是西餐，母亲专门从外面大酒店请厨师来家里做的，为的是让她先见识一下，以后到了国外，主要就吃西餐了，吃西餐也是一个人的身份象征，南京一些有地位的人，时不时出去吃一顿西餐。

来了三个厨师，分别做了法式烤布蕾、三文鱼肉蔬菜汤、茄汁焖牛肉，还有柠檬煎猪排，以及牛奶布丁等十样菜品。开吃之前，插进来一个"节目"——申之剑突然出现了，他一身戎装，怀抱一束鲜花，在管家老常引领下，洒脱地走了进来。他先是来到老太太面前，深深鞠了一躬，然后半转身，抬手向余乃谦、韩素君敬了一个标准的军礼，再然后落落大方地把鲜花递到立贞手里。

原来是余乃谦夫妇提前约了申之剑，想在立贞出国之前，让他们多接触一下，同时也想让老太太瞅一眼这男孩。望着英俊潇洒的申之剑，老太太微微颔首，多皱的脸上露出笑意。余乃谦心里有数了，热情地招呼申之剑坐下。家里的事，老太太的意见颇为重要，她不点头，他这个做儿子的心里不踏实。八岁的时候，父亲病死，母亲开始守寡，为了怕他受人欺负，母亲一直没改嫁，含辛茹苦把他养大，所以在他眼里，老母亲就是天。

晚餐的话题主要围绕这一桌西餐，众人都说好吃，只有老太太不习惯，余乃谦吩咐家厨老孙赶紧熬稀饭馏馒头。因为立贞吃得开心，大家也都很开心。经过多年努力，事情一切都朝着好的方向发展，余家的好时运既然来了，什么都挡不住。余乃谦夫妇满面春风，韩素君兴之所至，还放下刀叉，拍打几下旗袍，走到空地上，清唱了一段刚学会的折子戏——《西厢记》中的"拷红"。众人都大声喝彩。

申之剑和余立贞相邻而坐。自打昨天见过立贞，他没有理由不喜欢她，谁都能看出来，他们是天造地设的一对。在立贞眼里，申之剑给她的印象应该说也很不错。如果汪先生不现身，立贞和他缔结姻缘，恩爱一生，完全有可能。门当户对，郎才女貌，年龄相仿，是很令人羡慕的。可是偏在这个节骨眼上，汪先生又出现了。立贞把他和汪先生摆到心中的天平上一比，天平顿时向汪先生那一边倾斜。

趁众人不注意，申之剑小声对立贞说："贞贞你先走，如果你在那边待得住，过后我也出去。"

顿时让立贞的心乱了。

问题在于，她还能走得了吗？

"我要是不走呢？"她不敢看他。

申之剑一愣，眉头一展，笑了笑："不走？不走更好，我们可以经常见面。哪天到我军营里去，我教你骑马打枪。"

她淡淡一笑，不置可否，低头对付盘子里的食品。刚才还津津有味的牛奶布丁，突然在她嘴里味同嚼蜡。

饭毕，申之剑告别的时候，像个大姑娘似的羞答答向立贞提出，想要一张她的"玉照"做个纪念。立贞略一犹豫，答应了他，拿出一张几天前刚从照相馆照的二寸单人照，大方地送给了他。他赶紧接过，飞快地瞄一眼，见照片一角写着"十八岁留念"几个小字，他爱惜地放进钱夹，然后塞入贴胸的口袋。

夜里，皓月当空，又大又圆的月亮似乎就悬挂在窗外不太高的地方。好久没见到这么明亮的月光了，要是在以往，遇到这么好的月夜，家人入睡后，立贞会倚靠在二楼卧室的花格窗台前，静静地、久久地欣赏，甚至会哼起一首小夜曲。但是这一夜，明亮的月光却照得立贞脑子乱乱的。她爬起来把双层窗帘拉上，竟然还是有亮光透进来，扰乱得她睡不踏实。整整一夜，她都在朦胧中度过。她一次又一次地回味着下船时她扑进他怀里的那一刻——那一刻，他身上浓烈的气息瞬间席卷了她，令她微微战栗。

这是一种从来不曾有过的感觉，那么强烈，那么钻心，快要把她烤化。她毫无睡意，干脆坐起来，拧亮台灯，随手拿过一本杂志翻动，翻了几下，却又发现，拿颠倒了。

11

几乎一夜无眠，但是立贞并无倦意。天大亮后，她赶紧起床，草草填了一下肚子，然后坐在梳妆台前精心打扮了好一阵子，又去告诉奶奶说，出去会同学，中午不回来吃。之后，她就哼着小曲出了门。

外面天气凉爽，太阳在云层中若隐若现，龙城的大街小巷清新如洗，原来黎明时分下过一场中雨，睡意朦胧中的立贞居然没有察觉。她发现，往日街上灰头土脸的人，似乎也都因这场雨而显得精神了些。黄包车在鱼市巷口停下，立贞下了车，左顾右盼往巷子深处走。这条巷子顾名思义，就是摆摊卖鱼的多。此时巷子里人并不多，立贞所过之处，摊贩们见她不像买鱼的，也都懒得上前搭理她。她看到一个地摊上，有一大盆好看的红金鱼，小鱼儿像一根根小火苗，在水中游弋，她突然想买两条鱼。他这一次回来，短期内应该不会离开龙城了，他一个人独住，一定很寂寞，买两条鱼陪着他，多好！他还会到学校上课吗？即使他去，她也不会去听课了，因为她已经毕业了，而且马上要出国……想到这里，她又心乱如麻……

最终她没有买鱼，而是买了一束百合——一个卖花的小女孩冲她走过来，眼里含着热切的光，小女孩瘦瘦的，简直像皮包骨，卖掉一束花，够她一家人吃上一顿热饭了吧？这样想着，立贞就掏出一把铜板，足有五六个——本来一束花只需要两个铜板。小女孩一把接过钱：仿佛怕她后悔似的，转身就跑开了。

她抱着那束香气四溢的百合，继续朝巷子深处走。按照昨天的约定，今天上午，他们还要见面，地点就是鱼市巷最里面的一栋二层小灰楼，他住二层最靠里的一间。这地方离火车站不远，一列火车正在通过，隆隆的机轮声隐隐传了过来。

十点整，余立贞准时敲响了汪默涵住处的门。门开了一条缝，汪默涵踮起脚尖，目光越过立贞头顶，往远处张望一下，没发现异常。他立即伸出左手把她拉了进来，抬腿把门顶紧，然后摸索着伸出右手，闩紧了门后的插销。在龙城，这里是他唯一的立足之地了，随时都有可能暴露，他得加倍小心。

去年大约这个时候，就在这间房子里，他和岚岚度过了幸福的新婚之夜。而现在，他那位娇柔的新娘，已与他阴阳两隔。

此刻，立贞倒在了他的怀里。恍惚中，他感觉他的岚岚又回来了！

立贞想起什么，推一下他，说："花、花……"

那束百合被他们两人的胸脯挤扁了，碎了，香气更加地浓烈，熏得立贞睁不开眼，她惦记那束花，还想说什么，嘴巴被一个东西堵住——那是他的舌头，像一条鱼一样，轻快地滑进她嘴里。虽然从不曾尝试过，但她知道这就叫接吻。她想拒绝，却没有力气，她浑身发热，控制不了自己。她的身体就像一匹脱缰的马，越跑越快，越跑越远，随风而去，一副永不回头的模样……

后来不知怎么回事，他们倒在了床上。窗帘拉着，屋里光线有些暗淡，可是他的目光是那样灼灼逼人，晃得她头晕目眩。她的衣服被他撕扯下来扔到地上，他扑上来急切地吻她的唇，吻她的额头，吻她的眼睛，吻她的脖颈，吻她脖子上挂着的那把黄金打造的长命锁，吻她的胸脯……她居然没有感到羞涩，她像个坏女人那样，内心甚至渴望他的摧残……

他几乎被她身上越来越浓的一股麝香般的味道所击倒。此刻，他想停住，但是自个儿的身体已经不听招呼，仿佛不再属于他。他红了眼，像个输光了的赌徒那样，令她突然有一些害怕。她被他的气息席卷……这个瞬间，她发出的竟然是欢叫声，声音如同天籁，更加刺激着他。只有他知道，此刻他不像是在享受，而是在复仇……

不知过了多久，二人终于平静下来。她清醒了一些，看到自己和他的裸体，特别是看到床单上的一摊像是红枫叶形状的血迹，吓了一跳，赶紧坐起来。他也坐起来，搂了她一下。她彻底醒了，鼻子一酸，哭了。他无力地安慰她两句，说的什么，她没有听清。他抬手替她抹泪，她拨开他的手，扬手照着他脸就是一巴掌！

这一掌并不重，不像是击打，更像是抚摸。他的脸上滑腻腻的，全是汗水。他抓住她的小手，上扬一下，发上力，想往自个儿脸上狠击几掌，就当是惩罚吧。她却用力摆脱，不使拳头落到他脸上。随后她猛地扑到他怀里，不再哭。片刻的工夫，竟然昏昏睡去。

立贞醒来时，已是下午。她做了一个怪怪的梦，梦中的她跟着一个男人，先是在草地上欢快地奔跑，后来又骑上一匹快马，冲着太阳初升的东方驰去。那男人面目不清，一会儿像汪先生，一会儿又像申之剑。她特别想看清那男人到底是谁，阳光太刺目，总也看不清……

汪默涵早已穿好衣服，坐在床头，温暖的大手轻轻握着她的一只小手。她的衣服就放在枕边，叠得整整齐齐。她身上盖着一条薄薄的蚕丝被，绣着紫色的杜鹃花。这条被子是岚岚从老家带来的，岚岚喜欢紫色。如今，斯人已去，裹在被子里的是另外一个鲜活的躯体，令他神思恍惚，一时难分彼此……

立贞从那个怪怪的梦里挣脱出来，抽出自己的手。汪默涵知道她要穿衣服，赶紧站起来，走到窗前，背对着她。一阵轻微的响动之后，他扭过脸来，看到她已收拾妥当，坐在床头，侧对着他，像一幅水墨画。

"这辈子我欠了你的，贞贞……对不起……"他像个做了错事的孩子，上前两步，低下头，脸红红的，不敢正眼看她。

她摇摇头，凄美地一笑："不，是我自个儿愿意……"

"真这么想？"

她再次用力点点头。

这让他差点流出眼泪来。如果她不是自己的学生，他真想扑到她怀里，痛痛快快哭一场！自从冷眉他们十二个人被杀后，他老是想哭，世界那么大，却总是找不到哭诉的地方。他该向谁倾诉呢？

他忍不住上前，从侧面抱住她，下巴轻轻搁在她脑袋上。她头发丛里散发出一阵阵好闻的气味，让他不由得再次陶醉。她驯顺地依偎在他怀里，一动不动，是那种得到满足之后的疲倦、甜蜜和松弛……

犹豫一会儿，他咬咬牙，终于开口道——

"贞贞，我想带你去个地方。"

她一愣："去哪儿？"

"先不告诉你。"

"私奔吗？"

"算是吧。"

"要去多久？"

他微微摇一下头："不知道。"

她没再吭声，久久地沉默着。

"如果你愿意，明天上午十点，我们在东门里头的邮政局门口见面。"

她仍然沉默着。

"噢，多给你一天时间考虑，好不好？后天十点。"

这个计划，其实早就在他脑子里形成了。今番说出来，结果如何，且不管了。他长长地舒了一口气。

而此时，她想的是，和汪先生就此分手，哪怕一辈子不再相见，她也没什么遗憾了。

从汪先生那里出来，已是黄昏时分。她头脑依旧昏昏然，有点失魂落魄。站在人来人往的巷子里，回头望一眼那栋灰色的二层小楼，她感到心里空落落的。这一生真的不再相见了吗？……想到这里，她的眼泪止不住地流淌下来。

片刻之后，她转过身，低头快速地往前走去……

12

两日后的上午九点半左右，一辆胶皮轱辘带篷子的马车停在离城墙东门不远的邮政局门口。赶车的师傅姓杨，是个中年人，杨师傅蹲到马路牙子上吸烟袋锅。眨眼工夫，闪过来两个挎盒子枪的巡警，二人一胖一瘦。两个巡警盯着马车，其中一个喝问："车里什么人？"

杨师傅支吾一阵，言语不清。两个巡警面带狐疑，互相使个眼色，拔出短枪，子弹上膛，机头大张，一左一右逼近马车。最近全城对共党头子汪然展开了新一轮通缉，赏格达到了两千块现大洋，警察和宪兵们都把此视为发洋财的大好机会，加大了巡查盘查力度。

　　两个巡警一脸的紧张，脑门上都挂着汗珠，逐渐靠近马车篷子。那个瘦警察比较机灵，抢先一步，飞快地伸左手掀起篷布，同时右手擎着盒子枪，黑洞洞的枪口对准里面。

　　车厢里面空无一人。

　　这一幕，都被躲在街角的汪默涵看得一清二楚。幸亏做了提防，不然这回真要束手就擒了。全城的大街小巷贴满了通缉他的布告，尽管今天他特意化了装，把自己打扮成一个大商人的模样，蓄了胡子，戴了金边眼镜，穿的绸缎长袍，头上扣着黑色礼帽，脚上是一双纤尘不染的外国造黑皮鞋，手拿一把明晃晃的丝质折扇。但只要把他带回局子里一审，他立马就得暴露，毕竟龙城认识他的人不少，别人一指认，他再狡辩都没用。

　　其实就在这个时候，汪默涵最后一个藏身地——那栋二层小灰楼已经被张勇带人团团围住。昨天就有眼尖的人发现，有个与画像颇相似的人出入鱼市巷——汪默涵昨天是迫不得已出门，去车行雇了一辆马车。今天一大早，有个邻居到警察局报了案。他如果晚离开半个钟头，肯定就走不脱了。

　　一胖一瘦两个警察骂骂咧咧收起枪，往别处去了。汪默涵这才提着一个皮箱现身。杨师傅埋怨他晚到了一袋烟工夫，他说路上有事，耽搁了一会儿。

　　他把箱子放进车厢，抬腕看表，马上十点钟了，可是还不见余立贞的影子。他有些焦躁。

　　今天的天气依然很好，太阳躲在云层里迟迟不肯露面，让世界变得凉爽宜人。龙城一年中最好的季节到了。如果不是负有重大使命，他真的不愿意离开这里。可是，今天他却要和这个城市说再见，甚至他再也不会回到这个给了他致命一击的城市，他真的不想回来了，这里是他永远的噩梦……

　　自己能不能顺利出城？他没有把握。如果就此暴露，被宪兵司令部或者警察局的人逮住，他的死期也就到了。如果这样死去，他认为这是老天爷的刻意安排，好让他追随死去的岚岚……

　　因此，他一点都不感到恐惧。

　　他这样想着时，危险也降临了——谁都没料到，刚才那两个巡警突然又折了回来，两支枪同时对准了他。杨师傅吓得脸都白了，烟袋锅掉到了地上。汪默涵乖乖举起手，瘦警察伸手摸摸他腰间，没有发现武器，枪口便放下了。

　　两个警察仔细打量他一阵，他表现得很镇静，没有丝毫的慌乱。

"你是共党头子汪然！"瘦警察突然说道。其实是在诈他。

"汪然是谁？你们看我像吗？"他冷静地问。

胖警察说："个头、胖瘦差不多！"

瘦警察说："对不起了，请跟我们走一趟！"

他清清嗓子，面带不悦，说："我是你们余局长的朋友，是个合法的商人，我马上要出城办事，你们不能耽搁我的时间。"一边说，一边盘算着怎么办。如果对方强行带他走，他只能拔腿而逃，他一跑，对方肯定会开枪——若是被一阵乱枪打死，那么他也认了。

听他说到余局长，两个警察微微一愣。还是那个瘦警察心眼多，非要让汪默涵说一说余局长长什么模样，脸上有什么特征。这可真把汪默涵难住了，他毕竟没有和余乃谦打过照面。经这么一折腾，汪默涵脑门上沁出了细汗，他有了一丝慌乱，更让两个警察心生疑惑，他们拿枪顶着他，非逼他走一趟不可。

不少路人过来围观。汪默涵磨磨蹭蹭到马车跟前取那个皮箱，他决定瞅准时机，提起箱子猛地抡向这两个警察，然后趁乱钻进人群逃跑……

箱子提在了手里，他观察着，右手暗暗地用力……

就在这当儿，一辆黄包车在围观的人群外面急急停下，戴着遮阳帽的余立贞提着个小行李箱下了车。汪默涵顿时眼前一亮，知道这下自己有救了，他伸长脖子，挥舞着手臂，也不顾斯文了，绷着脸大声喊道："立贞！余立贞！你怎么才来！"

众人一齐望向余立贞。余立贞看着喊他的那个男人，突然愣了一下，不认识，但他的声音她太熟悉了。再一看两个持枪的警察，她明白过来，尖着嗓音说："汪……噢，王先生！王先生！不好意思，我来晚了……"她还算聪明机智，马上改口，汪默涵悬到嗓子眼的心跟着落了下来。

两个警察不傻，当然知道余立贞是余局长家的大小姐，似乎也在某个场合见过她——看来这个商人还真是余局长的朋友，二人不想自讨没趣，赶紧收起枪，冲余小姐行个举手礼，走开了。

围观的人群缓缓散开。

立贞飞快地看他一眼，一时不知说什么好，头一低："汪先生，你真让我认不出来了……"

汪默涵拿出手绢，擦一下脑门上、脖子里的汗水，重重地叹口气："我以为，这辈子再也见不到你了……"

"人家这不是来了吗？……差点没走脱，奶奶不让我出门。"

"噢，来了就好，来了就好，快上车吧。"

他搀扶她先上了车。他上车时，突然想起什么，忙不迭地从贴身的衣袋里抽出一个信封，转身快步走向邮局门旁的一个露天铁皮邮筒，把那个信封投了进去。

13

当天傍晚，他们到达离龙城九十多里远的牛店镇，简单吃了点东西，找了家车马大店歇息。这一路经过了好几个关卡，都张贴着缉拿汪然的告示，幸好有余立贞在，不论是中央军、杂牌军，还是宪兵部队的关卡，都买她父亲余乃谦的账，因此一路上有惊无险，还算顺畅。

夜宿时，立贞原本以为，他会安排她和他住一个房间，但是他竟然安排她单独住，他自己和杨师傅住进了另一个屋。她惴惴不安地想，他会不会夜里过来陪她？她盼着他过来，又有点害怕他来……想到这里，她的脸不由得红了。

到了子夜时分，还不见他过来，她颇为失落，躺在土炕上，浑身不舒服，不是这儿痒就是那儿疼，破旧的蚊帐上有一个大洞，飞进来好几只蚊子，害得她捉了半晚上蚊子。她怀疑黏糊糊臭烘烘的铺被上可能还有虱子，没准还有臭虫，让她越想越恶心。外面的狗叫声远远近近，一阵接一阵，吵得她心烦。索性不躺了，她和衣而坐，依靠墙壁，迷迷糊糊中迎来了东方放亮。一夜无事。

昨天上午，她是最后一刻才决定跟他出城的。

大前天黄昏从他的住处出来，她迷迷瞪瞪回到家，扒拉几口饭就睡下了。说到底，她的心是甜蜜的，身体是酸痛的，既得到了满足，又感到惶恐不安——将来怎么办？是按原计划去美国，还是跟他"私奔"？……脑壳越想越疼，剪不断，理还乱，后来她就昏昏沉沉睡着了。

次日一整天，她就在家里待着，哪儿也没去，无精打采，脑子乱得很，和以前相比，完全变了个人。

熬过了一天一夜，昨天早晨醒来，她趴在窗台上，拿出一枚硬币，默念道，如果有字的那面朝上，那就出国去。她连抛了三次，都是有字的那面朝上——

这显然是命运的安排了，她牙一咬心一横，决定今天不去赴他的约。

但是发生了一个变故。父亲一大早接到一个电话，是张勇打来的，说是在鱼市巷发现了共党头子汪然的踪影！父亲很兴奋，嘱咐张勇赶紧带人过去侦查清楚，先不要惊动对方，布置好以后，再一举捉住他。

父亲的卧室就在隔壁，窗户大开着，声音清晰地传到她耳朵里。以前她从不关心什么国民党共产党，自打知道他是共产党之后，她上心了，知道他身处极大的危险之中。南城门楼子上的那十二颗脑袋的事，她也是知晓的，他既然是共产党头子，捉住了还不得碎尸万段？

她决定，今天送他出城，等他到了安全地方，她再回来也是可以的，反正离出国日期还早，还有十天呢。

她简单收拾一下，先把几件衣物装进一个小皮箱。一阵汽车的引擎声之后，父亲坐车走了，不一会儿母亲也坐车走了，家里剩下奶奶一个人，老太太耳朵有点背，她打算什么都不告诉她，悄悄溜出去再说。想想就这么不打招呼走人，如果晚上回不来，家里会惦记，她又写了一张便条，压在床头柜上。

她准备得差不多，正要下楼时，奶奶却扶着楼梯上来了。老太太腿脚不好，平时很少上楼的，今天是怎么啦？她盯着立贞看，一脸的疑惑，缺牙的嘴一阵阵嚅动，似乎总感到宝贝孙女哪个地方不对劲。

"贞贞，你这是……要出门？"

"……啊，奶奶，我一会儿去见个同学……"

"见同学，带行李干啥？"老太太指一指放在地上的皮箱。

"……啊，我给同学带点东西……奶奶，这你就别管了。"

她上前扶住奶奶，想让她坐下。老太太偏偏不坐，抓住她手说："贞贞，今儿个不能出门。"

"奶奶，为啥？"

"奶奶夜里做了个梦，梦见不好的事情……吓死我了……"老太太指指心窝，似乎现在还心慌气短后怕，"所以呀，贞贞，今天你不能出门，要送东西，明儿个去！"

她有点傻眼。眼看时间到了，再耽搁，也许他真就要被抓了，一旦他出事，谁也救不了他。想到他是为了见自己，才冒险进城的，所以他一旦遇到危险，她是脱不了干系的，她会一辈子良心不得安宁……想到这里，她急出了汗。

但是老太太死死抓住她的手不让走，硬走，总不能把老太太推倒吧？她冷静一下，想了个主意，就放松下来，亲了老太太多皱的脸颊一下，撒娇说："奶奶，我听你的，今儿个不出门了，就在家看书，学英文，可不可以？"

老太太相信她了，点了点头，松开了手。她拿过一本书，坐到床上，装作学习的样子，不说话了。老太太见状，悄悄下楼去了。

老太太还是多了个心眼，下楼后，竟然到了院子里，搬个马扎坐下来，显然是在"监视"她。想从前门走，不可能了。

她刚才就想好了，从后门走，她有后门的钥匙。她先是小心翼翼地把箱子扔到楼后面的草地上，然后找了根绳子，一头拴到窗框上，接着站上窗台，顺着绳子出溜到地上。做这个时，她动作居然很麻利，丝毫没有拖泥带水。

快到中午时，老太太让仆人上楼喊贞贞下来吃饭，这才发现，她不见了。当时也没太当回事，以为她不过就是去会同学了。老太太担心的是，丫头下楼时是不是崴了脚？

到了晚上，余乃谦韩素君两口子回来，贞贞还是没回家，全家人都感觉不大对劲。余乃谦忙了一整天，中午都没顾上吃饭，指挥手下全城搜捕，汪然的被窝还是热乎的，竟然又让此人溜了，他心有不甘，十分扫兴。老太太又在唠叨贞贞私自跑出去的事，他烦躁地说："爱跑就跑，这时候了还来添乱！"

韩素君拿着女儿留下的那张纸条下楼来，递给丈夫。纸条上说，她今天跟朋友出去玩，晚上可能不回家了，不要等她，也不要担心她，不会有事的。

余乃谦放下纸条，愣了一阵，越想越后怕。贞贞长这么大，从来没在外面留宿过，她能去哪儿玩？想到汪然是她的老师，此人还曾托她办过事，可见他们关系非同一般……

冷汗霎时爬上了余乃谦的脑门。

14

天刚放亮，街上几乎不见行人，马车载着三人悄悄离开了牛店镇。

车厢里，余立贞和汪默涵相对而坐，都不说话。她老想问问他，这是去哪里？见他长久地低头不语，一脸的严肃，便打消了主动问他的念头，心想，总归是去一个安全的地方吧。他越安全，自己越放心。自己出城来，不就是希望他安全吗？最好是他一辈子都平平安安。

出了镇子后，在山前的一个岔路口，汪默涵吩咐杨师傅走小路。马车拐向坑坑洼洼的小路，进了山区之后，颠簸得更是厉害，像一条行在大浪中的小船。有好几次，立贞坐不稳，差一点倒在他怀里。她以为他会顺势搂住她，但是没有，他伸手扶她坐好，然后自己正襟危坐，满腹心事的样子，很少和她目光相遇，总是躲闪着她的眼神，和前两次见到的他判若两人。一时让她心下生疑：这还是前几天那个汪先生吗？

又走了半日，路上没遇到一个哨卡，她估摸已经到了安全的地方，似乎不需要她陪伴了。汪默涵让杨师傅停车，他下车找一处隐蔽地方，把身上的行头摘的摘，脱的脱，换上了那天和她在东湖公园泛舟时的打扮，重新上车，这让她顿时眼前一亮，仿佛那个她心爱的汪先生又回来了！

她的眼神炯炯闪亮，一路上的疲惫和不快一扫而光。

他淡淡一笑说："不认识了？"

"嗯。"她说，"不是，不是……感觉像做了个梦。"

接下来都不知说什么好，又无话了。

马车颠簸着前行一阵，停了下来。只听杨师傅说："先生，前边没路了。"

他说："就到这儿吧。"

他意味深长地看一眼她，欲言又止，终于道："贞贞，你跟车回去，好吗？"

这话提醒了她，他们就要分别了——难道是永别吗？她不知道，晶莹的泪水突然汹涌地从她眼眶里冒出来。本来他起身要下车，见状，他又坐下了。她实在控制不住自己，猛地扑到他怀里。一路上，她在心里责怪路难走，饭难吃，觉难睡，现在她真希望，永远这样走下去，不停顿，不回头，一直到地老天荒……

汪默涵也有点动情，眼角湿润了，他一手拍打她的后背，一手替她抹眼泪，可是越抹越多，仿佛在用她的眼泪洗手，进而洗涤他的心灵……他无力地说："杨师傅是个厚道人，你回去的路上会很安全……"

他又说："也许我们以后还会见面的……"

他接着说："希望你一生一世平安顺利……"

他还说："我欠你的，这辈子说什么也还不上了，如果有来生，愿做牛做马报答你……"

她只知道流泪，他说的什么，似乎一句也没有听清。不知哭了多久，杨师傅大声咳嗽起来，其实在用他的咳嗽声提醒二人："时候不早了，再不回，就得走夜路了。"

他最后替她抹一下眼泪，扶她坐正，咬咬牙，提着行李下了车。车帘子合上了。杨师傅费力地拉着马给车子掉转头，然后坐到车前辕上，挥起鞭子一扬，那匹矫健的枣红马腾起四蹄，朝来路走去……

汪默涵提着行李，顺着羊肠小道进山。他不敢回头。这次冒险进城，他本不想两手空空而回，他想做一个惊人之举，到最后，他还是放弃了。这个女孩无比单纯，像一张白纸，像一朵白云，像一滴露珠，像一朵将开未开的百合，他玷污了她的肉体，已经是莫大的罪过，他实在不忍心再把她拖到血与火的现实世界中。他打算找一个合适的机会向党组织坦白这件事，请求最严厉的处分。

这样想着，他加快了脚步。

似乎身后有什么隐隐的响动……是动物吗？山里有狼，有野猪，有野鸡，还有狐狸之类，不过大白天的，不用怕，它们不会伤人。山里也有零星土匪，打家劫舍，杀人越货，这个需要当心点，好在歹人喜欢晚上行动，如果白天碰巧遇到坏人，东西全给他们就是了，他们也不会轻易要别人的命。

身后的动静越来越不对劲。汪默涵收住步子，猛地回头看——

他吃惊地张大了嘴巴！

余立贞竟然提着她的小皮箱，磕磕绊绊追了上来！

他一时没反应过来，像块石头雕塑一样，凝固在了那里。

她气喘吁吁来到他近前，手一松，丢下手中的东西，张开臂膀，像一团火一样，冲进了他怀里！她喃喃地说："亲爱的汪先生，我想好了，不回去了，跟你私奔，一辈子跟着你……"

这回她没有流泪，语气很轻松，仿佛跟他走，是一个谋划已久的决定。

许久，他才无力地说："贞贞，这不可以……"

"不！我愿意！"她用力搂住他的脖颈，用脸颊堵住他嘴巴，不让他说。

"你会后悔的。"他咕噜道。

"不！我愿意！"

"跟我走，要吃很多苦。"

"不怕。"

"要流血牺牲。"

"不怕!"

"如果怕了怎么办？"

"你不怕，我就不怕!"

这下，汪默涵忍不住，眼泪终于下来了。他像个小孩子一样，一抽一抽地哭鼻子，把她吓了一跳。她搂紧他，腾出一只手拍打他的后背，想起小时候奶奶哄自己，调皮地说："我的乖乖，别哭了，吃块糖，甜甜嘴儿……"

她像变戏法似的，不知从哪儿真摸出一粒糖豆，猛地塞进他嘴里。他破涕而笑。她咯咯地笑了，笑得格外开心。

15

天将黑，他们不敢贸然进村歇息。汪默涵的箱子里面有干粮和点心，他弄来一缸子泉水，二人将就着吃下去，余立贞感到格外香甜，感觉是这一路上最可口的一餐。

这片山区汪默涵以前数次路过，他找到一个熟悉的山洞，二人凑合着度过了一夜。这一夜，他们和衣躺在麦草上，手拉着手，有时背靠着背，都睡得十分平静而踏实，一夜无事。天微微亮，余立贞被一阵悦耳的鸟鸣声惊醒，悄悄爬起来。到了山洞外，她看到东方的晨曦，像金丝银线那样铺洒过来，满目都是神奇温暖的色彩，像是给天地万物披上了一件金黄色的巨大的衣裳。一棵高大的核桃树上，有一蓝一灰两只漂亮的鸟儿在嬉戏亲昵，好听的叫声就是它们发出的。立贞走到树下，面带笑容扬起脸来，友好地冲它们伸出手臂。两只鸟儿并不惊慌害怕，而是一齐冲她欢快地鸣叫，她感到，它们一定是在用最动听的语言与她交流，说的都是它们的秘密，高兴地与她分享。两片抖掉的羽毛缓缓飘落下来，她伸手去接，接住了一片蓝色的羽毛。

汪默涵急慌慌高喊着立贞的名字跑出山洞，以为她不见了。两只鸟儿受到惊吓，振翅飞走了。它们临起飞时，一齐伸长脖子冲她猛地扇动一下翅膀，仿佛想带她一起飞走。

她对着阳光，端详一阵那片蓝色的羽毛，发现它美极了，她摘下一片树叶，仔细地包好，把它放进了贴身的衣袋里。

他们继续在大山里行进。这一日的行程虽然艰苦，但是一路上立贞却是非常开心，她跳进清澈见底没膝深的溪水里嬉戏，试图捉到一条好看的小鱼，或者掬起一捧水，洒向有些木讷严肃的他，吓得他一激灵。看到树上有小松鼠跳来跳去，她欢快地叫着笑着跑过去，扯下一根树枝，高高举起，想逗它们玩，它们却藏进了密叶中。一路上，有那么多好看的野花野果，也令她兴奋不已，不时摘下一朵花，别到头发上，或者摘下一个果子，咬一口，又苦又涩，她远远地甩出去，惊起一只野兔，又让她一阵欢笑。突然飘来一团一团的雾气，瞬间裹住了他们，虽然离得很近，但她却看不见他了，像是在云端，她有些害怕，大声喊道："先生，你在哪儿？"他故意不吭声，她更害怕了，摸索着找他，直到撞进他怀里……

因为开心，所以不觉得累。只是越往前走，她越纳闷——这是去哪里？她忍不住问他，他只是说，到了地方你就知道啦。她想，看他那么神秘，难道是带她去修炼不成？到深山老林里，找一处庙宇，他当和尚，她当尼姑？不过，这也挺好玩的，只要能和心爱的人在一起，每天能见到，让她干什么她都愿意。只是到了地方，得给家里写封信，告诉父母和奶奶，她不去美国了，她找到了意中人，她要和他在一起，永远在一起，家人不要再找她，合适的时机，她会回去看望他们……

想到这里，她又感到忐忑不安——父母还好说，奶奶那么疼她，老太太能接受这个结果吗？可别把老太太气出病来呀……

看到她那么开心，那么忘情，汪默涵也不由得有些神思恍惚——大山里头风光无限，既然她那么喜欢，何不找个隐秘之处，从此不问世事，两个人在此终老一生？随即他又坚决地否定了自己，他腾出右手，用力拍打几下自己的面颊——如此一来，你对得起牺牲的岚岚吗？对得起那些死去的英灵吗？有这种念头，说明你就是个十足的混蛋！你和苏小淘那样的变节者，有何区别？

他打起精神，带她进入一个长长的洞子——这是山中的一条秘道，出了秘道，经过一座天然形成的石桥，就看见了一片盆地，宛若进入了另一个世界。他松了一口气——总算是活着回来了。

余立贞望着突然出现的一片平地，也松了一口气。今天在大山里转悠了大半天，腿都要断了，如果不是跟着他，她早就走不动了。她抹一把脸上的汗珠，疲惫地冲他一笑。他说："我们到地方了。"

她点点头："太好了。"

她发现，他的脸色却突然变得严肃起来，就像一块石头雕刻出来的那样，让她感到格外的陌生。只听他说道："余立贞，我再问你一句——你跟我来，后不后悔？"

她摇摇头。

"如果现在后悔，你还可以走。"

她再次摇摇头。

"实话告诉你，我真名叫汪默涵，汪然是我的化名。"

她点点头，虽有一点惊讶，但这个不难理解，他取化名是为了保护自己，并不是有意骗人。

"记住——到了营地，我们就是同志关系。我们之间，不再是以前的……那种关系。你答应我。"

她咬紧嘴唇，点点头，然后问："你说营地……什么叫营地？"

"以后你就会明白。"

"……"

"既然你愿意留下来，那么从现在开始，我就是你的上级。以后不论对我，还是对其他上级，你都要坚决服从命令，无条件地遵守我们的纪律。"

脑子有点乱，也有些害怕，但她还是郑重地点点头。

"你要尽快加入我们的组织，成为队伍里光荣的一员，为革命事业而奋斗终生，即使牺牲生命，也在所不惜……"

他往下又说了一大堆话，要她这样要她那样，挺烦琐的，她还是没怎么听明白。到最后，他更加严肃地板起脸问她："余立贞同志，你都记住了吗？"

她懵懵懂懂地回答说："记住了。"

他不声不响地提起行李箱，往前走去。她提上自己的小皮箱，亦步亦趋跟上他，仿佛生怕他丢下她。二人一前一后，沉默地往前走，走了不一会儿，他们到了一棵大槐树下。远看时，以为它是一座山头，近了看吓一跳——这棵大槐树可真大呀，没见过它的人，很难想象世界上有这么大的树，它形如巨伞，树身三个人都搂抱不过来，枝干弯弯曲曲，顽强而有力地向外伸展，遮住了天，遮住了云，遮住了风。它的影子投射到地上，足有两三亩地大小。

她停下脚步，好奇地仰脸打量这棵树，他站在她身边，面色平和了些。她突然听到头顶一阵响动，接着就看到两个人仿佛从天而降——这两人就像两个特大号的松鼠一样，从浓密的树枝树杈树叶间漏了下来，轻盈地落在她和他面前，吓了她一大跳，张大的嘴巴半天合不拢，落叶像雨点一样飘落到地上和他们的头上、身上。

这两个人，腰里都别着短枪，一个瘦高孱弱，面皮发黄；一个矮壮敦实，像一只大号的麻袋，剃了青森森的光头，脸膛黑亮，腮帮上有几粒若明若暗的麻点。矮壮的人先是盯着她看，小眼睛瞪得溜圆，色眯眯的，吓得她赶紧往回缩，低下头，不敢看他。那人又转向汪默涵，冷笑两声道："本队长在这儿等了十天半月，你可回来啦！"

汪默涵厌恶地扭一下脸，呵斥道："罗金堂，你放肆！我是特委委员、副政委汪默涵，你不认识我吗？快带我去见江司令！"

那矮壮的名叫罗金堂的男人又是干笑两声，说："江司令早等急了，请吧！"话音未落，他飞快地探出一只手，没等汪默涵反应过来，已经薅紧了他的腰带，不费什么力气，就把他举过头顶。汪默涵徒劳地在空中挣扎着，虽气急败坏，却也无可奈何。

她看得傻眼了。

罗金堂哈哈笑着，像扔一捆稻草那样，手臂一扬，汪默涵就飞到了一丈开外，咣的一声砸到地上，激起一团尘土，疼得他嗷地叫了一声……

她吓得脸都白了，腿直哆嗦，有些站不住，嘴唇也哆嗦。看到自己心爱的人受人欺负，她哭叫着扑上去要撕咬那矮壮丑陋的男人。身后的那个瘦高个儿却一把抓住了她。这当儿，就见那矮壮的家伙掏出一根细绳，三穿两绕，把汪默涵捆成了粽子样，又从腰间扯出一个粗布缝制的头套，套到他头上，然后腰一弯，把他扛到肩上，回头对那瘦高个儿说："你狗日的还愣啥？走人！"

瘦高个儿抽出一根小绳，简单捆住立贞的手脚，然后拿出一个头套，罩到吱哇乱叫的立贞头上——头套里面一股子难闻的酸臭味，她的哭叫声立刻弱了下来，只觉得身子一横，她便来到了瘦高个儿的肩膀上。

从树上又跳下两个挎长枪的士兵，把两个箱子提在了手里。

16

这几日，余家人在煎熬中度过，凡是贞贞的同学，都打听过了，没人见到她，更无人和她一起外出游玩。除了同学，她没有朋友，不可能跟社会上的什么人一块外出。

老太太整天吵闹，茶饭不思，觉也不睡，不停地骂儿子堂堂一个警察局长，竟然找不到女儿下落，逼着他就是挖地三尺，也要尽快找到她。丫头如果有个三长两短，她也不想活了，一会儿说上吊，一会儿又说出门撞汽车。

韩素君惴惴不安提出，是不是贞贞遭土匪绑架了？余乃谦设想过这个，说，不会，如果土匪绑票，早就送信来索要赎金了。他最担心的不是这个，而是和那个正被通缉的共产党头子汪然有什么瓜葛。

全家人度日如年。余乃谦索性不去上班，让张勇告诉众人，他不小心感染了风寒，在家将休养几日。

是福不是祸，是祸躲不过，该来的终究会来。这天下午，邮政局的信差送来一封没有寄信人地址的信。韩素君先接的信，她总觉得字体面熟，自言自语说："像是贞贞的字……她写信干吗？"

韩素君不敢拆信，怕烫着手似的，赶紧捏着它到厅里递给丈夫。余乃谦接过信，一把撕开，只看了一眼，他就傻了眼。

这封信笺只有简短的几行——

爸爸、妈妈：

　　你们不会想到吧？我早已加入了中国共产党。组织召唤我，我去外地了。

　　请你们不要再找我，我会照顾好自己的。祝你们身体健康。

贞贞

没有日期，纸是从普通的作业本上撕下的。

余乃谦仔细看了看，字迹确实是贞贞的，女儿的笔迹很娟秀，像她本人，既不张狂，也不那么规规矩矩。

冷汗霎时打湿了余乃谦的后背。三日前女儿跳窗外出，他就有个不祥的预感，如今这个预感终于应验了！进入夏季以来的所有喜悦，顿时一扫而光！

老余家迎来了生死时刻……

他呆愣着，脑子里一团乱麻。

"都写啥了？"

韩素君的话把他唤醒，他像是拿着一份绝密文件，不知道该不该让她看。韩素君情知不妙，一把夺过信，瞄了瞄，一声尖叫，手一抖，信笺像一片树叶，缓缓飘落到地上。

"天哪！……她当共产党了……这个家，会毁她手里……这个混账东西……"

两个孩子里面，韩素君更喜欢儿子立文，内心里对立贞不怎么待见，大小事都是老太太护着宠着立贞，平时她是说不得骂不得。如今死丫头闯祸，韩素君终于可以出一口气了，她几乎失控，咆哮道："她就是个灾星！扫帚星！……堂堂警察局长家里，出了赤化分子，这不要命吗？"

余乃谦急红了眼，伸手去堵女人的嘴，他最怕老太太听到——老太太若是得知这个噩耗，还不得气昏过去。

"你给我闭嘴！"他低吼道，差点扇女人一嘴巴。韩素君冷静了些，气咻咻地大口喘息。这时，只听客厅门一响，老太太迈着小脚，咯噔咯噔进来了，吓了余乃谦一跳。老太太先盯着儿子儿媳看，又去瞅地上的信，然后又盯着儿子。余乃谦急忙掩饰道："娘，我和素君拌了几句嘴……一点小事，啊，一点小事，你不要管，你回房间休息去……"

老太太在外面听得一清二楚——这几天她耳朵出奇的好，什么动静都不放过。听说宝贝孙女入了共产党，她心里一阵一阵咯噔响。虽说她不懂这个党那个党的，但是儿子天天逮共产党杀共产党，情知沾上这个，那就是天大的灾祸……但她现在不怪孙女，就怪儿子，于是，她丢掉拐棍，突然一头朝儿子撞去，嘴里嘀里嘟噜道："你还我孙女……"

余乃谦吓得不轻，伸双手按住了母亲的肩膀："娘，你这是干啥？"

老太太一看撞不上儿子，想了想，转过身，又一头朝墙上撞去……

余乃谦大骇，一个箭步跨上去抱住母亲的腰，使了好大的劲，才把老太太"制伏"。就刚才老太太那力道，真要撞上，脑浆子都得迸出来！老太太差点一口气上不来，白眼珠子瞪了好一阵，才哭出声来，喊叫道："都怪你这个混账东西……你杀共产党杀出灾祸来了吧？"

余乃谦抹着脸上的汗，抬手甩出一串汗珠子，说："好好好，都怪我，都怪我……"

老太太不依不饶："这叫报应！人家平时杀鸡杀狗，还得求老天爷不要怪罪，你非要杀人……"

"娘，我杀他们是为了党国。"

"党国？……党国又不是你一个人的，你杀起来没个完！你急啥？这就叫报应啊……"

老太太呜呜地哭。余乃谦束手无策。韩素君在一旁冷冷地道："娘，他哪是为了党国，他不就是想升官吗……"

余乃谦对韩素君怒道："你少掺和！我升官还不是为了咱这个家。"

"都是你官迷心窍，害了贞贞。"老太太继续数落，"鬼找上门了，把贞贞捉走了……什么她入共产党，她是被小鬼给捉走了……"

老太太几乎疯了。余乃谦真是心如刀割，真恨不得让老太太打他一顿才好。

家里可真乱了套！

偏在这时，外面隐约响起两下汽车喇叭声。不一会儿，管家老常匆匆进来，小声禀报："四十七师郭师长来了。"

余乃谦和韩素君都是一个惊愕：贞贞出事，难道这么快他们就知道了？随即余乃谦否定了这个想法——不会那么快，即使知道了，姓郭的也不会为这事而来。他冲韩素君使个眼色，意思是让她赶快搀扶老太太到卧房歇着去，千万别再闹了，一旦贞贞的事传出去，他这个局长还怎么当？局长的宝座，屁股还没坐热，他可不想拱手让出。他整整衣服，吩咐老常，赶紧准备茶水点心，他亲自去迎。

果然一见面，余乃谦就猜出郭师长是为申之剑的事情而来。申之剑看来真是迷上了贞贞，竟然把郭师长搬来说合他和贞贞的婚事。这位郭师长大名郭炳勋，是委员长身边的红人陈诚将军的表弟。四十七师是中央军，兵强马壮，装备精良，驻防龙城已有四年，就连省主席等中央大员都得对姓郭的礼敬三分。他这个小小的警察局长，如果不是这事，郭师长是不会看上眼的，更遑论他屈尊大驾，亲自登门拜访。

余乃谦热情有加，把郭炳勋和申之剑迎进客厅，郭炳勋是军人，说话办事从不拖泥带水，而是直接切入正题，哈哈一笑说："余局长，兄弟是来提亲的，我的副官小申，是我最信任的部下，他人怎么样，兄弟就不瞎夸了，想必你也听说一二。"余乃谦急忙道："郭师长身边的人，还能差吗？兄弟我是一百个愿意，只是小女年少不懂事，只怕……只怕配不上申副官。"郭炳勋看着申之剑，申之剑赶紧表白道："余叔，小侄也是一百个愿意，愿同立贞小姐永结百年之好。"说罢，羞涩地低下头。郭炳勋哈哈大笑，余乃谦也赔着笑，心里盘算着，让立贞嫁给申之剑，他本有这个意，老太太也点过头了，他甚至合计过，让立贞先嫁给这小子再出国，也是蛮不错的。但是现在，立贞这一跑，全乱套了，谁知道她何时回来？她如果老不回来，怎么交代？还有，世上没有不透风的墙，如果她投奔共产党的事情败露，又该怎么交代？……

余乃谦心里一边盘算，同时还得伸长耳朵听边上的动静，生怕老太太再想不开胡闹腾。这天下午，对余乃谦来讲，真就像跳进了油锅里，百般煎熬，都快被炸透炸焦了，他还得表现得镇定自若，不能让对方看出心事。

好在老太太是明白人，知道贞贞的事一旦跑风，余家就会大难临头，所以这会儿她很老实，没出一点动静。不一会儿，韩素君满面春风进到客厅，余乃谦心里有点底了。

韩素君与郭师长又是一阵客套，趁这工夫，余乃谦闭上眼喘了口气。郭炳勋突然说："小姐呢？怎么不出来打个照面？"余乃谦支吾不清，韩素君反应快，说道："噢，丫头坐火车到南京看她外公去了，这不是要出国嘛，啊，过几天就回……等她回来，我让她专门去拜见她郭叔叔。"余乃谦悄悄瞪了一眼女人——丫头回不来，你怎么收场？

郭炳勋喝口咖啡，放下杯子说："余兄、嫂夫人，这样行不行？既然申副官和贞贞小姐两情相悦，双方长辈也都很乐意，咱何不今天就替他们做主，把这门亲事定下来？"

余乃谦和韩素君都有些发蒙，不知该怎么答复。郭炳勋大包大揽地说："申家那边，兄弟就替他们做主了。申副官，你爸妈不会有意见吧？"

申之剑站起来说："师座，我爸说过，申家的事，全凭师座一人做主。"郭炳勋一拍巴掌，又是咧着阔嘴，哈哈大笑说："这不就成了？余兄、嫂夫人，今天小弟就等你们一句话。"

余乃谦简直是万箭穿心，心里那个乱呀，脸上还得挂着笑。气氛有些僵。韩素君知道今天这事躲不过去，问丈夫："乃谦，你当爹的，得有个话呀。"余乃谦咕咚咕咚把一大杯咖啡灌进去，也不顾斯文了，抹抹嘴，定定神，说："郭师长，小女不在家，兄弟……兄弟今晚……打个电话，问问她啥态度，好不好？……她如果同意，咱们择日就办，择日就办……"

郭炳勋冷哼一声，明显是不高兴了。他愿意撮合这门亲事，亲自登门提亲，申副官又是那么年轻有为、俊朗能干、前程远大，对小丫头那么痴情，你余家还啰唆个球！

余乃谦脸色通红，面露尴尬，差不多要钻到桌子底下去了。韩素君干笑几声，随即又发出几声悦耳的笑声，似乎有了主意，悄悄碰了一下丈夫的腿，像个女侠似的，豪放地一拍茶几："郭师长！看您的面子，余家愿与申家结秦晋之好。今天咱就把帖子换了！"

此言一出，把余乃谦惊愣得合不上嘴——这个女人太不靠谱了，你把帖子换了，改天姓郭的来要人，你到哪儿去找贞贞？只见郭师长咧开大嘴叉子，吧嗒几声，也是一拍茶几，说："还是嫂夫人有魄力！咱就这么办！"

话说到这份儿上，余乃谦已经插不上嘴了，他心里七上八下，面皮僵硬着，尽量不吭气。申之剑打开随身携带的公文包，拿出一个写有他名字和生辰八字的红帖子，另拿出一张一千块大洋的银票作聘礼，双手恭敬地呈放在余乃谦面前的茶几上。韩素君面带喜色叫老常找来一张红纸，由老常代笔，把贞贞的名字和生辰八字写上，又写上愿与申之剑缔结婚姻，永偕伉俪之好之类的话，最后请媒人郭炳勋签名，折叠成帖子的形状，交给了申之剑。申之剑身着军装，没法给未来的岳父岳母磕头，他冲二人敬了一个标准的军礼。接着，四个人以茶代酒，互相碰了杯，都是一饮而尽。余乃谦感觉自己喝下的是一杯毒药。双方又简要商谈了下一步怎么办喜事。韩素君说，如果贞贞出国之前来得及，那就出国之前把事办了；如果来不及——毕竟这是婚姻大事，有郭师长给撑着罩着，得办得排场些——春节一定把她从美国叫回来，大操大办，让整个龙城都跟着喜兴。郭炳勋和申之剑完全同意。

客人走了之后，韩素君仍然是一副喜气洋洋的臭模样，余乃谦差点就要扇她一巴掌，他面若灰土，一屁股坐下，气咻咻地瞪着血红的眼睛，猛一拍沙发扶手，道："你把姓郭的当小孩子要吗？这出戏往下我看你怎么演下去！"

韩素君环抱双臂，不理睬他，居然哼起京剧来。余乃谦咆哮道："你个神经病！"

"我若是神经病，你就是个白痴。"韩素君指着男人的鼻子，"我问你，换过帖子，贞贞是不是申家的人啦？"

"那当然是。"

"这就好。她是申家的人——她投了共产党，那就和余家没关系啦！"

余乃谦顿时愣在那里。

"贞贞若是没多久就回来，好办。她若是不回来，好事不出门，坏事传千里，那是捂不住的，到时候我还想找申家，还有他姓郭的要人哪！"

余乃谦不由得心花怒放，双眼亮得像两盏夜晚的小灯笼，对夫人的这个高见，他彻底服了！如此一来，不管将来情况怎样，贞贞投共产党这盆脏水，至少有一半可以泼到申家头顶上了！郭炳勋保的这个媒，他也脱不了干系！有他担着，警察局长的宝座，看哪个敢来抢！

还有什么比这个结果更好的呢？余乃谦嘿嘿地笑了，像喝醉了酒。如果不是听到老太太又在哭闹，他差点就要搂住女人响亮地亲上一口。

17

两个部下把闷声不响的汪默涵和那个吱哇乱叫的女孩丢到特委书记、大阳山游击队司令兼政委江山脚下。自打汪默涵私自下山之后，江山的心一直悬着，一是怕他遇到意外搭上性命，二是怕他开小差，三是更怕他变节投敌——他甚至一度怀疑他去投敌——被敌人吓破胆的人，是什么事都做得出来的。汪默涵走前表现得很不正常，他是特委委员，知道很多游击队的秘密，因此江山命令部队加强警戒，坚壁清野，做好随时战斗的准备，以防他带领敌人前来偷袭大阳山深处的这个隐秘据点。这可是游击队最后的落脚点了，一旦失陷，那么队伍很可能作鸟兽散。

这片狭长的盆地长约一公里的样子，最宽的地方不过四五百米，更像是一道峡谷，四面都是高耸的山体。那棵老槐树就在盆地的北面，离出山的秘道不远，犹如一个屏障。东面沿山势修筑了几十间低矮的石头和茅草房子。这儿原是一个小村庄，就叫大槐树，游击队进驻后，老百姓吓跑了不少，后来又陆陆续续返回来一小部分，没人住的破房子成了游击队的营舍。

此时，在一座石头房子里，江山亲自给汪默涵摘下头套，拉下脸子瞪一眼罗金堂，斥责道："怎么绑汪副政委？快快松开！"

罗金堂翻了江山一个白眼，显然那意思是：你不下令，谁敢绑他？愣了愣神，罗金堂上前，麻溜地三下两下，就把汪默涵身上的绳子抽走，动作熟稔，看来他经常捆人。江山伸手搀起汪默涵，轻轻拍了他肩膀一下，笑道："默涵同志，人回来就好，人回来就好！"

"江司令……我想去报仇……可我没能完成任务……"汪默涵苦笑两声。

"君子报仇，十年不晚，不要急嘛！哎，她是谁？"他指了指躺地上的人。

这会儿余立贞没有哭闹，也没有挣扎。听到那个公鸭嗓子的男人说自己，她勉强坐了起来。瘦高个儿男人给她摘掉头套——夕阳太亮了，晃她的眼睛，她睁不开眼。瘦高个儿随即又把她手脚上的绳子解开。

手脚麻木，浑身酸痛，余立贞摇摇晃晃站了起来。她看清了，面前这个公鸭嗓子的男人——汪先生称呼他江司令——长着一副长方脸，个头中等，一身的灰粗布衣裤，脚上着布鞋，腰间斜插一支小手枪，面相和善，眼睛不大，一笑像一尊弥勒佛似的。

"哎，她是谁？"江山望着汪默涵。

汪默涵愣在那里，一时不知该怎么回答。

"默涵同志，她是谁？"江山笑着又问。

"她……她叫余立贞。"

"余立贞？我们的同志吗？"

"以后就是了，我想。"

"以后？哎，老汪，她到底是干啥的？这时候了，你还藏着掖着。"

汪默涵咳嗽两声，欲言又止。立贞以为他会说，这是他女友，顶不济也会说，这是我的学生。然而汪默涵却没有这么说，他又咳嗽几声，很困难的样子，小声说道："她爸爸……她爸爸是龙城警察局局长余乃谦。"

众人均是一震！自从十二个同志被杀，余乃谦成了游击队员眼中的大刽子手、大魔头，人人都想杀他的头，剥他的皮，吃他的肉。汪默涵竟然把刽子手的女儿弄来，是何用意？就连江山都蒙了。罗金堂恶狠狠地冲她瞪起眼睛，看那架势，真想把她生吞下去……

江山板起脸，低声喝道："罗金堂、杨天龙！"

二人立正回答："有！"

"带下去，严加看管！"

二人道："是！"罗金堂拿起绳子，把余立贞的双手捆上。她又是吓得不轻，求助的眼神望着汪默涵。汪默涵安慰道："立贞同学，别怕，没事的，服从命令就行。"

汪先生说没事，她心里踏实了些。这回没有给她戴头套，罗金堂和杨天龙一起，押着她出了屋子，去了另外一座石头房子。

屋里安静下来，江山示意汪默涵坐下。二人各自坐到一条石凳上，江山掏出烟荷包，卷上一支旱烟，点火，用力吸了一口。汪默涵说："江司令，我没经请示私自下山，我请求上级处分我……我就是想去复仇，死了也无怨无悔……"

"你手下兵没一个，枪没一支，拿什么报仇？胡闹嘛！"

汪默涵还想辩解，江山摆摆手："先不说这个。哎，那个余、余立贞，咋回事？"

到底咋回事，其实一开始就连汪默涵也有点犯糊涂。他一时杀不了苏小淘，更杀不了余乃谦——你杀光我的人，我虽杀不了你，但我也绝不想让你过好日子！他把余立贞带出来，就是想把她培养成最坚强的革命战士，使她成为余家的掘墓人！他能想象到，当那封他模仿余立贞的笔迹投出的信送达余乃谦手中时，余家一定会乱作一团！那封信就仿佛一把锋利的匕首，狠狠刺向那个大刽子手的心脏……

眼下，还有比这更好更痛快的复仇吗？

想到这里，他差点笑出声来。但是眼下，他还不能说出全部的实情，于是他轻描淡写地说："她是我的学生，自愿参加革命。我想她是有价值的，所以就把她带来了。"

"可靠吗？"

"绝对可靠。"

江山又卷了一支旱烟，大口吸着，把他那颗脑袋藏在了烟雾里，仿佛有意躲起来不让对面的人看清楚。他是大阳山东麓的江家店人，家里是当地富户，有二十多顷良田，二十八间房屋，十多头骡马等大牲口。本来是富足的日子，就因为他到青岛上学时，结识了共产党的人，受到熏陶，入了党，还把两个兄弟秘密发展为党员。一九三〇年夏天，他受党组织委托，潜回到大阳山故乡组织群众，伺机发动武装起义。为了动员农民和佃户入伙，他把所有土地的地契当众烧毁，宣称谁种地地归谁，还把大牲口无偿送给人家，又在家里成立农会，办起培训班，宣扬马克思列宁主义，因此得罪了族人，活活气死了老父亲。秋天，大阳山起义爆发，农民武装攻占县城，消灭了县保安团。鼎盛时期，手下人众有近两千人，成立了红二十七师，他任师长兼政委，后来又被中共地下省委任命为大阳山特委书记。动静闹大了，坏日子也来了，各路敌人蜂拥而至，反复进剿，队伍越打越少，前年他率残部辗转流落到大阳山深处的这片小盆地，暂时得以生存。红二十七师缩编成游击大队，还剩下八九十人，每天都有开小差的，偶尔也有人来投奔入伙。没有吃的，地靠自己种，枪弹越耗越少，难以补充，不知能撑到何时。

要说仇恨，他相信天底下超过他江山的，不多。你汪默涵这点仇算什么？不就死了一个老婆吗？当然，另外还有十一个部下。而他的部下，从起义算起，死了的，数以千计。这几年，他全家共有二十三口人被敌人杀死，他的两个党员弟弟先后战死，他的老婆被敌人挖出心肝，四岁的儿子被刺刀捅成了马蜂窝……这种仇，要报起来，一辈子也报不完啊！所以，即使手下所有人都跑光了，他也不会跑。他唯一能做的就是——只要不死，就要革命；剩下一人，也要坚持。

现在他最担心敌人渗透进来。列宁说过，堡垒最容易从内部攻破。只要内部团结，不出家贼，敌人一时半会儿也奈何他不得。可是这个节骨眼上，你汪默涵搞个警察局长家的小姐进来，干什么？说实话，我连你也是怀疑的，无组织无纪律，谁知道你这半月跑出去干啥？不会是领受了特殊使命，来搞里应外合的吧？

江山吸完三支旱烟，石屋里已是烟雾弥漫，像着了火一样。汪默涵呛得直咳嗽，他不吸烟，对吸烟的人比较反感，但他面前的是江山，他得忍着。江山收起烟荷包，表示他吸足了，象征性咳嗽两声，说："默涵同志，关于你私自下山的事，特委还要研究处理结果，结果出来之前，希望你配合。"

汪默涵诚恳地点点头。

江山披上一件旧大衣，出去了。门口已有两个战士守着，他小声叮嘱道："保护好汪副政委，不要让任何人靠近，也不要让他离开这里一步。"

18

天黑了，一轮弯月挂在天上，四周都是云彩。靠山根的一座四处漏风的石头房子里，余立贞被第三小队的两个士兵看守着。一盏昏黄的马灯的光亮，照着石桌上的一只带豁口的大碗，碗里是两个土坷垃般坚硬的地瓜面窝头，这东西以前她见过，但没吃过，知道难以下咽。她很饿，可她吃不下去，她没有胃口。她惦记汪先生，想见到他，和他在一起，尤其想问问他，为什么带她来这么个鬼地方。

一个黑影朝石头房子飘过来，门口的两个士兵挂着枪站起身，其中一个端枪低声喝问："谁？口令！"那个黑影并不说话，往前走了几步。两人看清了，是小队长罗金堂。罗金堂走到那个刚才发声的士兵面前，不满地捣了他一拳，怪他有眼无珠。"人咋样？"他小声问。

"好着呢。"另一个说。

"没你们的事了。"罗金堂挥挥手，示意他们走开。两个兵顺从地走开了。

透过柴门，借着灯光，他看到那个姓余的女子侧身躺在石桌边的地铺上，一动不动，像是睡着了。自从知道她是大刽子手余乃谦的女儿后，他心里一直有一股火气压不下。在他眼里，她亲爹杀害自己的同志，那老东西就好比是条恶狼，那么她呢？自然就是狼崽子了。他恨这些人。天底下那些有钱有势的人，他都恨，凭啥你们过好日子，有吃有喝有女人，俺们这些穷人啥也没有？

这样想着，愣了一会儿，罗金堂轻轻推开柴门。不想这时，那小女子伸手拿起一个窝头朝门口扔过来，砰的一声正好砸在他脑门上，然后弹落到地上滚了几下，被他抬脚踩扁。这女人，死到临头还张狂，以为这是在你家呀？姓汪的把你捉来，不就是为了给死去的兄弟姐妹报仇吗？于是，他怒从心头起，小眼睛雪亮，饿虎扑食一般朝地铺上蜷缩着的小女子扑了过去……他一把撕开她的上衣，看到她露出来的雪白的脖颈和浑圆的两只小奶子，刺激得他浑身血液沸腾，身体似乎要爆炸……

立贞拼死反抗，叫喊道："干什么！你们都是野蛮人……"

罗金堂感觉鼻头一热，原来被她张嘴咬了一下鼻子，鲜血流进嘴里。他更来火气，腾出一只手扒扯她的裤子。裤子扯到一半，突然感觉后脑勺不对劲—— 一个硬邦邦的东西顶住了他的青光脑袋！他知道不好，松开小女子，跪在那里，抬手抹了一把嘴唇上的血，然后双手举过头顶。

多亏江山及时赶来制止，才没有造成不可收拾的局面。江山收起枪，对身后的两个警卫兵说："捆起来！"

罗金堂梗着脖子，一副不服气的样子："江司令！她爹是杀人魔王，她也不是啥好东西，我是来替烈士报仇出气……"

"你狗日的还狡辩！"江山平时很少骂人，此时忍不住怒骂了一句。他黑着脸一挥手，那两个身高力大的战士扑上去，把罗金堂捆了个结结实实，押走了。

余立贞已收拾好衣服，背对着江山嘤嘤地低泣。江山安慰她几句，不便久留，也出去了。

罗金堂原是大阳山南麓七里寨的一名屠夫，整天杀猪宰牛，小日子也过得去，但因为相貌丑陋，脾气暴躁，一直说不上媳妇。一天，地主家的儿媳妇来买肉，他想调戏人家，没有得手。地主差人来捉他，他机智地逃走了，地主就把他老娘拉去磕头赔罪，还想借机霸占他家的二亩薄地，结果他老娘受到惊吓，当晚死了。月黑风高之夜，他携杀猪刀潜入地主家，把地主和地主婆杀了，官府通缉他，他在逃跑的路上滚下山崖，遇到江山带队伍转进路过，救活了他，他就入了伙。这人有一个最大的特点，不怕死，打起仗来十分英勇，目前游击队仅有的三十几支长短枪，差不多一半是他从敌人手里夺来的。他成了江山手下最能干的人，江山让他当第三小队的队长，在他带动下，原本打仗时老往后缩的三小队，成为游击大队的主力，每有重要任务，基本都是三小队上。江山早有了发展他入党的打算，准备重点培养他，日后好挑大梁。就因为罗金堂有个天大的毛病——喜欢调戏女人，屡教不改。队伍里，他只听江山的，根本不尿其他领导人。副司令冷长水曾经提出，这人老是破坏群众纪律，流氓成性，不服从领导，违抗命令，影响很坏，早晚出大事，游击队不能要这样的人，得想办法除掉他——除掉他，江山当然舍不得，眼下正是用人的时候，以后打仗靠谁呢？江山曾经考虑过，是不是像劁猪那样，找个时机把他给劁了？

今天罗金堂又惹大祸，让江山很是恼火，也许这正是个劁他的好时机！江山琢磨着，是不是尽快动手，由谁来动手。似乎也想不起来，队伍里谁会干劁猪这活儿，得先打听一下。同时还担心，给他去了势，他还能像过去那么勇猛吗？如果他由猛虎变成一条蔫狗，这又有什么意思呢？

一时拿不定主意。

翌日早晨天亮后，余立贞睁开火辣辣的眼睛，顿时吓了一跳，赶紧坐起来——铺旁石凳上坐着一个女人，不知何时进来的。这人粗手大脚，圆脸盘，大眼睛，紫红的脸膛，齐耳短发，穿着男人那样的灰布衣裳，腰粗腿壮。石凳上一个大碗冒着热气，是一碗掺有野菜的稀粥，另一个小碗里放着两个光滑的地瓜面窝头，像是新拿来的。

余立贞问道："你是谁？"

那女的不冷不热地说："现在不能告诉你。快趁热吃吧。"

"我不吃。"

"是不是嫌难吃？在我们穷人眼里，这可都是好东西。你这阔人家大小姐，享福享惯了，不吃拉倒，饿死活该！"

"我要见汪先生。"

"这儿没有先生，只有首长和同志。"

"他是汪、汪副政、政委。"她磕磕巴巴地说，因为她实在搞不清这是个什么官衔。

"人都说汪副政委犯错误了。你不能见。"

"他犯啥错了？"余立贞一惊。

"这个嘛，不能告诉你。"

愣了愣，立贞站起来："我就要见他！"

"你哪儿也不能去！"那女的伸手拉住她，力气大得很，差点把她拽倒。

从这天起，看守余立贞的，换成了杨淑芳。游击大队就她一个女兵，以前最多时有过五个，牺牲两个，病死一个，跑了一个，只剩下杨淑芳了。

下午，外面出奇的静，队伍拉到平地上搞训练，练习投弹和刺杀。余立贞仍然是不吃不喝，打来的饭，都让杨淑芳吃了。吃饱了肚子容易犯困，杨淑芳坐在石凳上迷迷糊糊睡着了，还打起了小呼噜。余立贞强撑起身子，离开地铺，轻轻拉开柴门，溜了出去，杨淑芳居然没察觉。余立贞想跑，逃离这个鬼地方……却又想起自己曾经答应过汪先生，来了不后悔，留下是自愿的，心想就是走，也得汪先生同意，最好拉他一块走。于是，她定定神，穿过一片稀稀拉拉的高粱地，辨认着方向，寻找昨天初见江司令的那个石屋子。

她想跑，其实她更饿，眼里直冒金星，脚步踉踉跄跄。长这么大，从没这么挨饿过，以前根本不知道饿的滋味，这一天一夜似乎把一辈子该挨的饿都尝到了。经过一个茅草屋，屋子里面没人影，柴门半开着，门里头有一张破旧的小木桌，掉了一条腿，桌上摆着一个盘子，里面好像有三个圆圆的东西——两个小圆东西，一个大圆东西——她是饿晕了，眼花了，看不太真切。她眨巴几下眼睛，终于看清了，那两个小圆东西，是两个鸡蛋，那个大圆东西，是一个金黄色的面饼子，估计是个玉米饼。

她迈不开步了，左右瞅瞅没人，便进了屋，蹲下，拿起一个鸡蛋，敲开，壳都没剥净，就塞进嘴里，狼吞虎咽，接着把另一个鸡蛋剥了壳，捂进嘴，然后索性三下五除二，又把那个大圆饼子囫囵吞掉……感觉好香呀，长这么大，似乎从来没吃过这么好吃的东西，噎得她直翻白眼，连连呃气。桌边有一个破搪瓷缸子，里面有水，顾不上卫生不卫生，她端起来，咕咚咕咚喝了个底朝天。吃罢喝罢，一时忘了自己往下该干什么，愣了一阵，才起身欲往外走。

但是没等她站起身，突然有一只瘦骨嶙峋的手臂伸了过来，五根手指像一只铁爪子，死死扣住了她的右手腕，吓得她一声尖叫！原来木桌旁边有一个地铺，铺上堆了乱糟糟的麦草，麦草下面刚才躺着一个人，是一个头发花白的老太婆。老太婆抓住她的手腕，她想跑，一用力，就把老太婆给带了起来。

老太婆发出沙哑的嗓音："偷吃俺的东西，还想跑……"

说话间，覆盖在老太婆脸上的几缕灰白头发往两边散开了，立贞定睛一看，顿时骇得魂飞魄散！老太婆枯瘦的脸上有两道长长的刀疤，从额顶几乎到达下巴，疤痕鼓了起来，仿佛脸上卧着两条丑陋的蚯蚓，像个巫婆，太吓人了！她失声叫起来。老太婆松了手，一笑，笑容却显得慈祥，让立贞想起自己的奶奶，不那么害怕了。老太婆说："闺女别怕，俺是人不是鬼。"

"婆婆，我吃了你的东西，对不起……"

老婆婆又是一笑，转身到地铺那儿，摸索一阵，扭过脸来，手里拿着几个核桃，说："闺女，这个给你。"

立贞急忙摆手，表示不要。老婆婆不高兴了，硬把核桃塞到她口袋里，然后上上下下端详她，弄得她很不自然，想走，又不敢动。老太太看够了，张开缺牙的嘴嘿嘿一笑，突然道："你是从哪儿钻出来的俊闺女？……天上下凡来的？……给俺儿子当媳妇吧！"

又把立贞吓得一个激灵！

"余立贞，你怎么跑这儿来了？"江山出现在门口。

"儿啊，娘给你找了个俊媳妇，就是她！"老婆婆伸手抓住立贞，"不能让她跑了！"

19

老婆婆是江山的母亲。自从大阳山起义之后，经过六年的战争、杀戮、颠沛流离，江家一族只剩下江山和他的母亲。他母亲亲眼看见儿媳妇和孙子的惨死，从死人堆里爬出来，精神受到刺激，脑子时好时坏，幸好她腿脚尚灵便，胃口不差，勉强跟得上队伍，所以这几年江山一直携带母亲在纵横三百里的大阳山区活动。杨淑芳来了后，她和江母住行一起，平时由她来照料。

清醒的时候，江母有一个最大的心愿——给儿子物色个好媳妇，尽快生一群小孩子，好使江家一族人丁兴旺；糊涂的时候，一见俊俏闺女，她就拉着人家的手不放，甚至拽着人家入"洞房"，闹出不少笑话。

这时，杨淑芳心急火燎地跑过来，想把余立贞拖走。江母死活不让，仿佛遇到坏人强抢她儿媳妇似的，又哭又叫。江山挡住母亲，杨淑芳才把立贞带回到囚禁她的石屋子。进了屋，杨淑芳掩上柴门，想出一个主意，二话不说上前把立贞摁到地铺上，三两下就把她裤子扒了下来。立贞害臊脸红，徒劳地挣扎，不知这粗手大脚的女人要干什么。杨淑芳把立贞的裤子卷起来，丢到门口，一屁股坐上去，倚住柴门，扬扬得意地望着她说："看你还往哪跑！"

立贞几乎给她气哭，心想这里的女人也是这么野蛮，拉过一条破被子盖住只穿着小裤衩的下身，躺到地铺上。不一会儿困意来袭，她很快睡着了。

夜里，杨淑芳睡在柴房门口，铺的是麦草，盖一件大衣。她其实不担心余立贞逃跑，这地方四外都是山，别说一个弱女子，就是条壮汉，要想逃出去，也不易。内心里，她甚至希望她逃掉——这样的人来革命队伍里，肩不能挑手不能提，留下没啥用，白白糟蹋粮食。

杨淑芳的老家离这儿一百多里远。从小她就能干，下地种田，上山砍树，她不比一个小伙子差。成年后，来提亲的不少，偏偏她爹财迷心窍，看上了外村的富农王有财。按说嫁个有钱人是好事，哪个姑娘不想？问题是王有财刚死了老婆，爹竟然让她去给王家填房！更要命的还不是这儿——那王有财个子比她还矮，头上一根毛没有，苍蝇飞到上面都站不住，要多丑有多丑。她性子烈，死活不同意，她爹把她吊起来打，三天不给她饭吃，她就是不松口。后来她上过吊，没死成；投过河，还是没死成。她爹收了王家的聘礼，出嫁的日子眼看到了，她爹日夜守着她，怕她有意外。恰在这时，江山带队伍来庄上发动群众，这成了她唯一的活路，她假装同意嫁人，她爹放松了警惕，她瞅个空子跑出去，坚决要求入伍。当时队伍上已有几个女兵，江山点头收下了她。她爹跑到队伍上要人，让罗金堂给轰走了。不几日，队伍开拔，越走越远，她悬着的心彻底放下了。

参加队伍后，她很开心。只有一件事情不开心——江司令的娘见着别的闺女，上去就拉人家做“儿媳妇”，她天天和江母住一起，江母却是一次也没对她这样做过。

余立贞这一觉睡到天光大亮。夜里她还做了个梦，梦见她和汪先生翻山越岭逃了出去，千辛万苦回到龙城的家，告诉爸妈说‘我给你们带来一个乘龙快婿，赶快给我们办喜事’。奶奶还好，爸妈死活不同意，要把汪先生打走，甚至威胁要把他抓起来关监狱。没办法，她只能又带着汪先生逃出家，到大街上流浪。汪先生对她说‘贞贞呀，以后我们就是要饭当叫花子，也不分开’。二人张大嘴啃着讨来的黑面窝头，她甜蜜而知足地冲他笑……

梦好像还没做完，就觉着有人动她的下体，一下子把她吓醒——原来是杨淑芳给她穿裤子。她噘起嘴不高兴——我的裤子，不能你想脱就脱想穿就穿，她就不配合，杨淑芳费了好大劲，硬是没穿上。杨淑芳急了，一甩脸子：“不穿拉倒！一会儿有人来，看谁丢人。”

“谁来？”

杨淑芳不吭声。

“汪、汪副政委？”

“还能谁来？罗金堂！”

一听说罗金堂，吓得立贞赶紧穿好裤子爬起来，理了理头发，整了整衣襟。心想那个秃子如果再敢欺负她，就张嘴把他的狗鼻子咬下来……

这时，门口脚步一响，江山推开半掩的柴门，进来了。杨淑芳规规矩矩敬个礼。立贞站起来，手脚没处放，不知怎么办好。江山示意她坐下，她坐到地铺旁一个小马扎上。江山又示意杨淑芳出去。杨淑芳看上去虽不太乐意，但还是识趣地出去了。

江山坐在石桌的一角，没说话，先从口袋里掏出一把红枣，才说道：“我娘非要我捎给你，不然她闹起来没个完。”

"……谢谢……老婆婆。"

"她脑子坏了，请你不要介意。"江山把红枣放到一旁。

接下来，是一段难堪的沉默。昨晚特委开了个紧急会议，一是商议对汪默涵的处理，二是商议怎么处理这个余小姐。她是大刽子手余乃谦的女儿，但据汪默涵说，她又是自愿来投奔革命队伍的，这其中的巨大反差让人不可理喻。她为什么要革命？她的阶级觉悟从何而来？这让江山等人颇费踌躇。江山甚至怀疑她不是余乃谦的女儿，而是个冒牌货，乃至是个国民党女特务……

江山清清嗓子，露出和善的笑容，说："余小姐，我们这儿太艰苦，没吃没喝的，让你受罪了。"

余立贞轻轻一笑。昨天饱饱吃了一顿，遇到个好心的、给她东西吃的老婆婆，夜里又睡了个好觉，她精神头儿不错，所以现在她并不觉得苦了。面前这个慈眉善目的男人，给她的印象也不错，尤其是昨晚，要不是他，自己肯定被那个罗金堂给玷污了，一旦身子脏了，哪还有脸见汪先生？只能去寻死……如此说来，是江司令救了她一命。江司令算是她的恩人，她感激他。

"余小姐，我问个人，你看你知道不？"

江山的公鸭嗓子把她拉回到现实中："江司令，你请讲。"

"你知道马克思吗？"

她微扬一下小脑袋，怔了怔："马克思？"

江山点一下头。

"我班里有个同学叫马小思。是他吗？"

江山摇摇头："哦，我再问你，知道列宁吗？"

"我只知道二班有个同学，叫李宁。"

这下江山心里有了底。这个女孩子没有一点阶级觉悟，单纯得很，啥都不知道。就她这样，绝不是冒充的，更不可能是什么特务，世界上没有这么笨的特务。但是，像这样的达官贵人家的孩子，如果缺乏信仰，没有很高的无产阶级觉悟，是很难真正融入革命队伍的，进来了也待不长，你汪默涵把她弄来，究竟图个啥？

他这样想着时，余立贞咬着嘴唇，面带焦虑之色，问道："江司令……听说汪、汪副政委犯错误了，他、他还好吧？他不会有事吧？"

"你告诉我——为什么跟他来这里？你先如实回答我，我再回答你的问题。"

她用力咬咬嘴唇，张口道："我……"想想不对，她急忙抬手捂住嘴巴——来的路上，他嘱咐过她，到了营地，他们就是同志关系，他们之间，不再是以前的那种关系。显然是让她保守秘密。

江山笑眯眯地望着她："余小姐，有啥说啥吧。汪副政委是党的高级干部，对组织不能有任何保留，他全都说了。"

既然他都说了，那她就不怕了。于是她心口一松，脸蛋红了红，低头道："我……我是喜欢他，才跟来的……"

江山一怔："喜欢他？"

她点点头。

"多久了？"

"……半年，不，有一年多了……"

江山终于想明白了，他拿出烟荷包，卷上一支"老炮筒"，划根火柴点上，用力吸了两口。辛辣的烟雾弥漫在屋里，立贞咳嗽起来。江山把半截烟头丢掉，抬脚踩住，心里同时蹿出一股怒火——你汪默涵有老婆，还勾搭人家小姑娘；工作失误，致使龙城地下党全军覆灭；老婆刚牺牲，借口去城里报仇，实则去和余小姐会面。这还像个共产党员吗？

对汪默涵的处理意见在江山脑海里快速形成：先撤销他特委委员、副政委职务，保留党籍，让他停职检讨，以观后效。

立贞观察着江山的面色，小声道："江司令，你还没说汪副政委呢……"

"噢，他没啥大事，没啥大事！你小孩子家甭担心。"江山慈眉善目地呵呵一笑。

但是，立贞不相信。杨淑芳明明说他犯了大错误，江司令却说没事。这时候她更相信杨淑芳的话，不然来的那天，那个罗金堂怎么敢捆绑他？如果他没被关起来，为啥不来看自己呢？

"江司令，我能做点啥吗？"立贞问道。

江山心想，你能做啥？营地里突然来一个如花似玉的女人，只能是添乱。而且她没有一点觉悟，在这种艰苦的环境下根本待不住，对汪默涵影响也不好，不如找个时机把她打发走……

但是把她放走，又有点不甘心，毕竟她父亲双手沾满了革命烈士的鲜血，只怕同志们也不答应……他这样想着时，余立贞嗫嚅道："江司令，我知道我爸欠了你们的，他不该杀人……"

"这个嘛，这是政治，你小孩子家，不懂这个，我们不怪你。"江山严肃地说。

"但我知道欠债要还。要不，让我爸派十二个人来，你们把他们……也杀了？"

江山笑笑。心想这余小姐还真是个没长大的小孩子，把杀人当成小孩子过家家了。他收住笑，正色道："我们共产党不是绿林好汉，不做这样的交易。"

话毕，江山起身往外走。她站起来急道："江司令！那你们还想要啥？"

江山停住脚步，心想想要的东西多啦！需要人，需要枪，需要粮，尤其需要枪弹——有了枪，就不愁聚不起人，更不愁搞不到粮。以前，枪得靠打仗才能搞到，为了保存革命力量，眼下他不敢打仗，半年多来他总是避战，不得已才小小地打一下，因为他再也禁不起失败……

"你们要啥？钱，我妈有；枪，我爸有。江司令，你说吧，我给家写信。"

江山其实最想要的就是这句话，内心一阵狂喜。但他装作满不在乎，说："你一个小孩子家，写封信管啥用！"

"咋啦？你不相信我？"她有点急了。

20

江山差人送来纸和笔，余立贞按江山的意思写了一封信，大意是，她已成了共产党的人，但因为爸爸下手太狠，得罪了共产党，她在这边日子不好过。希望爸妈看在女儿的分上，支援她所在的队伍一些枪支弹药，不多要，只要一百支（长短枪各半），子弹各两千发，本月二十日正午之前，送达大阳山北麓官家寨西三十里的垭口，这边会派人接应。如果爸妈不答应，女儿的日子会很不好过。如果答应了，她想回家的话，这边不会阻拦。

信写好之后，江山和特委的同志进行了研究，当然汪默涵不能参加，也不会征求他的意见。会上，有人提出，不能狮子大开口，应适可而止，量力而要，不如减半，改为长短枪共五十支，子弹两千发，这样稳妥点。江山自有他的主意，他认为，价码不能开太低，对方一定会讨价还价，就像谈生意一样，你得给他留出杀价的空间。他坚持按这个数目来。

　　定下来后，余立贞用草纸糊了个信封，把信封好。

　　派谁去送信是个大问题。汪默涵路熟，按说他去最合适，但他正遭通缉，去了会有很大风险，再说江山现在并不信任他，他借机逃跑投敌，并非没有可能。罗金堂胆子大，不怕死，他犯了错误，派他去执行这一艰巨任务，如果顺利归来，算是戴罪立功，过去的事情可一笔勾销，问题是他太粗心，不适合干这事。江山琢磨来琢磨去，最后决定派杨天龙去。

　　杨天龙是大槐树庄的人，家原先就在大槐树附近，前年夏天下暴雨，一个炸雷，大槐树安然无恙，却把他家石头房子劈了，他爹娘妹妹惨死在里面，他出去抓野兔，躲过一劫。江山带队伍转进到这里后，无家可归的他加入了队伍，表现还不错。他平时少言寡语，一天说不上三句话，但他比较机灵，办事不毛糙，而且他从小在山里摸爬滚打，练出了敏捷身手，攀山上树如履平地，派他去龙城，三百多里路，正好可以派上用场。

　　杨天龙很痛快地接受了任务，换上便衣，来余立贞住的地方取信。立贞却不给他，说还要问江司令一句话。杨天龙赶紧把江山喊了来。

　　"江司令，事情若成了，我就能见汪副政委了吧？"她问道。

　　江山点点头说："就是不成，你也可以见他。"

　　她这才把信交给杨天龙。杨天龙揣好信，出了屋。她又喊他停下，拿出一个小信封交给他，说："要是我爸不相信你，你就把这个拿给他看。"

　　三日后，杨天龙找到余家，亲手把信交给余乃谦。余乃谦接过信，看了一遍，脑袋登时要炸。贞贞的笔迹没错，他不怀疑是假的，但是他决不能就范——这事传出去，那就是资敌，甚至是通敌！他不但做不成警察局长，搞不好还要掉脑袋！余乃谦脑子飞速地想着主意——最好的办法就是不承认这是贞贞写的。

　　于是，他把信一撕两半，丢到地上，故作镇静地指着杨天龙说："信是假的，少来蒙老子，你给我赶快滚出城去，不然我敲掉你脑袋！"

　　杨天龙不说话，不紧不慢又掏出那个小信封递过去。余乃谦接过撕开，从里面倒出一把金灿灿的长命锁！这东西他当然再熟悉不过，贞贞一出生，就戴在了她脖子上，十八年来从未离过身。长命锁是老太太当年找人打制的，一共两把，另一把戴在立文脖子上。他知道来者不善，再不承认，怕是应付不过去。他思忖着不如先来个缓兵之计，把来人打发走再说。

这当儿，老太太拄着拐棍过来了，一眼看到那把长命锁，惊慌道："贞贞呢？……我的贞贞在哪儿？……"

自打贞贞离家后，这些日子老太太每天都缝补旧衣服，韩素君明明给她买了那么多绫罗绸缎，她就是不爱穿，偏要往那些穿了不知多少年的旧衣服上打补丁，偶尔自责地冒一句："唉，都怪我，都怪我糊涂，那天怎么没看住她……"每逢家里来人，她都要过来瞧瞧，看是不是有贞贞的消息。

老太太丢下拐棍，几乎是扑过来一把夺过那把长命锁，举起来看了看，颤颤巍巍地冲着杨天龙说："你快告诉我，贞贞咋样了？"

余乃谦伸手搀住母亲，故作轻松道："娘，贞贞在那边好好的，你不用怕。"同时使眼色让杨天龙离开。杨天龙既不说话，也不走人，余乃谦只好说："这位兄弟，后街不远有个朝阳旅社，你先到那儿歇息，有事我会派人找你。"

杨天龙这才一声不吭走了。

余乃谦打电话把在外打牌的韩素君叫回家。韩素君看了看那封撕成两半的信，一时也没主意。老太太已经知道了贞贞来信索要枪弹的事，把手上的金镏子，耳朵上的金耳环，手腕上的金镯子，都摘了下来，还把抽屉里的十几个大洋拣出来，都放到余乃谦面前的茶几上，说："把这些东西卖了，买枪！……还不够，把那些我不穿的好衣裳卖掉，以后我每天吃一顿饭，省下钱买枪！"

余乃谦烦躁地说："娘！你就别添乱了，回屋歇着去。"

老太太道："你们不答应贞贞，今晚我就不吃饭了！"

韩素君冷着脸，一言不发。老太太转向她："贞贞她妈，你不是天天在外搞钱吗？你咋不把钱拿出来，帮帮孩子？你当娘的，不心疼啊？孩子在那边，要不是为难，她能张这个口吗？……那边会很苦吧？吃不上喝不上，是不是还有狼？……呜呜，我的贞贞，好可怜呀……"

老太太又哭开了。韩素君不为所动，从牙缝里冒话道："我的钱也不是天上掉下来的，都是辛辛苦苦搞来的，一百杆枪，四千发子弹，得多少钱买齐？我那点儿钱，差远了！不如把我卖了吧！"想了想，又道，"这样吧，子弹钱我出。乃谦，你当爹的，剩下的你看着办吧！"

余乃谦捂着半边脸，似乎牙疼得厉害："我局子里那点破武器，都是有数的，拿走一百支，还得了！还不得要我的命！"

一时没有办法。

韩素君气哼哼道："你说我怎么生了这么个东西，你去投共不说，又来要枪要炮，就差要爹妈的老命了……要我说，不理他，共产党那边爱咋办就咋办，我就不信他们敢把她怎么样！"

一听不管，老太太又要拿头撞墙。余乃谦赶紧抱住老母亲，答应立刻想办法。愣了一阵，他猛一拍大腿说："贞贞和申家定亲了，那她就算是申家的人吧？何不找申之剑和郭师长想想办法？"

韩素君眼前一亮，一拍巴掌："有道理呀。"

"四十七师是中央军，他们在西郊还有军械库呢，百八十支枪不算个啥吧？"余乃谦越说越兴奋。

"可是这样一来，贞贞投共的事也怕瞒不住了。"韩素君担心的是这个。

"瞒不住是早晚的事，老窝在心里也是别扭，不如借这个机会捅开算了！"余乃谦想豁出去。

"你一旦捅开，申家会不会退帖悔婚？他要是不管了，你不但搞不来枪，还把这事泄露出去，怎么个收场？你的官还当不当？总不能咱俩也带上老娘去投共产党吧？"

这下又把余乃谦给难住了。老太太只知道哭，说不论多难，都不能不管贞贞。余乃谦在客厅里踱了十几圈，想出一个主意，他忙不迭地跑到书房，一会儿工夫出来，手里拿着一封信，递给韩素君。

上面这样写道——

爸、妈：

今天上午我被共产党的人绑走了，现在一个山洞里。他们说，只要你们拿一百支（长短枪各半），子弹各两千发，本月二十日正午之前，送达大阳山北麓官家寨西三十里的垭口，就能救我的命。爸妈一定救我。共产党说话算数，东西送到，他们就放我回家。

女儿贞贞上

余乃谦基本模仿了贞贞的字体，好在申之剑不认识贞贞的手迹。韩素君放下信，挤出一个笑："乃谦，这办法倒是不错。"

"那就死马当活马医，试试看吧。"

韩素君提出，东西是不是多了点，不能对方要多少给多少，干脆减半，以免郭师长嫌多找借口拒绝。余乃谦又去书房重新改写了一遍，用来人捎来的那个信封装好。接着二人又商量了一下有关细节，就说贞贞从南京回来当天下午，出去找同学告别，晚上没回家吃饭，哪想到就出事了。然后，他们坐车直奔四十七师师部，先找到申之剑，又一起到了郭炳勋的官邸。韩素君近来学京戏，唱戏的本事进展不大，演戏的本领长进不少，一路上哭哭啼啼的，装得很像，泪珠子把胸前打湿了一大片，见了郭炳勋，腿几乎站不住，差点跪下，让余乃谦给搀住了。她一把鼻涕一把泪地说："郭师长呀，贞贞是我的孩子，也是你的孩子，马上又是申家的儿媳妇，你可得管管这事呀……"

郭炳勋坐在太师椅上，倒是很冷静，从申之剑手里接过信，仔细看了看，又从余乃谦手里接过那把长命锁，拿在手里把玩。申之剑以前见余立贞脖子上戴过这东西，立正道："师座，没错，是余小姐的。"

郭炳勋把信和长命锁往桌子上一放，拿过一支大雪茄，申之剑赶紧掏出打火机，给他点上，他用力抽两口，却是一句话不放。余乃谦和韩素君心下惴惴。申之剑小心翼翼道："绑贞贞的人，一定来自大阳山。师座，大阳山的匪患一直未除，卑职愿带一营人马，前去剿灭他们，永绝后患！"

郭炳勋哼了一声："你的未婚妻还在人家手里，你怎么去打？蠢！"

申之剑又是一个立正："可是师座，咱总不能乖乖就范吧？"

郭炳勋沉默着，昂头吸雪茄。

韩素君抹着泪说："郭师长呀，这事耽搁不得呀……"

郭炳勋说："孩子不是马上要出国吗？怕是来不及了。"

余乃谦说："咳！哪还顾得上出国。把她弄回来，就让她跟姑爷拜堂成亲！"

韩素君补一句："郭师长，回来我让她拜你做干爸，你可是她救命恩人，再生父母……"

三人都紧张地看着郭炳勋。郭勋炳把雪茄往烟灰缸里一放，拿起那封信，捏成一团丢进废纸篓，道："二十日，还早呢，急什么！"

21

无论是大阳山的江山、余立贞，还是龙城的余乃谦一家，都挨过了揪心的几日。

离交货时限还剩五天，老太太病了，躺在床上，眼见着瘦了一圈，不吃不喝，送她去医院，她就是不去，只好把大夫请到家里把脉诊疗，又是派人去抓药，又是熬汤药，弄得家里乱作一团。余乃谦最担心老母亲身体扛不住，如果老人家有个三长两短，他就是个不孝之子啊！

余乃谦坐立不安，又把女儿写的两封信拿出来看，三看两看，发现了问题——两封信上相同的字，不比不知道，一比吓一跳——笔画竟然有较大区别！他找来放大镜比对，更加证实了自己的判断——第一封信很有可能由别人伪造代写——难道贞贞真的遭到绑票不成？

这个发现让他后脊梁骨发凉，却又不敢说出口，怕老母亲再次受惊吓，加重病情。现在只能盼着郭师长尽快出手相助。后一封信上不是说了吗？"如果答应了（条件），她想回家的话，这边不会阻拦"，这显然就是个交换条件呀！

还剩四天时，终于等来了消息：郭炳勋大方地答应了信上的条件。这让余家真有点感恩戴德了，老太太也不用再服药，吃下两个大馒头，当天就下了床。余乃谦亲自到朝阳旅社找到杨天龙，告知他赶紧回去禀告，以便按计划接货。

申之剑曾经提出，弄几杆破枪对付一下就算了，郭师长却不干，说要么不干，要干就干个漂亮的，大方点嘛，全给新的，就当你小子送给未婚妻的见面礼。郭师长哈哈一笑，又道，我堂堂四十七师不缺这么点家伙什，就大阳山那几个共产党的小蟊贼，你即便送给他飞机大炮坦克车，他也翻不了天。

这一下让申之剑在未来的岳父岳母面前很有面子。申之剑欣喜之余对郭师长说，等把贞贞接回来，他愿意带一个营进山剿匪，直到把大阳山共党余孽消灭干净，再把这些武器拿回来入库。郭师长又是哈哈一笑说，剿匪的事，让杂牌军去干吧，那几个蟊贼，不够我四十七师塞牙缝的。

余乃谦现在担心的却是，东西送过去，贞贞人不回来，怎么向郭师长和申之剑交代？若是她真的铁了心参加共产党，肯定是不会回来的。韩素君说："走一步，说一步，大不了就直说，她入共产党了，那封遭绑票的信是假的，骗人的。"余乃谦眼睛一瞪："这不把郭师长彻底得罪了吗？"韩素君说："得罪是早晚的事，好在是他把枪弹送给共产党的，有这个大把柄在咱手里，谅他也不敢怎么样咱，怕啥！"这话倒是没错。余乃谦此时不再想别的，过一天是一天吧。

总不能像送彩礼那样拱手把东西送过去。郭炳勋的计划是，申之剑带一个加强排，全部骑兵，着便衣，携带五十支长短枪和所需要的子弹，提前一天出发，二十日中午赶到约定地点，要求对方接货的人员藏在山头上，申之剑带骑兵过来后，他们朝天上放枪，本方趁乱把枪弹撂下，然后返龙城，万事大吉。

申之剑有疑虑，说："师座，共匪拿到东西，还不放人咋办？按说应该一手交货，一手放人，两清。"

郭炳勋说："据我所知，共产党不是一般的匪，他们守信用。拿到东西，一定放人，否则他留余小姐干啥？难不成让她做压寨夫人？……哈哈，除非余小姐自个儿愿意留下。"

申之剑说："师座分析得对。"

郭炳勋又说："余小姐让共产党绑走，还算是幸运的，至少能落个清白身子。若是让恶匪色棍绑去，那可就悬喽……"

这话让申之剑心惊肉跳，他偷偷打开钱夹子，久久望着余小姐的那张小照片出神，盼着她毫发无损地平安归来。

二十日那天，江山半信半疑亲自带人到指定地点埋伏接货，他预计，能拿到信上开出的一半，就算烧高香了，他甚至做好了空手而归乃至遭到兜屁股追击的准备。出乎他预料，他不但如数拿到了预想中的枪弹，更令他惊喜不已的是，这五十支长短枪，长枪是去年刚刚定型制造出来的中正式步枪，短枪是二十响的驳壳枪，俗称大肚匣子炮——而且全部是油封未启用的新枪！

江山抚摸着一支油汪汪的钢枪，兴奋得全身汗毛孔都张开了。他记不起上一次像这么高兴是哪一年。有了这些硬家伙，可以考虑主动出击打一仗了，老窝在深山是不行的，部队只有打胜仗，才能得以发展壮大。

除了枪弹，杨天龙还捡到一个布袋子，打开，里面都是好吃的——饼干、糖果、肉干等等，内附一张纸条。他不识字，把东西交给江山。江山拿过纸条看了看，又把包裹封上，叮嘱杨天龙看管好，任何人不得动用，回去交给余小姐。

次日上午，江山带人扛着那些宝贝疙瘩欢天喜地回到营地。离大槐树不远的一座石房子里，早已支起一口锅，水都烧开了，不知道内情的人，还以为是做好吃的犒劳江山他们，实则是准备给罗金堂"去势"。副司令冷长水按照江山的吩咐，从庞家店物色到一个会劁猪骟马的老兽医，给了他五个银圆，把他请来给罗金堂做"手术"。老兽医虽然没干过这档子事，但他对自己的手艺很有把握，对冷长水说，劁人比劁猪骟马容易，把两个"丸子"剔出来就行，先前皇宫里面劁那么多的人，也没听说哪个会死。

罗金堂赤身裸体被绑在石屋里面的榆木柱子上，蒙着双眼，那具时常作孽的阳具耷拉着，看上去毫无生气。这人也真是条硬汉，冷长水以为他会求饶，甚至会哭喊骂人，他却一声不吭。绑他之前，冷长水曾经给打招呼说："罗金堂，你听着，江司令说了——你是要上边的'大头'，还是要下边的'小头'？"罗金堂梗着脖子说："老子大头小头都想要！"冷长水冷笑道："不可能！你犯的错误，枪毙三次都够了，江司令交代，给你留条命，但为了挽救你，只能我们替你想想办法，保'大头'舍'小头'，你有意见吗？"罗金堂闷声道："咋都行，老子的命是江司令救的，老子听江司令的。"

一切都准备妥当，只等江司令回来下令"手术"。听到外面闹哄哄的，冷长水出了屋子，来到大槐树下，一下子看傻了眼——几十支闪着蓝光的长短枪摆了两排，还有十几箱子锃亮的子弹，除了几个哨位上的人没来外，全大队七八十口子人都聚拢过来了，个个高兴得合不拢嘴，比过年还热闹。从今天起，大队所有人都能挎上一支真家伙了。

冷长水挤过来，嘴巴凑到江山耳朵边，请示是否立即对罗金堂下手。江山点点头，冷长水便往回走。

冷长水刚走，江山突然意识到，罗金堂这回犯错，皆因余小姐而起，不妨听听她的意见。他把杨天龙叫过来，对他耳语几句，杨天龙便奔向余小姐所住的石头房子。这时候，余立贞已经知道她信上要的东西运到了，非常开心——这便可以见到汪先生了！杨淑芳也因此对她客气了许多。杨天龙进来，磕磕巴巴说了几句，她听不明白。杨淑芳以前在乡下见过劁猪的场面，知道怎么回事，就笑嘻嘻地对她说："把他劁了，以后他就不会糟蹋女人了。江司令这是给你面子，让你拿主意。"

余立贞这才弄明白是怎么回事，脸腾地红了。她确实恨死了那个差点把她糟蹋的流氓莽汉，如果那一晚让他得逞，兴许她现在已经寻死上了黄泉路。她觉得不能原谅他，就说："恶有恶报，他怪不得别人。"

那边石屋里，锅里的水在急速地翻滚，旋起灼人的小波浪，老兽医把一应刀具和针线烫了一遍又一遍，手反复洗净了，罗金堂双腿间下刀的地方也擦洗过了。冷长水说："开始吧。"罗金堂虽然仍是一声不吭，但他满身的汗水，像小河一样往下淌，脚底下湿了一片，不知是热的还是吓的。没有麻药，老兽医上前，掀起他脸上的蒙布，往他嘴里塞进一条湿手巾，喀喀干咳两下，说："小兄弟，挺住喽，过了今天这个坎儿，老天爷保佑，你能活到九十九。"罗金堂咕噜了一句，意思好像是说，他娘的少啰唆，快动手。老兽医手执闪闪发亮的尖刀，蹲下，一手托起罗金堂松弛的蛋皮，定定神，手中的尖刀直逼了上去……

冷长水背过了脸。

就在这时，布帘子从外面掀开，江山大步走进来。老兽医正要下刀的手停住了。

江山道："咋还没做？"

冷长水说："马上。"冲老兽医做了个砍刀的动作，示意快动手。

江山看到，罗金堂裸着的身子哆嗦了几下。老兽医屏住气息，端起刀……

"停！"江山突然冲老兽医道。老兽医愣了一下，退到一旁。江山上前，一把扯下罗金堂脸上的蒙布，又把他嘴里的毛巾拽出来，丢到地上，"算你狗日的福大命大，以前游击队救你，今天又有个人救你。"

正是余立贞最后关头发了话替他求情，说还是再给他一次机会。杨天龙跑去报告江山，江山急着赶来，才使他逃过这一劫。

"谁？"罗金堂大松一口气，小声问。

江山说："先别问是谁。今天我再饶你一次。以后再犯，大头小头一块拿下，绝不食言！"

罗金堂垂下了头。江山朝屋外挥了下手，杨天龙进来，把罗金堂身上的绳子解开。罗金堂赶紧把衣服穿上了。

江山从杨天龙手里接过一支崭新的大肚匣子，递给罗金堂。罗金堂却不接，嘴巴一撇，摇摇头，话里有话，说："枪嘛，我上战场夺，女人搞来的东西，我使起来手软。"

冷长水不满地瞪他一眼："瞧瞧，你狗日的还来劲了！"

江山却笑了笑："算你有种。"把枪扔给杨天龙，转身出去了。

那天下午，人们都聚到大槐树下，唯独汪默涵没过去，他在往石头房子上刷标语。这几天，他把所有的石头房子都刷上了标语，使那些原本像远古时代的建筑，显得鲜艳亮堂了许多，让人耳目一新。他还抽空教战士识字，给他们讲革命道理，以前他常驻龙城，和大伙接触少，这里很少有人认识他，几天工夫，大伙都记住了这个留长头发戴眼镜的大知识分子。

几天前，江山代表特委透露了对他的处理决定：拟撤销他特委委员、龙城地下工委书记、游击大队副政委职务，待报告省委批准之后再向部队传达。他痛快地表示接受，愿意潜心思过，并且提出希望当一名文化教员。他把每天安排得满满的——他害怕停下来，尤其是夜晚，一旦无事可干，他脑海里就会闪现出岚岚的音容笑貌，挥之不去。他不知道这种梦魇要持续多久——一年？三年？还是十年？一辈子？

他真的不敢往下想。

大槐树那边正在分发武器，传来阵阵欢呼声，在盆地里久久回荡。一个人影快速朝他走来，是杨天龙。杨天龙附在他耳边说，江司令叫他过去谈余小姐的事。他这才想起，回到营地好多天，他竟然把余立贞给忘脑后了。

22

对于余小姐的去留问题，江山和汪默涵产生了严重分歧。汪默涵希望立即把她送下山，江山态度却来了个一百八十度大转弯，打算彻底留住她，因为刚刚发生的这件事情很是出乎他预料——战场上费那么大劲，死多少人都搞不来的东西，她一封信就能搞到。真是太容易了！

"看来她真是个宝贝啊！"江山乐呵呵地搓着大手说，"老汪，是你把她引上山的，没有鸡，哪来蛋？你的功劳不能抹杀，看来你下山是对的，特委自会考虑你的重大贡献。噢，对你的处分决定还没上报省委，我的意思嘛，先扣下。"

汪默涵说不上是惊喜还是感激，没吭声。

汪默涵郑重提出，既然人家家里把东西送来了，咱们也得有个态度，不能让人——哪怕是敌人说共产党不守信用，将来她如果有了觉悟，愿意参加革命，她还可以再来。革命嘛，得靠自觉自愿。后面这几句话，是江山不久前说过的，他现在拿来堵江山的嘴。

江山最后同意，余小姐愿走还是愿留，让她自个儿拿主意。他从汪默涵执意赶余小姐走这件事情上看出，汪默涵把她弄来，确实不是为私情。这样他就放心了。

这一天，杨淑芳放松了对余立贞的看管，她可以在石房子附近溜达一下了。她站上一块大石头，伸长脖子望向大槐树的方向，只听那边有阵阵喧哗声，说的什么，难以听清。她现在什么都不想，就想见到汪先生。

正想着时，一个人急急走过来——不正是汪先生吗？她以为是做梦，眨眨眼，不是梦，面前的确是汪先生！

她跳下大石头，朝他迎过去。渐渐两人近了，收住脚，彼此凝望着，都发现，对方瘦了，也黑了。如若不是杨淑芳就在身后不远处，她真想扑进他怀里，哭个痛快。跟他来营地其实才十几天，感觉像一年那样漫长，她每时每刻都想着他，担心他受处罚，还担心他像自己一样挨饿。

看上去，他好好的，不像有啥事。她放心了。

前天，她听杨淑芳唠叨过，他要被撤职，以后就成了普通一兵。她对官职，没有概念，不感兴趣，她心里盼着江司令开除他，把他撵出山门，那样她就可以随他下山。他们可以到一个无人认识的地方生活，她还可以跟他回他的家乡——她知道他是南方人，那里山清水秀，不像龙城，一年到头灰尘四起。总之，他想去哪里，她都愿意跟着他。这些天她尝到了以前从未想象过的苦，窝头可以下咽了，野菜汤可以呼呼往肚里灌了，十天不洗头不洗澡也能睡着觉了，即使有虱子跳蚤来捣乱，照样睡得着。只要跟着他，什么苦都不怕……

只听他说："屋里说话，好吗？"

她跟他进到石房子。杨淑芳识趣地躲了出去。她就像这屋子的主人一样，给他倒了一碗开水，放在他身边的石凳上。他客气地说："谢谢。"

这些天冷静之余，汪默涵已经意识到，自己伤害她并带她出城，让她卷入政治，卷入血与火的争斗，完全是鲁莽、过激的行为，实不足取。应该让她遵循自己的生活轨道，到她原本要去的地方，享受宁静，享受和平，享受幸福的生活。像她这种身体状况，留下来，很难生存下去，说不定一场病就要了她的命……现在他更加坚定了把她送走的想法。于是他面无表情地说："立贞，请你赶紧收拾一下东西，跟我走。"

"去哪儿？"

"江司令派人送你回家。"

她内心一阵惊喜:"我们……一块走?"

"不,"他摇摇头,"我是有组织的人,没有命令不能走。"

"啊?你不走,我也不走!"她快要急哭了。

"这里马上要打仗,留下很危险。打胜了还好,打不胜,那就不知道要跑到啥地方去。"

"我说过的——你不怕,我就不怕!"

"我是男人,是共产党,这辈子注定要天天面对生死,你不同。"

她沉默一下:"人家杨淑芳大姐也是女的,她怎么能待得下?"

"她是穷人家的孩子,身体好,能吃苦,行军打仗,她一天能跑一百里路,不比男人差。你能做到吗?"

她又沉默了。

"听我说,打仗肯定是要死人的,以前游击队已经有不少女战士牺牲,你难道真不怕死吗?"他想吓唬一下她。

这一下真把她吓住了。说到死,她自然是害怕。以前她从没想到过死,来这里后,她感觉自己不得不随时面对死亡的威胁,已经体会到百般的恐惧……但是她又不想和他分开,嗫嚅道:"以后……我们还能见面吗?"

汪默涵郑重地点点头:"只要你活着,我活着,世界还在,总是可以见到……你可以先回去,江司令说了,以后还可以再找机会来。"

说这话时,汪默涵心中已经与她做了诀别——从此一去,生死两茫茫,他不会再见她,只能默默祝她来日平安幸福。此刻,他心里泛起一阵阵酸楚……他已经与亲爱的岚岚永诀,今天又要与这个纯洁无瑕的小女子永诀,这战乱的世界,处处是永诀呀……

她低下头,紧紧咬住嘴唇,许久后才抬起头来,眼里已噙满了泪,最后终于点点头,到底是没忍住,一头扎进汪默涵怀里,哭出了声。

大槐树下,刚刚领到武器的战士们没有散去,大伙都知道她要走,想给她送行。汪默涵帮余立贞提着行李,二人缓缓走过来。余立贞默默地望着江山和众人,一时不知说什么好。这时,一头灰白头发的江母颤颤地跑了过来,直奔立贞。江山想拦住母亲,怕她又犯糊涂说胡话,众人也都以为江母会拦下余小姐,像以往那样非要留人家做"儿媳妇",都等着瞧热闹。哪想到这一会儿老婆婆脑子好用，她来到立贞跟前，笑了笑，笑得很慈祥，皱纹纵横的脸上，刀疤似乎也隐去了，她伸手到口袋里摸索一阵，突然拿出两个煮鸡蛋递过去，说："丫头，给，路上吃。"

立贞望着江母，突然想起慈祥的祖母，感动得眼泪又要下来，她接过鸡蛋，冲江母鞠个躬，道："谢谢江妈妈。"

江母笑得更开心了。

杨天龙手里拎着个布袋子，一声不响走到立贞面前，把布袋子放到她面前的土台子上——这是昨天接枪的时候他捡到的，江司令嘱咐他交给余小姐。立贞不明所以，撑开袋口，上面是一张纸条，她拿过来，只见上面写道："请转交余立贞。祖母。"

她在心里叫一声"奶奶"，眼泪终于流了下来……片刻后，她捧起袋子里的糖果，脸上挂着笑容，奋力朝众人撒去……抢到东西的人，嗷嗷地欢呼雀跃。她把袋子里的东西，一捧接一捧，全都撒向了人群……

这个时候，她的目光扫过众人，最后落到汪默涵身上，一个念头突然在她脑海里形成："不走了，坚决不走了！我要留下——从今往后，我也不怕死！"

此刻她又想到，龙城的家，也许今生再也回不去了……

第二章

1

余立贞搞来的枪很快派上了用场，江山指挥部队，在一个雨夜悄悄出击，天明时分，一个奇袭，顺利拿下了北面四十多里地的马家集。

大阳山纵横三百里，重峦叠嶂，沟壑密布，道路崎岖，有些地方人迹罕至，千百年来，匪患不断。民国初期，最多的时候，山中藏有几十股匪帮，他们啸聚山林，杀人越货，无恶不作。政府虽然连年派兵剿匪，匪却像牛身上的虱子一样，总也没有个干净的时候。

自从江山等人领导的大阳山起义爆发之后，共产党的力量就在大阳山弥漫开来，政府剿匪的重点自然放到对共产党武装的绞杀上。因为在政府眼里，共产党有信仰，有组织，纪律性强，其打出的旗号就是推翻国民党统治。推翻现政府，这便与其他组织不是一回事了。经过连年的进剿，江山所部的力量渐渐式微，钻进大阳山最深处蛰伏起来，以保存实力，同时南方的几支红军主力被赶到遥远的大西北，似乎再也掀不起什么风浪。为了防止江山所部再行逃窜，政府在进出大阳山的几条要道上都设置了关卡，由当地保安团等地方部队负责把守警戒。

从大槐树往北四十多里，有个繁华的市镇，是大槐树通往龙城的必经之地。先前这里的骡马市场比较有名，这镇子就命名为马家集。马家集驻有临山县保安团下属的一个中队，主要监视大槐树方向，以前敌人每次进山围剿游击队，也都是从马家集集结。江山早就视马家集为眼中钉，去年曾组织过一次奔袭，由于武器太差，攻不动，白白牺牲了二十多人，被迫仓皇退回大槐树。

这天后半夜，趁着风雨和漆黑的夜色，江山、冷长水、汪默涵分别带领三个小队，神不知鬼不觉地靠近镇子，在同一时间向保安中队的三个哨卡和一个营舍发动袭击，强大的火力完全压制了对方，不出一个钟头，打死五十多人，俘虏二十多人，缴枪六十多支，手榴弹整整十箱，另有一大宗宝贵的军用物资。除少数几人逃跑外，一个保安中队全部覆灭。游击队只牺牲七人，五人负伤。

戴罪立功的罗金堂混乱中追上了试图逃跑的保安中队长，大刀一抡咔嚓一声，削下了他的肥脑袋，不仅缴获了一支崭新的大肚匣子，而且还缴获了一匹枣红马。他把自己的那支老是卡壳的旧驳壳枪甩给别人，挥起新枪骑上枣红马沿镇街跑了一圈，兴奋得嗷嗷狂叫，对天放了好几枪。前些时日差点让人骗掉，变成"骡子"，虽然知道这事的人不多，却让他极度窝火，今天算是出了口恶气，如若不是江山拦住他，他真想带第三小队杀进临山县城去。

好久没这么痛快地打一仗了，江山也是激动得不行，往几个方向派出警戒，主要防备县城方向的敌人。部队要在马家集暂时驻扎下来，发动群众，扩大武装，尽可能多地筹集钱粮物资，以利再战。

半上午时，杨天龙带人从马家集赶来，运来了战利品，余立贞和杨淑芳才知道部队拿下了马家集。她们二人和江母住一个屋，半夜里部队出发，她们睡得死，竟然没听到任何动静，早晨醒来，大槐树盆地一片寂静，几乎见不到一个人影，她们还以为部队都拉到南面的山头上训练去了。

立贞追着杨天龙问："汪副政委他没事吧？"

杨天龙点点头，表示没事。她放了心。杨天龙等人还要返回，她打算跟他一起去，自来山里后，从没离开过大槐树一步，她感觉憋坏了，想出去透透气。她约杨淑芳一起去，杨淑芳不干，说没有上级的命令，不能擅自离开。其实余立贞不知道，江山特意给杨淑芳交代过，务必看管好她，不能让她乱跑乱动出意外。余立贞看到杨淑芳眼珠子瞪得怪吓人，知道说不通她，多了个心眼，瞅空子对江母说："江妈妈，咱到马家集去玩好不好？到那里给你找儿媳妇。"江母一听，咧开缺牙的嘴笑了，拔脚要走，杨淑芳想拉都拉不住她，二人在那里争扯。余立贞趁这个空当，悄悄溜出屋去，追上了杨天龙他们。等杨淑芳发现时，他们已经钻进秘道，不见踪影。

　　四十多里的山路，余立贞一点都没感觉累，到达镇子上，已是午后。马家集并未因刚刚发生的这场血腥战事而人迹寥落，相反，镇街上，人来人往，商铺里，顾客和平时一样多，还有在路边唱戏的，不少人围观。走了一上午，余立贞感觉肚子饿得咕咕叫，路过一个卖肉饼的饭铺，铺子里飘出的香味直往脑袋里钻，像有根绳子牵着她。杨天龙他们前头走了，她一侧身子钻了进去，找个座位，叫了两张大肉饼，一海碗羊肉汤，风卷残云般吃喝起来，吃得满头满脸淌汗，嘴巴流油，噎得不时翻个白眼。开饭铺的店主两口子大概没见过这么能吃的女娃子，凑到一起小声嘀咕了好几回。

　　没多大工夫，盘子空了，碗也见了底，她放下筷子，抹抹嘴，打个饱嗝，摸摸肚子，想站起来，居然一下子没站起身。女店主过来，伸手朝她要钱，她一摸两个口袋，都是空的——她那小箱子里有十几个银圆呢，出来得急，没顾上带。她有点儿傻眼。店主两口子对视一下，认为遇到了吃白饭的，男店主飞身堵住门，粗壮的女店主拿起一个锅铲，指着她鼻子道："吃饭不交钱，看你往哪跑！"她解释道："我不是想跑，我忘了带钱……等我出去找人借钱，回来还你行不行？"女店主凶巴巴地说："你敢迈出这个门一步，老娘就打断你的狗腿！"

　　余立贞看看身上没有值钱的东西，真要急哭了，长这么大，头一回遇到这种糗事。抬眼往外瞅瞅，门外来来往往的都是老百姓，没一个队伍上的人。女店主见她眼睛老往外瞄，以为她想跑，伸手揪住了她的脖领子，扬言送她去镇公所。女店主的话提醒了她，心想去镇公所一定会碰上队伍上的人，就要求对方送自己过去。男店主留下看门店，女店主提溜着她出了门，一路上遇到的人以为她是小偷，都好奇地打望着她。她也顾不上脸面了，反正没人认识自己。走着走着，突然就碰见了汪默涵，她停下步子，嘿嘿地笑了，对女店主说："找到付账的了！"

　　江山听说是杨天龙私自带余立贞出来的，把杨天龙叫来，狠狠训了一顿，扬言回去关他禁闭。他命令杨天龙寸步不离跟着余立贞，再有闪失就枪毙他。她在街上走过，杨天龙挎着盒子枪跟在后面，像她的护兵，老乡们很快都知道她是个女兵，来头不小，议论纷纷，不少人专门跑来看她。

　　游击队在马家集活动了三天，效果很好，除了搞到不少急需的物资，还扩红一百多人。这是江山最看重的。经过说服教育、宣传引导，有不少人愿意参加共产党的队伍。更让江山欣喜的是，居然招到了两个女娃子，一个叫孙玉花，原是个童养媳，在婆家老是挨打，一生气跑了出来；另一个叫蔡小梅，是镇上大地主贺老六家的丫鬟，江山派罗金堂带人镇压了贺老六，这个小丫鬟父母双亡，没有地方可去，就跟了来。

说起来，这两个女娃子愿意入伍，余立贞起到了很大的作用——她们见她一个大小姐都参军了，那么漂亮，自己一个穷人家的女孩子，吃了上顿没下顿，还有什么好犹豫的？

江山这几天一直沉浸在无比的激动之中，心里盘算着更大的行动——伺机攻打临山县城。第四天上午传来消息，敌人一个团进驻县城，他这才依依不舍地带队伍返回大槐树。回去的路上，他喜不自胜地提出，想尽快发展余立贞入党。

他的这个想法把汪默涵吓了一跳："她才来几天，你就让她入党？"江山说："你不是早想发展她吗？"汪默涵说："我只是试探过，她不上道。"江山说："现在情况不同，她已经做了不小的贡献，时机成熟了。"汪默涵坚持认为，她远远不够格，便说道："基础不牢，我不放心。一旦遇到困难，她挺不住跑了，甚至叛党投降，会给党的事业带来损失。"江山不以为然，态度坚决，道："老汪，只要我活着，你活着，就不能让她跑掉。"

汪默涵以为江山不过是心血来潮，说说而已，没太当回事。回到驻地，江山居然真的张罗着给余立贞办了入党手续，并且亲自担任她的入党介绍人。余立贞懵里懵懂的，本来她拿不准是否同意，一想到江司令、汪先生都是党员，那她还有啥可说，也就按照要求填了表，还举行了庄严的宣誓仪式。

2

秋风起，明显有了凉意，余乃谦身上冷，心里更觉得彻骨寒。他忐忑不安地挨过了半个多月，期待中的女儿回城之事，丝毫没有消息。这期间申之剑很焦急，专门来过余家一趟，问贞贞为何还不回，能不能写封信派人送去催问一下，余乃谦和韩素君绞尽脑汁与他周旋。余乃谦说："贞贞在共产党手里，那些人藏在大阳山里，神出鬼没，写了信也不知往哪儿送。"韩素君装作生气地对丈夫说："也怪你，谁让你前些日子对他们下手太狠，连累了贞贞，他们为了报复咱，有意扣着贞贞不放，也是有可能的。"余乃谦辩解说："我下手狠，还不是为了党国，让谁当这个警察局长，都得这么干。"

申之剑忧心忡忡地说："余叔韩姨，我现在不担心别的，就怕贞贞太单纯，没长心眼，给共产党骗了，万一入了他们的伙，事情会很麻烦。"这话让余乃谦两口子都是一怔。韩素君心想他是不是得到啥消息了，便冲丈夫使个眼色，意思是眼看瞒不住了，是否借机把实底告诉他，老窝在心里，滋味真是不好受。

但是余乃谦又不想把底儿一下子全露出来，咳嗽两声掩饰道："贤侄，这种可能也是有的，不得不防。你是青年才俊，未来的党国栋梁，传出去会影响到你的前程。我的意思，事情没弄清楚之前，绝不能说出去。"韩素君接话道："能瞒一天是一天，实在瞒不住，总会有别的法子，活人不能让尿憋死，对吧？"

申之剑早已经意识到大事不妙，此时不知该说什么。余乃谦重重叹口气，说："贤侄呀，将来贞贞若真有不测，你放心，我余家不想连累你，我们会主动退婚。"韩素君不满地瞪丈夫一眼，道："乃谦，事情没到那一步，你瞎说啥呀！是吧，申副官？"申之剑神色凝重，说："请二老放心，不管怎样，小侄都会等贞贞回来。"

郭师长被国防部召到南京开军事会议去了，很快就要回龙城，申之剑担心郭师长回来后过问贞贞的事，他不好回答。

这期间，龙城上层人物都知道余家小姐和申副官订了婚，某些场合聚会，时常有人上前向余乃谦贺喜，他打肿脸充胖子一律说着感谢的话，皮笑肉不笑，心下惶惶难以言表。

不久又传出余小姐莫名失踪，说她跟人私奔了，甚至传言她跑到大阳山跟土匪头子当了压寨夫人。

余乃谦和韩素君简直是度日如年。

这天上午，市政厅秘书打来电话，要他下午三点去参加一个市长主持的秘密会议，不要带随从。他毫无防备地去了，结果一进会议室就被尾随他进来的两个宪兵下了佩枪，又当场给他戴上手铐。他头皮一阵发麻，脑子乱了，眼冒金星，仿佛鬼缠身，知道该来的麻烦终归来了，不知说什么好。

副市长兼宪兵司令梁守盘气宇轩昂大步走进来——这人原是余乃谦的上级，不久前刚到宪兵部队任职。余乃谦哆哆嗦嗦道："梁市长、梁司令、梁老兄，你开什么玩笑嘛……"

梁守盘一拱手，板起脸道："老弟，得罪了！你做了啥事，自个儿心里最清楚，对吧？"接着向他宣读了市长签发的公文，上面写道："经查，本市警察局长余乃谦有通共之重大嫌疑，现决定革职查办。"

不容余乃谦辩解，梁守盘手一挥，两个宪兵推搡着把他带了出去。旋即他被投进了宪兵队的班房。

原来游击队攻占马家集之后，有个名叫李二丑的队员开小差跑回家，途中被临山县保安团的人捉住，李二丑提供了一个重要情况：龙城警察局长的女儿投奔了大阳山共产党，还通过局长父亲从城里搞来一批新式武器，壮大了游击队的力量，这才有了马家集一个中队被包了饺子。

事情重大，下边不敢隐瞒，层层报到龙城上峰。余乃谦的好日子也就到了头。

警察局和宪兵队素来矛盾重重，就好比把两头叫驴拴在一个槽子前，你踢我咬是难免的，矛盾主要因为争功争利争地盘。梁守盘当警察局长时，与余乃谦面不和心更不和，夏天梁守盘刚刚离任，椅子还是热乎的，余乃谦居然一口气抓了十二个共产党，显然是他有意为之，让梁守盘很难堪。风水轮流转，这一回他落到梁守盘手里，该轮到宪兵队扬眉吐气了。所以余乃谦被抓的当天，宪兵队就把事情捅了出去，龙城的几家报纸第二天就登载了这一消息，而且都放在头版头条。

警察局长通共资敌被革职拘押，一时成为全龙城人的话题。

考虑到余乃谦毕竟是龙城的头面人物，还考虑到余家和申家订了姻亲，郭炳勋师长做的大媒，梁守盘一上来没敢让手下给他动刑，只规劝他赶紧交代清楚，以便把这个案子坐实，好到上头邀功。余乃谦不承认女儿主动投奔共产党，只说女儿差不多两月前失踪，后来估摸是被共产党的人绑架去了大阳山。也就是说，不是投共，而是被绑，迫不得已。

但是宪兵队很快搜查了他的官邸，找到了那两封"铁证如山"的信笺。两封信往他面前一拍，他一声哀叹，知道抵赖没了用——他真是后悔极了，办了半辈子案，怎么就没把这种最要命的证据毁掉呢？

女儿投共的事实显然包不住了，余乃谦只得在供状上签字画押，他痛哭流涕，骂道："都怪那个姓汪的王八羔子，他是贞贞的老师，是他把贞贞带坏的……还怪我，没管好女儿，让她跟坏人跑了，我对不起党国，对不起蒋委员长……"

一个年轻娃儿投共，放在一般人身上也许不算多大的新闻，毕竟那年月参加共产党的人有不少，但是放在堂堂警察局长身上，就是个特大新闻了。可是仅仅拿到这个结果还不够，宪兵队要的是资助游击队武器这个大果子——只有这事才能要余乃谦的命！只有这事才算一个有分量的大案要案！

案情弄到这一步，余乃谦反而踏实了——说到底，那些武器是郭师长派申之剑送出去的，可以说与他关系不大。龙城地盘上，眼下敢惹郭师长的人，恐怕没几个，毕竟投鼠忌器，捎带着也给他罩上一顶保护伞。

到现在余乃谦才感悟到，当初把贞贞许配给申之剑是何等正确！

负责审查他案子的人，重点盘问这事，他就是咬牙不说——并不是想替郭师长担着，而是不能这么快就吐出来，如果一上来就把郭师长卖了，显得太不够意思，对不住人。他甚至盼着他们给他用点刑，到那时再说出实情，传到郭师长耳朵里，郭师长也许就不会怪罪他了。

余乃谦被抓的当天下午，张勇就从宪兵队的熟人那里摸到了情况，告诉了韩素君。韩素君头一个想到的就是申之剑——他是贞贞的未婚夫，不找他找谁呢？她慌里慌张地跑去找申之剑，让他赶紧报告郭师长——这件事搞不好是要杀头的，非得让郭师长担起来不可。申之剑也没了主意，只好硬着头皮带她去见郭师长。一见面，韩素君故技重演，哭鼻子抹眼泪，说："郭师长呀，我和老余实在没想到，那熊孩子真的投了共产党，她上次写信来，全是骗人的，害得你又给枪又给弹的，估计让宪兵队抓着把柄了，那姓梁的本来就不喜欢老余。这下可怎么办呀？郭师长……"

她以为郭师长会大发雷霆，哪料到他颇有大将风度，表现得很镇静，说："这种事暴露是必然的，早暴露比晚暴露好。不就几十支破枪吗？有啥大惊小怪！这样吧，都先装糊涂，他不找咱，咱不理他，他们找上门来再说。"

有了郭师长这个态度，韩素君心里算是有了一点着落。

余乃谦挺了七天，坚决不承认通共资敌。"你们可以去警察局调查，少一支枪一颗弹没有？"他振振有词。但是当宪兵队真拿出用刑的架势时，他还是怯了，叹口气，说："免了吧。我全说——这个事情我不太清楚，你们还是去找四十七师郭师长问问吧，他会告诉你们。"

情况愈发地严重了——难道郭炳勋也通共不成？梁守盘紧急报告市长和龙

城守备司令部。驻防龙城的宪兵部队，还有几支地方军都加强了对四十七师的警戒。一切布置好之后，梁守盘亲自出面找郭炳勋谈话。

这天，郭炳勋在师部热情迎接了梁守盘和他的几个部下，听明来意，他哈哈一笑说："本人刚听说余局长女儿加入共产党的事。可惜呀，我知道得太晚了！如果早知道，怎么会让我的副官和余小姐订婚？梁司令，郭某人总不至于这么糊涂吧？"

梁守盘说："这事郭师长以前肯定不知情。可是，资助大阳山共匪枪弹，这事怎么解释？"

郭炳勋一愣，指着自己鼻子道："姓余的，说我资敌？"

梁守盘笑笑说："那倒不是，老余只是交代这事要问郭师长。他的意思显然是——你知道实情嘛。"

郭炳勋顿了顿，坦然道："有一批枪弹给人搞走，这事嘛，确实有。"

梁守盘等人都屏住气息盯着郭炳勋。郭炳勋点上大雪茄，吸两口，慢悠悠道："大约一个月前吧，我派一支小部队到大阳山侦察敌情，在山北麓一个叫垭口的地方中了埋伏，混战中，遗失了四五十支长短枪，还有部分子弹。后来查清，打我埋伏的，就是共产党的游击队。这事我已经给国防部写报告做了检讨——怎么，梁司令今天来，就为调查这事？如若不信，可以找国防部问情况。"

梁守盘碰了一个不软不硬的钉子，哑口无言。郭炳勋把话说到这份儿上，显然没法顺着这条线往下查了。但是余乃谦还是不能放出来，宪兵队不死心，还想深挖下去。

几天后，韩素君获准到囚牢去探望余乃谦，她告诉丈夫，不会有大事，挺住就行，早晚会放出去。余乃谦情绪却是十分低落，说："放出去，还不如留在里面。"韩素君不解，以为男人吓傻了，就说："这里有啥好待的，你以为这是皇宫？"余乃谦突然眼泪汪汪道："素君，闹这一出，我完了……出去了，还能回警察局吗？"

韩素君明白了，丈夫是惦记他那职位。女儿成了共产党，即使他本人没有通共，上峰也不可能再让他当什么局长。不当局长，他还能干什么？那不等于要了他的命？想到这里，她恶狠狠地扔下一句话："都是你那个死丫头惹的祸！"扭头走了。

她决定带上张勇，到南京走一趟。

3

家中的变故传到大槐树之前，余立贞在那里度过了一段快乐的时光。

都说她变胖了，结实了，当然也黑了。在这山窝窝里囚着，吃粗粮淡菜，任野风吹，任太阳晒，胃口却是越来越好，她一顿能吃三四个高粱面窝头或者三四张高粱面摊的煎饼，喝下两大碗菜汤。她的吃相就连汪默涵都感到吃惊，他心想，真是环境改变人啊。

现在游击队有四个女兵了，如果算上江母，就是五个，江山把她们编成一个班，统一住在一座石头房子里，任命杨淑芳为班长。杨淑芳起初不干，撇撇嘴说："我又不是党员，这个班长你让别人干吧。"杨淑芳入伍一年多了，几次提出入党，江山总是说，别急，党组织还要考验你。可是余立贞刚来没几天，江山就发展她入党，这让杨淑芳很有意见，认为他挑肥拣瘦，不把她当回事，感觉很没面子。江山呵呵一笑说："小杨，让你当班长，就是考验你，这点儿考验你都禁不起，还想入党？"

江母这几天很是高兴，因为眼前多了两个女娃，她不再纠缠立贞，而是一会儿走到孙玉花面前，捏捏人家的衣角，说："闺女，给我儿子当媳妇吧。"一会儿又踱到蔡小梅跟前，捏住人家的手腕，说："闺女，给我当儿媳妇吧。"羞得两人脸蛋红扑扑的，想笑又不敢笑。杨淑芳说："别怕，等再来了新人，你们就没事了。"

打下马家集，营地里一共有八个伤兵，伤势都不轻，躺在地铺上难以动弹，这个叫唤那个骂娘，整日里需要人照顾。冷长水吩咐杨淑芳带女兵班照顾他们。冷长水参加革命前学过两年医，后来在药铺里干过学徒，对医疗还算在行，游击队目前医治伤兵的工作主要靠他，他教女兵们怎样给伤员换药，怎样打绷带，怎样清洗伤口，怎样安慰伤员。杨淑芳、孙玉花、蔡小梅都虚心地学，认真照顾伤员，就连江母，虽然脑子有时糊涂，但照顾伤员，一点都不含糊，端屎端尿、洗绷带什么的，都抢着干。

唯独余立贞不干——她去伤员住处待了不到半天，就跑出来，呕吐了一阵，再也不进屋子了。杨淑芳不高兴，过来喊她，她竟然说："这个活我干不了，太臭了，熏死人。"

听听这是什么话？杨淑芳去找江司令反映。江山哈哈笑着说："别急嘛，人家小余是大小姐，适应起来有个过程。"

反正从这天起，只要说是照顾伤员，余立贞就拒绝，谁也拿她没办法。她不去照顾伤员，跑到大槐树那儿，练习爬树。之前有一天，她看到杨天龙像猴子一样，噌噌噌就爬上了大槐树，爬到最高的树杈上向远处瞭望，或者躺在树杈上睡觉，就很羡慕他。大槐树树干粗大无比，树皮粗糙无比，一片片的像揭了一半的鱼鳞，又像干涸龟裂的土地，伸手指头抠住往上爬，也并不难。

这天，她爬到了一个较高的树杈上，透过树叶的缝隙往远处看。近处远处的人看不到她，她能看到他们。她先是看到一座石头房子前，汪先生在教战士们唱歌，汪先生打拍子的动作十分优雅，让她想起上学的时候；接着又看到江司令住的房子前，杨天龙在遛那匹枣红马。这是营地唯一的一匹马，江司令视若宝贝，不让别人碰，把杨天龙调来当马倌兼警卫员。

杨天龙骑上马，慢悠悠地在一块平地上跑，枣红马腾起四蹄，马鬃飞扬，像一面抖动的小红旗……余立贞看得眼馋。杨天龙遛了一会儿马，把马拴到一棵杨树上，眨眼人就不见了。立贞瞅瞅那附近没人，就从树上出溜下来，朝拴马的地方跑去。到了跟前，那马伸长脖子，友好地朝她嗅嗅，粗大的鼻孔喷出一团白气。她四下看看，还是不见人，就把绳子解开，右脚伸进脚镫子，抓住马鞍，翻身爬上马背。上马的这一刻，一阵凉风吹来，她感到惬意极了。

她用力拍了下马脖子，学杨天龙的口吻，喝道："驾！"枣红马欺生，一动不动，四蹄像焊住一样，只是使劲地喷鼻子。她急了，双腿用力夹住马肚子，两手揪住马鬃，刚又想喊"驾"，枣红马突然一弹后蹄，身子一扭，把她横着甩了出去……幸好，她飞落到一堆草料上，摔得不重，否则会摔个鼻青脸肿。她有点蒙，愣了一会儿，正不知怎么办时，杨天龙急急跑了过来，看了看她没事，瞪她一眼，牵着马到别处去了。

她又羞又恼，嘟囔了一句："他娘的，气死我了……"

第二天早晨，江山起床后洗了把脸，来到屋后拴马的地方，想骑上它遛一圈，走近一看傻了眼——枣红马原本漂亮的马鬃，夜里不知让谁给剪了，剪得干干净净，散落的马鬃遍地都是，马脖颈后面光秃秃一片，像是遭遇了"鬼剃头"。江山的脸不由得拉了下来。早饭前，队伍集合唱歌，江山让杨天龙把马牵过来，他背着手板着脸跟在后面。没了马鬃的枣红马失了威风，看上去怪怪的，众人忍不住都要笑。江山站在队前，指着马背上那片光秃秃的地方，问道："谁干的？"

没人回答。大家你看我，我看你，都噤了声。

"我再问一遍，谁干的？"

只听队列里一个脆脆的声音说："我。"

众人都是一愣。都以为是哪个调皮捣蛋的男兵干的，谁也没想到，是余小姐干的！她竟然干出了这样的事，众人望着她，忍不住都笑了。就连一贯严肃的汪默涵，都笑得捂住了肚皮。只有她一个人抿着嘴不笑。

半夜里，余立贞起床小解，感觉腰疼腿疼胳膊疼，想起白天枣红马让自己出丑，真是气不过，她悄悄回到屋里，从石桌角上摸起一把剪刀，溜出门，走到不远处拴马的地方——那马卧在那里，像是睡着了一样，她借着明亮的月光，咔嚓一阵，就把马鬃给剪了个精光……

大伙笑个不停，江山也跟着笑起来。片刻后，他挥挥手，大伙这才止住笑。都以为他接下来会发火，把余立贞狠剋一顿，谁知他搓搓大手，拍打几下马身上那片光秃秃的地方，咳嗽两声，说："剃了也好，凉快……开饭！"

余立贞这才微微一笑。杨淑芳却一个劲地撇嘴……

日子一天天过去，在余立贞眼里，只要能看到汪先生的身影，哪怕是背影，她就心满意足。他似乎越来越严肃，见到她从来不笑，比以前在学校时还严肃十倍。她想去他住的地方看一看，他就是不同意。

一天，开罢饭之后，她往住处走。他突然从后面叫住了她。

"汪、汪副政委，有何指示？"她调皮地一笑。

"余立贞同志，我想给你改个名。"

"改名？为什么？"

"你参加革命了，为了安全，为了更好地工作，需要改个名。"

愣了好一阵，她本想说'我不改，我行不更名，坐不改姓'。说出口的却是："那你给我改吧。"

"我已经替你想好了。"

"叫啥？"

"李——兰——贞。"他拖长声调说，"兰花的兰，贞字给你保留。"

"李兰贞？为什么不叫张兰贞、王兰贞？"她好奇。

"我觉得叫李兰贞好。"

"既然先生这么认为，学生没意见。"她痛快地说。

"像兰花一样贞节，多好啊……"他感慨道。

从这天起，她正式更名为李兰贞。汪默涵把她改名的事情通报给大伙，从此以后，没人再叫她"余小姐"。她感到这样很好。

过了好久好久，她才悟出这个名字暗含另一个人的名字。那个人的名字叫——李雅岚。都姓李，兰是岚的谐音。也是到那时，余立贞——李兰贞才知道，自己的命运与那个叫李雅岚的女人大有关联。

杨天龙担任了司令部的通信员，他外出办事，带回几张报纸，他识不了几个字，带报纸回来，是为了让江司令了解大山外面的情况。经过余立贞——李兰贞身边时，顺手丢给她一张。

她就在这张旧报纸上，看到了父亲被囚禁的消息。她心头一沉，登时眼圈红了。

事情因自己而起，她很有些难过——越想越难过，父亲给关进去，奶奶会不会因惊吓而生病？奶奶疼她，她当然也疼奶奶啊！

她拿着报纸跑去找汪默涵。汪默涵头一个感觉就是心中涌起一股快意——大刽子手余乃谦，你也有今天！

她提出，能否回家看看，她惦记家人，尤其是祖母。汪默涵愣了愣说："和反动家庭决裂吧，现在正是时候！"

她又跑去找江山，江山当然也不会同意。江山劝她道："敌人的报纸，不能全信，也许是骗人的呢？他们的报纸，经常登假消息。"

她极其失望地回到石头房子里，蒙头睡了一天，蔡小梅给她打来饭，她吃不下。

冷长水担心她会偷跑，找江山请示，如果她跑，怎么办？江山并不太担心这个，这么大的山区，她一个女娃儿，跑不出去。冷长水说："江司令，不得不防啊，万一她真的要跑呢？"

冷长水和江山是一个地方的人，是江山一手带起来的干部，也是江山最信任的人。他有坚定的革命信仰，眼里容不得沙子，自以为是最纯粹的革命者。以前队伍屡屡吃叛徒、内奸的亏，江山指派他负责队伍内部的锄奸工作，曾经挖出过几个内鬼。他一贯保持高度的警惕，尤其对刚参加革命队伍的人，他总是不放心。

结果当天夜里就出了事。

4

拂晓时分，拴在石屋门口的那匹枣红马不住地刨蹶子，发出一阵阵嘶鸣。杨天龙和警卫员小孙翻个身，照样呼呼大睡。江山醒了，起初没当回事，突然又感觉不对劲，他披衣下了土炕，推开屋门，走到拴马的槽头前，以为枣红马断了草料，饿了，但是槽子里面还有不少草料。马见了他，更加惶恐不安，打着哆嗦，仿佛大祸临头一般。江山伸手拍拍它脖子，示意它安静。没想到它竟然抬起一只前蹄，朝江山踢去。江山本能地一闪，差点跌倒。江山气坏了，顺手从槽头的木柱子上摘下马鞭子，扬起来……，但是鞭子并没有抽下。此时是黎明前最黑暗的时刻，天上的启明星恰恰这时候露了出来，微弱的星光下，这片山谷寂静无比，没有风，没有人影，甚至听不到一声虫鸣。江山扬起的手臂悬在了半空——他顺着枣红马的目光看去，西边的山脚下，坡地上，五六百米之外，有一片亮晃晃的东西在蠕动……那一片无声蠕动的亮晃晃的东西，猛地刺痛了江山的眼睛！

枣红马此时安静下来，江山心里却尖锐地叫了一声："钢盔！那是钢盔！"冷汗霎时涌了出来，他丢下鞭子，惊叫着跑向屋子，从枕头底下摸出驳壳枪，子弹本来就上了膛，慌乱中他又扳了扳机头，对着窗子一连开了三枪！

骤起的枪声，打破了谷地的宁静，随即一阵阵枪声从西边传来。江山命令杨天龙和小孙，立刻跑去通知所有人，走秘道转移，让罗金堂带三小队就地掩护。那二人顾不上穿上衣，答应一声，光着膀子提着枪跑了出去。江山抄近路赶往女兵班住的石头房子。

紧接着，密集的枪声在山谷中回荡，夹杂着中弹者的惨叫声。灭顶之灾遽然降临，营地陷入了从不曾有过的慌乱。女兵班的房子里，早已乱作一团，哭爹叫娘声此起彼伏。余立贞——李兰贞怎么也穿不上裤子，孙玉花和蔡小梅去抢同一条裤子，两人像拔河一样把裤子扯破了，杨淑芳是老兵了，还算冷静，扑上去每人给了一巴掌，把二人打醒，然后她摸到洋火划着，想把马灯点上。

这时江山冲进来，低声喝道："不要点灯！"

几人好不容易才把衣服穿妥当。江山吩咐道："不要慌，赶紧走秘道，拼死往外冲！"说罢又跑出去，集合队伍去了。杨淑芳带领几人往外冲，孙玉花和蔡小梅却哆嗦得迈不开步，急得杨淑芳又要打人。江母大概见惯了这阵势，此刻出奇地镇静，她一声不吭，一手拎一个，像拎小鸡一样，把孙玉花和蔡小梅提在手里，抢先出了屋子。杨淑芳拖着李兰贞紧紧跟在后面。

人们像掐了头的苍蝇一样从各个分散的屋子里跑出来，狼奔豕突，混乱中随着前头的人，形成一股人流，摸黑朝北边的秘道方向跑，不断有人中弹倒地，喊叫声四起。江母和杨淑芳携带着另外三人，深一脚浅一脚地往前跑。她们刚跑到大槐树底下，前头的人又折了回来，说是秘道被敌人堵住了，根本冲不过去。

形势极为严峻。江山和冷长水、汪默涵凑到一块研究了一下，均认为越是瞎跑越危险，队伍随时会被敌人冲垮并分头全部消灭，江山决定抢占大槐树东面大山脚下的一个小山包，就地固守抵抗，那里有以前筑好的简易防御工事，背水一战，先坚持一下再说。同时命令罗金堂带人就地掩护众人往小山包上撤退。

三人随即率身边的人奔向大槐树东面的小山包……敌人的子弹从后面兜屁股射过来，爬山的过程中，又有不少人中弹牺牲。

这股敌人仿佛从天而降，完全把游击大队打蒙了。

李兰贞不会想到，率兵前来偷袭的敌人指挥官是她名义上的未婚夫申之剑。

为了这一战，郭炳勋和申之剑策划了半个多月。余乃谦被抓，供出郭炳勋，虽然梁守盘没敢动他一根毫毛，却也让他憋了一肚子火，尤其是他通过南京方面的关系查证到余小姐并没有去南京，他认为余小姐早就是共产党的人了，余乃谦两口子并非不知道这个情况，而是有意隐瞒，给他设套，把他骗到他们的船上，着实可恶可恨！

然而，事情的源头还在于大阳山的共产党，本来郭炳勋对剿匪不感兴趣，现在他却想动真格的，一来出一口鸟气，二来向梁守盘、省党部及南京方面的人证明，他与山里的共产党确无瓜葛。他把申之剑叫来，直截了当地问："想把你的余小姐找回来吗？"由于余小姐杳无归期，申之剑近来精神恍惚，听郭师长这么一说，他当然一百个愿意。郭师长告诉他，余小姐一直藏在大阳山深处的大槐树，有本事你就把她抢回来。

申之剑心中顿时涌起一股豪迈之气。按照郭师长的吩咐，他亲自带一辆专车到临山县，从保安团手里把那个供出余乃谦的李二丑接到龙城。这李二丑不但不丑，而且还很英俊，中等个头，四方脸，浓眉大眼，下巴上有一颗醒目的黑痣，看上去显得蛮威风。他原本在马家集开布店铺做小本生意，经营不善亏了钱，债主催债逼得急，游击队攻占马家集后，为了逃债他加入了队伍，分配在罗金堂的三小队。去了没几天，他吃不了那里的苦，训练偷懒挨了罗金堂一顿臭揍，憋了一肚子火。那天他跟随老兵离开营地到外面运粮，遇到一个熟人，听说住在山里头的老母亲病了，他一着急，冒出了开小差的念头，找个空子丢下枪跑掉了。游击队经常有开小差的，别人都没事，他在回家的半道上，却不期遇上保安团，如果他冷静点，也不会有事，偏偏他撒丫子就跑，结果掉进一个树坑里，崴了脚脖子，给捉住了。他怕挨揍，更怕死，于是就把他听说的余小姐的事说了，这才有了后头这一连串的变故。

申之剑只想知道大槐树营地的情况，他答应李二丑，只要说实话，会给他五百块大洋的酬劳，然后放他回家。他求之不得——五十块用来还债，剩下的四百五十块拿回去，够娘儿俩生活十年没问题。申之剑反复盘问，弄清了游击队藏身的地点。那个鬼地方四周山势陡峭，人迹罕至，无法强攻，想进去，只有一条秘道可走。可是秘道是游击队的生命线，肯定被严防死守，尤其最窄处只能容一人通过，对方只要有几个人几条枪守住，那就是一夫当关，万夫莫开，谁也过不去——一旦偷袭不成，仗就打不下去，想消灭游击队接回余小姐，那是痴心妄想。

申之剑把自己关在屋里对着军用地图苦思三天，决定铤而走险，避开秘道，只在外围放少量兵力封堵住秘道出口，不得从秘道放走一个活的。大部队想办法翻越大槐树西面的梵山——从地图上看，梵山相对低矮一些，山势也相对平缓，一旦翻过，出其不意，夜间实施突袭，那就等于对大槐树之敌瓮中捉鳖。郭师长对他的这套作战方案颇为满意，把一三二团第三营派给他，让他全权指挥。三营装备精良，每个班配有三支美国造的冲锋枪，尤其是该营曾经在大别山同徐向前的部队作过战，老兵多，有丰富的山地作战经验，三营营长曾子烈最早是郭师长的勤务兵，是郭师长最信得过的人。

按照申之剑的计划，部队只携带轻武器，一大早坐汽车从龙城出发。临行前，郭炳勋专门对申之剑交代，务必剿灭这股共匪，把余小姐平安带回来。想到就要把心爱的女人带回来，申之剑热血沸腾，内心对郭师长充满感激。郭师长并没有因为余小姐已经是共产党的人，而对他有过一丝一毫的责怪，现在又把自己最看重的三营交给他指挥，不惜损失，冒险让他去抢回余小姐。他差点落下泪来，双脚一碰，对郭炳勋敬个礼，道"卑职一定不辜负师座的栽培，即便肝脑涂地，也要悉数把大阳山的共匪赶尽杀绝！"他不提余小姐，是想向师座证明，他此行主要是为党国立功。

傍晚，部队到达梵山西面八十多里远的罗庄，再往前没了路，部队在罗庄住宿一晚。次日一早改为步行，兵分两路，曾子烈带一连的两个排绕道北行，由李二丑引路，负责去封堵秘道；申之剑亲率两个连外加一个排，披荆斩棘向梵山进发，下午五点钟左右到达梵山脚下。

申之剑的运气竟然出奇地好——就在他仰望着面前的大山发愁时，部下意外寻到了一个在山脚茅屋独居的老猎人，申之剑把一百个闪光的大洋堆在老猎人面前，老猎人笑逐颜开，表示愿意当向导带路翻山。这一夜，他们跟随老猎人，沿着他寻常打猎的踪迹，七折八拐，有惊有险地于子夜时分到达山顶，休息一个小时，吃了点东西，然后下山，悄悄接近大槐树谷地。一路上有九个兵摔下山崖，生死不明——这比申之剑预想中的结果要好许多，他原本预计，或许会有三分之一的人翻不过此山，但只要有一个整连跟他到达攻击位置，他就有十足的把握完成此次任务。弟兄们私下传开了，这是跟着申副官去抢媳妇，因此都很卖命，没人退缩，没人骂娘，一路上进展很顺利。

凌晨四时，按照预定计划，二百多人分成四个战斗小组，分散开来，从西面直扑游击队的营地。如果不是有一匹马不住地嘶鸣，如果不是有人鸣枪示警，申之剑可以做到把全部的敌人消灭在睡梦中。

部队风卷残云一般，把游击队压向了北面的秘道方向。申之剑提着一支冲锋枪杀红了眼，冲在最前面。路过一座石头房子时，他看到了那匹报警的马，他一眼就认出，这是一匹上等的战马，他端起冲锋枪——尽管有些舍不得，他还是扣动扳机，把马肚子打成了筛子状。枣红马轰然倒地，最后一次仰起脖子，发出一声长长的悲鸣，然后四蹄上举，凝固在那里，像四支熄灭了的火把。

5

狭长的山谷，弥漫着呛人的血腥味。

激战一个多小时之后，游击队活着的人全部被追赶进那座一百多米长的小山包上。工事是以前用乱石头筑起来的，背后是怪石嶙峋的悬崖峭壁，猴子也爬不上去，所以不用担心背后遭袭，但也是无路可退，只有死守一条路。

当初江山让人筑这个工事时，大伙意见很大，认为没用，现在却派上了用场，成了救命稻草。

申之剑指挥部下从三面团团围住小山包，形成一个环形的包围圈。双方先是对射，游击队居高临下，地形占优，申之剑所部地形不利，但火力凶猛，只能依托房屋和树木射击，双方一时形成对峙。

趁着天色未明，申之剑组织了三次冲锋，虽被打退，但游击队一方的枪声渐渐稀落下来，显然弹药消耗得所剩不多——由于突遭袭击仓促出逃，游击队的人并没有携带多少弹药，有的人连枪都没拿，还有的新兵甚至是光着屁股跑出来的。

太阳出来了，激战过后，谷地被一团团的烟雾笼罩。游击队的战壕里，还剩下三十七人，也就是说，二百多人的队伍，只剩下一个零头，申之剑的部队虽说也折损六七十人，但他并没有伤筋动骨，而且弹药充足。曾子烈带着那两个完整的排从秘道里钻进来，加入了攻击，也许再来一个冲锋，就可以拿下山头。

江山左臂负了伤，鲜血直流，冷长水过来替他包扎，小声道："司令，这下完了……"江山黑着脸道："坚持到天黑，就有办法。"冷长水冷哼一声，没再说什么，也许只有鬼知道，还能不能坚持到天黑。

这显然是江山革命生涯中最危险的一次，以前虽说屡次陷入绝境，但是没有哪一次像今天这样凶险，全军覆灭就在眼前。他不想服输，他相信命运不会对他如此不公——江家只剩下他和母亲二人，今天一战，难道江家一个人都不能留下吗？他千辛万苦拉起的队伍，难道一个火种都不能留下吗？尽管心里很恐慌，手心里全是汗水，但是他不能流露出来，他得镇静，他期待着奇迹的出现。

　　汪默涵倒是比任何人都冷静和超然，自从岚岚牺牲后，他早已把生死置之度外，不知有多少次，他甚至希望有一颗子弹击中自己，好让他到天堂里和心爱的女人相会。他现在只是略微担心李兰贞，这个无比单纯的女孩，如果就这么死去，他感觉很对不住她。所以他时不时地往她那边瞅一眼，还好，由于众人的保护，她至今毫发无损。

　　李兰贞蹲在战壕里，腿肚子不时地哆嗦，自从拂晓战斗打响后，她两腿一直不争气地哆嗦。也难怪，长这么大，她第一次经历打仗，身边不停地有人倒下，鲜血四溅，惨声四起，每倒下一个人，就让她心尖子一阵抖。虽然恐惧，但她的视野一直没离开过汪副政委，见他一直好好的，她鼓励自己坚持下去。他是她的力量和支撑，只要他活着，她就不至于崩溃。身旁的孙玉花和蔡小梅还不如她，两人屁股上腿上都是湿的，显然吓尿了裤子。杨淑芳和江母不停地在战壕里窜来窜去救护伤员，顾不上她们。

　　战斗的间隔，没有了震耳的枪声，气氛极其沉闷。江山觉得，得给大家鼓鼓劲，他招招手，把大伙集中一下，扯起公鸭嗓子，声嘶力竭地说："同志们！不要怕，我们有这么坚固的阵地，敌人攻不上来……都给我打起精神来，我们是共产党的队伍，即使是死，也要站着死！谁也不能投降，谁投降我枪毙谁！谁也不能给共产党人丢脸！"

　　罗金堂带头鼓掌，仰起粗壮的脖子吼道："砍头不过碗大的疤，死了不过是屁朝上，有啥怕的！人早晚得死，早死早托生！一会儿敌人再上，老子先冲出去跟他们拼大刀，你们看我的！"

　　虽说罗金堂这几句话比较糙，但听着提气，刚才江山讲话，众人反应平平，罗金堂此言一出，群情激昂，有人嗷嗷叫，高喊道："老罗！我们跟你上去拼刺刀！"

　　而此时，申之剑站在射界之外的大槐树下，拿不准主意是否立即组织新一轮攻击。凌晨的混战中，他左肩靠近颈部的位置被一颗子弹贯穿，伤处离颈部的大动脉就差一点点，受伤部位缠上了纱布，洇出紫黑色的血迹，他一点也感觉不到疼痛，满脑子都是贞贞。刚才有部下前来报告，杀死的一百多敌人里面，没见到女尸。他知道贞贞还活着，心里踏实了些。他最担心混战中误伤贞贞，此前他曾传令每一个士兵，不准对女人开枪，一旦见到余小姐，务必严加保护。现在他可以断定，贞贞就躲在对面山头上，如果贸然进攻，子弹不长眼睛，真要伤到贞贞，这一仗毫无意义不说，还会令他痛苦一辈子。

阵前难得地安静下来，无声无息，硝烟在晨风吹拂下，一点儿一点儿散去。

曾子烈强烈要求马上攻击，大声道："申兄，毕其功于一役，我亲率敢死队冲锋，你留下指挥。"申之剑并不知道，出发前，郭师长私下对曾子烈有过交代："如果不慎把余小姐打死，也没关系。唉，我也是为申副官考虑，怕他受余小姐牵累呀，所以打死她嘛，其实是个不坏的结果，一了百了，以后就没人扯这个事了。"郭师长边说边叹气。曾子烈由此揣摩出，师座是不希望余小姐活着回来的，所以他才积极要求出战，以便见机行事，把这个营地里所有的人一个不落，干净利落地消灭掉。

申之剑犹豫着，不表态。曾子烈出战心切，不等申之剑发话，戴上钢盔，拔枪往前走。申之剑从背后叫住他，说："曾兄，你想过没有，伤到余小姐咋办？师座可是特别交代我，务必平安把她带回去。"曾子烈的心思仿佛被申之剑看穿，尴尬地摸摸鼻子，不知该怎么回答，愣在那里。

申之剑喊过两个勤务兵，对着二人耳朵吩咐几句。两个兵奋力爬上大槐树，仰起脖子，双手放在嘴边做喇叭状，冲着东面的山头，大声喊道："共匪听着——赶紧把余小姐交出来——我军饶你们狗命……"

那二人的喊叫声清晰地传到战壕里，众人都愣住了。从江山到冷长水、汪默涵，他们终于明白，这股凶狠的敌人是冲着李兰贞来的！明白过来后，冷长水不满地瞪一眼汪默涵，意思是这女人本就是个灾星，你偏要把她招引来，都怪你。接着，冷长水又不满地瞄一眼江山，意思是你不该留她嘛。这当儿，江山却在心里合计：这女子到底是不是敌人的奸细呢？如果不是里应外合，敌人的动作怎么会这么隐蔽而又准确迅速？他扫一眼不远处面无表情的李兰贞，随即否定了自己的想法——如果她真是奸细，早就跑了——但不管她是不是奸细，因她而招致的灾难性后果，实与奸细无疑……

听到对面的喊叫，李兰贞更是愣了好一阵，起初她以为是父亲派人来救她，想想又不对，父亲尚在狱中且不说，警察局的人穿的衣服也不是这种样子，显然这是正规军。她一下子想到了申之剑。她腿肚子不再抖，不顾危险，从战壕里探出半个身子，睁大眼睛往大槐树底下瞅……

她隐约看到了申之剑晃动的身影——果真是他！

这时，江母伸出手，一把把她扯下来，说："俊闺女，你不要命了？你得给俺好好活着，给俺儿子做媳妇……"老太太似乎又犯了病。江山冲杨淑芳使个眼色，杨淑芳把她拉到了一边。

战壕里活着的人，都一齐望着李兰贞。罗金堂愤怒地瞪她一眼，显然也是怪她把敌人给引来，他的三小队眼看人都死光了——刚才要不是他率部拼尽全力阻击敌人，或许这些人根本没有爬上这个小山头得以续命的机会。

这一刻谁也不知该怎么办，死一般地寂静。

敌人的喊叫声持续传来……

只见李兰贞沿着战壕，朝一个豁口走去，经过罗金堂身边时，她顺手从他腰间抽出一把尖利的杀猪刀，别在自己腰上；经过杨天龙身边时，她又伸手把他腰间的一条擦汗用的肮脏白毛巾拽下来，提溜在手里。罗金堂和杨天龙呆若木鸡，竟然都没有想起阻止她。杨天龙此时穿一件布满弹洞血迹斑斑的上衣，一看就是从死人身上扒下来的。

经过汪默涵身边时，她微微停顿一下，在心里默默祷告："亲爱的汪先生，无论如何，无论发生什么，你都得好好地活下去……"

汪默涵不敢与她对视，把脸扭向一旁。

她继续往前走……

谁都不知道她要干什么，人们只是用目光追随着她的身影……

她爬上了豁口。

她跳出了战壕。

她向山下走去。一边走，一边用力晃动那条肮脏的白毛巾……

天哪，她这是要投降！

人们都傻眼了！

所有人的目光收回来，一齐望向江山。

大槐树下，申之剑看清了，那个缓缓向这边走来的人，正是他心爱的女人！她还活着……他的眼睛禁不住湿润了。曾子烈站在申之剑身侧，握枪的手抖了抖，知道师座暗示给他的任务完不成了，现在他只能祈盼对面的人开枪打死她，因为共产党是不能容忍投降的……

战壕里，人们终于反应过来。冷长水眼睛通红，低声冲江山吼道："司令！下命令吧！"

江山抬眼望着汪默涵。汪默涵目光躲闪着，嘴唇哆嗦着，最终低下了头——现在他万般地后悔莫及——当初为什么非要处心积虑带她出来？因为她，大阳山的革命大业眼看遭受灭顶之灾，她是党员，应该与敌人同归于尽，可她竟然当众投降，让他颜面扫地，这无异于扇他的脸，剜他的心呢……

汪默涵此时真想找个地缝钻进去——不，真希望江山开枪打死自己算了！

眨眼间，李兰贞已经走出五十步开外，高喊着："不要开枪……不要开枪……"

大槐树下，申之剑听不清她说什么。望着一步步向自己走过来的她，他大声吩咐部下做好射击准备，如果对方敢向她开枪，立即从两侧用强大火力压制对方，同时他前移脚步，随时准备飞奔前去迎接她……

这边，冷长水举起手里的驳壳枪，一边瞄准她的背影，一边嘶哑着嗓子催促道："江司令，你还愣啥！"

空气仿佛凝固了一般，人们都望着江山。只见江山终于咬牙点了点头。冷长水仔细瞄准，食指轻轻扣压扳机……

汪默涵扭过了脸。罗金堂、杨天龙、杨淑芳等人都闭上了眼睛。

冷长水右手的食指终于用力扣动了扳机……但就在这电光石火的一刹那间，江山出手推了冷长水的肩膀一下，与此同时，枪声骤然响起，像一声炸雷。

子弹擦着李兰贞的头皮飞了过去……

申之剑听见枪声，脸色陡变，他挥手示意部队从两侧开枪压制，随即一排排子弹从李兰贞身体两侧飞向小山包……

战壕里的人赶紧伏下身子隐蔽。对于江山刚才的举动，冷长水不明就里，心中恼火，举枪又向李兰贞瞄准。江山大声道："冷副司令！算了！她害了我们不假，兴许她还能救我们呢。"

冷长水一声长叹，丢下驳壳枪。在他的身旁，汪默涵不由自主地松了一口气。人们提到嗓子眼里的心也随之放了下来。

李兰贞此时已走出七八十步。她用力挥动着白毛巾，大声喊道："不要开枪！我投降！我投降还不行吗？申之剑你听着，别打了……"

申之剑这回听清了，他挥手示意众人停止射击。战场顿时又安静下来。敌我双方的人都紧张地望着缓缓走动的她……

终于，她走出了游击队的射界，那边就是想开枪，也打不中她了，申之剑悬着的心终于沉下来，他发现自己衣服都湿透了，脸上全是汗，左肩剧烈地疼痛。他扔下手中的冲锋枪，朝她飞奔而去。曾子烈等人紧紧跟上。

他们快要跑到她跟前时，她扔下毛巾，突然道："都别过来！"

申之剑等人停下了脚步。申之剑道："贞贞，怎么了？"

"申之剑，你要答应我——"

"贞贞，答应你什么？"

"我跟你走，你放过他们。"

申之剑一愣，扭头看一眼曾子烈。曾子烈小声道："申兄，先哄她过来再说。"申之剑犹豫一阵，道："贞贞，你先过来。"

"你答不答应？"

申之剑仍在犹豫……

只见她突然从腰间拔出那把杀猪刀，闪亮的刀尖紧紧逼住脖颈："你不答应，我先死！"

申之剑不再犹豫，一咬牙："好！我答应，放过他们。"

她似乎还不相信，刀子仍抵住脖子，一动不动。曾子烈一跺脚："申副官！不能答应，否则没法向师座交代……"

"我是指挥官，我说了算！我去向师座请罪。"申之剑不再搭理曾子烈，大声冲她喊道："贞贞快过来！"

她伸左手指向天空："申之剑！你要对天发誓！"

"好，我发誓，一定放过他们。"申之剑的一只手伸向了天空。

她这才丢下刀子，缓缓走过来。申之剑想上前搀住她，她闪开了，径直向大槐树走去。申之剑和曾子烈跟在后面。曾子烈心中大为不快——如果能一举铲除大阳山的共产党，他和他的三营将功成名就！可现在，功亏一篑，一切都成了泡影！

小山包上的人，听不清他们说什么。江山料到敌人不会罢休，他悲壮地命令众人，做好战斗准备，子弹打光了，就扔石头砸，上刺刀拼，哪怕战至最后一人，阵地也不能丢。

太阳升起来，上了东山头，搁在山头上，像一个巨大的蛋黄。半个小时过去了，敌人并没再发动攻击。又过了一会儿，山谷里的几十座房子着了火，那棵大槐树也被点着了，火光冲天而起。

申之剑命人挖个大坑掩埋了阵亡士兵的尸体，然后率部秩序井然地退出了阵地，很快消失得无影无踪。

战壕里活着的人，都冒出头来，望着烟雾腾腾的谷地，仿佛刚才做了一个噩梦，大伙集体到地狱里走了一遭，现在梦已醒，发现自己还活着，有的人忍不住朝天放起枪来，有的大喊大叫，几近失控……

罗金堂拍着青森森的光脑壳，骂道："他娘的，我们三十六个人的命，让一个女人给救了。说起来，丢人哪！"

汪默涵平静地说："天不绝我……江司令，我们下去救火吧。"

江山点上一支旱烟用力吸着，从牙缝里挤出一句话："她竟敢投降，我要开除她的党籍……"

6

申之剑把李兰贞秘密带回龙城那天，宪兵司令部也把余乃谦放回了家。

张勇开车带韩素君来监狱接人。余乃谦蹲了一个多月的班房，人瘦了一圈，脱了形，胡子头发乱得像个野人，韩素君差点没认出他来。余乃谦见到妻子，眼泪忍不住下来了，哆哆嗦嗦道："老子不走！他们凭什么关老子？又不是我送枪给共产党……"

韩素君上前拉起他的手说："乃谦，行啦行啦，先换换衣服，咱们回家去。"

他见妻子神色和悦，猜到或许有好事等着他，便乖乖地一切听她吩咐。途中，韩素君让张勇停下车，先带他到一家澡堂洗了个澡，又给他理了头发，刮了胡子，看上去利索了些。一进家门，老太太颤颤巍巍地迎上来，一把抱住他。他说："娘，让你老人家受惊了……"老太太说："回来就好，回来说好……"

娘儿俩抱头哭了好一阵才罢休。老太太说："你回来了，贞贞还不知在哪里……"说罢又要哭。韩素君不耐烦地说："这个家成这个样子，还不都是鬼丫头惹的祸，你还惦记她。"

把老太太送进卧室，余乃谦反身回到客厅，一把抓住韩素君的手说："素君，你到南京……事办得咋样？"

韩素君告诉他，她和张勇到南京后，四处求人，烧香磕头，带去的十万块钱打点出去了，都说让等着，等着。可是等了半月，一点动静没有，急得头发都白了不少。最后还是老父亲出面，找到了孔祥熙身边的近人求情，终于让她见上了孔部长。她原本担心孔部长会提到立文的事，毕竟立文一走了之，连个招呼都没打，还好，孔部长或许早不记得部里有个叫余立文的年轻人，压根没提这事，让她心里踏实了些。孔部长答应给有关人士打打招呼，先放他出来，再给他谋个新差事，但有个条件——

"什么条件？"他急问。

韩素君没有马上回答他，而是自顾自地说："孔部长可真是好人哪，一块钱的礼都没收，比那些光收钱不办事的人强多了！"

"他当财政部长，稀罕你这点钱？快说，他什么条件？"

"你在报上登个启事，宣布和贞贞脱离父女关系。"

他愣了半天才道："孔部长能给个什么新差事？"

"我离开南京前问了问孔部长身边的近人，人家回话说，顶多给个省参议员当当。"

"参议员有啥好干的？听着好听，一点不实惠，那不过就是个聋子的耳朵——摆设！"他极其失望的样子，脸都黑了。曾几何时，他给自己定下的目标是中央委员，他发誓要成为中央大员，给老丈人一家瞧瞧，给那些曾经瞧不起他的人瞧瞧，他余乃谦不是吃干饭的！他是好样的！现在，眼看一切都要泡汤了，他欲哭无泪。

韩素君点上一支"哈德门"香烟，缓缓吸了两口——不知什么时候，她学会了吸烟。

停了停，余乃谦用力拍一下茶几，又说："就为个破参议员，让我和女儿断绝关系，我不干！"

"我说你真是个死心眼儿！"韩素君脸子拉下来，把烟头往烟灰缸里一戳，"人家辛辛苦苦跑南京，求爷爷告奶奶的，为了你，腿跑断了，面子丢尽了！我老爸过去不就是个监察委员吗？哪个小瞧他了？再说了，你先有个位置占着，也好有个面子撑着。再不好，总比你啥也不是在家喝西北风强吧？只要青山在，不怕没柴烧，先熬着，等事情一过去，咱再想办法谋个官位，也不是做不到……"

他这才冷静下来，抚摸着女人的手说："素君，让你操心受苦了，以后咋办，我都听你的……真要登报？"

"登！"

"好，明天咱就去登……可我还是想不通，我费心费力为党国，到头来只混个无职无权的参议员，竹篮打水一场空，还让你白搭进去十万块钱……素君，你搞点儿钱，也不容易呀……"他的眼泪又下来了。

韩素君知道丈夫心里难过，便又安慰道："钱是人挣的，该花就得花。乃谦，你得振作起来，昨天我找人卜了一卦，大师说不出两年，余家就会云开雾散东山再起，等你手里有了实权，你老婆还愁没钱花吗？"

几句话把余乃谦说得笑出了声。

申之剑把贞贞带回龙城后，为了她的安全，暂时没有送她回家，而是把她藏在师部自己的一间宿舍里，专门派了警卫把门。安排好贞贞之后，他不顾伤痛，即刻去了郭师长官邸。因为没能全部消灭大阳山的共产党，他深感对不起郭师长，请求师座责罚自己。曾子烈也来了，他还算仗义，说他同样失职，表示愿意和申之剑一起接受处罚。郭师长大度地哈哈一笑说："你们都平安回来就好。"又说："共产党可不是那么容易赶尽杀绝的，他们就像韭菜，你割了一茬，又会冒出一茬，就连委座不是也拿他们没办法吗？眼看着他们到陕北合流了。"师座这么一说，申之剑心里的愧疚减轻了一些。

"余小姐还好吧？"郭师长关切地问。

"谢谢师座，她还好。"

"你的伤，不碍事吧？"

"一点小伤，几天就好。谢师座牵挂。"

郭师长点点头，低头翻报纸，意思是你们可以走了。

"师座，那个李二丑，怎么办？我答应过他，事成后拿钱走人。这次多亏了他……"

郭师长抬起头来："这个嘛，让曾子烈去办，你赶紧到医院治伤。"

"是！"申之剑冲郭师长敬个礼，出去了。

曾子烈站着没动，郭炳勋问："你打算怎么处置？"

曾子烈说："他立了功，放掉算了。再留他也没啥用。"

郭炳勋屁股离开太师椅，站起来踱了几步，停下来说："他立了功不假，可你想过没有？也正因为他，才折损了我六十多个弟兄！若不是他提供余小姐那个情况，哪有后来这些烂事？古往今来，叛徒都没好下场，先关起来再说！"

7

李兰贞迷迷糊糊睁开眼，看到的是一个完全陌生的环境——军绿色的行军床、干净的被褥床单、平整光洁的水泥地面、一个仿古衣橱、两把椅子、一张蒙着军用毛毯的桌子……这是在哪里呢？她迷瞪了好一阵才想起，这是在申之剑的兵营里。或许是太累太乏，进了这屋子她倒在床上就睡着了，整整睡了一天一夜。

头几天申之剑一直没露面，一个传令兵每天给她打三顿饭。她想到门外走走，门口持枪的警卫伸手挡住她，说没有申副官的命令，不能离开这个屋子一步。她问'申副官怎么不来'？警卫说'他到医院疗伤去了'。

对于申之剑，她说不出是什么感受——该恨他，还是应该感激他？为了她，他都负了伤，差点就要了命；可他为了她，竟然杀了那么多的人，她亲眼看着战友们一个个倒下，尸体躺满了山谷……也许她更该恨自己，毕竟因为她，他才那么干的。可是，自己跟汪先生出走，又是自觉自愿的，她不后悔，永远都不后悔……

那几天，她脑子乱成一锅粥，头疼得厉害，总也理不出个头绪。第四天上午，申之剑回来了，陪着郭师长来的，想必他的伤已无大碍。她以前见过郭师长一回，郭师长虽然行伍出身，但没有架子，模样也不凶，她并不惧怕他，只是一时猜不透他来干啥。

郭师长坐在椅子上，她坐床上，申之剑站在郭师长身后。郭师长开口说："贞贞小姐，我和你爸妈都是好朋友，在我眼里，你和我女儿没两样！我还是你和之剑的媒人呢……"

她一个愣怔："什么？媒人？"

申之剑急忙道："师座，贞贞还不知道这事呢。"

郭师长哈哈一笑："那先不说这个，这事让之剑回头告诉你。宪兵队的人说，你是个共产党，老子不信！一个女娃娃家，好端端的，怎么成了共产党？宪兵队明明是栽赃嘛！"

"郭、郭叔叔，我真是个共产党员。"她认真地说。

"是吗？搞错了吧？"

"没错！我真的是，我还宣誓过呢！"她边说边举起右拳晃了晃。

郭师长神情颇有些尴尬，勉强地一笑："你呀，小孩子家，脑子犯糊涂，上坏人当了……你说是，我反正不信。"

申之剑给她使眼色，她假装没看见。

"我真是！"她有点急了。

"丫头呀，这话也就在这里随便说说，出去可不能乱讲，宪兵队那帮混蛋可不是好惹的。"郭师长做了个砍头的手势，站起来，"我走了，你们俩好好聊聊。"

郭师长转身往外走，申之剑送他到门外，又反身回来，把门带好，坐在他对面的椅子上。她惦记刚才郭师长说到的"媒人"两个字，主动问道："媒人……到底咋回事？"

申之剑没说话，拉开抽屉，拿出一张红色的婚帖，放在她面前。那上面写着她的名字和生辰八字，以及愿与申之剑缔结婚姻，永偕伉俪之好之类的套话，底下还有郭炳勋的签名。她看了两眼，脑袋有点大，愣了一阵，冷笑一声说："申之剑，都什么年代了，你也算个新青年，怎么还来这一套？"

"这可不是我偷来的，是你爸妈的心愿。"

"他们并不能代表我。"

"但我喜欢你是真的……我感觉这个世界上，没人像我这样爱你。为了能和你走到一起，我可以离开军界，放弃所谓的大好前程，我们可以到上海，到香港，乃至到国外去。余立贞，请你相信我……"

他收起婚帖，似乎动了情，一个大男人，眼圈竟然红了红。

"申之剑，我谢谢你……噢，忘了告诉你，我改名了。"

"叫什么？"

"李兰贞。"

他顿了顿："是为了向过去告别吗？"

"算是吧。"

"不管你以后叫什么，在我心中你永远是以前的贞贞。"

她凄凉地一笑："申副官，我心里……有人了……"

他一惊，强忍着没有问是谁，换了个话题，道："贞贞，今天不说这个了，你还要在我这里长住下去，你得做好准备。"

"你想软禁我吗？"

他笑笑，打开随身携带的公文包，抽出一张报纸递给她，她打开看了看，没看出什么名堂，不解地望着他。他指着四版右下角，说："你看看这里。"

那是一条简短的声明——余乃谦韩素君夫妇宣布与女儿余立贞断绝父（母）女关系！

她对着报纸呆愣了好一阵，并没有太难过，似乎父母做这一切都是应该的、正常的，仿佛早在她预料之中。她不怪父母，要怪只能怪自己。

他接着告诉她，世上没有不透风的墙，宪兵队已经探到她回城的风声，今天上午打来电话要人，被他搪塞过去了。大门口好像还有他们的便衣。他忧心忡忡地说："你不能离开这里一步，否则很危险，一旦落到他们手里，谁也救不了你。师座提出一个方案——你写一个脱党声明，他可以保你无事。"

她不假思索地否定了："这不行！"

"为什么？"

她并没有马上回答，因为她一时想不出到底为什么。

"为了你的信仰吗？"

"如果你非要问为什么，我只能说，因为我的心上人也是个共产党，我想和他站在一起。"

"他是谁？"他终于忍不住问道。

她犹豫片刻，才缓缓说道："也许你已经猜出来了……他是我礼贤中学的国文老师——汪先生。"

他铁青着脸，没再说什么，戴上军帽，出去了。

接下来的日子，尽管申之剑心情十分灰暗，但他对李兰贞的照顾依然无微不至。他们见面很少说话，他只是不停地把一些她爱吃的东西带回来。

一天，郭师长严肃地找申之剑谈了一次话，委婉地提醒说，不如抓住这个时机，和余家退婚，解铃还须系铃人，他这个媒人愿意拉下脸，出面去跟余乃谦夫妇说清楚。申之剑哭了一场，思前想后，没有同意。自从见到贞贞的那一刻起，他就全心全意地爱上了她，为了她，他都可以献出生命，个人这点前途又算什么？郭师长因此对他颇为失望，一些重要的会议，不再带他参加，而在以前，他这个副官和长官基本是形影不离的。

这期间，一件石破天惊的事情传来——张学良和杨虎城在西安扣押了蒋介石！龙城离西安虽远，但气氛一样的紧张。郭炳勋一连几天到警备司令部或者省党部开会，龙城上层惶惶不可终日，仿佛世界末日来临一般。申之剑的注意力转到这件事上来，痛苦减轻了许多，郭师长对他的不满也已淡化，重新带他出席一些重要的活动。

李兰贞两耳不闻窗外事，她才不管什么抓不抓蒋介石，她只惦记汪默涵。她在申之剑这里一住就是一个多月，待得越久，她越是思念汪默涵——亲爱的，你还好吗？一想到他，她就脸红心跳，夜里常常失眠，眼见着憔悴下来，气色比刚来时还差。

这年第一场雪飘下来的那天晚上，申之剑说要带她出去散散心。他亲自开车，悄悄载着她出了营门。车子在城里转了好一阵，面前闪过一栋栋熟悉的建筑和街道——三马路、四马路、新世界电影院、欧亚咖啡馆、美国领事馆、瑞福祥绸缎庄、万紫巷商铺、奇美美发店……这都是她以前喜欢来的地方，此时她却没有心情欣赏。

最后车子停在龙山下面的一栋小洋楼前，申之剑说："余公馆到了。"他见她连日闷闷不乐，饭也吃不下，以为她想家了，这才决定冒险带她回一趟家。

她搭眼往车窗外一瞅，心里不由得一热——这个家虽然不要她了，可她并非不想它，尤其是祖母，从小疼她爱她的祖母，慈祥的祖母，一直在她心中。掐指一算，离开家好几个月了，简直就像做了一场梦……她的眼泪，不由得滴落下来……

申之剑轻轻按了两下喇叭。不一会儿，大门打开，管家老常探出头来。申之剑拉开车门，老常一低头，看到副驾驶座位上的她，惊讶地叫了一声："小姐？"不等回应，老常慌忙跑回院子。片刻之后，余乃谦和韩素君来到门口，申之剑上前，礼貌地打个招呼。这当儿，她下了车，趋前两步，望一眼已显陌生的父母，颤抖着叫了声："爸、妈……"

雪花飘落，冷风飕飕。余乃谦嘴巴咧了咧，冲她点点头。申之剑怕出意外，一直封锁李兰贞回城的消息。适才余乃谦不相信女儿回来，认为老常看走了眼，现在他终于相信了。他试图伸出手，去拉女儿的手，不料想身旁的韩素君突然挡在他和女儿面前，扬手给了女儿一巴掌！

几个人都愣在那里。申之剑站在一旁，不知怎么办好。李兰贞的嘴角洇出血丝，她完全蒙了，木呆呆的，一时无语。

韩素君横眉立目道："你还有脸回来！"说罢，伸手拉起丈夫，往大门里面推他。余乃谦无奈地被她拖进了门，老常也只好进了门。

大门从里面砰地关上了。

李兰贞久久地呆愣在那里。申之剑掏出一块手帕，想帮她揩嘴角的血迹，她伸手挡开了。突然，她跳起脚，声嘶力竭地对着院子喊道："奶奶！奶奶！我是贞贞·····我回来了！我回来了！·····"

尖厉的喊叫声在夜里传得很远。似乎觉得这样还不够，她走到门前，边喊边用力踢了两下门。不知哪家的狗被惊动，大声地吠叫·····申之剑过来伸手想拉住她，手被她打开。片刻过后，院子里发出一阵嘈杂的动静，夹杂着祖母的大呼小叫。紧接着，大门再次打开，老常招手让她进来。她进去，一眼看到祖母拄着拐棍站在院子中央，父亲在往屋里拉拽她，显然怕老太太受凉。她哑着嗓子叫一声"奶奶"，跑过去一头扎进祖母怀里·····

这一晚在祖母的房间，祖母一会儿哭一会儿笑，伸出微凉的手指，一次次抚摸她的脸，说她黑了，结实了，都认不出来了。她强忍着不哭。她觉得经过那么一场血与火的考验，自己应该变得坚强。

客厅里，余乃谦和韩素君商量，怎样对待这个从天而降的女儿，留下她还是赶她走？登报声明断绝父（母）女关系一事，一直瞒着老太太，如果让她知道，还不得闹翻天？韩素君坚持让她跟申之剑回去："她是申家的人，不跟他走，跟谁走？"余乃谦为难地说："这合适吗？她毕竟还没过门嘛。"韩素君说："管他合适不合适！你那个参议员的任命状还没下，留下她，宪兵队找上门来，我不是白跑了一趟南京吗？"余乃谦叹口气说："也只能这样了。就怕老太太不同意。"韩素君说："一会儿我去跟老太太说清楚。"

申之剑没有进余家院子，他在车里等。雪越下越大，街上偶尔有行人经过，门外一盏惨白的路灯照着他的车子，很是显眼。他想把车开到一边，突然从两侧后视镜里看到有四个人围了上来——他一眼就看出，这四人是宪兵队的便衣，他们每个人都把手伸到大衣口袋里，里面肯定藏着武器。他摸摸腰间的短枪，知道一个人抵不了四个人。他琢磨着是否放一枪示警，好让贞贞从后门跑掉，又一想，后门也许早让他们的人堵上了。

那四个人走到车前，一边站着两人。现在即使是申之剑想跑，也跑不了啦。有个人伸手敲敲车窗，示意他下车。他不动。僵持了好一会儿，突然车窗外传来一阵阵爆豆般的枪声……他吓了一跳，急忙推开车门。伸出头来他才听清楚，不是枪声，而是鞭炮声……鞭炮声连成了一片，似乎全城都在放鞭炮，像过年一样。此刻，有不少人拥到雪地里，欢呼着什么。

那四个便衣不再与申之剑对峙，撤到道路两旁看众人放鞭炮。只听不远处有一群青年人欢呼雀跃，他们高喊："国民政府、蒋委员长接受'停止内战，联共抗日'的主张，西安事变和平解决了……"

申之剑大大地松了一口气。再抬眼看时，那四人已经不见了。这时候，他知道，她可以留在家里了。

他惆怅地望一眼灯火通明的余公馆，抬腿上车，发动了引擎……

8

余乃谦在家过了半年多悠闲的日子，虽然身为省参议员，却没有多少事情可做，每月不过是开一两次例行的会议，发几句无关痛痒的言论。平时他大门不出，在院子里散散步，有时望着天空飞过的小鸟发发呆，偶尔发几句牢骚。韩素君近来也很少出门，自从丈夫不当局长后，先前那些排着队邀她出去打牌看戏下馆子的朋友，一个个都不再露面，她实在手痒痒，隔一阵子主动约几个熟人打几圈麻将，发现自己总是输，而以前她很少输的。她感到疑惑——老余不当局长，难道自己手气也跟着变差了？余乃谦一语中的，说："官运与财运相连，不是你手气差，而是如今牌桌上没人让你了。"韩素君一愣："这么说，以前她们是有意输我？"余乃谦点点头。韩素君脸色一下子难看起来，怨愤地瞪一眼女儿，那意思分明是，官运、财运，还不都是让你个死丫头给搅黄了！

李兰贞回家后，赶上国共合作，没人再纠缠她投共产党的事，这事就算过去了。老太太害怕她再跑出去，天天守着她，一步也不许她迈出家门，晚上睡觉都在一个房间。韩素君一心想早点打发她过门，俗话说，嫁出去的姑娘泼出去的水，一旦过了门，她爱干啥干啥，即便惹下天大的祸，都与娘家无关了。所以不停地催促，恩威并用，好话坏话轮着上，还动员老太太一块说合。李兰贞是任你说破天，就是不答应。她心中打定主意，这辈子生是汪先生的人，死是汪先生的鬼，如果硬逼她嫁申之剑，不如让她死。因此这事一直拖着，三拖两拖就到了一九三七年夏天。

这时候日本人已经占领了北平、天津，全国的气氛一下子紧张起来。有传言说四十七师要调到北方去打仗，过了几天，又传说要南调去守上海。这时候再提贞贞嫁人的事，老太太却不干了，说："姓申的是个当兵的，他上战场是早晚的事，子弹不长眼，他死了咋办？我可不想让贞贞当寡妇！"老太太二十多岁就当寡妇，深知当寡妇的滋味鬼都不如，所以坚决不同意贞贞这时候过门，她要等一等，看一看，等不打仗了，确定姓申的没事了，再打发贞贞出嫁不晚。

可是仗越打越大，越打越乱，越打越糟，每天都有可怕的消息传来。中秋前后，上海沦陷，然后是南京沦陷，死人无数。国民政府决定迁都重庆。龙城夹在北平与南京之间，想必是守不住的。尽管郭炳勋在报上发表文章安抚民心，说四十七师誓与龙城共存亡，但是连小孩子都能看出来，日本人只要一来，跑得最快的就是这些当兵的，他们个个恨爹妈少给自己安了两条腿。

这时候，余家已经没人再提贞贞过门的事。

冬日来临，龙城风声日紧，日本人从北平沿津浦铁路南下，据传前锋部队离龙城已经不远。全城人心惶惶，一些有钱有办法的人，开始筹划搬家。

眼下逃难有两个较好的去处，一是武汉，二是陪都重庆。不少上层人士选中了这两个地方中的一个。龙城离武汉近，去那儿相对容易，但是武汉保险吗？日本人沿长江西上，也许用不了一年半载，就能杀到武汉，到时候还得跑路，不如直接远赴重庆，虽说日本人也有可能杀到重庆去，但毕竟国民政府搬那儿去了，蒋委员长也去那儿了，日本人想拿下重庆，却不是那么容易。

韩素君的娘家人在南京破城之前，乘船去了重庆。余乃谦和韩素君商量，全家也去重庆，投奔老丈人。

问题在于，日本人去重庆不容易，现在想从龙城搬家去重庆，也不容易，不论走陆路，还是走水路，都得费九牛二虎之力。果然，老太太一听说去重庆，立刻抹起了眼泪。余乃谦说："娘，你哭啥？去重庆是好事呀。"老太太说："好事是好事，可我这把老骨头能禁得住一路上的折腾吗？怕是还没到重庆，就得扔路上。乃谦，日本人要来，是够吓人的，你带素君和贞贞快走吧。别管我了，我留这儿也行，回老家大阳山平安镇也行，反正我老了，离死不远了，我这把老骨头，就想埋进余家祖坟……"说罢又哭起来。

虽说韩素君三天两头催余乃谦走人，但是老母亲打定了主意不走，余乃谦绝不可能扔下她不管。他甚至想，让韩素君带贞贞去重庆，自己留下侍奉老母亲。日本人来了，漂亮女人确有危险，男人他总不能全杀光吧？自己仅仅是个无职无权的参议员，手下没一兵一卒，只要不招他惹他，他还能怎么着咱？

可是问题又来了——老母亲不愿走，贞贞也不愿走。

她是惦记大山里的汪默涵。

西安事变之后，共产党成为合法组织，大阳山深处的共产党江山所部再度活跃起来。抗战全面爆发，他们离开老巢大槐树，主力进至大阳山西麓的重镇罗庄，还曾经数次派人到龙城公开招募青年学生参加抗日队伍。

要不是老太太盯得紧，她早跑出去找汪默涵了。

日本人要来的风声越来越紧，城里明显空了，很多店铺关门歇业。韩素君着急，总不能留下等死吧？她提出，雇辆车子，把老太太和贞贞抬上车，强行带走，反正出了城，离家越走越远，她们不走也得走。余乃谦不同意，人又不是物件，哪能抬上车就走？他更是急得不行，合计着先带全家到乡下躲避一阵再说。韩素君偏偏又不干，她说吃不了乡下的苦，与其到乡下受罪，不如留下让日本人杀死算了！"如果真是让日本人一枪打死，倒也省事，听说那日本人糟蹋起女人来往死里整，我给糟蹋你不心疼，你女儿呢，啊？……"她呜呜地哭了起来。

余乃谦急得上吊的心都有了。

李兰贞倒是不着急，说："爸、妈，不如我带全家到山里投共产党去，那么大的山，钻进去，日本人找不着咱。"

余乃谦火了："再瞎说我缝上你的嘴！我杀了那么多共产党，他们能饶过我吗？我就是投日本人也不会投共产党，至少日本人和我没仇。"

这天下午，门铃突然响了，吓了全家一跳。老常慌慌张张过去把门打开一条缝，见门口站着个穿长袍戴礼帽的中年人，陌生面孔。老常小心翼翼地问："先生，你找谁？"对方说："我找余乃谦。"边说递过一张名片。老常急忙接过，反身回到客厅。

余乃谦接过名片一看，上面只印着三个字：马国良。他拍拍脑门，一下子想起来了，此人当年和他是南京警察局的同事，交情一般，他来龙城任职后，听说马国良去了北平，进入军界，官至二十九军宋哲元部的副师长，日本人占领北平后，听说此人打起白旗投了日本人。

他跑来干什么，余乃谦一时摸不着头脑。他意识到来者不善，善者不来，此人突然来找自己，一定有重大事情。想到这儿，他放下名片，吩咐家人都躲起来，他要单独会会马国良，然后他三步并作两步来到大门口，拉开门，激动地一抱拳，说："马兄！屋里说话。"

马国良左右瞅瞅，身子一闪，钻进门来。余乃谦把大门闩紧，引着马国良直接上了二楼。

余乃谦终于迎来了他生命中的又一个重要时刻。

二人连口茶都没顾上喝，在二楼一个小房间紧张地密谈了一个时辰。傍晚，他把来人送走，韩素君忐忑不安地迎上来："乃谦，到底咋回事？"他心绪难平，努努嘴，示意到楼上说话。二人来到适才谈话的小房间，他依然沉浸在莫名的兴奋中，搓着手，几次张嘴，都把话咽了回去。韩素君急了："你哑巴了？到底咋了？"

余乃谦费力地咽口唾沫，抓住韩素君的一只手："夫人，记得去年我刚放出来，你找大师算过一卦，说不出两年，余家就会东山再起……大师的话，应验了。"

韩素君两眼放光，望着丈夫，轻轻把手抽出来，微微哆嗦着点上一支"哈德门"，用力吸了一口："乃谦，怎么个应验？"

"我们可以不用逃难了，留下！"

"留下……干啥？"

"官复原职。"

韩素君不解地望着丈夫。

"刚才马国良，代表日本人出面找我谈，想请我留下来，当警察局长……"

韩素君把烟头丢地上踩灭："你答应了？"

"一开始我没答应。他劝我说，你辛辛苦苦为老蒋卖命，得到啥了？找个借口就把你一个大局长撸了，就是去了重庆，能有你什么好果子吃？现在好赖还是个参议员，到了重庆，怕是连个饭碗都端不上，总不能这么一把年纪了，还靠老丈人吃饭吧？话说到这份儿上，我就答应了他……"

韩素君又点上一支烟，大口地吸，沉默着。

"素君，你不高兴？"

韩素君凄凉地一笑："按说我应该高兴，毕竟你又有了用武之地。可是乃谦你想过没有，你这是当汉奸呀……"

大冬天的，脸上竟然挂了汗，余乃谦搔一下脑壳，借机揩一下汗珠："刚才我认真想过了，汉奸的名声是不大好听，可是咱这么大个国家，汉奸总是有人当的，这个伪警察局长我不当，自会有别人当——马国良说了，我不答应，他马上就去说服梁守盘。为了不让他当，我也得当！再说了，你跑南京求爷爷告奶奶花出去十万块，才给我弄来一个参议员，日本人可是不要我一分钱，就让我当局长！"

韩素君哼了一声，打断他，道："这叫伪局长。"

余乃谦嘴巴张了几下，仿佛给噎住了，顿了顿，才接话道："人冷烤腿，狗冷烤嘴，鸡冷上架，鸭冷下水，都这时候了，顾不得什么气节了，干脆一不做，二不休，扳倒葫芦洒了油，没有不吃肉的狼呀！伪局长也是局长，不信，你当个给我看看？只要好好干，说不定哪天一觉醒来，我就能当市长！跟着老蒋，想当市长？这辈子别想了……"

余乃谦脑子发热，有些前言不搭后语。韩素君静静地听着，没插话。他用力叹口气，继续道："素君呀，我不下地狱，谁下？你让我下吧。我一定当一个汉奸里面的好人，你就让我当一个好一点的汉奸，行不行？"

说罢，他的眼睛竟然湿了。韩素君掏出一块绣花手帕，递给他。他胡乱抹一把脸，放下手帕，恳求道："素君，我倒是说句话呀……"

韩素君终于脱口道："嫁鸡随鸡，嫁狗随狗，嫁了电线杆子我抱着走。乃谦，你既然愿意留下，我还能说啥？"

余乃谦感激地捧住夫人的双手，差点就要放到嘴边亲吻一下。

9

凌晨时分，一辆城防司令部的四轮卡车悄悄从南门出了城，沿着大路，一路朝南驶去。驾车的是张勇，李兰贞坐在他身旁。后车厢里有四个持枪的士兵把守，车上装满家具等一应物什，看上去像是某个大人物在搬家。

这辆车是张勇找朋友借来的，四个押车的士兵也是借来的。他本来想去武汉投靠一个亲戚，余乃谦动员他留下来，并且答应只要他肯留下，就提拔他当副局长。余乃谦不当局长的这一年，张勇受够了窝囊气，见老上司铁了心不走，便猜到他已经找好了后路，因此，他还怕啥，就痛快地答应留下，心想着一旦重新得势，一定治治那些落井下石的王八蛋，好好地出口恶气。

路上遇到三个国军的关卡，张勇拿出盖有龙城城防司令部大印的路条，对方乖乖放行。连日来，像这种动用军车搬家的情况，屡见不鲜，守卫关卡的士兵除了悄悄骂几句之外，是不敢拦截的。

车子经过大沙河，唯一的一座青石桥上有工兵在安放炸药，拦住不让通过。听说是四十七师工兵营的人，李兰贞灵机一动，把申之剑和郭师长给抬了出来。对方一见她来头不小，大手一挥，赶紧放行。

半下午时，他们到达罗庄镇。此地离龙城约有两百里。这儿已经不是国军的地盘，通往镇子的大路口有个哨卡，几个游击队员装束的人在执勤，严密盘查过往行人。他们上前拦住汽车，声言东西卸下，车子开走，鬼子还没到，你们就忙着搬家逃跑，真是太不像话。张勇下车解释道："不是搬家走人，是想到镇上见你们上司。咱们是友军，请行个方便。"不论怎么解释，对方就是不放行，几个人还想爬上车卸货，押车的四个士兵端枪阻止，对方也举枪指着车上。双方对峙着，吵吵嚷嚷，引来不少路人围观。

李兰贞一直没有下车。一路上她心潮澎湃，思绪万千，想到有一年多没见他了，他还是老样子吗？……吵嚷声持续传来，她回到现实中，摇下车窗，对一个挎盒子枪的领头人说："同志，我找汪副政委，请你让个道。"

那人这才看清她是个女的，仔细盯她一眼，说："你是什么人？"

"我嘛，以前和你一样，也是游击队的人。"

对方愣了一阵，看样子还是拿不准她到底是何人，一时不知怎么办好。

"要不，请你去通报一下？"

对方犹豫着。就在这时，她看到一个熟悉的身影朝这边快步走来。是杨天龙。她冲他招招手，高喊道："杨天龙！杨天龙！"

杨天龙认出她来了，飞快地跑过来，咧嘴对她笑笑，然后又凑近那个挎盒子枪的人耳语了几句。那人点点头，手一挥，示意放行。杨天龙健步过来，飞身上车。张勇钻进驾驶室，发动引擎，车子颠簸着朝镇子驶去。

不一会儿，车子开到一座气派的大宅院前，门口有两个人站岗。杨天龙拍拍驾驶室的顶篷，意思是让停车。没等车停稳，他就跳下车，脚步像流星一样，飞奔进了院子。李兰贞看到，不论是门口站岗的士兵，还是街上路过的士兵，都是新面孔。

这是一座地主家的大宅院，现在成了司令部所在地。宽大的厅堂里，江山正在组织十几个干部开会。这一年，革命形势的发展，大大超出了江山、汪默涵等人的预料。夏天，他们把大本营搬离崇山峻岭中的大槐树，放到了靠近平原的罗庄一带，创建以罗庄镇为中心的大阳山抗日根据地，队伍滚雪球一般壮大，很快发展到两千多人，光龙城的青年学生就来了二百多，编成四个大队。根据省委指示，大阳山游击大队正式更名为八路军大阳山抗日挺进纵队，江山担任司令员兼政委，冷长水任副司令员，汪默涵任副政委，罗金堂担任了三大队的大队长。

杨天龙跑到厅堂门口，门虚掩着，他拉开一条缝，冲汪默涵打手势，招呼他出来。汪默涵不知他搞什么名堂，不搭理他，他一个劲地招手，急得不行的样子。汪默涵凑到江山耳边嘀咕了一句，起身出了厅堂。杨天龙什么也不说，拔脚往外跑去。汪默涵只好跟在后面往外走。

李兰贞站在车门前，不错眼珠地望着宅院门口……终于，她看到了那个熟悉的面孔。他一步步走了过来……自打上次分开，四百多天过去了，这个面孔在她心中不但没有模糊，反而愈来愈清晰。此刻看上去，他面容清癯，神色儒雅，一身干净的土灰色棉衣棉裤穿在身上，不但一点都不显得臃肿邋遢，反而给人以洒脱、雅致和俊朗的感觉。

张勇乍一见汪默涵，吓了一跳，心里不由得一个哆嗦。这人和画像上的那个共党头子汪然太像了——一定是他！去年他差一步就逮住这个姓汪的教书先生。如果逮住他，到如今他早已过了一周年忌日，贞贞的命运肯定不会是现在这个样子……只是张勇实在想不明白，余乃谦夫妇为何把宝贝女儿送到这个大山里的贼窝子里来？虽然眼下国共合作，但这是暂时的，谁都能看得出来，水与火永远不相容的，要么是水浇灭火，要么是火烤干水……

此刻，张勇感到后背冷飕飕的，仿佛面前这个姓汪的人已经变成了鬼，他不敢看他，微微侧过了脸。

望着一步步走来的汪默涵，李兰贞的眼睛不由得湿润了，热血翻涌，面前像是蒙上了一层雾气。这四百多天里，她也曾经试图忘记他，就像什么都没发生一样，但她发现自己做不到，永远做不到，思念像小虫子钻进她心尖，每天都啃咬她，撕扯她，令她夜不能寐，食不甘味，日见憔悴。不知有多少回，她站在自家庭院里远眺，目力所不及的远方，是大阳山连绵不绝的群峰……她喃喃自语："亲爱的，你可要好好活着呀。"话未出口，已泪湿眼眶……

汪默涵走到离李兰贞五六步的地方停下了，他竟然没有认出她来，只顾打量那辆装满东西的卡车。自打把大本营搬到罗庄后，从来不曾开来过一辆汽车，他还以为是友军送东西来了。

"汪先生……汪副政委……"她控制住飞扬的思绪，轻柔地呼唤了一声。

他吃了一惊，愣怔着，目光停留在她身上。她两眼直直地望着他，他反倒不好意思地躲闪着她的目光。这天她头戴一顶针织的蓝色棉帽，脖子上扎一条缀着小红花的羊毛围巾，遮蔽住了半个脸，身穿一件咖啡色的呢子大衣，脚蹬一双黑色的翻毛皮靴，看上去像一个有钱人家的少妇。

"李兰贞？"他嘴巴张了几下，终于问道。

她点点头："是我。"

"你怎么又跑来了？"他仍然处在惊讶之中，口气听上去像是责问。

她很想说'我是来找你的，不论你到任何地方，我都能找到你'。见周围人都望着她，话没有说出口。

"你又是偷跑出来的？"他又问。

她把围巾往下拉了拉，笑了，笑得很灿烂，说："不是。真的！"

原来她这次出来，是得到父母支持的，否则也不会搞出这么大动静，又是汽车又是护兵的。

余乃谦执意留下给日本人做事，这事暂时只有他和夫人知道。韩素君说："我和老太太随你留下没问题，贞贞怎么办？"余乃谦说："她当然跟着我们，我当上局长，日本人自会保护我们一家的。"韩素君说："安全不是问题。问题是，鸡蛋不能都放到一个篮子里。"

韩素君的意思是，得提前寻条后路，日本人若是世世代代不走，那倒也罢了，可是谁能说准他们啥时候滚蛋。中国那么大，他们占得了一时，怕是占不了一世，一旦日本人拍屁股走人，老余家落得一窝子汉奸，那不是要了命吗？余乃谦想想也是，说："你想让贞贞跟申之剑走？"韩素君说："这时候正规军最危险，北平、上海、南京、太原，这一年多少正规军给打得溃不成军，死人无数。日本人来龙城，头一个要打的就是四十七师。所以呀，贞贞还不能跟他走。老太太不也是死活不同意吗？"余乃谦说："那你说咋办？"

韩素君的如意算盘是，和申家的关系，要像放风筝一样，还不能断，得把申之剑抓手里，至于女儿嘛，马上放她进山。

余乃谦愕然道："她进山……干啥？"

韩素君点上一支"哈德门"，不紧不慢吸着，道："这丫头不是省油的灯，她本来就是共产党的人嘛，让她走，她高兴，家里少了个累赘不说，她去共产党那边，也许不是坏事。如果共产党将来成了气候，咱有个女儿在那边，你说是好事还是坏事？"

余乃谦虽觉夫人说得有些在理，但他一时难以接受，说："你一提共产党，我就头大，咱能不能不跟他们沾边？"

"你这叫目光短浅！"韩素君冷笑一声，"有道是此一时也彼一时也，你睁眼瞧瞧，现在中国，国民党是老大，对吧？那共产党就是老二！蒋委员长是老大的头，延安毛泽东是老二的头。让贞贞到共产党那边，申之剑在党国这边，你再傍上日本人，这叫啥？这叫脚踩三只船！国、共、日三条船，将来肯定会有翻的，但不至于全翻吧？除非地球没了！"

余乃谦一下子想通了，摸摸脑袋，感慨地一笑，冲女人竖起大拇指，说："过去讲两头通吃最好，现在你是想三头通吃。夫人，还是你厉害呀！"

就这样，李兰贞顺利地离开了家。出门前当然得瞒着老太太，怕她闹。女儿出城后，韩素君去给老太太解释，老太太很快也想通了——把一个如花似玉的大闺女留在龙城，那日本鬼子来了，多吓人哪！老太太只是有点儿遗憾，说："那个长命锁，忘了给贞贞带走。"

至于为什么父母痛痛快快放自己进山，个中原因父母不可能给她讲，李兰贞自然不清楚，她也不想问为什么，只要放她走，她就兴高采烈。她像一只关在笼子里一年多的鸟，终于可以自由飞翔了，世上还有比这更美好的事情吗？而且这回她是堂堂正正离家的，和上一次偷偷摸摸出来完全不同，所以她的心情极好，虽说眼下是寒冬天气，但她一路如沐春风，恨不得马上见到他……

10

李兰贞这一回，的的确确又给汪默涵出了个大难题。说实在的，一年多来，他已经把她忘得差不多了，以为这辈子很难再遇到她，谁知她又找上了门！

门口围观的人越来越多，汪默涵只好把李兰贞单独请进院子说话。她脚步轻盈地跟在他后面，大门从他们身后关上了，汪默涵引她来到院子西南角的一棵老榆树下，沉下脸来，道："李兰贞，你这是搞什么名堂？"

"怎么啦？"她微微一愣，"我是来投奔抗日队伍的，不可以吗？"

"日本人马上要来，我们要打仗，这里太危险，你还是赶紧回去吧，啊？"他口气缓和了些。

"你不怕，我也不怕！我们从前有过约定的，你忘了？"

"那是以前，现在情况不同。"

"有啥不同？反正这次既然出来，我就没打算回。"

"眼下有钱有势的人家都想办法往重庆跑，往大后方跑。贞贞，听我的，你也去。如果能去美国更好。我希望你一辈子平安、快乐，你懂吗？"他几乎是求她了。

"你不走，我就不走！"她态度极为坚决。

汪默涵一时没了办法，急得直转圈。眼下大敌当前，日军风卷残云一般，半年不到，就横扫半个中国，国民党可以溃退，国民政府可以迁都，共产党不能，八路军主力部队挺进华北敌后，能不能站住脚，现在谁也不知道；抗日纵队能不能在大阳山坚持下来，更是无人说得清，说不定日本人一次大扫荡，眨眼的工夫，就把大阳山的抗日力量全部歼灭。对于中国的抗战前途，对于共产党八路军的前途，尤其对于大阳山抗日根据地的前途，汪默涵是持悲观态度的。所以，李兰贞这时候跑来，他认为当真不是时候。他是真心为她好，他相信这个世界上除了她的家人，没人比他更希望她平安幸福……

对于李兰贞来说，汪默涵赶她走，她当然不怪他，她知道他是为自己好，当然更不会恨他，反而从内心里更加地爱他、感激他。汪默涵越是催她回去，她越是有一种幸福的感觉……

这当儿，厅堂里的会议结束了，开会的人走得差不多了。江山已经听说余小姐回来的事，还带来一辆装满东西的大汽车，一时也有点发蒙，他拿过烟荷包，卷一支"老炮筒"慢悠悠吸着，坐着没动。他猜出她是为汪默涵而来，不是为了抗日而来，这种人的觉悟很成问题。上回正是因为她，游击大队差点招致全军覆灭，大阳山的革命火种几乎熄灭，现在回想起来，都让江山后背发凉。此番她又跑来，谁知是福是祸？

罗金堂倒是蛮高兴，凑过来，摸摸青森森的脑壳说："司令，救星来了，还不快去迎接？"江山瞪他一眼说："你少废话！"

老榆树下面，任汪默涵说破嘴皮子，李兰贞坚决不听。到后来，她一抬眼突然看到了堂屋里面江山的身影，便大声喊道："江司令！江司令！我回来了……"

江山感到不露面不行了，把烟蒂往地上一丢，踩上一脚，出了厅堂。罗金堂也跟了出来。李兰贞兴奋地迎上去，学着先前的样子，激动地冲江山敬了一个举手礼，清脆地道："江司令好！"

"余小姐……噢，你看我这记性，是李兰贞！你好你好。"江山懒洋洋地还了个礼，像弥勒佛一样，脸上堆起笑容。

"江司令，这次回来，我坚决不走啦！"她脸上洋溢着阳光般的笑容，情绪激昂。

"是吗？"江山微微扭一下脸，扫一眼汪默涵，想知道他的想法。汪默涵郑重地冲江山摇一摇头。江山心里便有了底，干咳两声，说道："李兰贞啊，革命可不是闹着玩的，你想来就来，想走就走，那是不行的。"

"江司令，我说过，我不走了呀！"

"上次你也说过。结果呢？"

"我……我是迫不得已才走的……"她变得结巴起来，不知道怎样描述才好。愣了愣，又道，"江司令，我还是个共产党员呢！是你介绍我入的党。就当我重新归队，可不可以？"

"你已经不是了。"江山的神色一下子变得严肃起来。

上次她走掉后，江山建议开除她的党籍，他以为汪默涵会反对，没想到汪默涵比他的态度还要坚决，提出务必开除她，说这样的人，革命队伍永远不能要。汪默涵的意愿自然是为了保护她，一旦她不是共产党的人，以后她的路，也许就会平安一些。当然，汪默涵的这个意愿，不能跟任何人说起。

李兰贞呆愣在那里。她原本以为江山会像上次那样收留她，没想到江山和汪默涵一样的态度，这令她感到委屈。她双目炯炯，逼视着江山，说："来了这么多青年学生，你们都收留，为什么单单不要我？"

"你嘛，情况特殊。"江山摇头一笑。

一旁的罗金堂眼睛瞪得溜圆，剜一眼江山，流露出明显不满的表情，他伸手抚摸着光脑壳，忍不住哼了一声，还跺了一下脚。江山不为所动，脸上的笑容一直没有退去。

"江司令，你铁了心，不要我？"李兰贞眼里的泪水快要下来了。

江山郑重地点点头。

她愣在那里，心乱如麻，一动不动。昨晚激动得一夜未眠，兴致勃勃来这儿，她实在想不到，人家竟然不要她。刚才心里还甜甜的，现在却气鼓鼓的了……眼泪一直在眼圈里打转转，她强忍着没让眼泪落下——现在她不想在他们面前落泪。

一直沉默的汪默涵这才开口劝道："李兰贞，江司令确实为你好，希望你理解。天要黑了，江司令，留他们住一宿，明天一早回城，好不好？"

江山爽快地道："好！"

"谢谢了！"她心一横，牙一咬，说，"我这就走。"

她转身往大门外走去，脚步沉重。

江山、汪默涵、罗金堂等人跟着出来了。

大宅门外，卡车上的东西都已经卸了下来，堆在地上，有四只大衣柜，一摞被褥，其中六只黑色的大瓷缸格外引人注目，里面装满了白花花的大米。罗金堂快步上前，抓起一把大米，赞赏道："他娘的，真是好米呀！"

江山冲着罗金堂低声喝道："住手！"

罗金堂不满地咕哝一句什么，退到了一旁。他一直认为，去年在大槐树，是李兰贞救了他们的命，如果不是李兰贞最后时刻的挺身而出，游击队也许一个也活不了，加之他曾经对她有过非礼，而她并没有同意江山"劓"了他，应该算是他的"恩人"，所以他从内心里对李兰贞是充满感激的。

江山对张勇和那四个士兵抱拳拱手，客客气气道："弟兄们！我代表八路军大阳山抗日挺进纵队，先谢谢你们了！可是，我们共产党人有纪律，不拿群众一针一线。这些东西，你们还是拉回去吧。谢谢了，谢谢了……"

张勇以为江山嫌东西少，有些不解地望着李兰贞。李兰贞脸涨得通红，咬住嘴唇一言不发。张勇又望向江山，讨好地说："长官，这几只缸，还是留下吧。"

"谢谢。不用了。"

这时，只见李兰贞噔噔走到一个士兵跟前，从他手里抓过步枪，然后抡起枪托，拼尽全力，捣向一只大缸——只听"哐"的一声闷响，瓷片飞舞，米粒飞溅，大缸四分五裂，一堆堆白花花的东西带着琅琅响声哗啦啦流了一地……

除了李兰贞和张勇，所有人都看傻了眼——大缸里流出的竟然是大洋！

在人们惊愕的目光注视下，李兰贞冷着脸走到另一只大瓷缸前，挥起枪托又要砸——江山冲罗金堂使个眼色，罗金堂箭步上前，手一伸抓住了枪管。她奋力想挣脱，汪默涵上前说："李兰贞，行了行了！"

显然，这六只大缸里，装的都是大洋。上面那一层米，不过是掩饰用的，那些旧家具和被褥杂物，也是为了掩饰这些钱，防止路上出差错被劫。

李兰贞知道共产党游击队穷，临行前，特意向母亲要了这五千块银圆。她心说，我要"嫁"给共产党了，这些钱，就当是娘家给我的嫁妆吧！韩素君去南京撒出去十万块，家里剩下的，也就这点家底了，但这回她倒是很大方，痛快地拿出了钱，因为她清楚，只要贞贞站住脚，而且只要丈夫留下当局长，以后搞钱也不是什么难事。

这一阵子，江山他们也正为了钱发愁。队伍一下子扩充了上千人，而且还会有人源源不断地涌来，天冷了，很多战士还穿着单衣，过冬的钱粮衣物不是一笔小数目，偏偏上级发了指示，要建立抗日民族统一战线，根据地内部，不准再像过去那样随随便便打土豪。可是，经费物资从哪里来？兵怎么养？无非是两条路，一是发动群众支援，二是从敌人手中夺——山里百姓穷，他们有心支援，也就是个仨瓜俩枣；从日本人手中夺，眼下部队组成人员大多是新兵，还难以形成战斗力，一时半会儿打不了仗……

刚才江山他们开会，正是研究这个问题。研究了半天，也没拿出什么好办法。

看到六大瓷缸白花花的银圆，江山脸上不由得乐开了花。真是缺什么来什么，有这些钱，部队今年过冬的问题迎刃而解！他满意地甚至是感激地看一眼李兰贞，克制住没有笑出声，然后用力咳嗽两声，随即又板起脸来，神情严肃地对她说："当初我没看错人……李兰贞同志，你呀，还是禁得起考验的！你能回来，说明你的觉悟已经有了很大提高……"

李兰贞终于笑了，笑得很甜很美。

汪默涵看出江山已改变主意，心中颇为不悦，扭头走了。

罗金堂咧开大嘴笑了笑。

江山冲罗金堂、杨天龙一挥手，罗金堂又冲门口站岗的两个战士一挥手，四个人蹲到那只破裂的大瓷缸跟前，纷纷脱下棉袄，捧起银圆往里面捡，每个人的脸上都闪烁着银光……

李兰贞就这样留下了。

张勇坚持连夜回去，他害怕汪默涵知道他是谁，担心走不脱。去年杀那十二个共产党，就是他亲自下的手。其实汪默涵根本不认识他，他心虚而已。

当晚，江山吩咐杨天龙把李兰贞领到女兵们住的房子。如今女兵班已经有了十几个女兵，对外称护士班，编在战地医院，副司令冷长水兼任战地医院的院长，杨淑芳成了名副其实的班长。见她突然回来，杨淑芳和蔡小梅、孙玉花这三个老熟人高兴得什么似的，围着她问这问那，又把其他女兵介绍给她认识。她想起江母，就问杨淑芳："江妈妈去哪儿了？"杨淑芳告诉她，江母脑子越来越糊涂，身体也不如从前，江司令另行安排她住在一位老乡家里。李兰贞坚持要去看一眼江母，这一年多，她时常想起她来。

江母居住的那户人家离女兵班住的地方并不远，步行一会儿就到了。李兰贞让杨淑芳先在屋外面等会儿，她先进去，看江母还能不能认出自己。油灯下，江母正在缝补一件衣服，见李兰贞进屋，愣了愣，颤巍巍地站起来，打量她几眼，张开无牙的嘴呵呵地笑了。李兰贞说："江妈妈，还认识我吗？"

"贞贞。"

"哇！江妈妈，你还认得我。"她激动得眼圈一红，上前抱住了江母。

"我儿媳妇回来了……"江母在李兰贞怀里喃喃地说。

李兰贞的脸腾地红了，她急忙松开手，说："江妈妈，你又说胡话了。"

这时，杨淑芳进了门，走到江母面前，笑一笑说："江妈妈，我是谁啊"

江母不看她，头一扭，说："你嘛，罗金堂的媳妇。"

杨淑芳气得一下子涨红了脸。这个糊涂老婆婆不止一次说她是罗金堂的媳妇。想起那个满脸横肉的屠夫，杨淑芳就恶心。

杨淑芳扭头往外走。李兰贞赶紧和江母道个别，跟上了她。

11

申之剑蹲在一个山包上，透过手中的高倍望远镜，目光越过大沙河上的青石桥，望向河对岸。他看到大沙河北面的平原地带白茫茫一片——那不是雪迹，

100
1921-2021

红色岁月

红色历程

红色史诗

红色经典

而是雾气。天气阴沉，几乎没有风，虽然时令已近冬至，却并不觉得寒冷。老天爷保佑，大沙河里的水一直没有结冰，只有依稀的、薄薄的冰碴儿，漂在水面上，很快就被清清的河水带走。

已经两天了，申之剑就蹲在这里，举着望远镜往对面眺望。他清楚地看到河对岸的沟坎后面，弟兄们撅起的屁股，那是他手下的四连，他期待着四十七师抗战的第一枪，由他来下令打响。

半月之前，他找到郭炳勋，要求下去带兵。自打贞贞回龙城后，郭师长突然对他变得生分了，潜台词无非是："你非要找个共产党女人做老婆，虽说现在国共合作，但合作是暂时的，对抗是永远的，你不和她拉倒，迟早后悔。"他提出下部队带兵打仗，郭师长当即就同意了，摸摸唇上的一撮新蓄的胡子说"给你个营长干吧"。又问他想下到哪个团。他说"一三二团"。该团是四十七师的主力，郭师长曾经当过该团的团长。

就这么着，他下到该团二营当了营长。此刻，在他左边的另一个山头上，三营营长曾子烈也在端着望远镜观察河对岸。他们的身前身后、左右两侧，是两个营的全部人马，全都埋伏在几个大大小小的山包后面，张网待敌。

四十七师弃城之前，申之剑专门来过一趟余家。余乃谦夫妇俩热情地接待了他。尽管郭炳勋早就声言四十七师要与龙城共存亡，余乃谦内心清楚他不过是虚张声势罢了，果然日军第十师团先头部队离龙城尚有二百里远，四十七师就悄悄撤出了预设的阵地，全部进入城南的丘陵地带。其他几支杂牌军和地方武装更是一走了之。余乃谦真不希望他们在龙城打仗，战端一开，好端端的城市毁于战火，遭殃的还是百姓，所以他们拍屁股一走是好事，中国那么大，要打到别处去打。马国良已经派人给他送来了日本人签发的任命状，余乃谦悬着的心终于放了下来，悄悄做着走马上任的准备。现在他祈望太平，龙城不打仗，他这个警察局长才能做得有滋有味。

听说贞贞走了，申之剑倒没有不高兴，反而认为她应该出去避避风头。他对余乃谦夫妇说："余叔、韩姨，希望你们也出去躲躲，等形势安定下来再回城。"余乃谦说："你们都走吧，我决定留下来，与龙城共存亡。"申之剑以为未来的老丈人嫌他们这些军人不战而逃，便拍一下胸脯说："请余叔放心，之剑身为中华男儿，上了战场，一定不给咱中国人丢脸，愿以身报国。"

余乃谦苦笑一下，叮嘱他："务必当心自身安全，不能那么死心眼，能跑就跑，不能跟日本人硬干，胳膊毕竟拧不过大腿嘛。"韩素君也说道："无论如何，得好好活着，我们让贞贞等着你。"

申之剑感动得鼻子酸酸的，庄重地朝二人行个军礼，一转身噔噔地远去了。

郭炳勋率部弃城而逃，是不想跟日本人硬拼，因为龙城肯定是守不住的，搞不好全师覆灭于此。他决定先避敌锋芒，部队退到大沙河一线布防，寻机跟日本人小小地干一仗，以便给上级一个交代。申之剑和曾子烈主动请缨，要求把自己放在第一线。郭炳勋开始不同意，后来二人反复请求，郭炳勋才同意一三二团二、三营率先接敌，他亲率师主力在侧后方掩护接应，他命令二人打一下就跑，不得恋战。

中午时分，雾气散去，太阳露了脸，申之剑蜷伏在战壕里，阳光照在后背上，感觉很舒服。他迷糊了一会儿，身前身后的弟兄们也有不少睡着了，呼噜声此起彼伏。待他睁开眼，太阳已偏西，他端起望远镜观察，片刻过后，他心尖子一抖——远方地平线上，隐隐约约出现了一面小小的太阳旗……太阳旗越来越大，越来越大。他浑身一阵剧烈的震动，知道期盼的时刻终于来到了！

十几分钟后，大沙河北岸的四连率先与敌先头部队接火，战斗持续了不到两分钟，四连就全线撤退，丢盔弃甲，仓皇沿着青石桥往南岸跑。敌人兜屁股追击，前面是四辆三轮摩托车开道，每辆车的车头插一面太阳旗，上面架有一挺歪把子机枪。四挺机枪喷射着火舌，扫倒了十几个弟兄。

四连这是按原计划佯装溃败。那四辆摩托车后面，约有一个中队的日军，嗷嗷叫着，一边放枪一边踏着青石桥过河。申之剑瞅准时机，下令炸桥。工兵点着了预先埋设的炸药，随着一声冲天的巨响，青石桥从中间断开。大沙河水约有一人多深，尚未结冰，即便后续敌人到达，也因找不到船只，无法涉水过河，这样就把敌人的大部队挡在了河对岸。申之剑和曾子烈的想法是，集中两个营的兵力，歼灭这一个中队的日军，就算是完成了任务。

一百多鬼子过了河，黄澄澄的一片，像一窝个头巨大的蜜蜂分散开来。二、三营全体一齐开火，依托南岸的几个制高点，把鬼子压制在桥头附近，鬼子兵冲锋两次，均被打退，只好暂时依托石桥桥头的几块大石头，还有十几棵柳、杨树，以及沟坎之类，进行仰射。这状况在申之剑眼里，和他去年秋天率领三营在大槐树攻击游击队差不多，不同的是，现在他占据着有利地形，鬼子完全被压制。他和曾子烈打算一个钟头解决战斗，然后携带战利品去和郭师长会合。

但是激烈的战况完全超出了他们的想象，战至半下午时，桥头的鬼子仅仅被消灭了顶多一半，己方却损失一百多人。他二人希望天黑前结束战斗，于是督促部下冲出战壕，杀向敌人。

盲目出击是个致命的错误——恰在这时，对岸敌人的援兵到达，虽然一时无法过河，但是有大约十门迫击炮突然射出密集的炮弹，把冲锋的国军弟兄炸得鬼哭狼嚎，活着的赶紧退回山包上的工事里。

申之剑的右腿被一块炮弹片炸伤，鲜血濡湿了裤腿，钻心地疼。如果这时候下令撤退，或许能把一半的弟兄带回去，曾子烈跑过来看他，二人一商量，不能撤呀！这两个营是团主力，七百多号人，久经战阵，武器并不比日本步兵差多少，而且占据这么好的地形，却连一个中队的鬼子都拿不下，回去怎么见郭师长？

桥头的鬼子在炮兵掩护下，发动第三次冲锋，很快被打退。这时候，天上一阵嗡嗡响，飞过来的不是大鸟，而是一架翅膀涂着太阳旗的日本飞机！飞机飞临阵地上空，没有扫射，申之剑以为这是一架侦察机，命令机枪手对天射击。正在这时，它突然投下两颗炸弹，一颗落到二营阵地，一颗落到三营阵地上，轰的一声，爆炸开来的是一个大火球。有人喊："汽油弹，快趴下……"几条战壕顿时被大火吞没，成为一片火海。几十个弟兄全身被烧着，变成几十团火球滚出战壕，在山坡上翻滚坠落，鬼哭狼嚎，惨不忍睹，号叫声惊天动地……

傍晚时分，大火熄灭。幸免于难的申之剑拖着一条伤腿，来到三营的阵地，他看到曾子烈被汽油弹烧得面目全非，都认不出来了，只剩两只眼睛是好的，全身衣服被烧光，身体如黑炭。现在，他们自是无比地后悔，后悔没有早点转移，甚至后悔当初不该逞能，不自量力，非要留下与日本人较量。如果他们二人不起哄瞎嚷嚷，郭师长也许就不会打这一仗。电话线烧毁了，与上级的联系中断，他们不知道团部和师部到了什么地方。

曾子烈还能说话，他抖动着焦黑的嘴唇，露出鲜红的口腔、白白的牙齿，颤声道："之剑兄，子烈祝你和余小姐白头偕老……"

申之剑的眼泪唰地下来了，低泣道："子烈兄，我一定把你带走。三营归我指挥，我们马上转移。"

此时已是黄昏，想转移，却已经来不及——山脚下的几十个残余的鬼子在炮火掩护下，爬上山来，嗷嗷怪叫着冲进了山头阵地。申之剑嘶哑着嗓子，指挥所剩不多的弟兄与敌人展开肉搏。曾子烈打光手中短枪里的子弹，最后一颗留给了自己——他饮弹自尽。

入夜，申之剑九死一生突围出来时，包括他在内，只剩下七人，而且个个挂彩。他右腿剧痛，背部也中了一弹，难以行走，那六个弟兄砍下两根树棍，绑成一个简易担架，轮流抬着他走。他失血过多，一路昏睡。天明时分，他们到达一个较大的镇子外面，众人正商量是否唤醒申营长，抬他进镇子找点吃的，再寻个药铺给他治治伤，突然就见十几个带枪的人冲了过来……

12

听说捉到了仇人申之剑，江山哈哈大笑了很久，竟然笑岔了气，接着喀喀咳嗽了好一阵，眼里咳出了泪。

罗庄镇是交通要道，纵队首长要求四个大队，每天都要多派人到镇子周围的各个路口把守巡查，主要是捡拾国军溃兵沿路遗弃的武器弹药和粮秣。近几日收获颇丰，捡到的枪支弹药武装两个连没问题。

这日一大早，罗金堂例行带人到镇子外面巡查，不期然碰上了那几个满身血污的四十七师的兵。他们虽有七人，但只携带了三支短枪，且有一支机头打坏了，基本报废。几个人述说刚跟日本人打了一仗，可惨了，罗金堂半信半疑，让他们留下武器，送他们一点儿吃的，算是交换，请他们赶紧走人。这时躺在担架上的申之剑困难地翻了个身，罗金堂看清此人佩戴中校军衔，知道是个大官，就问："他是谁？"一个少尉炫耀说："他是我们二营申营长，以前是郭师长的副官。"

罗金堂一时没反应过来，愣了愣，又问："他就是申副官？"少尉点点头："我骗你干啥？我们申营长负伤很重，请贵军给他治一下，行吗？"

罗金堂此时终于把眼前这个申营长跟去年那个袭击大槐树的申副官对上了号，心想这回算是逮了条大鱼，当然不能轻易放他走，于是满口答应给申营长治伤，请他们放心走。那个少尉想留下陪申营长，被罗金堂几句话给打发走了。

抬申之剑回纵队司令部的路上，遇到了骑马经过的副司令冷长水。冷长水一听，眼睛瞪得溜圆，像捡到一件宝贝一样，嘴巴半天没合拢。他叮嘱罗金堂，先就近找个地方看好他，绝不能让他跑掉，再给他弄点吃的喝的，也不能让他死掉。说罢，冷长水骑上马，奔司令部去了。

江山赶紧召集几个领导过来开会，请大家提出对申之剑的处理意见。冷长水头一个发言，他说："这个姓申的手上，有我们一百多条人命，大阳山的革命事业差点毁在他手里，这人罪大恶极，我们决不能放过他。"江山问："怎么个不能放过他？你想杀他？"冷长水道："那还客气啥，就得要他脑袋！"

事情重大，江山一一望向众人，用目光征询大家的意见。参谋长陈知春、政治部主任杜宗磊、后勤部长卢刚这三人，几天前刚刚拿着省委的命令来纵队上任，对情况不熟悉，不便表态。江山的目光最后落到汪默涵身上，想听听他的意见。汪默涵知道自己躲不过去，就清清嗓子道："申之剑和那个余乃谦一样，以前确实对我们共产党下手够狠，照说枪毙他一百次都应该，但是各位，你们想过没有？现在他是中央军，更是友军，我们党要搞广泛的抗日民族统一战线，这时候公开处决他，是要违反政策和纪律的，我们不能这么干！"

江山边听边微微点头，待汪默涵说罢，又望向冷长水，看他怎么说。冷长水神情颇为不悦，他自恃和江山一起拉起了这支队伍，是大阳山革命根据地的主要创始人之一、纵队的二号人物，对半路加入队伍的书呆子汪默涵本来就瞧不起，队伍去年在大槐树差点招致毁灭，与他私自带余小姐进山大有关联，今天此人居然敢当着新来同志的面，让他下不来台，他必须大力还击。于是他冷哼一声，对众人道："我说过公开处决了吗？还用得着公开处决吗？有人口口声声把友军挂嘴上，你把他当友军，当大哥，他其实是恶狼，把你当成小绵羊，说不定哪天一口咬死你！"

有人点头。有人纹丝不动，不置可否。江山缓缓地卷着烟，想看看汪默涵怎么个反应。

汪默涵不想与冷长水正面冲突，就没有接他的话，久久地沉默着，心想只要你敢做出格的事，我就敢给上级写信反映。自打去年大槐树之围、李兰贞回城之后，不知怎么，汪默涵突然开了窍，或者说想开了——除了对那个出卖岚岚的叛徒苏小淘的痛恨无解之外，他对刽子手余乃谦也好，对带兵来偷袭的申之剑也好，已经没那么仇恨了，眼下全面抗日，日本人变成了头号敌人，再惦记过去的仇，还有什么意义呢？

气氛有些僵。江山打圆场说："冷副司令，你后头那几句，说过头了！什么大哥、恶狼、绵羊啥的，跟姓申的这事，不沾边嘛！你说说，具体怎么个处理姓申的？"

冷长水犹豫一下，终于咬牙道："杀一个少一个……"

众人都感到头皮发麻。江山正色道："你打算怎么杀？"

冷长水端起茶碗咕咚喝了几口，伸手抹一抹下巴上的水珠，道："那人身上几处负伤，流血不少，发着高烧，把他关屋子里不管他，他撑不了三天。"

众人都有些发蒙，望着江山。江山卷好一根"老炮筒"，点上火，闷头吸了两口，道："老冷，你的意思，不管他，任他自生自灭？"

冷长水点点头。

"不行！"汪默涵忍不住站起来，"这叫损人不利己，他死了，你无非是解解恨，还能得到什么？现在大敌当前，双方应该团结起来，一致对外才是！"

冷长水一拍桌子，想反击汪默涵，这时，侦察科长刘洪进来，报告说派出去的侦察员带回了情报：鬼子第十师团的先头部队已经到了大沙河一线，昨日下午确实在大沙河一带发生过一场战斗，四十七师两个营被日军吃掉。

江山挥一下手，刘洪出去了。汪默涵说："看来这个申之剑确实是打鬼子负的伤，这样我们更有义务救治他。江司令，请马上派战地医院的医护人员过去看看。"

江山望着冷长水："冷副司令，这姓申的一时半会儿，不会死吧？"

冷长水说："不是致命伤，想死也难。"

"那就好。冷副司令，你还兼着战地医院的院长，你负责救治他，务必把他的伤治好，绝不能闹出人命。我们和他们以前是仇敌不假，但现在情况不同了，是友军！大家都是中国人，共同抗日是唯一的出路。我刚才在想，把这个姓申的命给救了，我们也不能白干，得有个回报不是？"

他望着大伙，大伙也望着他。汪默涵猜，江山十有八九又想拿申之剑做交易，便耐心听他说。果然，他嘿嘿笑一阵，把手中的烟屁股往地上一丢，道："听说这姓申的，是四十七师郭师长的爱将，我们帮他治伤，救他的命，总得让郭师长出点血吧？我们刚从大阳山钻出来，家底子薄嘛，需要他们帮衬一点，对吧？"

除了汪默涵和冷长水，其他人都乐了。参谋长陈知春说："给郭炳勋报个信，让他拿一百条枪来换人。"政治部主任杜宗磊说："我调查了一下，咱纵队现在最缺的是重武器，最好让他拿一两挺重机枪或几挺轻机枪来换。"后勤部长卢刚干脆说："拿一门炮来换更好。"

江山脸上堆满了笑容，道："同志们和我想一块去了。他的也好，我的也好，反正都是咱中国人的，我要这玩意儿，还不就是为了抗日打鬼子嘛！"

几位新来的同志都表示赞同。江山说："冷副司令、汪副政委，你们什么态度？"

冷长水对拿东西换人不感兴趣，他最愿意看到的是复仇，拿申之剑的脑袋告慰牺牲的一百多兄弟，当然最过瘾。但是江山既已有了态度，他不好再明确反对，便道："我们把姓申的伤给治好，把他养得白白胖胖的——可是，如果那姓郭的师长不肯拿枪换人呢？岂不白治白养了？"

这话又把大伙说愣了，一时无话。

汪默涵这才道："国共双方既已是同志关系，就不要老想着做交换。我建议，先给他治伤，救下他的命，至于姓郭的师长肯不肯出血，随他吧！"

冷长水不干，不满地翻一眼汪默涵，道："现在战地医院有名无实，缺医少药，就那点宝贵的药品，自己人都不舍得给用，你让我白白给姓申的仇人用上？你舍得，我可舍不得！你有本事给医院搞点药品来，我给你磕头！"

没法再谈下去了。汪默涵借故要到下面检查战备教育情况，戴上棉帽出了司令部。

江山最后决定：先不管能不能换来东西，先给申之剑治伤，并且他让冷长水保证，得让申之剑好好活着。

13

尽管冷长水特意给杨淑芳交代，不要把申之剑被捉以及受伤的消息告诉李兰贞，但是到了傍晚，她还是知道了。

包括汪默涵在内，谁也没搞清她与申之剑是何关系，他们只是私下猜测，申之剑与她家是亲戚，郭炳勋与她家的关系更是不一般，否则去年不会派申之剑带兵去血洗大槐树救她回城。李兰贞重新归队之后，江山指示政治保卫部门审查一下李兰贞的家庭背景和社会关系，还没来得及进行，申之剑就一头闯进来了。

上午，杨淑芳带上蔡小梅跟随新来的赵医生，到关押申之剑的地方，帮他处理伤口。打上一针麻药后，赵医生把他大腿和后背上的三块弹片取了出来，并进行了缝合，杨淑芳、蔡小梅在一旁打下手。她们看到，申之剑脸色苍白，身体虚弱，而且发着高烧，真不知他能撑多久。她二人经历过大槐树之战，对面前这个人的痛恨是难以言表的，因此他死也好活也好，她们并不太在意。

冷长水叮嘱赵医生和杨淑芳，既不能让申之剑死，也不能让他活得太舒服，尤其是贵重药品，尽量省着用，眼看要打仗，留下来救治我们的战士。赵医生请示说，关押他的地方条件差，他伤口感染了怎么办？冷长水牙一咬说，关押他的地方是江司令亲自批准的，不能擅自变动，真要伤口感染救不活，与你们医护人员没关系。

李兰贞发现，整整一下午，女兵们看她的眼神都是怪怪的，她预感到有什么事。晚饭后，刚参军不久的新兵毛小妹提着药箱子，跟蔡小梅出去了，过了一会儿，二人回来，毛小妹走到杨淑芳跟前，小声说："班长，那个申副官烧一直不退，他要是今晚死了，可咋办呀？"就是这句话，被李兰贞隐隐约约听到了，她愈发感觉不对劲，装作什么也不知道，坐在小马扎上低头写日记。只听蔡小梅道："我们好心救他，那人醒过来，张口就骂我们，说宁愿死，也不让我们救，真不知好歹……"

李兰贞坐不住了，站起来。说话的三人见她有所察觉，急忙装作没事一样散开来。她走到杨淑芳跟前，盯着她的眼睛说："杨班长，你们刚才说的申副官，是不是申之剑？"杨淑芳掩饰道："呵呵，我们只知道那人是个国军中校，谁知道他叫啥呀？"

她已经猜到，一定是申之剑，便问："他怎么了？"杨淑芳轻描淡写地说"说是打鬼子受的伤，谁知道到底咋回事？国民党的话，我是不信。"

从她们刚才的对话里，李兰贞已经听出，他伤势很严重，随时有生命危险。她感到心焦，一时慌乱得腿直打哆嗦，几乎站不住，便向杨淑芳提出："杨班长，我想去看看他。"

一看瞒不住了，女兵们都围过来，同情地望着她。杨淑芳说："你倒是给我说说，这人到底是你什么人？"众女兵也很好奇，都想知道她跟这个申副官是什么关系，于是都期待地望着她。

她犹豫片刻，坦率道："我父母背着我，把我许配给他……我不同意。就是这样。"

众人一片啧啧之声，包括杨淑芳，她们中好几个人都是因为逃婚才出来参加革命的，大家不由得同情起她来了，想到虽然做不成夫妻，但想必那人对她还不错，去看看也在情理之中，便一齐央求杨班长，放她去一趟。

杨淑芳很想放她去，一来众人求请，不答应不合情理；二来眼下国共合作，那人负伤了，咱们这边既能帮他治伤，去看看又有何不可？但是冷副司令有交代，不敢违反呀。因此杨淑芳迟疑着，不表态。蔡小梅说："班长，你就让她去嘛，怕啥！她是逃婚出来的，又不会跟那申副官私奔。"

说实话，杨淑芳倒真希望李兰贞跟申之剑一走了之，她总感觉她这次来，在这里还待不长，过不多久又会走人。这时，她想到了江司令——为何不去找江司令请示一下？江司令比冷副司令好说话，肯定会同意的；再说，她有好多天没见到江司令了，心里总感觉空落落的，正好有个理由去见他一下，听他做指示。她崇拜他好久了，几天不见就心焦……想到这里，她让李兰贞等着，说是去去就来，转身朝门外跑去……

女兵班住的院子离司令部并不远，一会儿就到了。结果正赶上江司令开会，她只好耐心等。

那边，李兰贞实在等不及，干脆背起个药箱子，请蔡小梅引路，去了关押申之剑的地方。这是一个农家院落，在罗庄镇的西北角上，罗金堂派了人日夜把守。门口的两个士兵见是战地医院的女兵，二话不说放她们进了小院。堂屋黑黢黢的，显然无人住，西屋白纸糊的窗格上，透出马灯的灯光。蔡小梅指指西屋说："他在里面。我就不进去了。"

李兰贞上前推开虚掩的门，看到申之剑躺在一张土炕上，身上盖着一床棉被，这会儿仍在昏睡。听到动静，他微微动一下，嘟噜不清地骂道："给我滚开，老子不愿见你们这些共产党……后悔去年没把你们消灭光……"

她掩上门，轻轻走到土炕跟前。马灯映照下，他的脸黄蜡蜡的，吓人，想必是失血过多的缘故。他继续闭眼有力无力地骂着什么，似乎感觉不对劲，缓缓睁开眼，待看清是她，不由得张大了嘴巴，许久才道："贞贞，怎么是你？你怎么在这儿？"

她坐在炕头，示意他不要说话，伸手到他额上一试，烫得厉害，像火炭一样烤她的手。她抽回手，坐在炕边，心中焦急，说道："申之剑，你烧得很厉害，很危险的……"

他苦笑着，虚弱地说："能活着从抗日战场下来，这条命就是赚的……死前能见你一面，是老天爷的安排吗？……让我死这儿，我无憾了……"

他的两只眼皮痉挛着，两颗硕大的泪珠，从他的两侧眼角滚落下来。她伸出手，轻轻替他抹去泪花。他试探着伸出一只手，犹豫着，犹豫着，终于轻轻握住了她的手……她一动不动，任他握着，久久地握着……

就是这个时刻，李兰贞决定：救他出去——他留这儿，必死无疑！

他一个受伤的人，行动不便不说，因为是"仇人"，还被扣押着，怎么救他出去？

她首先想到了汪默涵。他是副政委，应该有办法。但是她随即否定了自己的想法——看样子他过得不开心，因为她的事，他已经受到牵连，她不想再给他添麻烦。江司令呢？他是一把手，这儿他说了算，只要他想帮忙，那就是一句话的事。但是，江司令未必肯帮，因为这儿最痛恨申之剑的人，莫过于他，去年在大槐树，申之剑杀了那么多他的部下，就为这，也没法向他张口啊……

还真把她难住了。长这么大，似乎从来没有这么为难过。

院门口有了动静。她飞快地从申之剑手中抽出手来。两个人进了院子，她听出，一个是蔡小梅，另一个是三大队队长罗金堂。就是这一瞬间，她眼前一亮——解铃还须系铃人，人是罗金堂扣下的，还得从罗金堂身上打主意……

李兰贞镇静一下，出得屋来，那二人已经走到了西屋门口。李兰贞道："小梅姐，还有退烧针吗？"

蔡小梅说："还剩最后一针。"

"麻烦你再给他打上吧。"

蔡小梅迟疑一下，没动："这要请示医生……"

"求你了，小梅姐……"她央求道。

蔡小梅叹口气，手提药箱子，进了屋。李兰贞抬眼盯着月光下的罗金堂，直盯得罗金堂不好意思，他摸摸光脑袋，不知其所以然。李兰贞说"罗大队长，我们到这个屋说句话，好吗？"她指了指黑黢黢的堂屋。

罗金堂一个惊愕："你要……干啥？"

她说："没什么，就想说几句话。"

她率先走向堂屋。罗金堂从大衣口袋里掏出一个手电筒，拧亮，犹豫片刻，跟她进了屋子。这屋子里面空荡荡的，啥也没有，罗金堂原本想让人布置一下，做三大队的指挥部，因为鬼子随时会来，部队说走就走，便没有布置。他把手电筒放到窗台上，光柱射向房顶，屋子里亮堂了一些，能看清彼此的脸。

"你想……想说啥？"罗金堂有些结巴。

"罗大队长，这附近有国军的人吗？"

原来她是打听这个，罗金堂心里不再紧张，便道："我的侦察员说，西南方向五十里外有个梁庄，那里驻有中央军四十七师的人马。"他不放心，又道："哎，你问这个干啥？"

这时，西屋门一响，蔡小梅出来了。李兰贞想，得把她打发走，就说："小梅姐，你先回去，我跟罗大队长汇报个事。"

蔡小梅答应一声，叮嘱道："你可别耽搁太久啊。"便往外走去。

罗金堂摸不清李兰贞到底要干什么，便说："我也走了！"

"罗大队长！"李兰贞从后面喊住他。

他急煎煎地说："余……李姑娘，你快说，到底想干啥？我们不能在这儿待太久。"他是好意，黑灯瞎火的，一男一女待一块，搞不好又会有人背后说闲话。自打那次对她非礼而又得到原谅之后，他一直想为她做点事情。刚才蔡小梅已经透露给他，这个申副官是她父母给她包办的男朋友，她虽不愿意，总还是不能不管他，否则就不来看他了。眼下由三大队派人看守，他想，她无非是想托他好好照应一下姓申的……

他没想到，李兰贞开口却道："罗大队长，把你的马借给我行吗？"

"你要马干什么？"

"我想把他送走。"。

罗金堂大吃一惊，愣在那里，不该怎么办好。

"只有尽快放他走，他才能活下来……他不该死在这儿，对不对？"

罗金堂沉默着，久久不语。他听汪默涵讲过八路军——一一五师的平型关大捷，非常解气，然而听到更多的却是国军四处弃城而逃，大片国土沦为敌手，每每听到这些，他就拍桌子骂娘，骂中国的男人没有骨气，骂国民党蒋光头光顾自己不顾百姓，眼下他最佩服敢打鬼子的人。几天来，他数次找江山，要求带三大队到大沙河一线转悠一下，摸摸鬼子的情况，争取由他打响大阳山纵队抗日的第一枪。他觉得自己生来就是为打仗的，一想到打仗，他就热血沸腾，浑身有使不完的劲，尤其现在要与日本人打，他更是激情澎湃。可是江山坚决不允许他擅自行动，说"你急什么？心急吃不上热豆腐，抗日不是一天两天的事，也许是一辈子的事，我们这点家底，哪禁得起折腾"，他知道江司令说的都是实话，但他还是禁不住跃跃欲试……

"罗大队长，你怎么不说话？"

"怪我，早晨不该扣下他。"他拍了拍硕大的光脑壳。他已经确信，申之剑是打鬼子负的伤。

"不说这个。罗大队长，现在我只需要一匹马。"她指了指门外。刚才罗金堂骑马赶过来的，现在那匹马就拴在小院门口，暗夜中，不时地喷一下鼻子。

事情重大，罗金堂一时也不知该怎么办，重又陷入沉默。

"我借你的马，就说驮他去战地医院治疗。你把马给我，剩下的事与你无关。"

"他离开这个院子容易，怎么出得去镇子？每个路口都有人把守。"

这下又把她难住了。她在空荡荡的半明半暗的屋子里踱着步，一时想不出更好的办法，牙一咬，道："你能帮他。就当帮我吧，我谢谢你啦……"

罗金堂在屋子里转着圈子。她直直地望着他。他突然一跺脚道："我罗金堂豁出去了，大不了老子不当这个大队长！"

她原本以为他会拒绝，没想到他这么痛快地答应，她心头一热，差点落下泪来，一说："罗大队长，我连累你了……"

"我罗金堂敬重他打鬼子！"他收起手电筒，大步走到院子里，吩咐候在门口的警卫员，把马牵过来，又把脏兮兮的大衣脱下来扔给她。她愣着没动——这时候她又有点儿后悔，毕竟她不想连累他。

罗金堂大手一挥，道："快去吧，要不来不及了。"

她进了屋。此时看上去申之剑精神头好了些，兴许是退烧针起了作用，兴许是因为她的再次出现。她快步走到炕头，伏在他耳边说："今晚你一切都得听我的。你保证。"

申之剑眼珠转了转，点点头。刚才他一直留意外面的动静，似乎已经猜到了七八分。她扶他坐起来，用力托起他那条打了绷带的右腿，轻放到地面上，然后帮他穿上皮鞋。又把罗金堂的灰大衣给他裹上，这样就罩住了他的国军军服。

她搀起他往外走，到了屋门口。他停下，伸手抓住她的一只手臂，像抓住一把救命的稻草，死不松手。罗金堂又在外面催，嘴里不干不净骂骂咧咧的。她小声说："快走。"用力挣脱了他的手。他知道，她终究不可能跟他走，于是把眼里将要涌出的泪强行咽回到肚子里……

罗金堂和警卫员一起把身体虚弱的申之剑扶上马。申之剑最后把目光落到李兰贞身上。罗金堂不耐烦地挥挥手。警卫员牵着马，出了小院，罗金堂跟了上去，他将亲自护送申之剑出镇子。

李兰贞望着申之剑的背影在月光下变得模糊，心里说，今夜你能不能到达梁庄并且活下去，就看你的命了……她突然意识到，也许这将是最后一次见他，不觉鼻子一酸，差点落下泪来。

无论如何，她觉得经过这一夜，自己成熟了一些。

14

李兰贞在西屋枯坐了一阵，估摸申之剑出了镇子，便熄灭马灯，起身往外走。她打算去司令部找江司令，交代问题，请求处罚。她想，只要不赶她走，怎么处理她都接受。她还打算把所有的责任都揽在身上，尽量减少对罗金堂的影响。这么想着，到了小院门口，这时，有两匹马朝这边小跑而来，她以为罗金堂回来了，心里感觉更踏实了些。

两匹马到了跟前，吓了她一跳！头一匹马上驮着冷长水，后面是他的警卫员。冷长水刚才碰到蔡小梅，得知李兰贞来见申之剑，想想不对劲，怕有意外，急忙赶来了。他见小院门口的岗哨已撤，探头往西屋看，屋里是黑的，更觉不妙，喝问："姓申的呢？"李兰贞知道瞒不住，她也不想再隐瞒，索性往西一指，说："他往那边走了。"

冷长水怒骂了一句，和警卫员一起打马往西边奔去……

她惴惴不安地往司令部所在的方向走，心想若是冷副司令追上他，那么这就是天意了，她已尽了力，无力再救他。心里乱糟糟地到了司令部，大门口站岗的士兵不认识她，毕竟她刚来没几天，不让进。她提到杨天龙，哨兵喊来杨天龙，杨天龙一声不吭把她领进了院子。

厅堂门口，杨淑芳正面对江山说着什么，江山笑哈哈的。汪默涵站在一旁。李兰贞来到他们跟前，刚想说什么，只听大门口一阵吵嚷，原来是冷长水和罗金堂进来了。听他们的口气，她猜出冷长水没有追上申之剑，心里一下子感觉轻松了许多。

接下来的事情乱了套。

几个人进屋后，冷长水把罗金堂放跑申之剑的事情简单一说，气急败坏地一拍桌子，咆哮道："江司令，罗金堂竟敢通敌，决不能饶了他！"

江山愣了一阵，望向罗金堂。罗金堂立正站定，脖子一梗，根本不看他。那意思分明是说，你们爱怎么处理就怎么处理吧。

李兰贞幽幽地说："江司令，事情因我而起，不怪罗大队长，全是我的错……"边说边瞄了一眼汪默涵，以为他会发火。没想到汪默涵却对她发出了微笑，她从他的眼神里看出了鼓励，看出了赞许——汪副政委好久好久没这样看她了，她感到无比的开心，竟一时忘记自己犯了大错，捅了娄子。

江山一直沉默不语，观察众人的反应。这时，汪默涵不轻不重道："冷副司令，我认为这不叫通敌，姓申的现在是友军，不能再用老眼光看人了。"冷长水吼道："我他妈才不管什么友军不友军！"他把武装带用力一勒，抬脚欲往外走。江山喝问："干什么去？"冷长水道："我带人去追，追到天明也要把他追回来！"

江山摆摆手，示意他坐下。他不敢违拗，只得气哼哼地坐下了。众人都盯着江山，看他如何处理。江山慢悠悠地卷好一支"老炮筒"，点火，吸两口，又端起面前的一个大茶缸，缓缓喝两口，放下缸子，这才轻轻一笑，道："留下个友军军官，每天还得好药好饭地招待他，像供着个祖宗，诸位，说句实在的，我正犯愁呢……"

众人不知江山葫芦里卖的什么药，但见他没有发火，还笑呵呵的，都放松下来，只有冷长水满脸怒气，像要爆炸似的。眨眼间，江山突然变了脸，喝道："罗金堂！"

罗金堂高声答道："有！"同时胸脯一挺，脖子梗得更带劲了。

江山丢掉烟蒂，抬脚一踩，站起身来，背着手踱几步，然后一个转身，大步走到罗金堂跟前，指着罗金堂鼻子道："你放他走，帮我解了难题不假，但你不经请示，私自放人，属于严重的无组织无纪律，必须严惩！"

罗金堂道："是！"

"冷副司令、汪副政委，你们说说，怎么处置罗金堂？"

冷长水抢先道："还有啥好说的——撸了他！"

李兰贞一脸歉疚地看一眼罗金堂，深感对不起他。

汪默涵说："你撸了他容易，马上要打仗，谁来打仗呢？"

江山沉思片刻，道："那我提个建议——撤销罗金堂三大队队长一职……"

没等江山说完，冷长水用力拍了两下巴掌。罗金堂继续昂首站立，面无表情，仿佛处理的不是他。汪默涵则扭过脸去，显然他对这个处理结果不满。

只听江山轻咳两声，继续道："别慌，我还有个提议——暂由罗金堂本人代理大队长一职，全权负责三大队的作战事宜。"

这等于没处理他。冷长水冷笑一声，屁股冲着江山坐下了。李兰贞忍不住笑了笑。汪默涵冲江山点点头，表示赞同。江山烦躁地冲罗金堂一挥手："你快滚吧，这几天别让老子看见你。"

罗金堂咧嘴一笑，敬个礼，转身噔噔噔出了厅堂。李兰贞也要往外走，江山却又喊住她，严肃地说："你回去也要写个检讨，深刻检讨自己的错误，写好后交给我看。"

她脆生生地答道："是！"

"还有你，杨淑芳，作为班长，没有管好自己的兵，也要写检查。"

杨淑芳闷声闷气地答应了一声。前些时日战地医院党支部通过了她的入党申请，她成了预备党员，刚才她一直担心，李兰贞放跑申副官会不会影响自己，现在看来还是受到了影响——惹得江司令不高兴了。

这场风波算是过去了。

三天后，有消息传来——鬼子第十师团的先头部队渡过大沙河，已经占领离罗庄镇七十多里的平泰县城，正在当地修筑炮楼。江山、冷长水、汪默涵等人研究后决定，部队避敌锋芒，即刻往大阳山深处转移。

众人收拾妥当，正要动身，这时，发生了一件大为出人意料的事情——一个国军少尉军官带着几个荷枪实弹的士兵，乘坐一辆美式十轮大卡车，耀武扬威地来到纵队司令部门口。杨天龙急忙跑进去报告，江山和汪默涵跑出来，不知有什么新情况，二人交换一下眼神，都有些发蒙。这当儿，少尉咋咋呼呼指挥手下从车上搬下四个大木箱，揭开盖子，竟然是四挺崭新的捷克式轻机枪！另外还有八箱子弹。

江山简直看傻了眼，两眼放光，他挠挠头皮，意识到什么，对少尉说："小兄弟，这是咋回事？"

少尉说："申营长现在已经脱离生命危险，郭炳勋师长为感谢八路军大阳山抗日挺进纵队出手相救他的手下爱将，特命在下将这点东西送来，请笑纳。"

江山急忙道："谢谢，真是太谢谢啦……"

少尉又把一件崭新的黄军呢大衣递给江山，说申营长特别交代，这件大衣送给那晚送他出走的一位姓罗的光头将领。江山代罗金堂收下，并且表示了谢意。

少尉押车离开了，江山和汪默涵一商量，决定赶紧把这四挺机枪分下去，每个大队速速来人领一挺。这种捷克式轻机枪，眼下可是全纵队最好的武器，有了这四件硬货，江山的腰杆子一下子感觉硬了！

罗金堂来了后，江山乐呵呵地拍着他肩膀说："好事没白做，你用一匹马一件破大衣，换回这四件硬家伙，这买卖赚大啦！"扭头又对汪默涵说："我看他用不着再代理大队长一职了吧？"汪默涵笑着点点头。

罗金堂嘿嘿一笑，没说什么。他蹲下，伸手摸了摸枪油尚未擦去的新家伙。谁都没想到，罗金堂提出，他只要大衣，不要机枪。江山不相信，指着他鼻子说："我给别人，你可别后悔呀。"

"有本事从日本人手里夺！"扔下这句话，他把黄军呢大衣往腋下一夹，快步走了。

第三章

1

　　转过年来，部队转进到大阳山北麓的临山县一带，就地发动群众，开展山地游击战。江山千叮咛万嘱咐，绝不能跟鬼子硬拼，因为咱的队伍太弱小，没有办法打大仗，只有耐心寻找机会，零敲碎打地跟鬼子持久地干。

　　最近几天，侦察员报告说，经常有大队日军从山下的公路上经过，看样子是从青岛方向登陆的，绕过大阳山群峰，往南转进。江山和汪默涵分析，日本人或许是要去徐州方向与国军主力决战。

　　他们把罗金堂的三大队派出去，期待打一场小小的伏击战。

　　罗金堂带队伍在山口埋伏了好几天，连个鬼子的面都没照上。这天下午，突然有一个穿灰蓝色制服的人狼狈跑来，进了伏击圈。那人空着手，不住地东张西望。等他走近了，罗金堂吹一声口哨，两个战士跳出树丛，奔他而去，那人拼命反抗，两个战士竟然摁不住他。罗金堂跑过去，拿出一根细绳，眨眼的工夫把他捆成了粽子样，踢了他一脚，喝道："你他娘的什么人？"

　　那人嘴里呜里哇啦，口吐白沫，脸涨得通红，一句话也说不清。

　　原来他是个哑巴。

　　摸摸他身上，除了口袋里有几个铜板、一块干馒头，啥也没有。逮个哑巴有何用？罗金堂决定放了他，命人给他解开绳子，让他走。但是那人抬眼看到罗金堂臂章上的"八路"两个字，说什么也不走了。他话说不清楚，情急之下，捡起一块小石头，在冰冻的土地上写下了四个字："我找汪然。"

汪然是谁？罗金堂问众人："你们知道谁叫汪然吗？"众人都摇头。罗金堂便说："我们这里没人叫汪然，你还是走吧。"那人说什么也不走，跑到一边找个地方蹲下，眼睛直勾勾地望着队伍。

半下午时，罗金堂命令队伍返回驻地。那个哑巴远远地跟在后面，像一条尾巴，怎么也甩不掉。罗金堂愈发感到不对劲，担心他是敌人的探子，便命两个战士过去，重新捆上他。这回哑巴并未反抗，看上去反而很高兴的样子，显然他是跟定了队伍。

司令部设在临山县城南七里远的刘庄，三大队驻在附近的几个村子。罗金堂派那两个战士把哑巴送往刘庄，打算交给保卫部门的人审查一下，他为什么穿着制服？为什么非要跟着队伍走？他要找的汪然是什么人？这些都是疑问。

两个战士押着哑巴到了刘庄，迎面碰上李兰贞。这时候李兰贞已调到纵队政治部宣传鼓动科当干事，她在战地医院怕脏怕苦怕累，不好好干，班长杨淑芳不喜欢她，找个机会推荐她到了宣传鼓动科。她很愿意来这儿，因为可以经常见到汪默涵。

李兰贞归队时间虽然不长，战士们都认识她了，因为这个龙城来的洋学生实在太显眼、太出色了！她是灰色队伍里一朵灿烂的、耀眼的红花，让人过目难忘。两个战士见到她，热情地跟她打招呼，她认识其中的一个，是三大队罗金堂手下的小丁。她盯着被绑的人——奇怪呀，这人为什么穿警察制服？她对这种制服太熟悉了，她父亲以及父亲手下的人，都穿这种制服。

"这人是谁？"她好奇地问。

"是个哑巴。不知道哪来的。"小丁说。

罗金堂弄个哑巴来干什么？真出洋相。她问："这人犯了什么事？"

"啥事没有。"另一个战士说。

"没事抓人家干啥？这里没他的饭，赶紧让他走吧。"

说罢，她扭头往前走。没想到哑巴猛地挣脱了战士的手，跑到李兰贞跟前，挡住她去路，嘴里急切地发出呜里哇啦的声音。两个战士追过来，扭住他。他挣扎着往李兰贞身边靠了靠，因为双手被绑住，他便抬脚，在地上划拉出一行字。李兰贞低头辨认一下，是四个字："我找汪然。"

这让她心头一惊，急问："你找他干啥？"

哑巴又是一阵呜里哇啦，说什么根本听不清。她知道事情重大，对两个战士说："请跟我来。"

走进司令部的小院子，李兰贞让两个战士把哑巴身上的绳子解开，然后打发他们回去了。她领着哑巴走到汪默涵住的偏房门口，门半开着，汪默涵正伏在小桌子上看报纸。她兴冲冲地说："汪副政委，有个人找你。"

汪默涵抬头一看，不认识，便摇摇头："这是谁呀？"

"他说他找汪然。"

汪默涵一愣。汪然是他在龙城搞地下工作时的化名，纵队几乎无人知道这个名字，看来这个人来自龙城。

那人直勾勾地望着汪默涵——终于见到了要见的人，他嘴唇哆嗦了一阵，眼里竟然涌出了泪。汪默涵和李兰贞都感到纳闷，不知其所以然。

她进了屋。那人也跟了进来。

"你叫什么名字？"汪默涵态度和蔼地问。

那人知道自己说不清，没吭声，走到桌边，拿过一支笔，在报纸空白处歪歪扭扭地写道："我是地下交通员苏小淘。"

望着这一行字，汪默涵脑袋嗡的一声轰响，差点炸裂开来，他感到身上的血液倒流，随即断喝一声："警卫员！"

李兰贞和苏小淘顿时愣在那里，张口结舌。说时迟那时快，没等警卫员进来，汪默涵扑到床前，抽出盒子枪，推弹上膛，黑洞洞的枪口顶住了苏小淘的脑袋。

这时，警卫员小赵跑进来。汪默涵瞪着通红的眼睛，大声命令道："捆起来！"

哑巴又被绑上了。

这一闹，司令部里有点乱套。江山踱过来，汪默涵上前报告说："江司令！这人就是叛徒苏小淘！"

2

日军第十师团先头部队进城那天，在北门举行了一个还算隆重的入城式。主席台上，余乃谦站在前排显眼的位置，左右两边站着挎洋刀的日本军官。这是他政治生涯的新起点，他心情蛮不错。

那些愿意留下来为日本人效命的头面人物都到场了，过去大家为政府做事，如今却要为日本人做事，见了面，彼此又都感到怪怪的，仿佛每个人心里都有鬼。余乃谦特别留意了一下，没发现老对手梁守盘。听说他最后时刻带着宪兵队伍跑掉了。愿意留下来的官员，基本是过去不得志的、受排挤的。如果日本人来之前，余乃谦还当着警察局长，他会不会也带着队伍跑掉？这是很有可能的。

仪式期间有日本记者过来照相，快门响起的时候，余乃谦微微掉转了一下脑袋——他非常不想上报纸，为此，作为新上任的警察局长，他让张勇带人阻止带照相机的中国记者进场。但是日本记者照相，他们当然无法阻止。

第二天，龙城的几家报纸，都刊登了入城式的欢迎场面，照片上的余乃谦，微微侧着脸，像是有点害羞的样子。后来正是这张照片，给他一家带来了很大麻烦。

余乃谦正式上任后，原先的警察队伍跑了大半，留下来的都是老弱病残，要维持全城的治安，当务之急就是增加人手，只有队伍壮大了，他这个局长腰杆子才硬气。他命令张勇带人上街贴布告招兵买马，几天过去，来报名的人却寥寥无几。张勇出主意说，监狱里关着三百多号男犯人，过去的法律已经失效，不如把他们放出来，挑选一些年轻而又身体好的，给他们发警服。余乃谦觉得这个主意不错，就采纳了。

有一个不是犯人的人，也关在监狱里，他就是苏小淘。张勇在释放犯人时，把他给忽略了。

那年为掩饰李雅岚的叛变，侦缉队对外放出苏小淘是共党叛徒的消息，先是割掉了苏小淘的舌头，使他不能够再说话，接着又在报纸上登出他的悔过书，同时高调给了他一个科长的头衔。待杀掉十二个共党分子，余立文携李雅岚离开龙城之后，原本想立即杀掉他灭口，考虑到上层不少人都知道苏小淘为党国立了功，一时不便下手。余乃谦吩咐张勇，先把他找个隐蔽之所关起来，待风声过去再料理他。张勇只好先把他关在一个单独的牢房，对外理由是防止共产党报复这个党国的"功臣"，得把他保护起来。至于为什么他没了舌头，说法是——一开始他拒不交代，自己咬掉了舌头，后来经过教育反省，他才愿意配合。

监狱不归张勇的侦缉队管，狱警们果真把苏科长当成"功臣"看待，每日好饭好菜待候。不久，余乃谦因女儿是赤化分子被革职，张勇在警察局的日子也不好过，受人排挤，便把这个苏小淘忘到了脑后。

又过了不久，李二丑也给关了进来。这李二丑因为带国军进山剿共，大获全胜，也算是党国的"功臣"，两个"功臣"住一块，继续享受狱警们的优待。苏小淘和李二丑共居一段时间之后，李二丑天天闹着出去，说是要回山里老家看望生病的母亲，同时私底下破口大骂国军四十七师不守信用，明明答应好了的，事成之后给钱放他回家，结果反把他关进来。很快苏小淘便摸清了他的底细。

苏小淘最痛恨叛徒。他日夜不停地回忆，那十二个同志一天之内被抓，一定是出了叛徒。到底谁是叛徒，他却拿不准，因为他本来就不熟悉他们中的大多数人，他们之间都是单线联系，他只和上下线来往。

眼前就有一个叛徒，他能做的，就是找机会除掉这个名叫李二丑的叛徒。

日本人要来，监狱里一样乱套，狱警跑掉了大半，还有一些犯人趁乱逃走了。苏小淘和李二丑也在寻找逃跑的机会。这天，一个瘸腿的老狱警给二人送饭，透露说，不想当汉奸的，都跑了，他是没办法，为了混口饭吃活命，只得留下来给日本人当三孙子。还说，犯人只要愿意，也可以留下来，发制服当警察，替鬼子卖命，这不是乱套了吗？和这些强盗小偷强奸犯杀人犯为伍，真丢人啊。老狱警建议他二人趁乱走人，干啥都好，千万别当汉奸。

正是在这位瘸腿老狱警的帮助下，他二人各弄到了一套旧警服，套在身上，混出城来。到了安全的地界，苏小淘趁李二丑不备，突然冲上去把他扑倒，死死卡住他的脖子——他要除掉这个叛徒。

李二丑拼命反抗，二人在地上翻滚，最终是李二丑占了上风，死死卡住了苏小淘的脖子。想到这样被李二丑杀死，自己再也没有证明自身清白的机会了，苏小淘不由得流出了眼泪。李二丑本不想杀人，见他哭了，便松了手，喘着粗气说："是你先动的手，我不杀你，我走了，我要回家看我老娘。"

李二丑丢下苏小淘，头也不回地一溜烟跑了。回到家乡后，他老母亲早已过世，不久，鬼子到他家乡一带扫荡，烧了他家的破房子，他无处安身，便又跑出去投奔了山南的一支八路军武装。

苏小淘听说大阳山里有共产党领导的八路军，一路辗转，四处寻找。现在他能记得的同志里面，活着的恐怕只有汪然了。党内有严格的纪律，为防止有人被捕后出卖同志，彼此之间大都是单线联系，不该知道的，严禁打听，重要领导人经常更换住址。当年他从来没有和汪然打过照面，也搞不清他的具体职业和住址，只知道他是个领导，据他观察，他的上线冷眉与汪然来往较为密切。

他言语不清，路遇之人都当他是个哑巴，无人理睬他。就在他快要绝望之际，遇到了罗金堂的队伍，然后又遇到了李兰贞，终于找到了汪然。他没想到汪然不容他辩解，立时就命人把他捆了起来。

汪默涵早就把苏小淘与叛徒画上了等号，只恨当年没有办法除掉此人，想到妻子李雅岚被杀，眼前立刻浮现出龙城南城门楼子上那十二颗血淋淋的脑袋，失去了理智，恨不得立刻把苏小淘拉出去毙了。

江山却提醒道："默涵同志呀，我觉得没那么简单。你想想，这人如果真是叛徒，还敢往你枪口上撞吗？"

这话让汪默涵变得冷静了一些。但他仍然认为苏小淘有很大的叛徒嫌疑，被捕的同志全部被杀，只有他一人活着，这怎么解释？鬼子来了，他原先的主子跑了，他混不下去，才又跑来喊冤，这不是没有可能啊！江山说："他不能说话，你让他写，把过程写清楚。"

苏小淘被关进一间存放杂物的小房间，杨天龙和小赵弄来一张破桌子，拿来纸笔。苏小淘不吃不喝不睡，写了一天一夜。他识字不多，错别字连篇，写出的四页纸上，翻来覆去说他被抓后一直宁死不屈，他不是叛徒，希望组织不要冤枉他，他的舌头都被敌人割去了，显然敌人不想让他开口说话，报纸上以他的名义登出的脱党悔过书，并不是他所写，敌人当时还给他封了个科长的官衔。敌人为什么这样做？一定是为了掩盖真相——他们一夜之间抓了十几个人，把地下组织一网打尽，被抓的人里面，肯定有人叛变。

至于是谁，他又说不清楚。

汪默涵气得一把扯破了那几页纸。

看到汪默涵痛苦不堪的样子，李兰贞有些后悔——如果她不把苏小淘领来，也许他就转到别处去了，或许他一辈子也找不到汪然。她这才听说，汪默涵曾经有过短暂的婚姻，他新婚的妻子被她父亲所杀，给他造成了致命的痛苦。汪默涵此前从未对她吐露过这些，她对他曾经的感情生活一无所知。

如果这个苏小淘不出现，汪默涵也许会慢慢淡忘那惨痛的一幕。偏偏这个人又跑来，揭开了他心头那块巨大的伤疤。李兰贞心疼汪默涵，跑去安慰他，说道，她总感觉，苏小淘不像叛徒，正像江司令说的，如果真是叛徒，他是不敢跑来的，既然他不是叛徒，那么，真正的叛徒早晚会出现，耐心等待就是了。汪默涵听不进去，向她发火，把她轰走了。

江司令见一时半会儿搞不清楚他的来历，又无人证明他的说辞，建议先安排他到新成立的临山县抗日民主政府机关做点具体事务，等以后搞清楚了再做结论。

杨天龙和小赵送苏小淘去临山县城，他似乎很不乐意走，呜里哇啦申辩着什么。过了没几天，临山县负责人打来电话，向汪默涵报告说，苏小淘在一天夜里逃跑了，去向不明。

气得汪默涵跳脚怒骂道："我操他亲娘……"他以前从来不说粗话的。他真后悔没有枪毙那个王八蛋。

3

又过去了一年半。

台儿庄战役和武汉会战之后，长江以北的华东、华中大片地区，基本上没有了国军主力。大阳山区除了几个县城、重要市镇被日军、皇协军和国民党顽军盘踞，百分之九十以上的地区成为共产党八路军的天下。

这一年多来，大阳山抗日挺进纵队进行了大大小小上百次的战斗，歼灭日伪军数千人。最有名的战斗是"黄家岭伏击战"，罗金堂率三大队在一、二大队的支援下，利用有利地形，与日军一个外出扫荡抢粮的加强中队激战一天，干净利落地击毙了二百零一个清一色的鬼子，没让一个鬼子漏网，没让一个鬼子活着。此仗受到八路军总部的通报表彰，重庆国防部也发来了慰问电。此战让大阳山纵队和罗金堂本人一战成名。

这年夏天，省委决定，撤销大阳山特委，成立大阳山军政委员会，主席由康挺担任。同时撤销大阳山抗日挺进纵队的番号，成立大阳山军分区，江山任司令员，康挺兼任政委，参谋长陈知春升任副司令，汪默涵任副政委。此时，军分区主力部队已经发展壮大到八千余人，下辖六个团，在大阳山区及其周边五六个县建立了抗日民主政权，成为巩固的根据地。

这似乎是根据地最好的时期，但对于冷长水来说，却是他参加革命以来最郁闷的一个时期。

七月七日是"七七事变"两周年，那段时间他在四大队蹲点，他盘算着要打一个漂亮仗"献礼"，同时也想证明，他是能打仗的。他的上面有说一不二的江山，下面有号称最会打仗的罗金堂，光环都罩在了他们头上，他这个副司令总是不显山不露水，他不甘心。

几经合计，他盯上了六十里外的郭庄炮楼，那炮楼里住有一个小队的鬼子，是插进根据地前沿的一个钉子，江山早就想拔掉它，指示罗金堂拿下它，罗金堂以"不打无把握之仗"为由，迟迟按兵不动。冷长水对四大队队长吴其昌说："他不干，咱干。出了事情我兜着，成功了算大伙的。"吴其昌早就对牛皮哄哄的罗金堂不服气，二人一拍即合，他们没有请示，在一个雨夜率五百多人长途奔袭郭庄炮楼，半夜开打，激战到天明，不但没拿下炮楼，反而牺牲四十多人，伤三十多人，只得仓促撤回。给纵队上报伤亡数字时，冷长水只让报牺牲九人，伤十六人。事情败露后，他受到党内严重警告处分，紧接着成立军分区，原本按副团级另行安排工作，但是几个团都不愿要他，地方党委也不接收他，最后还是经江山做工作，罗金堂才收留了他，他到三团当了副团长。

江山因为这次事件也受到省委和军区通报批评，为此他做了深刻的检查。

4

两年之后，余乃谦已经是一肩挑三担——龙城警察局长、皇协军第八师师长、龙城副市长。他成为当地最炙手可热的人物之一，逐步接近人生的巅峰。他深深感到，自己当初留下来，跟着日本人干，这条路算是走对了。

如果跑去重庆，又会怎么样呢？就连他的老对手梁守盘，日本人来之前堂堂的副市长兼龙城宪兵司令，听说如今在重庆，不过是一个有职无权的少将高参。他若去重庆，恐怕连个热饭碗都端不上。

他的领路人马国良，现在是龙城市长，他的顶头上司。马市长私下曾允诺过，适当时机把市长一职让给他做。他嘴上谢绝，心里却是美滋滋的、麻痒痒的，盼着马国良早一点兑现。

一九四一年十二月七日，日军偷袭珍珠港，和美军甫一交手，即大获全胜，驻龙城日军司令部当天晚上张灯结彩，摆酒庆贺。余乃谦作为上宾，和日军驻龙城司令官山田雄文，以及马国良等人坐在一张桌子上喝酒，别人都高兴得忘乎所以，又叫又唱，余乃谦心里直打鼓——他有一种不祥的预感——日本人千不该万不该，不该惹美国人，这叫什么？这叫贪心不足蛇吞象！这么大一个中国，还不够你们吃吗？你们能有多大胃口？中国有句老话，叫作知足常乐，你们怎么就不好好掂量一下呢？卢沟桥事变以来，都四年多了，你们连半个中国都拿不下，双方进入相持阶段，偏偏这时候再去招惹美国，这他妈明摆着是疯了呀……

那一晚他脸上挂着笑，但是心情不佳。他预感到，日本人要走下坡路了，所以他决计，官就当这么大，那个市长，不能接手——因为他不想在日本人手下做得太高，那样太显眼，万一将来有变，枪打出头鸟，就缺少了回旋余地……

珍珠港之战第二天，日军入侵香港。不久，香港沦陷。

消息传来，余乃谦叹道："唉，刚惹了美国，又去惹英国，疯狗才这么干！虽然打了胜仗，但这都是暂时的。"他开始有点惶惶不安起来。

余家未来的生活，随着香港易手，也发生了重大改变。

余乃谦眼观六路，耳听八方，操心远方的事，夫人韩素君不同，她只关心眼前的事，确切地说，她关心牌局和饭局。

自打老余深得日本人信任、地位稳固之后，约她打牌吃饭的人，需要提前半个月预约，而且还不一定约得上。

韩素君喜欢打牌，说到底，除了娱乐，主要还是为了赢钱。老余整天忙于公务，不喜欢搞钱，虽说当着个不小的官，单凭每月那点薪水，也就勉强能养家糊口而已，况且还有儿子儿媳在海外，每月都要汇一笔可观的钱，她不搞钱，怎么活？

她想得更远——将来天下有变，家中有难，最有用、最靠得住的还是金钱，多攒点，总没有错，说不定什么时候它就能救命。老余和老太太站着说话不腰疼，对她搞钱颇有微词，怪她手长，他们就不想想，她搞钱，还不是为了这个家吗？

约她打牌吃饭的除了一帮老朋友，主要有两类人，一是警察局、皇协军、市政府里面的中层官员的老婆，这些人巴结她，为了给自己男人升官铺路；二是犯了案的有钱人家，想通过她从局子里面"捞人"。办小事的，牌桌上就把钱输给她了；办大事的，得混得有点熟了，再单独送大钱给她。

她不收日本人在占领区强制发行的军用票，说不定他们哪天一撤，这种纸币一文不值，废纸一张，她只收大洋、金条，当然还有美元、古玩字画。

说到办事，她有一个原则，就是事情办成了才收钱，办不成，把钱给人家退回去，都不容易不是？不能为了钱落下骂名。

最近几天，龙城商会副会长周炳轩的大老婆托了好几个关系，约她打牌吃饭。她一猜就有要事，果然，打了两回牌，她摸清了，原来是周炳轩唯一的儿子周玉贵跟一个什么人抢夺一个舞女，两人争风吃醋，周公子动刀子把对方捅死了，这一下闯了大祸，周公子被收监。周炳轩让大老婆出面，想花钱把事情摆平，尽快把儿子从局子里面捞出来。韩素君不动声色地说"这一命抵一命的要案，哪能轻易就能把人放出来？这么大的事，我可办不了"。对方暗示道，就是散尽家财，也要把儿子赎出来。一来二去，话里有话地较量一番，素君非常不情愿地答应，先拿二十根金条找人试试。她优雅地嘬一口"哈德门"，吐出一个烟圈，道："事情不成，你也别怪我；事情成了嘛，那个……再说。"对方急忙道："事情成了，周家愿再拿出三十万大洋打点各路恩人。"

这天因为收到二十根金条，韩素君心情颇佳。从局子里往外"捞人"，只要不是抗日人士，都好办，她办这个轻车熟路，一点不用愁。拿人钱财，替人消灾，这叫共赢，没有什么不好意思的。

打了一会儿牌，周炳轩的大老婆嚷嚷着请素君品尝西关一家刚开张的日本料理。吃罢饭，她打电话叫车，准备回家，来接她的不是司机老于，而是张勇。她感到奇怪——张勇早就贵为副局长了，怎么突然当起车夫来了？张勇笑嘻嘻道："夫人，有喜事。"

却又不说是什么喜事。上了车，问他，还是不说，只说到家就知道了。她伸出一根滑溜溜、香喷喷的手指，点了他额角一下，嗔怪道："你个坏东西……"

张勇竟然脸红了。韩素君也觉得脸上火辣辣的，连耳根都发烫……

原来是余立文携妻儿突然从香港回到了龙城。中午到的龙城火车站，下了车，立文把电话打到了家，管家老常赶紧派司机老于去接站，素君却又打来电话要车，老常只好给张勇打个电话，请张勇帮忙去接一下夫人。

到了家，推开院子的门，韩素君看到一个三岁多的小男孩在院子里玩耍，见了她一点儿都不怕，乐颠颠迎上来，脆生生地叫道："奶奶好！"天哪，这是她的亲孙子呀！眉眼特别像小时候的立文——韩素君的眼泪快要涌出来了，她弯下腰抱起小孙子，眼里噙着泪，"啵"的一声亲了他脸蛋一下，嘴里喃喃道："小果果呀，奶奶好想你们……"

这时，立文拉着媳妇的手，笑盈盈来到母亲面前，立文道："妈妈好！"

转眼一别，都六年了，时间过得真快，韩素君太想儿子啦，她放下孙子余果，上前两步，久久端详着立文，看得立文不好意思，脸一红，说："妈，这是蓝惠。"

蓝惠微微一倾身子，柔声道："妈妈好。"她和立文一样，口音都带有浓浓的港味儿。

韩素君笑一下，点点头，原本想上前拉住儿媳妇的手，很快又打消了念头。

眼前的蓝惠，就是先前的李雅岚。

两个女人互相打量着……素君这天穿着时兴的黑呢斗篷，翻领下露出一根沉重的金链条，双行横牵过去扣住领口；蓝惠身着电蓝水渍纹缎齐膝旗袍，小圆角衣领只有半寸高，像洋服一样；两片薄嘴唇涂得亮汪汪的，娇艳欲滴。

这是她们第二次见面。上一次，是在立文带她出国之时，深夜，余乃谦和韩素君匆匆忙忙去龙城火车站为二人送行。如今再次相见，她们都发现，已经彼此认不出来了。

这时，门外响起汽车喇叭声，余乃谦回来了。一家人到院门口迎接他，蓝惠心里扑通扑通直跳，硬着头皮跟随立文挪步往前……

5

六年前，为了避祸，余立文带李雅岚仓促离开龙城，坐火车到青岛，打算从青岛坐船到香港，再伺机从香港去美国。从青岛上了船，才发现李雅岚根本坐不了船，本来她就身体虚弱，刚刚受到致命的惊吓，加上原本就晕船，晕得十分厉害，吐了一路，把胆汁都吐出来了，差点死去。船到香港的码头停靠，她是被船工背下来的，直接送进了玛丽医院，住了一周才敢下地。

他们在香港滞留了三个月，一想到要坐邮轮横跨辽阔的太平洋，她就头晕反胃，小脸蜡黄，担心自己到不了太平洋彼岸，就得死在船上。立文疼她爱她，知道暂时去不成美国了，便把行李搬出宾馆，找了一处条件尚可的小房子租住下来，从此他不再提去美国的事，在当地找了份财务方面的差事，一边陪她，一边做工。

最初她一直走不出那个梦魇——因为她的叛变，造成十几个地下党员惨遭割颅，尸首分离，那些人都是她最好的同志，亲如手足，却因为她的无情出卖而丢掉了性命，这个良心债她恐怕一辈子都卸不掉，会永远像一个大磨盘一样压在她心上，不停地折磨她，让她生不如死……

她常常在半夜里醒来，身上水淋淋的，惊恐地又喊又叫。立文紧紧抱住她，小声地安慰她，一直到天明，当太阳升起来，她才会安静下来，重新入睡。

如果不是有立文，她早已经死了——要么病死，要么吓死，要么自尽。

似乎为了忘记过去，她给自己改了姓名——蓝惠。"蓝"是"岚"字的谐音，她不再姓李，改姓蓝。"惠"是感恩的意思，她从内心感激立文的照顾；同时还有另一层意思——"惠"是"悔"的谐音，她对自己当初的贪生怕死，永远地悔恨。

后一层意思，只有她自己清楚。

这种痛苦的状况持续了将近一年，直到抗战全面爆发，国共两党建立统一战线，成为"一家人"，联手共同抗日，她的痛苦才慢慢减轻。她试探着和立文商量，是否回到内地，加入抗战的洪流。立文想了想，问她："如果回去，你准备跟随哪个党抗日？是共产党，还是国民党？"

她哑口无言。

不久，她怀上孕，哪儿都去不成了。半年多之后，生下儿子余果。她的心思全用到孩子身上，差不多把过去的事情忘了个一干二净。就这样她过了两年多平静的日子，直到日军占领香港，形势急转直下。

在香港的日子，立文每月所挣仅够勉强糊口，生活用度主要靠父母接济，他母亲每隔一段时间就汇一笔款子来，保障他们在香港衣食无忧，过得像个阔佬，有一段时间，立文竟然都不想去上班，专门在家陪她。生下余果后，为了让母子二人生活得舒坦，他退掉了原先租住的小房子，又在轩尼诗道上新租了一栋大房子，雇了一个老家广东的中年女保姆。余果刚过两岁，就送到一家贵族式的幼稚园。

可是这美好的一切，全被日本人打乱。日本人占领香港后，随即成立军政厅，将所有货仓、银行户口及保险箱全部冻结，从龙城汇来的款项，成了日本人的囊中物。为掠夺更多的资源、财富，日本统治香港后在没有任何储备金的情况下，发行一种不断贬值的"军票"取代港币，强购大量物资、物品运回日本。

断绝了来自龙城的接济，单凭立文那点儿薪水，给余果买奶粉都不够。他们只好辞掉保姆，又搬回到小一点儿的房子。这时候，他们又动了去美国的心思，她已经不再恐惧晕船，只要能离开香港，晕船算什么？可是这时候，香港开往美国的邮轮停航，想去也已经不可能。

他们的日子越过越艰难。香港物资匮乏，民不聊生，每日只能排队购买少得可怜的粮食和砂糖，吃不饱只能以木薯粉及番薯充饥，余果出现了营养不良。有一天她上街买东西，手表被一个日本兵抢走，而且差一点遭到侮辱——那个日本兵把她拖到一个偏僻处，撕破了她的衣服，幸亏这时候日军集合的哨子响起，那个日本兵才恋恋不舍地走掉。吓得她半月没敢上街。

香港是不能再待下去了，唯一的办法就是回内地。回内地可以，可她最不愿意回龙城，因为那里有她的梦魇，但是不回龙城，又能去哪里？日本人打下南京后，她与家中失去了联系，听说家园被毁，父母哥嫂逃往四川了，具体地址不详，无处投奔。立文劝慰她，说现在国共合作抗日，算是兄弟了，相逢一笑泯恩仇，过去内战时期的陈芝麻烂谷子，那些旧账，谁还翻呀？

其实他们并不清楚，自皖南事变之后，国共双方的关系已经相当糟糕，势同水火。不论你欠我的，还是我欠你的，账总是要还的。她当然还有点担心立文的父亲眼下为日本人做事，全家背负的是汉奸的坏名声。立文劝道，以他对父亲的了解，父亲"下水"属于迫不得已，一旦有机会，他一定会"反正"。他建议先回龙城看看形势再说，母亲以前来信说过，龙城地面很太平，那里远离战场，是个过日子的好地方。他还答应她，回去不习惯，再挪地方也可以嘛。

她只能听立文的。他们变卖了所有的家产，买了到上海的船票。还好，航程短，这回她晕得不算厉害。到了上海，立文找到一个当年在南京上大学的校友，借了一点钱，原本想走陆路回龙城，去火车站打票时，说是徐州附近的铁路桥被炸塌，徐州到龙城那一段一时不通火车，只好又买船票北上，先到青岛，再由青岛返龙城。一路上把人折腾得快散了架。

终于平安回到龙城了。除了贞贞不在，老余家基本算是团聚了。老太太以前没见过孙媳妇，只听乃谦说过，立文到国外工作，娶了媳妇，现在不但把媳妇带来了，还给她添了重孙子，自然是喜不自胜。老太太拉着孙媳妇的手，夸她长得好看，说着说着又想起立贞，抹开了眼泪……

蓝惠最不愿见的是公公，这个过去的仇人，现在竟然成了"亲人"，这个弯她拐了六年，还是有点儿拐不过来——就是这个看上去慈眉善目的人，搂着余果亲不够的人，当初痛下杀手，彻底改变了她的命运……

她悄悄和立文商量，最好搬出去住。

立文理解她的心情，很快在外头号了一处房子，由母亲掏腰包，把房子买下来，三口人搬了过去。不久，父亲又安排他到财政局上班，孩子最近上了幼稚园，她除了带孩子，就是做家务，回来后他们没有请保姆。这以后各忙各的，她尽量避免和公公、婆婆见面，尤其是公公，一靠近他，她似乎就能闻到一丝血腥味，令她感到莫名的恐惧……

6

问题还是出在苏小淘身上。

那年他从根据地逃走，回到了龙城。揪出真正的叛徒，还自己一个清白，成为他日思夜想的事情，如果做不到，他将死不瞑目！

他相信真正的叛徒还活在人间，而且就藏在龙城。

因为当时是单线联系，被敌人捕杀的那十几个人，只有两个他熟悉——上线冷眉，《劝业报》的女记者，下线黄育光，一个开杂货铺的中年人，另外有几个他只听说过化名，打过一两次照面，但不清楚具体住址和职业，无从下手。

他决计先从这两个最熟悉的上下线入手，进行调查。

黄育光家的黄记杂货铺，以前他经常去，就在三马路和道义路交叉口附近。他很快找到了，但是铺主已经不是黄家，现在叫刘记杂货铺。守铺子的，是一个老头，他话说不清，幸好那老头识字，他拿出随身带的纸和铅笔，写上他要找黄育光家的人。那老头告诉说，黄育光出事后，黄妻把铺子盘给他家了。老头非常热心，告诉了他黄妻现在住的地方，就在不远处的一个大杂院里。

他很容易找到了那个大杂院，在一间低矮的破房子里，他见到了黄妻，头一眼看到的，是北墙上挂着的一张黄育光的遗像，他的眼泪忍不住下来了——

不用再问，老黄肯定牺牲了。老黄的女人他曾经见过两次，女人愣了一会儿，似乎也认出了他，嗷地大叫一声，转身拿起一根擀面杖，哭叫着，追着他打。显然黄妻把他当成了丈夫遇害的元凶——报纸上登过他的脱党悔过书，想必死难者的家人都把血债记到了他头上。

他一边躲闪，一边呜里哇啦解释，怎么能解释得清？身上头上挨了好几下，打醒了他。黄妻丢下擀面杖，又去拿切菜刀——若不是他跑得快，这回真要被那女人放血了。

这条线索没必要再查下去。他记得冷眉是南方人，本地没有什么亲朋，他去了七马路上的那座灰楼，想找一下冷眉在《劝业报》的同事，看能不能提供一点关于冷眉牺牲后的情况。到了那儿才知道，《劝业报》因为宣传抗日，早就被警察局查封了，门上的铁锁都生了锈。

两条线索全断，没有了目标，起初一段时间，他在龙城的大街小巷瞎转悠，希望碰到一个当年似曾相识的同志——如果此人还活着，那么他就是叛徒无疑。很快他发现，天上不会掉馅饼。

生计问题是大事，他得活下去。这几年，他做过苦力，到火车站扛大包，做过修鞋工，在繁华路口支一个摊子，一边干活一边打量过往的行人。他想碰到一两个当年抓他的警察，这些人肯定清楚事情的原委。却也由于时间太久，他已经记不起那些人的长相——即使能记起来，又能怎么样呢？他敢上门找人家探问吗？那无疑是找死。

无数个夜晚，他反复地回忆被捕那晚的细节，除了非人般的刑罚，惨烈的号叫，焦煳的人肉味，他忆不起更多的细节。

一天深夜，他被一阵阵嘤嘤的声音惊醒，原来是隔壁的女人在低泣，这声音在暗夜里传来，让人浑身起鸡皮疙瘩。他突然想起，被捕那一晚，隔壁审讯室也曾发出过类似的声音——那是冷眉凄绝的哭声……

想到这里，仿佛耳边响起一个炸雷，登时把他混沌的大脑炸出一条裂缝——冷眉在敌人面前竟然软弱地哭泣，这说明了什么？

他一下子把注意力全部集中到冷眉身上。

他越来越倾向于认为，冷眉有重大的嫌疑。

从此，他一门心思寻找冷眉。他十二岁就到大华纱厂当学徒，在龙城待了十多年，他对龙城的大街小巷再熟悉不过。一有空闲，他就四处奔走，希望有一天能在大街上碰到冷眉。后来他意识到，冷眉如果真做了叛徒，生活一定很优越，一定住在高级住宅区，不会住在贫民窟，所以他缩小了寻找的范围，经常到富人出入的二马路、五马路和龙山周边达官贵人居住的区域徜徉……

这一找就是四年多。

每天他瞪大眼睛转来转去，感觉眼睛都快瞎了，有时觉得街上遇到的很多年轻女人都像冷眉，到后来他把冷眉的模样完全忘记，即便是冷眉走到他跟前，他也没把握认出来了。

他决定返回大阳山根据地，投身伟大的抗战事业，不再在龙城浪费精力。

就在他收拾行装，准备离开的时候，有一天，他在龙城最有名的隆华鞋帽店门口，遇到一个少妇，少妇领着一个三四岁的小男孩从里面出来，一阵香风吹拂，从他身边滑过去了。他浑身一震，脑袋像被重重地击打了一下——这少妇好面熟啊！柳叶眉、丹凤眼、薄薄的嘴唇、小巧的鼻子、尖尖的下巴……天哪，他顿时感到天旋地转，仿佛灵魂出窍，眼睛都睁不开了……

等他冷静下来，睁大眼睛进一步观察时，却看到那少妇和小孩钻进了一辆小汽车。他拔脚拼命地在后面追赶，然而，小汽车一溜烟跑远了，哪里是两条腿追得上的？

他决定留下来，开始了又一轮艰难的寻找。转眼半年过去，却再也没见到那女人丝毫的踪影。他开始怀疑自己，当初是否看走了眼？抑或，那不过是一个梦境？

他简直要崩溃了。

他决定调整一下思路，不再满城瞎转悠——那少女不是带着一个小男孩吗？小男孩还不到上学年纪，少妇会不会送他上幼稚园？龙城有名的幼稚园只有三家，他只要盯好这三家幼稚园不就可以了吗？想到这里，他眼前一亮。

后来，他就时常到那三家幼稚园附近转。终于有一天，下午四点多钟，他在东湖公园北门的那家幼稚园门口，又碰到了那个少妇！他抑制住激动的心情，眼里全是泪，他用力把眼泪鼻涕咽到了肚子里……

前后左右看了看，没见到附近有停下的小汽车，他知道，这回她跑不掉了。

少妇牵起小男孩的手，缓缓往前走。他不紧不慢地跟在后面。他确信，眼前的女人就是他苦苦寻找的冷眉，虽然她略微胖了些，少了少女的清丽，添了少妇的风韵，发型变了，但她早已印在了他的心里面，不论她怎样变化，只要让他遇到，他就能辨认出是她。

大约十多分钟后，冷眉带着小男孩进入一条小巷。小巷很深，没有人，有个瞬间，他有个强烈的想法——冲上去质问她："城门楼子上挂出了你的头颅，报纸上登了你被杀的消息，可你为什么还活在人间？"

他甚至想趁周边没人，除掉她，报仇雪恨……但他最终克制住了这个想法，因为现在绝不能打草惊蛇，否则不仅不能洗清自己，而且连命都将不保。

他记下了冷眉家的门牌号码。

7

苏小淘探查到冷眉还活着，头一个想到的，就是赶紧报告汪然，他一分钟也不想耽搁，冒着生命危险，仗着搞地下工作时练出的机灵劲，一连闯过三道日伪封锁线，五天之后，辗转来到八路军大阳山军分区司令部所在地——方庄。

从一九三八年起，军分区司令部一直设在临山县城南面的刘庄，近期日本人连续进行大规模扫荡，搞"三光"政策，临山县城被日军占领，刘庄被烧成一片灰烬，片瓦不存，司令部搬到了大阳山深处的方庄，这地方离大槐树不远。

进出方庄的道路被严密封锁，苏小淘一个哑巴，没有路条，无人认识，话说不清，战士不让他进。他在地上写道："我从龙城来，找汪副政委。"领班的老兵问他："你是他什么人？"他又写道："我是他老部下。"

老兵不敢怠慢，马上派人护送他进村。在司令部门口，碰到刚刚从外面归来的李兰贞。刘庄被毁，广播设备没有带出来，她做不成播音员，暂时回到宣传鼓动科工作。苏小淘一眼认出李兰贞，嘴里咿咿呀呀叫着跑上前，她当然也认出了这个哑巴，记得他上次惹得汪副政委好不高兴。她猜想这人肯定又是找汪副政委，便说："汪副政委外出了，不知什么时候回。"她希望这个哑巴走开，以免再惹汪副政委发火。

汪默涵确实到省委所在地茅家沟开会去了。苏小淘不死心，缠着李兰贞不放，他掏出事先准备好的纸片和一支铅笔头，把纸片放在膝盖上，歪歪扭扭写道："我找到了汪要找的人，他一定很想知道是谁。"

她接过纸片，微微一愣，心想，既然汪副政委很想知道这个哑巴带来的消息，那么，她就不好赶他走了，于是她笑笑说："汪副政委过几天就会回来，你就留下等他吧。"

他写道:"还要几天？"

她说:"具体我也说不清。"

他摇摇头，表示不想等。后来，她只好告诉他，汪副政委去了大阳山东麓的茅家沟，离这儿一百多里地呢。

他一刻也不想等，找她要了一点干粮，背在身上，出了村子。

两天后，他终于找到了汪默涵。

汪默涵刚参加完省委召开的关于根据地党的建设工作的会议，准备次日即往回赶，吃过晚饭，正想出去散散步，警卫员小赵把野人一般浑身冒臭气的苏小淘领到了他面前。

苏小淘一见汪默涵，泣不成声，浑身哆嗦，双膝一软，差点跪下。从一九三六年到现在，七年过去，他一直背负叛徒的恶名，非人非鬼，生不如死，虽然没人找他复仇，但他总想找到组织把当时的事情说清楚，把真正的叛徒挖出来，给自己正名。这期间他最担心死亡——如果不把事情搞清楚，他真的是死不瞑目啊……

一看他这架势，汪默涵就知道有重大情况，预感到不妙，他打发小赵出去，又吩咐道，把好门，谁也不能进来。苏小淘稀里哗啦哭了一阵，想到自己此行的目的，迫不及待地掏出笔和纸，颤抖着手写道："冷眉还活着。我断定，她是叛徒。"

宛若一个晴天霹雳，差点把汪默涵击倒！苏小淘并不清楚冷眉是汪默涵妻子，当年二人秘密结婚，龙城地下党无人知晓。汪默涵顿了好久，拿过纸条，打量着上面的冷眉二字，右眼皮子禁不住地狂跳，犹如遇见鬼魅。

他用眼神询问苏小淘，怀疑他搞错。

苏小淘再次肯定地点点头，又呜里哇啦指着天说了一阵什么。

他凭感觉知道，苏小淘不会搞错。

有好长一段时间，他的大脑一片空白。从内心里，他希望他的岚岚永远活着，但现在却又怕她活着——她死去就意味着永生，她活着就意味着毁灭！

天黑了，汪默涵渐渐厘清了思路，划一根火柴，点亮马灯，顺便把那张纸片烧成灰烬。他口气颇为严厉地叮嘱苏小淘，事情没有查实之前，不得向任何人透露。苏小淘庄重地点点头。他又把小赵喊进来，让他给哑巴找一个休息的地方，好好洗一下。最后说，明天一大早，要带哑巴出去转一转，一去要好几天，让他把马借给哑巴，自个儿想办法回方庄司令部报到，不要担心他，他会平安回到方庄的。

小赵不干，非要跟去。汪默涵生气地瞪他一眼，他不敢吱声了。

第二天天不亮，汪默涵换上便衣，和苏小淘一起，骑马悄悄离开了茅家沟。

他们要去龙城。

越是接近龙城，汪默涵越是感到恐慌，不知道该如何面对她——如果她真的活着的话——一路上，他一会儿想，苏小淘也许是认错了人，到那儿一看，不是她，而是一个和她长得很像的人，这便闹了个大笑话，他得给人家赔不是；一会儿又想，从苏小淘发现她到现在，都好多天了，也许她搬家了，甚至离开了龙城，到很远的地方去了，最好是到天涯海角，以后隐姓埋名，再也无人认出她，平平安安，终老一生……

但是，苏小淘没有认错人怎么办？岚岚她没有搬家怎么办？

结局如何，他不敢往下想了。

这天夜里，他们在一个山洞休息，听着苏小淘此起彼伏的呼噜声，汪默涵突然想，如果让他消失，岚岚就会没事的……

是的，明摆着，苏小淘死，岚岚也许就能活；苏小淘活，岚岚就得死——他是龙城地下党的最高领导人，他曾经无数次发过誓，一定把叛徒处死，为死难烈士报仇。如今是时候了，就看他了……

苏小淘也许是太累了，睡得像死猪一般，就是天上打雷，他也不会醒。汪默涵悄悄把短枪握在手里，打开保险，子弹上膛，机头张开，微微抬臂，枪口对准两米开外的那张丑陋的脸……

只要他轻轻一扣扳机，他亲爱的岚岚，也许就永远地平安无事了……

"咔嚓"一声巨响，吓了他一跳，全身一刹那间被汗水打湿。他坐起来，原来是外面响起一声炸雷，紧接着下起了大雨。

他痛苦地摇摇头，把枪收起来。

8

汪默涵的警卫员小赵一个人回到方庄，李兰贞问他："汪副政委呢？"他支支吾吾说，首长跟一个哑巴走了。问去哪儿了？他说不上来。李兰贞急了眼，上前一把薅住小赵的脖子，抬脚就要踢他——她似乎从来没有这么粗暴过。

她扔下小赵，闯到江山的办公室兼卧室，急慌慌地说："江司令，不好啦！汪副政委肯定跟那个哑巴进城了。"

江山一听，当即火冒三丈——堂堂军分区副政委，一个党的高级领导干部，不请示不报告，无组织无纪律，擅自跟人进入敌占区，得冒多大的风险——这不是第一次了，那年汪默涵就曾这么干过一次，偷偷跑到龙城，说是去报仇，走了之后让江山提心吊胆了好多天，还以为他叛变投敌了呢！

江山赶紧让杨天龙把小赵叫来，仔细问了下情况。警卫员把首长给搞丢了，这还得了！江山下令关小赵的禁闭。

从时间上推断，汪默涵二人已经出了根据地，想追他回来已不可能。这时候，龙城尚未建立起党的地下工作站，没有办法从城里面配合他的所谓锄奸行动，只能悬着心等——要么等他平安归来，要么等他落入敌手。

李兰贞的眼皮直跳，她清楚，汪默涵这一回面临着巨大的危险，稍有不慎就会把命丢在龙城。她急煎煎提出，愿意立刻进城寻找汪默涵，助他一臂之力。谁都知道，她父亲眼下在龙城名头响亮，如果汪默涵不幸被捉，只要她父亲愿意出面，可以保他不死。

江山久久地犹豫着，下不了决心，他担心李兰贞肉包子打狗，一去不回。他相信，对于革命队伍，她还有很大的价值，他当然不希望她有去无回。于是他说："小李，你先别急，也许汪副政委平安无事呢？你回去反而打草惊蛇，等他真出了状况，你再回城救他也不迟。好不好？"

他把李兰贞打发走了。

他还怕她私下走掉，更担心她一人回城，路上遇到危险，便暗中派人盯着她，不许她离开司令部一步。

实则，汪默涵、苏小淘二人很顺利地进了城。

进入敌占区之前，他们把马拴在了一个堡垒户家里，徒步穿越封锁线。汪默涵化装成一个进山收购药材的商贩，苏小淘便是他的随从，挑着两篓药材走在前面。由于苏小淘熟悉道路和敌情，沿途他们并没遇到什么不测，三天后，二人一前一后，顺利从北门进了城。之所以绕走北门，因为据苏小淘以前的观察，南门面向大阳山方向，经常有日本人站岗，盘查得严，北门主要是皇协军站岗，遇到盘查，塞两块银圆就能痛快地放行。

　　汪默涵离开这里已有七年之久，他看到城市保存了原貌，除了有些建筑上挂着刺眼的太阳旗之外，和七年前相比没有多大不同，没有他想象中的凋敝和破败。龙城及其周边的十几个县城都在日本人手里，八路军主力和地方部队都在几百里外与日伪军对峙，抗战爆发以来，龙城没有打过仗，所以这个城市并未遭到战争的毁坏，城里人过的是太平日子。

　　进城后，经过一个臭气熏天的垃圾堆，看看周围无人注意，汪默涵冲苏小淘点点头，苏小淘放下担子，从一个背篓里抽出一样东西，飞快地塞给汪默涵，然后把两个背篓往垃圾堆上一丢，前头走了。

　　往前走了小半个时辰，苏小淘拐进一条巷子，汪默涵预感到，她的家快到了。这时是午后两点多，上班的、上学的，都没回来，如果家里有人，应该只有她一个人。

　　他听到了自己怦怦的心跳声——参加革命这么多年，经历了数不尽的枪林弹雨，九死一生，可他从来没有像现在这样紧张呀，手心里全是汗。他不想让苏小淘看出来，故作镇静地板起脸，昂起头，瞪起眼……

　　苏小淘停下来，指了指不远处的一扇黑褐色的小铁门。显然这就是她的家。汪默涵四下瞅瞅，见周围无人，便走过来，经过苏小淘身边时，小声叮嘱道："你在附近找个地方躲一下，如果有人来，你负责引开。"

　　苏小淘点点头，走向几十米外的一棵白杨树，树下有石桌石椅，他装作过路的，累了，坐下歇歇脚。

　　汪默涵竭力定定神，迈着沉重的双腿走到小铁门前，迟疑一下，举手叩门。不一会儿，里面传出一个柔柔的声音："谁呀？"

　　他说："我。"

　　小铁门吱呀一声，打开了一条缝。一张熟悉得不能再熟悉的脸露出来——怎么你一点儿都没变呀，和我梦中的你一模一样呀——汪默涵以前只设想过两种和心上人见面的方式，一是在天堂里相见，二是地狱里见，就是没想到，他们还能活着相见。

　　他不知道这是喜，还是悲？

　　他的眼睛蒙上了一层水汽，那里因为眼泪打湿了眼眶。

　　由于他化了装——长长的胡须、戴着黑色的粗框眼镜、头发很短、身着长衫——她没有认出他来。她礼貌地问："请问，您找谁？"

他无语，忍住喉头的哽咽，伸手摘下胡须，又摘下眼镜，顺手揉一下眼眶。望着他，她无比惊愕地张大嘴巴，脱口"啊"了一声，随即伸手捂住了嘴巴。

他以为她会瘫倒在地，但她很快便镇静下来，移开嘴巴上的手，轻声道："请跟我来。"

他闪身进入，她把铁门闩上，在前面引着他进入正房。这是一座很小的院落，有正房两间、偏房两间，院子里有一棵桂花树，正是花期，散发出沁人肺腑的清香。

进门就是客厅，他没有等她发话，一屁股坐在红木沙发上。她倒上一杯热茶，默默放在他面前。七年前在龙城搞地下工作，每次见面都是她先倒一杯热茶给他——多么熟悉的动作，多么熟悉的味道，但一切皆已物是人非。

谁都不知道该说什么，极其难堪的沉默，时间仿佛凝固了……终于还是他开口道："李雅岚……岚岚……冷眉，你告诉我——你是人，还是鬼？"

一句话，令她泪如雨下，上气不接下气，道："李雅岚也好，岚岚也好，冷眉也好，都已经死了，我现在叫蓝惠……默涵哥，你就当我死了吧……"

她这一哭，他硬着的心慢慢软下来，叹口气说："我真后悔，不该把你带到革命队伍里来，你本来可以过平平安安的日子……"

她摇一下头，说："参加革命不后悔，后悔的是，自己不坚强……"

她哭泣着讲了被捕后叛变的经过，他心中的谜底一点一点揭开。她讲述的过程中，他的目光一直盯着北墙上那张三人合影照，照片上那个穿西装的男人，宣告他的爱情大厦轰然坍塌，他收获的将是一片废墟……

"告诉我，他是谁？"他指了指照片。

她惊恐地睁大了眼睛，许久才道："请你不要伤害我的丈夫、孩子……怎么处置我都是应该的，我罪有应得。"

"我想知道，他是谁？"

"……他父亲是警察局长余乃谦……他和他爸不一样，我和他曾经是大学同学，他一直暗恋我，但我当时并不知道。我……叛变之后，打算自杀，是他……救了我。他对我很好，这几年我很幸福……没有他，我早已死去，现在我的命，是他给的……"

他的脑袋嗡嗡地响，无言地望着她。这时候她不再哭泣，神色变得平静而茫然，说："我知道，按照我们的……噢，是你们的规矩，血债要用血来还，早晚会有这一天，我愿意独自承受，请快点动手吧，一会儿他回来，你就走不脱啦……"

他把手伸进长衫口袋，抓住枪柄，忍不住又问道——

"岚岚……你爱我吗？"

"曾经爱过……"

"以后呢？"

她摇摇头，道："不会再有，因为我不配……"

就是这句话，使他坠入无底的深渊，彻底击垮了他。他心一硬，从长衫口袋里取出短枪。

她脸色惨白如纸，闭上眼睛。

他盯一眼墙上的男人，铁青着脸，缓缓举起枪来……

9

坐在白杨树下的苏小淘，突然听到一声闷响——尽管那声音很压抑，很缥缈，但他还是听清了——那是一声枪响！他心头一震，感觉一件东西破裂了。

汪默涵坚持带支枪进城。枪是苏小淘冒着巨大危险带进来的，就放在盛药材的背篓下面。晌午头进城时，他和汪默涵故意拉开距离，如果皇协军盘查时搜到枪支，他就得丧命。

他知道，该结束的结束了。他站起身来，走向小铁门，这时，小铁门吱呀一响，汪默涵钻了出来，顺手掩上门，向前走去，他快步跟上。到了巷口，见路边有个垃圾筒，他咿咿呀呀地提醒汪默涵，把枪处理掉，身上掖着枪出城，很可能会坏事。汪默涵从长衫里掏出手枪，用一块手帕一裹，塞进垃圾筒里。

他们拦下一辆黄包车，直奔南门。

在南门，果然受到了日军的盘查和搜身，所幸身上可疑的物件都已丢弃，他们顺利出了城。

对于汪默涵来说，他是恍恍惚惚离开她家的，仿佛灵魂出窍，走路都是轻飘飘的，脚下直打晃儿。出城之后，他仍是一言不发，根本不搭理苏小淘。

第二天出了敌占区，行至安全的地方，苏小淘上前拦住他，嘴里呜里哇啦说着什么，大概是想了解一下具体结果。汪默涵不知道应该感激这个哑巴，还是应该恨他，只得告诉他说，真正的叛徒已经被处决，请他放心。

他呵呵地笑了。

汪默涵又道："苏小淘同志，你是一个好同志，这么多年，让你受委屈了，我代表党组织给你恢复名誉。"

听罢，苏小淘眼泪哗哗地流。现在，即便让他立刻去死，他也可以含笑瞑目了。

汪默涵征求他对下一步工作的意见，请他提个要求。他想了想，弯腰用食指在地上写道："归队，参加八路打鬼子。"

汪默涵道："来主力部队，你身体条件不允许。这样吧，我给边区的区委书记杜宗磊写封信，你拿着信到边区所在地胡庄去找他，请他给你安排一个适当的工作，可不可以？"

苏小淘点了点头。

打发掉苏小淘，汪默涵一个人往回走。他并不急着回去，路上走得很慢，心神一直是恍惚的。路过一块没有收割的高粱地，他再也控制不住自己，钻进去痛痛快快哭了一场……

他最最亲爱的女人，就这样永远地离他而去，令他万箭穿心，又仿佛五脏六腑被掏个一空，他感到无比的绝望。

这一次的感觉与上一次完全不同，上一次得到她牺牲的消息，他虽然万般痛苦，但她是带着对他的爱而走的，他对她的爱也因之变得更纯洁和长久，而这一次，所有的爱，烟消云散，都已不存在，令他万念俱灰。

没有了爱，人活着，还有意义吗？

他并不知道，也懒得去想，这段时间，江山急得直如热锅上的蚂蚁一般——如果汪默涵被敌人捕获，那将是抗战以来本省损失的最高级别的八路军将领，他作为军分区司令员兼政委，难辞其咎。迫不得已，江山把他失踪的情况报告给军区，军区首长指示，立刻派出几个小分队到靠近龙城的游击区进行接应。

他同样不知道，也懒得去想，这些日子，李兰贞更是急得要死要活，万分焦急。她梦见他被张勇带人捉住，父亲下令砍下了他的头，挂在南城门楼子上。天亮，她找到江山，哭闹着要进城。江山好说歹劝才把她留住。

　　她非常后悔，那天不该告诉哑巴他去了茅家沟，如果哑巴找不到他，也就不会有后来的冒险进城。

　　就在她快要崩溃时，终于有一天，江山派出去的人带回了汪默涵。听到消息，她激动得浑身乱颤，什么也不顾了，三步并作两步，跑到汪默涵的住处，一头扎进了他的怀里，流出了幸福的泪水。

　　然而，他的身子是僵硬的。

　　他冷冷地推开了她。

　　怔忡之间，她才看清他胡子老长，眼神游离，眼珠充血，人很委顿，身上脏兮兮的，完全不像过去的他。

　　"你怎么啦？"她心疼地问。她的嗓子哑了，喉咙里像是吞进了沙子，喉头隐隐地痛，因为这些天来她无比地焦虑，很少说话，所以这个声音一出来，她自己都感到陌生，吓了一跳。

　　他坐在床头，低头不语，根本不看她。

　　她上前，伸手抚摸他的乱发，感觉他像一个做了错事的孩子。他举手一挡，格开了她的手臂。

　　"汪、汪副政委，你说话呀！"

　　过了许久，他才抬起头来，但是目光不敢与她对视。只听他道："李兰贞，你走……"

　　"走？"

　　"走！"

　　"往哪儿走？"

　　"离开这里，回龙城的家。"

　　"为什么？"

　　"因为……这里没人配得上你，包括我……"

　　她面色变得惨白，愣了愣，道："你告诉我——你爱我吗？"

　　他缓缓地摇摇头。

　　"从没爱过吗？"

　　他沉默着。

　　她希望他哪怕说一句假话也好。

　　但是，他却坚决地点了点头。

"为什么？"泪珠在眼圈里转来转去，她极力克制着，不使它们滚落下来。

"因为我只爱岚岚。"

"岚岚？"此时她并不知道，他最心爱的女人早已成了自己的嫂嫂，"她是谁？"

"她曾经是我的爱人……我永远爱她，可她死了，我的爱情也就死了……"

他居然落下了泪。

她感觉到脑袋嗡嗡地响，眼冒金星，呼吸变得急促，大地在摇晃，一颗心像被人剜了去，疼痛难忍，几欲摔倒……她挣扎着不倒下，良久，良久，从喉咙里钻出一句话来，像是一团火，喷了出去——

"你骗了我！你骗了我……"

他双手抱住脑袋，喃喃道："李兰贞，我这辈子唯一对不起的，就是你。我愿意接受你的任何惩罚。"说罢，他决绝地从腰间拔出手枪，顶上子弹，手握枪管，递给她。

她咬咬牙，手颤抖着，犹豫一阵，竟然接过了枪！

他侧过身子，不去看她，淡淡地说："我罪有应得，你动手吧！"

她握枪的手剧烈地哆嗦着，这似乎是她有生以来第一次摸枪，她万万想不到，第一次拿枪，她竟然把枪口对准了这个今生今世自己最爱的男人……

枪柄像一只冰冷的小兽，啮噬着她握枪的手。她的心在撕扯，在流血。她闭上眼睛，牙一咬，干吼一声："汪默涵，我打死你个骗子！"右手食指一扣，砰的一声爆响，子弹出膛，击中了他身侧挂在墙上的一盏马灯，碎玻璃像一束迸裂的烟花，溅落在他的身前身后……

她扔下枪管冒蓝烟的手枪，捂着脸跑了出去。

10

上级撤销了汪默涵担任的所有职务，安排他到延安抗大三分校进修。

他是在一天凌晨悄悄离开方庄的，送行的人很少。

李兰贞一连病了半个多月，发低烧，说胡话，有点疯癫，人憔悴得不成样子。杨淑芳天天背着药箱过来给她打针喂药，发现情况越来越不妙，直接找到江山，报告说，得把她送走，不然她真要没命了。

江山过来看了看，她躺在小床上，两眼直直的，一言不发，像是傻了一样，心里有些不忍，当下决定把她送回龙城去。

杨天龙搞来了一辆带篷子的马车。他去过龙城的余家，道路熟悉，江山派他去送李兰贞。杨淑芳和蔡小梅一边一个架着她出来，她像个木偶一样，低眉顺眼，任人摆布。江山站在一旁，想到不久前她还是那样光彩照人，而今几乎都认不出她来了，完全变了一个人。又想到她这一走，再也不可能回来，心下颇有些舍不得……

江山早看出来了，汪默涵并不爱她，而且从来没有爱过她。以前他曾经有过提醒她一下的想法，劝她冷静一点，以免被无妄的爱情所伤。但是，这种话她怎么会听得进去？

满面红光的杨淑芳和蔡小梅，架着满面忧戚的李兰贞，一步步挪到马车前。就要离开这里了，此刻她脑子里空空如也，她忘记了来时的路，也看不清前面的路……

她抬腿上车。

江山背过脸去。

恰在这时，一双小脚颠簸着，来到了近前，伸手扭住了李兰贞的胳膊："闺女，别走！"

原来是久未露面的江母。人们都以为老婆婆又要唠叨给儿子找媳妇的旧话，都默默地盯着她带疤的老脸上那干瘪的嘴巴。只见老婆婆狠狠地瞪了她儿子一眼，道："你当她走亲戚？想来就来，想走就走？不行！"

江山急忙说："娘，这事你别管。"使个眼色给杨淑芳，意思是快点把人扶上车。杨淑芳想用强力，江母瞪她一眼说："没你的事！"又转对江山说："你不瞧瞧，她这个样子，能活着到家吗？她死路上，你就不心疼？"

话说到这个份儿上，江山就不好说啥了。

杨淑芳撇撇嘴，一副对江母颇为不满的样子。

江母不再吭声，气哼哼拉起李兰贞的手，自顾自往前走去。丢了魂的人脚下没根，江母牵着她往前走，像提着一只棉花包。她像梦游一样，完全不知这是去哪里。

江母住在方庄西边山脚下的一个农家小院落里，有两间茅草房，一间做饭，一间住人，很安静。她把李兰贞扶到大炕上，说："闺女，以后哪儿也不去，咱娘儿俩一块过日子。"她把大门闩上，谁也不让进来。野战医院的人来给李兰贞治疗，她不同意，说好好的人，都能给你们医死。她只同意杨天龙每天挑两担水进来。这时候是根据地最困难的时期，由于敌人封锁，加上遇到干旱天气，庄稼歉收，到处缺粮，部队主要靠黑豆充饥。杨天龙奉江山之命，送来两袋小米，她每天给"闺女"熬小米粥，院子一角种着青菜，她用开水焯了，切碎放到小米粥里。炊事班送来的饭，她不接，说你们蒸的窝头，硬得能打死狗。

本来这两年她的脑子越来越不好使，几乎不再外出，人们都快把她忘了。自从把李兰贞接来，她没再犯癔症，腿脚也利索多了，遇到天气好，她甚至可以推开小院的门，到山上寻找几样药材，回来给"闺女"熬了，喂她喝下去。她还养了一只芦花鸡，长到半斤多了，打算再过些日子，就宰了它给"闺女"熬一锅鸡汤喝。

这一次，如果没有江母的倾心照顾，也许李兰贞真的没命了。两个月后，她的眼睛有神了，她的皮肤有了弹性，皮下血管清晰可见，她的腰肢重新变得柔软了，走路时感觉脚下有根了。

她活了过来。

江母开始变得絮絮叨叨，话题主要围绕她的儿子，说儿子是十亩地里一棵苗，福大命大造化大，江家就他一个男人了，不会再有事，老天爷不会瞎眼的，将来儿子要成大事的，所以得找个好媳妇，不能凑合。

江母说："老天爷保佑，我江家不能绝后啊！"

李兰贞只是微微一笑，很少接话。

江母惦记着那只芦花鸡，说是宰了它熬汤，再给她"催一催"，她的身体就可以完全复原。这天，二人合力宰鸡，菜刀不快，江母连杀两刀，都没刺中要害，它拼命地扑腾，李兰贞手一松，给它挣脱，扑棱棱飞出小院，飞到了山坡上。江母大呼小叫追出去，步伐矫健地上了山坡，瞅准时机，猛地朝即将倒毙的芦花鸡扑去……结果脚下一滑，踩空了，人顺着山坡滚了下来……

人们把昏迷不醒的江母抬进小院，放到炕上，她摔断了一条腿，脑袋也摔得变了形，但没有马上死，又坚持了好几天。李兰贞拉着她的手，轻轻地哭喊着，说："江妈妈，都是为了我……你不能死呀……"

老人弥留之际，一直咽不下最后一口气，右手张开又攥紧，攥紧了又松开，仿佛想去抓一根救命的稻草，让在场的人等得心焦。刚刚和新任政委杜宗磊结了婚的蔡小梅伏在李兰贞耳朵边说："兰贞妹妹，你快答应江妈妈。"

"答应什么？"她不解。

"做她儿媳妇。"

她愣着，不知怎么办好。

"你先应下来再说，快呀！"

想到江妈妈完全是因为自己而死，还有什么不能答应的？她握住江妈妈渐凉渐硬的手，伏在她耳边说："江妈妈，我同意……做你的儿媳妇……"

江母听清了，嘴角施放出一个欣慰的笑，身子一挺，吐出最后一口气，抬头纹散开了。那只紧紧攥着的手一松，掉出一颗枣子。

在场的人除了李兰贞，都清楚老婆婆的心思，那便是早生贵子之意。

一旁的杨淑芳深深地叹口气，低下了头。

李兰贞伏在江母尸身上，放声大哭……

11

经过日伪连续不断的大规模扫荡，大阳山根据地与最兴旺的一九三九年相比，缩小了百分之七十，主力部队减员三分之一左右。在根据地最困难的时期，江山考虑最多的是打一个大一点的胜仗，振奋鼓舞一下抗日军民的士气，而不是个人的婚姻与爱情。

杜宗磊从边区区委书记上调到军分区担任政治委员时间不长，对部队情况不熟，大政方针主要是江山来定。江山考虑来考虑去，决定集中力量，拿下临山县城。

临山县城前几年一直是大阳山根据地的中心，城外的刘庄是司令部所在地，一旦收复，影响巨大。但是在战役准备会上，江山抛出这个大胆的设想之后，本以为罗金堂会第一个站出来，请求他的三团打主攻——以往每次打大仗恶仗，罗金堂总是抢着上，从来没有当过缩头乌龟。但是这一回，他却用一双大手捂住青森森的光脑壳，眼睛望向屋顶的一只正在织网的大蜘蛛，根本不和江山对视。

这完全出乎江山的预料。

最终研究决定，由一团打主攻，二团佯攻。

仗还没开打，江山心里就开始犯嘀咕——罗金堂不上，能打下来吗？

众所周知，抗战以来，大阳山军分区取得的战果，有一半以上是三团得来的，罗金堂打出了赫赫威名，日本人可以不知道江山是谁，但是都知道八路军有个光头罗金堂。

罗金堂情绪反常，江山将令既出，却也是无法收回，只能硬着头皮开打。结果打了大半天，一团损失二百多人，连外围的据点都没拿下，这时西北方向六十里外徐水镇炮楼的敌人来援，一团有被内外夹击的危险，江山只得下令停止攻击，部队仓皇撤出。

原本想打一个大胜仗鼓舞一下士气，结果碰了一鼻子灰，脸上最感无光的是江山。

既然打不了仗，那就谈情说爱吧，短短几个月时间，军分区主要领导除了江山，都缔结了革命家庭；下属的几个主力团的团长和政委，除了罗金堂和四团的政委，其他的都结了婚，或者确定了恋爱关系。

杜宗磊十分关心江山的婚事。尽管江山多次说过，革命不成功，他不结婚。其实很多人说过类似的话，但该结还是结了。谁也说不清革命到底什么时候成功，也许十年二十年三十年甚至一百年都成功不了，结了婚，有了革命的后代，便可以发扬愚公移山的精神，让子孙后代继续革命。

江母去世之后，江山曾经问过李兰贞，还想回龙城吗？如果想回，他安排杨天龙送她。这个时候，李兰贞不可能再走人，无论如何她得留下来。李兰贞不走，杜宗磊老话重提，希望江山抓紧解决个人问题，以便腾出更多精力抓大事。

根据地最早的那一批女兵，有十多个人，现在除了杨淑芳和李兰贞，其他人都成了师、团两级领导的夫人。先前曾有人想撮合江山跟杨淑芳，被江山以"革命不成功，不考虑结婚"的理由挡了回去。现在，李兰贞作为根据地最美丽的女性，成为一把手江山的夫人，似乎已经没有任何障碍了。

要说江山对李兰贞一点都不动心，那也不是事实。像李兰贞这样相貌绝佳的女性，是男人都会动心。但江山动心，也就是一刹那的事，他很快克制住了。

杜宗磊想亲自"确定"一下，李兰贞是否真对江山有意，既然是终生大事，就不能委屈了人家女孩子，他亲自找李兰贞谈话。李兰贞表示，她一切服从组织安排。

杜政委喜滋滋地找到江山,说:"老伙计,准备入洞房吧。"

江山没有再说"革命不成功,不考虑结婚"这类的大话。停了停,吸了一支"老炮筒",他突然想到了罗金堂,说:"罗金堂还是光棍一条呢。"

杜宗磊明白江山的意思,大包大揽地说:"他的事不用你管,我自有办法。"

杜宗磊的办法就是,以组织的名义,把杨淑芳正式介绍给罗金堂。以前曾有人想撮合这二人,江母活着时也曾多次说过,杨淑芳会嫁罗金堂。但是杨淑芳坚决不干,她从内心里瞧不起那个杀猪的屠夫不说,更主要的是,她早已有了心上人。

她的心上人就是江山。

她是根据地头一个女兵,是江山亲手把她带到革命队伍里来的,江山是她命中注定的恩人。正是在他的帮助、鼓励之下,她从一个村妇般啥也不懂的小女兵,成长为野战医院的副教导员。江山文武双全,成熟干练,既不是汪副政委那样迂腐的书呆子,又不是罗金堂那样粗鲁的糙汉子,他既像个父亲,又像个老大哥。她喜欢听他讲话做报告,喜欢看他抽"老炮筒"旱烟的姿势,喜欢他弥勒佛一样的笑脸,喜欢闻他身上混合着烟草与汗水的热烘烘酸辣辣的气味。总之,她喜欢他的一切。如果不是他糊涂的母亲不待见她,从中作梗;如果不是他一心革命,不恋女色,他们早就是一家子了。不论从哪个方面说,他们都应该是大阳山根据地的第一对革命新人,她自然就是"第一夫人"……

蔡小梅就比她有福气,小梅以前不过是地主贺老六家的一个丫鬟,长相也不见得比她强,和她一样的粗手大脚、高门大嗓,但人家突然遇上了杜政委这个贵人,二人对上了眼,认识没多久就办了喜事。小梅悄悄向她透露,杜政委有一次喝多了酒,喊她去谈话,他们就好上了。她盼着江司令也喝多一次。她时常找个借口,找他汇报思想,请教问题,还帮他洗衣服,拆洗被褥,缝补衣服。可是,他从来不饮酒,他说喝酒误事,一个高级指挥员,得时时刻刻保持清醒的头脑。

她一直等不来机会。

江母临咽气之前,李兰贞答应做江家媳妇,曾经令她心如刀绞,痛苦万分,感到绝望,后来她观察到江山并没有娶李兰贞的迹象,而且江山近期又说过"革命不成功,我不成家"之类的豪言壮语,认为江山有可能是嫌弃李兰贞曾经和汪默涵相好过,有意违拗母亲的遗愿,便感觉到她仍然有机会,心里略略好受了些……

现在，杜宗磊代表组织找她谈话，严肃地提出，希望她能和罗团长"交个朋友"。杨淑芳愣了半天，问道："江司令知道吗？"

杜宗磊说："当然知道。"

她的眼泪立刻就下来了，委屈得不行。她意识到，自己的美梦，做到头了，该醒醒了。既然江司令同意，说明男人并不爱她，她只有死心了。她是老党员，是领导干部，当然不能和组织上对抗，她得听组织的话……于是，她飞快地抹去眼泪，点点头说："政委，我没意见。"

杜宗磊满意地走了。

但是，他却在罗金堂那里碰了个钉子——他万万没想到，罗金堂竟然挑三拣四，居然不同意杨淑芳，狗日的摸着光脑壳说："反正干旱了好多年，晚几天下雨也无所谓，咱要么不找，要找就找俊的、嫩的、柔的、媚的，反正不能比其他那几个团长的老婆差。"

直把杜宗磊给说愣了，杜宗磊不愿惹他，只好去向江山汇报。江山问："抗敌剧社还有没有合适的？"杜宗磊说："我再物色一下，实在不行就从地方上给他找，这么大的根据地，总能找一个漂亮的，让这个狗日的满意为止，还得指望他打仗呢。"江山卷了一支烟，边抽边想，末了，把烟屁股一丢，说："我去谈谈看。"

江山骑马去了三十里外的固庄，罗金堂的团部设在那里。杨天龙先进去报告说"罗团长，江司令来了"，可那家伙连门都不出，只让副团长冷长水出来迎接。江山进屋后，坐在一把太师椅里的罗金堂，只轻轻歪了歪屁股，懒洋洋地吩咐通信员给江山倒茶，然后不耐烦地挥挥手，把屋里人都撵了出去。

这狗日的，仗是越打越好，脾气是日渐增长，时常不听命令，擅自行动，动不动闹个情绪，都敢不把江山放眼里了，照这样下去，大阳山没人能治得了他。江山有时真后悔那一年没割掉他的卵子，像这样生气的时候，枪毙他的心都有了。

江山一屁股坐下来，端起茶碗，咕咚咕咚往下灌，被热茶烫得连打了几个嗝，口腔喉咙火辣辣地疼，往外蹿火似的。他生气地把茶碗一放，咕噜道："搞这么热的水，成心不让老子喝。"

罗金堂摸着光脑壳，呵呵地笑了起来，一副幸灾乐祸的样子。

江山喘了口粗气，正色道："罗团长，我来就想问你一句话。"

"司令请讲。"罗金堂坐直了身子。

"临山县城，到底能不能打？"江山扯着公鸭嗓子，双目炯炯地盯着罗金堂。

罗金堂小眼珠骨碌碌转动，一时摸不清江山葫芦里卖的什么药，愣了片刻，才小声道："能打。"

江山一拍巴掌："好！有你这句话，我心里就有底。"

"司令大老远跑来，就为说这个？"

"还有一件事。"

罗金堂干笑两声："最好不要提杨淑芳。"

"你狗日的，想找哪个？"江山以前不爱说粗话，近来百事不顺，心浮气躁，骂人的话便时不时地冒出来。

"这个嘛……司令，我学你，革命不成功，不找老婆。"

"你这话，鬼才信。看人家抱上女人，你狗日的心里痒痒，百爪挠心，仗都不想打了，你当老子看不出来？"

罗金堂又是两声干笑，不好意思地摸摸光脑壳。

"你到底想不想找？"

"有合适的嘛，也可以考虑。"

"杨淑芳同志哪点不好？"

"哪点都好，就是感觉不合适。"

"好吧，老子不逼你。另给你介绍一个，咋样？"

"谁？"

江山不说话，拿出烟荷包，慢慢卷起一支"老炮筒"。罗金堂赶紧摸出一只金光闪闪的东洋打火机，"咔"的一声打着火，帮江山点上烟。江山一把抓过打火机，道："你狗日的又不吸烟，要打火机干啥？"拿在手里，不停地"咔、咔"打火，久久把玩着，嘴里喷出的浓烟遮住了脸……

罗金堂一动不动望着被烟雾裹住脸的江山。

一团团烟雾中，透出江山的声音，喉咙仿佛锈住，声音涩滞，只听他道："李兰贞。"

罗金堂以为听错，小眼睛剧烈地眨巴几下，扶着桌子站起来，双腿居然打起了哆嗦……

12

李兰贞的态度出乎所有人的预料——杜宗磊代表组织找她谈话，提出把她介绍给罗金堂团长，她很平静，问道："江司令知道吗？"

杜宗磊郑重地点点头。

江山决定把李兰贞介绍给罗金堂，杜宗磊一听，头都大了，极力反对，认为这不但违反了江母的临终遗愿，对李兰贞也不公平，况且江母临死之前，李兰贞已经答应做她的儿媳妇。江山黑着脸道："我说过多少回了，革命不成功，不讨老婆。再说了，我母亲去世前，脑子是不清醒的，她让人家做媳妇。人家为了安慰临终的老人，能不答应吗？这事不能当真。所以你不要再拖了，赶紧去征求一下李兰贞的意见，只要她同意，立刻就办！"

既然是江司令同意，她还能说什么？她还是那句话——

"我一切服从组织安排。"

尽管她还不是党员，但她的觉悟并不低啊。杜宗磊感动得眼窝一热，心想等打下临山县城，一定发展她入党，同时在心里狠狠地骂了一句："真便宜那狗东西了！"

听到这个消息，杨淑芳更是感动得不行，红着眼睛跑来，一把搂住李兰贞，"好妹妹亲妹妹"地念叨个不停，眼泪鼻涕把李兰贞的脖颈都打湿了。

为防止有变，江山提出，尽快给他们办事。冷长水亲自带几个战士布置新房——所谓新房，其实就是两间土坯房，简单用石灰水粉刷了一下，杨淑芳动手剪了好几个红双喜，贴在门上、墙上和窗户上，顿时有了新婚的喜庆气氛。

结婚那天，江山把新娘子叫到一旁，说道："李兰贞同志，罗金堂同志是我们军分区的战神，是我最倚重的战将，今天是你们大喜的日子，我向你们表示衷心祝贺，并向你表示由衷的感谢。"

她淡淡一笑，说："谢谢江司令。"

江山话锋一转，又小声道："罗金堂是一头豹子，得给他扎个笼子。李兰贞同志，你就是那个笼子，希望你以后当好他的编外政委，得管住他。"

她一时没搞明白江山的意思，便懵懵懂懂点了一下头。

新婚之夜，战友们过来闹了一会儿洞房，便散去了。明亮的马灯下，二位新人你望望我，我望望你，都有一种恍然若梦的感觉。罗金堂只知道嘿嘿地傻笑，手脚没处放，一点儿不像一个叱咤风云的英雄团长，倒像一个傻大黑粗的地主家的长工。那天江山说要把李兰贞介绍给他，他当即就愣了，蒙了，脑袋嗡嗡直响，差一点跪下给司令磕头。自从那一年在大槐树差一点被剐掉卵子之后，天地良心，他可是从来没再敢打她的主意，只觉得她就是个女神，高高地在天上呢，他够不着。可现在，这个做梦都不敢想的女人，居然成了他的女人，马上就要钻被窝了，他还是有点不敢相信这是真的……

熄了灯，罗金堂扑上来，她拽住他的耳朵说："罗团长，老罗，你先别急，我给你说个事。"

罗金堂真是着急，嘴里含混不清地说："啥事？等下再说……"

她诚实地说："我不想瞒你，你听好——我身子……不干净啦……"

他微微愣怔一下，嘴里更加含混不清地说："噢噢，那没啥，你很好，我很满意……"

扑到她身上，他显得无比的慌乱，几乎啥也不懂，呼吸急促，手忙脚乱，只知道捏奶子，然后拿嘴巴乱拱，像野猪拱苞米。还没等进入她身体，他就哼哼几声，哆嗦一阵，抽搐两下，身子仿佛一堵墙坍塌下来，糊了她一腿湿漉漉、黏糊糊的东西。

其实到这时候，他还是个处男之身。尽管他平时吹牛，睡了多少女人，全是胡诌。她也谈不上有什么经验，唯一的那一次经历，也已经是七八年前的事了。她示意他别紧张，安慰他几句，让他休息一会儿。等他第二次爬到她身上时，感觉好多了。她不迎合，也不拒绝，任他像一头猛兽，在自己体内体外疯狂地冲撞……

这一夜记不得他爬上来几次，等他们平静下来后，他呼呼睡去，她却怎么也睡不着，脑子格外地清醒。她想起汪默涵带她来大槐树的那个夜晚，自己差一点就被这个人糟蹋，她还咬破了他的狗鼻子。打死都不承想，到头来居然真的成了他的人，难道这是命运的捉弄吗？

窗外月光如水，黑夜无边地寂静。她感觉像被掏空一样，浑身无力。脸上凉凉的，泪水无声地涌了出来，像有小虫子在脸上爬……

江山耐着性子等了一个星期——希望罗金堂拿出攻打县城的作战方案，但是那个家伙只知道在家陪老婆,全团丝毫看不出要打大仗的迹象。冷长水奉江山之命来到他的新房,点头哈腰赔着笑脸,说道:"罗团长,江司令让问一下,咱何时开打?"

罗金堂坐在炕头,跷着二郎腿,懒洋洋地说:"心急喝不上热奶嘛!"这话把李兰贞闹了个大红脸,急忙躲到了屋外。既然丈夫和冷副团长谈军事上的事,她不便在场。

冷长水嘿嘿一笑:"团长当了新郎官,你不急,江司令他们可是急啊!"

冷长水被贬到三团当副团长之后,一直小心翼翼,把自己当孙子,放低身架,等待东山再起的机会。对于这一仗,他当然希望三团打好,而且早打快打——只要打出名堂,罗金堂很有可能高升,那么,他就有很大希望顶替罗担任团长。

冷长水赖着不走,磨磨叽叽提出"是不是全团先做好攻城准备,上上下下都盯着咱呢"。罗金堂火了,指着他鼻子说:"老冷,三团由你指挥算啦!老子刚娶新媳妇,还没享受够呢,不想现在就去送命。"

冷长水赶紧赔笑道:"团长,咱团离了你,谁都玩不转!我这是瞎参谋,你别见怪……可是,江司令那边,怎么回话?"

罗金堂说:"他再问,你就告诉他,老子在家……在家留种呢!"

"留、留种?"冷长水颇有些不解。

"是啊,留种!"

"留、留什么种?"冷长水还是没搞明白。

"你耳朵真是他妈的有毛病!"他这是在讽刺冷长水的左耳朵被女演员安若给咬掉,平时他可没少奚落讥讽冷长水,经常弄得后者鼻子不是鼻子,脸不是脸。冷长水得忍着,只能在心里骂:"好鞋不踏臭狗屎,老子先不跟你计较。狗狂挨砖头,人狂没好事,你狗日的等着吧……"

冷长水望着土炕上乱哄哄的铺盖,嘿嘿一笑,终于搞明白是怎么回事,一拍巴掌说:"团长,原来是这事呀!"

"是啊!等女人怀上,老子马上就去打,战死沙场也就没啥遗憾的啦。"

罗金堂不思打仗,只想在家"留种",被传得沸沸扬扬。江山和杜宗磊气得咬牙切齿,都感觉得找个机会,把狗日的兵权拿掉,不能再让他带兵。可是现在,要想拿下临山县城,明摆着离了他玩不转,每逢打仗,只要罗金堂靠前指挥，三团的兵都嗷嗷叫。抗战以来，军分区部队打下过十几个重要的城镇，都是罗金堂打主攻，还从没失过手呢。

罗金堂不出动，谁也拿他没办法，那就耐着性子继续等吧。半个多月过去了，还是没动静。江山跟杜政委商量后，派蔡小梅过来侦察——李兰贞是不是有了怀孕的苗头？蔡小梅趁罗金堂不在家，来找李兰贞聊天玩儿。蔡小梅这时候已经身怀六甲，她摸着大肚子问李兰贞："妹妹，你这里头有了吗？有啥反应没有？"李兰贞红着脸摇摇头说："没。"蔡小梅说："好妹妹，你可得努把力，快点儿怀上啊，不然真要把江司令他们急坏。"李兰贞愣了愣："我怀不怀上，跟江司令有何关系？"

蔡小梅便把情况讲了讲，李兰贞这才知晓，罗金堂所谓"留种"的荒唐举动，很生气。晚上，罗金堂又想往她身上爬，她推开他，背过身去，不让他碰。罗金堂讨好道："老婆，你咋啦？"

她道："罗金堂，没有江司令，哪有你今天？谁的话都可以不听，江司令的话你不能不听。"

他知道她是因为自己不去打仗而生气，便道："打县城，时机不成熟。"

"啥时候成熟？非得留下种，才叫成熟？"

"上一次就不该打，我说了没人听。这一回不能再失败，我要等待最好的攻城机会。"

临山县城易守难攻，抗战前这里便是国民党军围剿共产党游击队的桥头堡，工事历经多年的修筑，非常坚固；后来成为大阳山抗日根据地的中心地带后，军分区部队又多次加固工事，上一年日军集中兵力大扫荡，八路军撤出县城时，来不及炸毁那些工事，如今日军的一个大队四百多人驻扎在县城的几处重要据点里，另外还驻有两个中队的皇协军。坐镇指挥的松本清扬中佐据说和日本天皇沾亲带故，非常嚣张，以前军分区部队与他多次交手，并没讨到多少便宜。总之，眼下以军分区的战力，在没有重武器支援的情况下，不想点儿绝招，不找准时机，想拿下这座县城，殊非易事。

在焦急的等待中，又过去了半个多月。

秋风变凉了，空气里弥漫着秋庄稼的芳香。罗金堂跑到司令部面见江山，道："本团长认为，可以打啦。"

江山忍不住讥讽道："你狗日的留下种了？"

罗金堂打个哈哈说："反正让我死，也没啥可遗感的了！"随即板起脸，说了一段让江山日后每每想起就落泪的话，他说道——

"江司令！我罗金堂不是傻子，不是没良心的人。你对我的好，我都记心里啦！古人说'士为知己者死'，我罗金堂愿意为你而死！拿不下县城，我他妈没脸活着回来，我要死在攻城队伍的最前头！"

说罢，他无比庄重地冲江山敬个礼，转身噔噔噔地走了。

那一刻，罗金堂身体里的血液在喧嚣奔腾，江山清楚听到了，他的眼圈不由得一红，差一点就要喊罗金堂回来，他想对他说："老子宁可不要县城，也不能失去你！"

后来人们才知道，罗金堂出征之前，李兰贞并没有怀上孩子。

第四章

1

罗金堂的计划是，利用秋季到来，城里日伪军出来抢粮的机会，先在城外聚歼敌人一部，减轻攻城压力，然后集中主力倾全力攻城，争取半日之内拿下县城。

江山认为，光凭三团力量肯定不够，打算把一、二团拨给罗金堂指挥。罗金堂不需要，说："他们只要挡得住来自徐水炮楼的敌人援兵，我就烧高香了。"江山还打算把分区直属炮营配属给他，他居然也不要，道："他们那几门破炮打不穿炮楼，跟挠痒痒差不离，就算了吧。"江山吃不准他拿什么攻城？

但是，江山相信他，不是吹大牛。只要他想干，就能干成。

要说起罗金堂打仗，军分区上上下下无人不佩服。他性子虽蛮，打仗却从不蛮干。他认为，打仗和杀猪差不多，要么不杀，要杀就得一击致命，不能让猪脖子上插着刀子满院子乱跑。要想一击致命，就得瞅准时机，瞅准部位。打伏击战，不看清敌人的眼皮是双的还是单的，他不让动手；打运动战，他要求他的部队比敌人跑得更快，要像一阵风一样，善于长途奔袭。他把每一场战斗，都当作一场决战。他喜欢用霹雳雷霆之手段，干净利落地结束战斗，绝不拖泥带水。

上了战场，最需要的就是殊死决战的刚勇。俗话说，猛将必发于卒伍。罗金堂从最普通的士兵当起，他最大的特点，恰恰就是不怕死。一支队伍里，不怕死的人多了，仗没有打不胜的。打败仗的原因主要有二：一是指挥不当；二是将士不用命，畏战怕死。他在指挥上的精细，使部队有了打胜仗的基础；每逢打仗，他总是往最前面冲，即便当了团长，仍然喜欢把指挥位置放在最前面的尖刀连，与战士并肩战斗。每次战斗归来，他常常说："老子又活了一次，捡了条命回来，赚大发啦！"有这样玩命的团长，全团谁还不用命？

新兵初次参战，难免会胆小怕死，畏缩不前。罗金堂有空就往新兵队列里钻，告诉新兵："子弹专找胆小的，越怕死，死得越快，越不怕死，子弹越有可能躲着你，打仗的时候，你们看我的。"说来也真是奇怪，他身经数十战，每一战都是拼了性命上，他居然只受过几次无关紧要的皮外伤。

每次战斗，总会有哪个营或者哪个连没有打好，对于没打好的部队，他绝不轻易放过，下次战斗，就让它打主攻。几番磨炼，三团不论哪个营连，都不是尿包。阵前他喜欢骂人，他骂遍了全团所有人的娘，嘴巴上操过全团所有人的姐姐妹妹。弹飞如雨、血肉模糊的战场上，人们听到他的恶骂声，并不反感，反而感觉心中踏实。

他似乎天生就是个战将，为打仗而生，他是大阳山土生土长的战神，难得的军事人才。所以他每次出征，江山总是提心吊胆——不是担心打不胜，而是担心他有个三长两短。

三团两千六百多人星夜出发，主力在离临山县城五十多里的山中隐蔽待命，罗金堂和冷长水带领小股部队，化装成老百姓，进入县城周边最大的产粮区朱家庙一带。冷长水一路上老是嘀咕："团长，敌人不出来抢粮怎么办？"罗金堂说："他们年年出来抢粮，今年也不会例外。据内线报告，县城敌人已经缺粮。"冷长水说："我担心他们万一不出来呢？"罗金堂说："如果他们不出来，我们不能硬打，只能撤回。"

耐心等了三天。到第四天上午，天气晴朗，老百姓下田收获玉米和稻谷，罗金堂也终于等来了各路侦察员的报告：敌人正在城里征集、抢夺运输车辆。他高兴得一拍巴掌："他娘的，有门儿！"当即决定，冷长水率两个营，负责在城外围歼出城抢粮的敌人，他和团政委刘子厚率四个营攻打县城。三团是个加强团，有六个营，总兵力接近三千人，能打仗的全来了。

罗金堂让冷长水保证，务必把出城的敌人堵住，不使其逃回城。冷长水拍着胸脯说："罗团长！我要是把敌人放回城，我他娘的就不姓冷！不用你枪毙我，我自己跳粪坑里淹死！"

　　冷长水以前毕竟当过副司令，身经数十战，见过大场面，栽了跟头，正想积极表现，所以罗金堂不担心他完不成任务。

　　当下二人分手，冷长水派通信员火速去把一、三营调过来，到指定位置预先埋伏好，不得暴露，然后张网待敌；罗金堂则率团主力隐蔽接近县城，一旦城外打响，他预计松本清扬一定会派兵出城救援。罗金堂的如意算盘就是争取把更多的敌人调出县城，在城外开阔地带加以歼灭，这要比直接攻击敌人坚固的碉堡和炮楼，轻松许多，胜算更大。上一回江山失败的教训，就是在没有重武器的情况下强行攻城，无功而返，招致败退。

　　战局果然朝着罗金堂所预想的方向发展，午后两点多钟，约有一个中队的鬼子和一个中队的皇协军从西关出了县城，像赶大集一样，热热闹闹地赶着二十几辆骡马大车，快速奔向朱家庙方向。

　　敌人这时候敢于出城抢粮，说明他们并没有发现八路军主力。

　　一个多小时后，抢粮的二百多敌人进入了伏击圈。冷长水指挥部队围住敌人，战斗瞬间打响。

　　敌人出城的同时，罗金堂和团政委刘子厚带领主力秘密迂回接近县城，在通往朱家庙方向的道路两侧，继续设伏。果然，冷长水那边打响之后，不大工夫，就有约一个中队的鬼子出了城，直扑朱家庙增援。

　　看到越来越近的敌人，罗金堂放下望远镜，兴奋得直挠秃脑壳，这一下，临山县城的敌人，就分成了三股。他对刘子厚说："老刘，一会儿打响，你带二、四营务必缠住这股敌人，不能让他们进到朱家庙，更不能让他们退回县城。"刘子厚抗战初期来自北平，是个大学生，满脑子《孙子兵法》，刚到三团当政委时，有些瞧不起罗金堂，认为他不过是个土包子，打仗小打小闹还凑合，打大仗肯定不灵。跟罗金堂配合一段时间后，发现他确实有招数，确实不怕死，确实不一般，于是彻底服气，对他言听计从。

　　刘子厚说："老罗你放心，我会全歼这股敌人。"

　　罗金堂还是不放心，道："一会儿我带人攻进去，这股敌人肯定会拼命回援，你能全歼更好，如果不能，你要死死堵住他们回城的路，防止他们兜我的屁股。万一顶不住，在两翼远端闪开口子，让他们分散突围。"

　　刘子厚点点头。

　　罗金堂带领剩余的两个营，继续迂回，扑向县城。此时县城的炮楼和碉堡里面，大约还有一个中队的鬼子、一个中队的伪军，加起来共有二百多人，如果据险死守，仍然很难攻克。罗金堂让警卫员小孙打开随身带的小包袱，拿出一套脏兮兮沾有血迹的鬼子军装，穿在身上，他要亲率两个排作为敢死队，先上。这两个排的人都换上鬼子或皇协军的服装，伪装成从朱家庙方向狼狈败退下来，出其不意，争取混进城中心的那个大炮楼，只要能进去一部分，与敌人形成短兵相接，拿下炮楼就更有把握。

五营营长追上罗金堂，叫嚷道："团长又要打头阵，你冲锋谁指挥？"罗金堂道："这时候了，还指挥个球！玩命冲就是。"想想不对，又道："记住，我死了你指挥！你必须给我打下来，否则老子死了也不放过你！"

罗金堂前头走了，五营营长率大部队随后跟进，与尖刀排保持一定的距离。罗金堂的招数再一次应验——沿途所经过的哨位上的敌人，都把他们当成了从朱家庙方向败退下来的散兵，稀里糊涂便被罗金堂等人的大刀砍死。不一会儿，罗金堂带领五十多人顺利到达大炮楼下面，乘敌不备，居然都钻了进去，打了敌人一个措手不及。

到这时，胜负已无悬念。

至傍黑时分，结束战斗，日军指挥官松本清扬中佐乘坐摩托车，上面架着歪把子机枪，仅率二十余名日军冲出包围圈，逃出县城，逃往徐水镇方向。城外的两股敌人也大部被歼，少数漏网。沦陷一年多的临山县城，重新回到八路军手中。这一战意义重大，振奋人心，不仅缴获大批军用物资，而且只用一个团，就夺回了日军威胁大阳山抗日根据地的桥头堡。不久，延安八路军总部发出通报，表彰了大阳山军分区。

但是，枪声停了，却找不到团长，全团人都急了眼。刘子厚担心罗金堂身着日军服装，被自己人打死，赶紧命人在几个据点里翻找阵亡的日军尸体，看能不能找到罗团长。战士们扯开喉咙，全城都响起"罗团长，你在哪里"的喊叫声……

江山也心急火燎地赶来了，他很紧张，手一直在抖。如果真的失去罗金堂，那么他一定后悔，不该打这一仗。

最后在一间倒塌的房子里，找到了罗金堂，他被房梁砸中了脑袋，流了不少血——幸好，他还活着，卫生员给他包扎，江山蹲在一旁，握住他的手，轻轻呼唤他的名字。他终于醒转过来，咕哝一句："老子不会死……女人还没怀上种呢……"

江山欣慰地笑了。

他又昏了过去。

2

罗金堂受伤并不重，半个月不到，就恢复了元气。

杜宗磊说到做到，要发展李兰贞入党，并且提出由江司令和他亲自担任她的入党介绍人。

谁也想不到的是，李兰贞却拒绝了，她认为自己没做任何贡献，达不到党员的标准，入党不够格。如果仅仅因为她嫁给罗金堂，成为他爱人，就让她入党，她是不会入的。罗金堂打下临山县城有功，与她没有关系，她不想沾他的光。

话说到这份儿上，弄得杜宗磊颇有些尴尬。她入党之事，暂时搁了下来。

罗金堂伤好之后，用三天时间教会了李兰贞骑马。他说，趁没怀上崽，赶紧学骑马，行军打仗，离不了马，关键时候，马能救命。李兰贞本来早就想学骑马，但是以前汪默涵、江山都不同意她学，他们把她当成娇小姐对待，怕摔坏她。

第四天一大早，十几匹战马离开了三团驻地，罗金堂、李兰贞和警卫员小孙行在前面，后面是一个警卫班。秋天的山峦和原野，绿中带黄，看上去沉甸甸的，有一种成熟的、厚重的美，令人感到踏实，心胸开阔。骑在马上，扬鞭奔驰，李兰贞心情格外地好，她神清气爽，浑身是劲，心里流淌着少有的欢乐。行了一段，罗金堂拿马鞭子指着西面一座高高的山头说："这个山头的那一边，就是大槐树。还记得大槐树吧？"她点点头，大槐树怎么能忘呢？她是永远不会忘的。罗金堂又说："我们就是在那里认识的。"她问他，大槐树还在吗？记得那年让申之剑放火烧了。罗金堂告诉她，大槐树烧了半天才灭，烧得面目全非，看上去满眼都是黑乎乎的，江山说，这大槐树是咱大阳山共产党的象征，不能死啊。到第二年，它果然又发了新芽，前年他带三团打游击路过那个地方，专门去看了看，大槐树又活过来了，跟以前一样，枝繁叶茂。不过听说去年日本人搞大扫荡，进到那里，那里面是一个军工厂，日本人又放火把大槐树烧了，不知它还能不能活转过来……

一路上，她心潮起伏，往事历历在目。

自从她枪击汪默涵，汪绝情而去之后，她来到了地狱的大门口，一脚门里一脚门外。她想回家——毕竟龙城有她的家，有她的亲人，她想念奶奶，想念爸妈。可是，她那时的身体状况不允许长途跋涉，即便活着回到家里，她就能好受吗？她离家六年了，那个家还回得去吗？

如果不是江母悉心照料，或许她早已死去；江母完全为了她而死，更让她感觉老人于她恩重如山，所以她对江母和江山有说不尽的感激之情。江母临死前，她答应做江家的媳妇，虽然是在仓促之下被迫点头同意，但也心甘情愿，无怨无悔。她用全部的生命深深爱着的汪默涵，并不爱她，而且从未爱过她，他是那样的决绝，那样的无情，令她无比地绝望，心底无比地黯然。她知道，从此以后，这一生一世，她不会再有爱情……

既然不再企求爱情，那么，和谁结婚，都是无所谓了。江山不要她，说明人家没看上自己，她也自感配不上他。组织上把她介绍给罗金堂，罗金堂不嫌她身子不干净，愿意娶她，她心存感激。虽说罗金堂相貌丑陋，性格暴躁，但人家毕竟是个英雄团长，是大阳山的战神，是江司令最看重的人物，能够做他的妻子，是光荣的。江司令希望她做好丈夫的编外政委，她不知道能不能完成这个艰巨的任务。好在结婚之后，罗金堂十分尊重她，基本上她说啥他都听着，他的性子也收敛了些，不再动不动就发火骂人。

前日罗金堂突然提出带她回一趟老家七里寨，其实他家里已没什么直系亲人，老娘在他参加革命前就死了，他大老远跑回去并没有什么实际意义，无非是他娶了个如花似玉的老婆，带回家乡炫耀一番，满足点虚荣心罢了。

她问他："报告江司令了吗？"

他道："这点小事还用报告？悄悄走，早点回来就行。"

她态度坚决，道："不行！江司令不批准，我不跟你去。"

罗金堂硬着头皮去了方庄，找江山请假，江山犹豫不定。七里寨在大阳山南麓的平原地带，离三团驻地足有二百里，山路难行，需要两天赶到，来回就是四天。这且不说，主要是那地方还不是可靠的根据地，往南靠近连城，连城驻有日军一个旅团；七里寨西南方向的沂州，驻有国民党顽军一个师，这股顽军经常与八路军制造摩擦，不久前闯入根据地，活埋了临水县二十多名我党的基层干部；途中还要经过土匪盘踞的天柱峰一带，也不安全。总之，仅带少数武装人员出入那一带，是相当危险的。

江山想了想，说："你回去可以，李兰贞不能同去，因为她一个女同志，遇到情况会很麻烦。"

罗金堂不悦，道："她不去，我回去有尿用？"

江山说："所以，我劝你暂时不要回，以后再说。"

罗金堂更加不悦："我带她回去给我娘上坟，我娘去世十周年了。"

既然如此，江山不便再硬拦他，只是担心李兰贞。罗金堂大大咧咧地说："她是我女人，我自然会小心，你咸吃萝卜淡操心，怕个尿呀！"

回家的路上，罗金堂心情也很不错，这是他从军后头一次回老家。当年他在七里寨做屠夫，因为相貌不好，父亲早逝，母亲长年有病，是个药罐子，搞得家徒四壁，没人瞧得上他，都认为他是个一辈子打光棍的命。如今他身为团长，带着李兰贞回去，乡亲们惊掉下巴，那也是有可能的。

当晚经过临水县所在地茂庄，他们休息一晚，次日一大早出发，第二天快到晌午时，进了七里寨。进寨子之前，警卫班长请示，是否全体换上便衣，穿军装太显眼，也容易给敌人的暗探发现后告密，这儿离连城不过二三十里远，日军的骑兵呼啦就到。罗金堂不干，心想，老子这是荣归故里，军装都不敢穿，穿便衣，太没味儿了！他大声道："都给我把军装整理得板板正正的，少给老子丢人！"

罗金堂和李兰贞并排行在前头，后面十三匹东洋战马一字排开，一共十五匹马驮着十五个气昂昂的八路军，进了原本就很热闹的七里寨，吸引了所有人的目光。终于有人认出来了，行在最前面、挎盒子枪、骑枣红马的那个脸膛黑亮、腮帮上有几粒麻点的矮壮军官，不正是杀猪的罗金堂吗？那个紧挨着他、美得能扎人眼睛的女八路，八成是他老婆了。

罗金堂回来的消息像风一样，很快传遍了寨子。当年认识他的人，都跑来看他，羡慕他的老婆，羡慕他的马。他家的两间草房早已坍塌，破院子荒草丛生，灰老鼠大白天窜来窜去。家里不能待客，他大手一挥，对众人道："走！到饭铺去！"几十号人喜气洋洋，像赶庙会一样，簇拥着他们到了街上一家最大的饭铺，他对卖饭的掌柜说："凡来看我罗金堂的，都管饭！最后我给结账。"拥来的人挤满了饭铺，警卫员小孙悄悄提醒他说："团长，你一月才三块钱，都管饭，哪够呀？"他拍拍两个口袋说："我攒了十好几块，要不够，你们先垫上，从我以后的津贴里扣。"

来看他的人里面，有他当年要好的一个伙伴，这人叫赵林，他们小时候一块学过杀猪，现在赵林还在杀猪宰牛。赵林说："金堂，你把我带走吧，我跟你当兵去。"罗金堂说："你是独子，不能带你走。还是先当民兵吧。"赵林眼睛直盯着他腰上的那支勃朗宁手枪，他把手枪摘下来，退掉子弹，递过去，赵林把玩一会儿，说："金堂，你这手枪真好，我挺喜欢，送给我吧。"众人都看着罗金堂，没想到他说话不打磕巴，大声道："拿去吧！练好枪法，打鬼子。"

热热闹闹吃罢晌午饭，把认识的、不认识的乡亲打发走，罗金堂只带上李兰贞，二人去了寨子东面河边的一片杂树林，他家祖坟就在那里，费了好大劲才找到埋葬母亲的土堆，他双膝一并，跪下了。李兰贞犹豫一下，也在他身边跪下来。他磕了三个响头，眼窝湿了，说："娘，我知道你老人家最担心我打光棍，你睁开眼瞧瞧呀，我把儿媳妇给你带回来了……"

直说得李兰贞感到前胸后背冷飕飕的，仿佛真有一双老眼藏在某个地方，在上上下下地打量她……

刚回到寨子口，就见小孙领着一个驼背的中年男人迎面走来，罗金堂搭眼一看，是他父亲的堂弟、他的堂叔罗元斗。罗元斗一见他，眼泪哗哗地流，差点要给他跪下。他急忙扶住堂叔，问道："叔啊，你怎么啦？"

堂叔边哭边说，很快罗金堂听明白了，堂叔去年倾尽家中所有，给儿子有福定了一门亲，女方是北面于家窝于洪太的大闺女翠芹。按照两家约定，翠芹应当上个月初八过门，这边一切都准备妥当，就等着迎娶新人，哪想到上月初七，翠芹找不见了，两家人急得火上房，这可怎么办呀？

"翠芹，她去哪儿了？"罗金堂问。

"孩子过了三天才回来，人不像个样子，都要疯了……"堂叔泣不成声。

堂叔继续说道，原来是让天柱峰的土匪头子龚黑柱给绑了去，那姓龚的专占新娘子的初夜，他见翠芹姿色好，留下糟蹋了三天，才给放回来。耽误了婚期不说，翠芹没脸见人，趁家里人没看住，上了吊。消息传来，有福受不了，大哭了一场，人也不见了，不知跑哪儿去了……

李兰贞看到罗金堂脸膛更黑了，他摘下军帽，紧紧握在手里，仿佛要攥出水来似的，这是他生气的动作。

这时，有不少乡亲围上来，说起天柱峰的土匪，你一言我一语，讲的全是这几年土匪的恶行，个个恨得牙根痒。有人道，那姓龚的土匪头子据说满脸黑麻子，长相说不出的丑陋。他倒不怎么抢百姓的东西，也不轻易伤人，他只抢地主老财、大户人家。但他有一个特别可恨之处，就是贪淫好色，方圆几十里之内，凡有姿色的女子，不管是富人家的，还是穷人家的，都很难逃出他的魔爪，遇到结婚的，他要占新娘子的初夜，这一带的每个村镇，都有人遭殃，也有过几个像翠芹那样的，受辱后自尽……

3

回去的路上，罗金堂面色沉重，一言不发。

大阳山从来不缺土匪，大小土匪像一茬茬的韭菜一样，从来没有割尽过，战乱之年，匪患尤甚。抗战之前，有大小数十股土匪，当然也包括被国民党称之为"共匪"的江山所部。抗战爆发，日本人占领大阳山周边重要城镇，大阳山大片区域成为八路军的地盘，形形色色的各路土匪逐步被分化瓦解，但是在日、顽、共三家接壤之地，有一股较大的土匪，号称"九路军"，不仅存活下来，而且不断地发展壮大。这支土匪武装占据着海拔近千米的天柱峰，凭借"一夫当关，万夫莫开"的极有利的地形，周旋于日、顽、共三股势力之间。天柱峰是大阳山主峰之一，它的南面是日军控制下的连城，西南方向是国民党顽军控制下的沂州，北面的大片地域则是共产党领导下的抗日根据地，这一片"三不管"之地，或者说"三不敢管"之地，长期为"九路军"所控制，这股武装轻易不招惹日、顽、共，但也绝不允许别人染指于它。日本人、国民党顽军、八路军都曾想对其拉拢收编，也都曾想过消灭掉它，但都是白费心思，谁也拿这支土匪武装没有办法。

"九路军"的总司令，便是大名鼎鼎的龚黑柱。

传说他曾当过国军杂牌部队的连长，枪法极好，身手敏捷，鬼子来的那一年，他所在的部队作鸟兽散，他没有逃走，而是留下来，趁月黑风高之夜，带几个弟兄摸上天柱峰，取了长期占据峰顶的大土匪刘八郎的首级，以后便在天柱峰扎下根来。他拉起队伍，号称"九路军"，自任司令，队伍越搞越大，前来入伙的很多是国民党老兵，战斗力颇强。他趁乱多次袭击过日本人，袭击过国民党正规军，更是多次对国民党顽军动手，不是他有多么爱国，而是他看上了对方的优良装备。传说山上有各式各样的大炮，各式各样的重机枪，各式各样的轻武器，粮食储备也很充足，坚守三年没问题。日、顽、共三大势力不敢来攻，除了忌惮天柱峰易守难攻的地形，还忌惮山上的火力配备。没有两万正规军，没有三个月时间，谁也别想攻下天柱峰。

九路军除了偶尔到根据地抢一点老百姓种的粮食，很少对八路军的人员动手，不是它拥护共产党八路军，而是它嫌八路军穷，就那几杆破枪，龚总司令是看不上眼的。

江山多次有过对九路军动手的想法，他看上的自然是龚黑柱的那些宝贝家伙。前年九路军的人下山抢走了几车粮食，江山想借机对龚黑柱发难，打算派罗金堂打一下天柱峰试试。罗金堂坚决不干，说没有飞机、重炮，想打天柱峰，那是胡闹，直接给顶了回去。江山不死心，派二团前来，扬言要拿下天柱峰。等来的却是一顿来自山顶的猛烈炮火，二团团长何西来被炮弹皮炸伤了脖子，在野战医院躺了三个月。

识炮听音，对枪炮有研究的老兵说，山上肯定有好几门德制 150 毫米榴弹炮，还有日式三八式 75 毫米野炮。那可都是宝贝疙瘩，也不知道龚黑柱是怎么搞到手，并把那些东西运上山的。若论装备，大阳山区日、共、顽、匪几股势力，貌似九路军为最好。

江山让二团试打了一下，试出山上果真有宝贝，从那儿以后，便一直惦记着天柱峰，做梦都想把它拿下来。眼下军分区两万多部队，仅有十几门从日本人手里夺来的掷弹筒，实在寒酸，没有重炮，想打个炮楼，攻个县城，都是那么费劲，将来拿什么对日大反攻？拿什么打大城市？

罗金堂早就猜到了江山的心思。这次回老家，一来是荣归故里，给母亲上坟；二来是顺道侦察一下天柱峰。天柱峰离他的故乡七里寨只有几十里路，他小时候，常听老人说，天柱峰上早年住有神仙，神仙保佑山下的子民，风调雨顺，年年有余，后来被土匪占据，土匪打家劫舍，无恶不作，大人吓唬不听话的小孩子，最爱说，再不听话送你上天柱峰……一路上他都在琢磨，用什么法子能拿下天柱峰。

堂叔的儿媳妇翠芹受辱自尽，儿子有福不知去向，乡亲们泣言控诉龚黑柱淫人妻女的条条罪状，更使他按捺不住心头的愤怒，真恨不得立刻把部队调过来，攻上山去，活捉龚黑柱，砍了他的脑袋，为受害的人家报仇雪恨。

但是，愤怒归愤怒，他不会蛮干，他要寻找到一个最好的办法，用最小的损失，拿下天柱峰。

下午四点钟光景，他们到达一个岔路口，道路两旁都是数人高的林木，太阳被西边的山峦挡住——那座高高的山峦便是天柱峰了，往西就可以沿着石级上山，往北便是部队驻地的方向。

罗金堂勒马停住，仰起脸来，久久打望着天柱峰，眉头拧成一个疙瘩。众人也都勒马驻足，没人吭声，马儿也都静静地伫立。这儿靠近天柱峰，平时少有人过往，他们本可以从东面的官道绕行，罗金堂有意选择从这儿经过。

李兰贞知道来这地方有很大危险，但因为身边有能征惯战的丈夫，所以她并无惧意，神色安详。

风吹林木，发出波浪般的飒飒声响，头顶有鸟儿飞过，转眼就不见了。远处似乎隐隐传来嘚嘚的马蹄声，蹄声悠闲，宛若牧童去放牧。罗金堂胯下的战马却急促地一喷鼻子，这是发现敌情的信号，其余的马匹也都仰脖喷鼻，原地踏步刨着蹄子。小孙拔出手枪，双腿一夹马腹，胯下白马便抢到罗金堂的身前，挡住了罗金堂和李兰贞。在他们身后，战士们也都迅速把长短枪抓在手里，子弹上膛，呈战斗队形，警惕地注视着前后左右……

这当儿，又有一群鸟儿贴着树梢飞过来，它们刚刚飞到高处，前方突然响起四声清脆的枪声，只见羽毛飞扬，四只鸟儿啪啪啪啪，先后掉落在面前杂草丛生的小路上。真是神一般的枪法，罗金堂、李兰贞和战士们一时都有些傻眼。

紧接着，小路拐弯处，缓缓驰过来六匹马，也都是东洋马，为首的那位，也骑一匹高大威猛的枣红马，跟罗金堂的胯下坐骑几乎一模一样，难以分辨；他头戴礼帽，一袭黑袍加身，脚上是一双日式野战靴，鼻子以下用一块白布罩住，看不清他的真面目，只看到一双目光犀利的眼睛。他左右手各持一把驳壳枪，枪很旧了，烤漆全部脱落，枪管光秃秃的，准星有意打磨掉了，枪管似乎还在冒蓝烟——显然刚才那四枪，就是他击发的。他身后的五人，也都手持短枪，剃着光头，黑衣黑裤打扮，腰扎国军制式铜扣皮带，脚蹬日军战靴。

对面的六人站住了，双方相隔二三十米，气氛骤然紧张。战士们如临大敌，等待着罗金堂的命令。罗金堂的佩枪给了幼时伙伴赵林，现在他手中并没有武器。好在对方只有六人，我众敌寡。

但此时，罗金堂很清楚，就凭身前这个黑袍蒙面客的枪法，凭那人手中那两把旧驳壳枪，他们十五个人，一个也活不了，眨眼之间，他们就得横尸马上……或许当兵以来，罗金堂从未这么紧张过，他几乎要窒息了。

李兰贞倒是一点儿也不紧张，因为丈夫就在身边，她心中好奇地揣测——这人为什么遮住脸，他很丑吗？还是不愿展露面目于人前？

双方的人都怔定在那里，个个纹丝不动，焊住一般，谁也不知道下一秒钟会发生什么。

就在这千钧一发之际，黑袍蒙面客的目光扫过李兰贞，微微一个怔忡，随即只见他双手一提，双枪斜插入腰间。

罗金堂大松一口气，这时他才感觉到，后背都湿透了。他抬手示意众人，把枪收了。战士们不情愿地收起枪。

那人身边的五人见状，也都把枪插入腰间。

刚才万分紧张的气氛，终于松弛下来，无形中化解了一场重大危机。

双方的人马，比较友好地分列两侧，互相看着，都不说话。显然，这六人是山上九路军的人。对方也一定猜出，对面的八路军来者不凡，不好惹，或者不愿惹，不敢惹，双方最好是井水不犯河水，大路朝天，各走一边。

就在这时，从六人后面的道路上，出现了一顶小轿，四个抬轿的人，也都是一身黑衣黑裤，腰别短枪。轿子到了近前，放下了。这顶小轿上蒙着红布，还贴了个红喜字，显然是一顶花轿。片刻过后，从轿子里面传出女人嘤嘤的低泣声……

战士们一齐望向罗金堂，暗暗用力握住枪柄，气氛突然又变得紧张起来。

情况明摆着，土匪们又打劫了一位新娘，送到山上给那土匪头子享受"初夜"。八路军遇到这种事，焉能不管？

用什么办法拦下这位不幸的新娘，使她免遭毒手，是来硬的，还是来软的？罗金堂快速地思考着——在这种危机四伏的地方，动武显然是下策，最好的办法就是劝说土匪主动放走新娘。

他尚未开口，李兰贞突然催马前行两步，吓了他一跳。只听她对那个黑袍蒙面客说道："这位大哥，是你娶新娘子吗？"

蒙面客微微一怔，他没想到这位女八路会开口说话，一下子把他问愣了，他竟然回答不上来。旁边的一个黑大汉粗声粗气地说："是又怎么样？不是又怎么样？用你来管！"

她咯咯一笑，笑声像银铃一样，动听极了。蒙面客不错眼珠地望着她，一动不动。

"甭管是不是，让我们遇上了，跟着沾个喜兴，可真好！"她面向蒙面客，继续道，"噢，这位大哥，就当你是新郎官了！恭喜恭喜！见面是缘，让我瞅一眼你的新娘子，好不好？"

黑大汉一副很不耐烦的样子，想发火，蒙面客抬手制止住他，然后略一犹豫，打个响指，示意抬轿的人，放里面的人出来。

众人都伸长脖子，瞪大眼睛望过去。轿帘一掀，新娘子缓缓出来，她双手被捆，由于这一番惊吓，她的双腿直哆嗦，几乎站立不住，傻了似的，满脸都是泪痕，眼睛哭得通红。看她穿衣打扮，像一个富裕人家的千金，身材不错，眉眼也颇有姿色，难怪土匪要抢人。

但是与李兰贞一比，新娘子顿时就差了一大截——谁都能看得出来。

此时，无论是罗金堂，还是李兰贞，都感觉面前这个黑袍蒙面客很有可能就是土匪头子、九路军总司令龚黑柱。在人们的传说中，他满脸黑麻子，奇丑无比，经常面不示人，而且刚才他使双枪击落飞鸟，如此无与伦比的枪法，也很像是传说中的他……

李兰贞丝毫不紧张，仿佛来参加人家的婚礼，她轻轻拍着巴掌："新娘子真漂亮呀！祝贺，祝贺！"

那蒙面客似乎冷笑了一声，打个手势，示意身边的黑大汉放人。

黑大汉以为有错，竟然没动。蒙面客瞪他一眼，他赶紧对抬轿的人说："放人！"有个轿夫上前，解下新娘子手上的绳索。新娘子泪如泉涌，扑通一声，冲着李兰贞跪下了。

李兰贞不能下马去扶她，只得大声说："小妹妹，既然这位大哥不是你新郎，那就快回去找你的新郎吧！"

这当儿，有十几个老百姓一脸惊恐地追了过来，显然他们是新郎新娘家里的人，见新娘子被拦下，纷纷冲着八路军的人作揖下跪磕头。李兰贞挥手示意他们快快走人。他们把新娘子塞进小轿，呼呼隆隆远去了。

到这时候，罗金堂的心总算放了下来。

黑大汉似乎心有不甘，道："你们是哪部分的？"

"我们是八路军大阳山军分区三团。"小孙抢先答道，伸手一指罗金堂，"这位是罗团长！"

蒙面客微微一怔，盯一眼罗金堂，又盯一眼李兰贞。

李兰贞还没完，天真地追问道："这位大哥，你就是龚司令吧？"

那蒙面客仍然不说话，愣了愣，抬手摘下面罩。这下李兰贞看清了，这人三十岁左右，身材中等，不胖不瘦，白净面皮，五官匀称，一双眼睛炯炯有神，乍一看像个文质彬彬的书生。如果不是腰间那两支快枪，他跟土匪完全沾不上边；腰间有了那两支枪，他便显得威风凛凛……

李兰贞有点犯糊涂了——这个人，难道不是龚黑柱？传说中的龚黑柱，是个满脸黑麻子、奇丑无比的男人，难道那是以讹传讹？

黑袍客最后无比留恋地扫一眼李兰贞，露出一个微笑，然后拨转马头，朝天柱峰方向急驰而去，他胯下的那匹枣红马，像一团流动的火。

此时，天要黑了。

罗金堂望着土匪远去的背影，心中咆哮道："老子一定要扫平天柱峰！"双腿一夹马腹，枣红马一声长嘶，向着北方进发。在他身后，李兰贞等人紧紧跟上。

4

回到固庄团部，罗金堂满脑子想的是怎样打天柱峰——擒贼先擒王，只要干掉匪首龚黑柱，就成功了一大半。

最好的办法就是利用此人的贪淫好色，把他诱下山来，只要他肯下山，就离成功不远了。

这个行动需要从长计议，一时半会儿难以实施。由于日军丢掉临山县城后，有寻机报复的迹象，甚至有可能再来一次较大规模的扫荡，所以他得先把天柱峰的事情放一放。

一天，冷长水领着一个陌生人来到团部，那人神神秘秘的样子，冷长水让那人先在外边等着，自己进去见罗金堂，说："罗团长，有人从徐水镇过来，给你捎来一封信。"

徐水镇是敌占区，罗金堂警惕地站起来："什么信？谁捎来的信？"

"是日军松本清扬中佐派他来的，这个人在那边当翻译，姓高。"

冷长水把那姓高的翻译叫进来，高翻译上前对罗金堂点头哈腰，一副奴才相。罗金堂很不耐烦地摆摆手，让他有事快说，有屁快放。高翻译拿出一封信，递给罗金堂。信封上用中文和日文写着："请呈交八路军大阳山部队团长罗金堂先生亲启。"

罗金堂拆开信，内文有些字他不认得，就让冷长水给念一下。冷长水把信念了念，大意是："本人名叫松本清扬，是皇军第三十六旅团下属的大队长，是罗团长的手下败将。本人非常敬佩罗团长，想同罗团长见一面，当面请教，不知能否垂允？"

"什么意思？"罗金堂摸着脑袋瓜，有点摸不着头脑。

"团长，意思很清楚，这个松本中佐很佩服你，想跟你见个面，问问你是不是同意。"

"这个嘛，有意思，有意思……"罗金堂站起来踱步，半天才道，"老冷，你说见不见？"

"罗团长，是他先张的嘴，他提这个要求，说明他放低了身段，把自己当孙子，把你当爷。你如果避而不见，不就显得咱八路军没肚量吗？好像怕他似的……罗团长怕过谁呀，对吧？"

"那就见！老子连阎王爷都不怕，跟鬼子见个面有啥怕的。"

罗金堂的豪迈气概一下子给激发出来了，他拿过一张信纸，想了想，写下八个颇有力道的大字："在下愿恭候。罗金堂。"装到一个信封里，递给高翻译。

当场约定了见面的时间、地点。高翻译拿过信，又是一阵点头哈腰，回去了。

见面地点定在固庄村边上的一间农舍。本来罗金堂打算到靠近徐水镇的某个地方与日本人见面，冷长水以他的安全为由，坚决不同意他离开固庄，道："反正是那日本人提出来的，他爱来就来，不来拉倒。"

罗金堂以为那日本人不过是说说而已，并不敢来见，或者不愿大老远跑来见，所以也没太当回事。到了约定的见面时间，快到中午了，冷长水接到村外山口哨位上的电话，说是来了一个鬼子军官，一个翻译官，骑马来的，没带武器，是不是抓起来？冷长水笑了，说："来的都是客，哪能抓？赶紧的，以礼相待。"

这两人天不亮就从徐水镇出发，带着几个警卫，进入八路军的地盘后，警卫没跟来。冷长水向罗金堂报告过后，抢先赶过去迎接"客人"。罗金堂把皱巴巴的军装脱下来，换上一套新军装，来到村边上的农舍。松本清扬一见他，二话不说，恭恭敬敬地鞠了一个躬，他抱拳还礼。看上去，二人年纪相仿，都是三十左右，松本像个绅士，很有派头，文质彬彬，高翻译说他是个中国通，喜欢中国古代典籍《孙子兵法》《三国》《水浒传》。罗金堂则像个典型的中国农民，身板粗壮，面相憨厚，一身土气，基本没看过什么书。

二人在茅舍里的土炕上分宾主落座。他们是战场上的老对手，多次交手，罗金堂似乎从未吃过败仗，因此一上来，松本说了一大串如何如何敬佩罗金堂的话，夸他骁勇善战，勇冠三军，还说他既有赵子龙的勇猛，又有诸葛亮的智谋，被他打败，败得心服口服。今日能得一见，实乃三生有幸云云……

搞得罗金堂非常不好意思，脸都红了，一个劲地摆手，谦虚地说，不是自己会打仗，而是作为中国军人，守土有责，不想当亡国奴，八路军战士面对强敌，激发出视死如归的英雄气概，才能在大阳山站得住脚。

冷长水张罗着上了四样菜，是从团部食堂带来的，有一盘炒鸡蛋，一盘花生米，一盘炖鸡，一盘炒豆角，又打开一瓶老白干，坐下来陪客。松本和罗金堂每人喝了几口酒之后，不再谈打仗的事，互相询问了对方的经历。松本说他原是东京大学的高才生，学天体物理的，他的理想是当一名科学家，但是因为战争，不得不投笔从戎，放弃理想，成为人生一大遗憾。罗金堂实打实地说，他从军之前，不过是一个杀猪的屠夫，过着饥一顿饱一顿的生活，被人瞧不起，是战争改变了他，使他成为一名团长，领兵三千，做了一个军人应该做的事情，他感谢命运。

紧接着，双方又谈起各自的家庭。松本介绍说，他有一个儿子，一个女儿，妻子是个教师，非常贤惠，因为战争，他已经五年没见到他们，很是想念。说话间他眼圈红了红，掏出一个精致的钱夹，里面有他一家四口的照片，是他来华前，在自家院子里照的。罗金堂看了一眼，感觉确实是和和美美的一家。可是走到这一步，怪谁呢？

松本问罗金堂："罗团长，您娶媳妇没有？"

冷长水抢着说："我们罗团长刚结婚不久，新娘子非常漂亮。"

松本冲他竖起大拇指。罗金堂美美地一笑。近来因为要做反扫荡的准备，几个团领导的家眷都搬到方庄去住了，否则罗金堂真要把李兰贞叫过来，让这个日本人瞧瞧，自己娶了怎样一位如花似玉的夫人，比他那小鼻子单眼皮的日本娘儿们，漂亮多了。

松本端起酒杯，主动与罗金堂碰杯，祝他们夫妇早生贵子。罗金堂说："谢谢。"

再往下没啥可聊的了，罗金堂忍不住问道："哎，你到底是不是天皇的亲戚？"

松本通过高翻译回答道："用你们中国的说法，算是有点沾亲带故，七八姑八大姨之类，皇帝也有几门穷亲戚，我家就是天皇家的远方穷亲戚。"

罗金堂哈哈一笑说："那也算是皇亲国戚。"

坐了有一个多钟头，松本和高翻译用过饭，提出告辞，说："罗团长，咱们算是不打不相识，打仗打成了朋友，难得。有什么需要，请提出，兄弟一定帮忙，一定尽力。"

罗金堂随口道："我需要一挺歪把子机枪，两箱子弹。"

众人都望着松本，只见他略一迟疑，立正说道："兄弟一定办到！"

众人都以为这不过是个玩笑，说过就忘到了脑后，没人当回事。哪想到仅过了两天，前沿哨所报告说，有两个鬼子，带着几个民夫，打着白旗，进山了，请示打不打？冷长水去请示罗金堂。罗金堂命令道："既然打着白旗，就不要打，看他们来干什么。"

到了哨所跟前才知道，两个日本兵，轮流扛着一挺歪把子机枪，后边四个民夫，抬着的是两箱子弹。日本兵用半生不熟的中国话，说了半天才把意思说清："松本大队长的命令，把东西送交罗团长。"

哨所赶紧派人把日本兵和东西送到团部，罗金堂和刘子厚、冷长水等人愣了，都有点傻眼。罗金堂笑得合不拢嘴，一拍桌子，道："这姓松的日本鬼子，一言九鼎，还真他娘的够朋友！"大家都笑，冷长水纠正说："罗团长，人家姓松本，不姓松。"

收到东西，不能不给人家回个话，罗金堂抓过一张纸，写下四个大字"收到了。罗"，交给两个日本兵。那两个日本兵不接信，连说带比画，又是好半天人们才搞清楚，松本大队长命令他们，把东西送交罗团长，就不用回去了，算他们逃亡了，如果回去，他们要被枪毙的。

这下把罗金堂等人给难住了，几人商量一下，决定把他们送到分区，再请分区派人送到省委后方妥善安置。电话里，江山对罗金堂说："你和日本人来往，这么大的事情，你事先也不请示。"罗金堂说："一个日本人，想见我，跟你请示，你敢同意吗？我随便接见他一下，拉呱儿，就得到一挺机枪、两箱子弹，而且是日本人亲自送上门，谁有这个面子呀？"

这天回到方庄住处，罗金堂把事情经过扬扬得意地给李兰贞说了。李兰贞却提醒道："老罗，黄鼠狼给鸡拜年，你要提防他不安好心。"

罗金堂道："无非是战场上再较量几回，还能有啥？"

李兰贞突然有一种不祥的预感，具体是什么，又说不清道不明。

5

夜里，北风冷飕飕地刮过来，月亮隐去，阴云翻飞，星星全都不见，伸手不见五指。

这已经是一九四四年秋末冬初时节，天边传来隆隆的闷雷声，把睡梦中的罗金堂惊醒。刘子厚爱人这几天要生小孩，回方庄了，其他几个团领导，也都因为有事，不在固庄，团部只有他和冷长水值守。昨天下午，李兰贞打来电话，说是她这两天老是呕吐，吃不下饭，吐酸水，蔡小梅过来看了看，说是可能怀上了。这消息把他高兴得差点跳起来，放下电话，脱口骂道："他娘的！老子撒下的种子，到底发芽了！"他打算刘子厚一回来，就回去看看女人，争取陪她多住几天。

晚饭时，冷长水听说他"留种"有了门儿，特意让炊事员打开一瓶老白干，非要陪他喝两盅。他在老家当屠夫时，馋酒，却因为穷，喝不上；后来当了团一级领导干部，想喝酒，不是难事了，他却逐渐远离了酒，怕喝酒误事。因为老婆有了孕情，这晚他架不住冷长水三劝两劝，借着高兴劲，大半瓶都让他灌进肚里，头脑有些昏沉，走路脚下直打晃儿。冷长水说："团长，让小孙送你回去，今晚我在团作战室值班，请你放心睡你的大觉，有事我会及时报告。"

半夜里，一阵沉闷的雷声把他惊醒，让酒给闹的，脑袋昏沉得很。都到冬天了，天上还在打雷，也真是少见。他翻个身接着睡，突然感觉不对劲——伴着雷声，他似乎听到了一阵阵密集的枪声！而且枪声就在村外不远处。他摸到炕头的电话机，想问问作战室什么情况，但是话筒没一丝声音，估计电话线让大风给扯断了，这种事以前常有。

他腾地爬起来，这时酒也醒了，头也不疼了，胡乱穿上衣服，没找到帽子，拎起枪就往外冲，与急急跑来的小孙撞了个满怀。

"小孙，什么情况？"他问。

"团长！敌人上来了，冷副团长让我保护你。"

此时深夜两点多钟的样子，除了哨兵和值班人员，人们都在沉睡。风还在呼呼刮着，闷雷还在远方响着，这时候枪声稀落下来，不留心几乎听不到。

他冷静地判断一下，发现西北方向的枪声更密集，那个方向正对着徐水镇，他道："小孙，不要慌，你赶紧回去告诉冷副团长，命令二营立即朝西北方向出动，阻击敌人！三营就地做好战斗准备！其他几个营做好增援准备！听明白了吗？"

小孙答道："明白！"转身往前跑去。

他虽然感觉到了危险，但他并没有慌乱。以他的经验，日军很少夜间出动，他们不习惯夜战，因为他们的重火器夜间难以发挥作用，他们喜欢黎明时分出动，而八路军最拿手的就是夜战和近战。这股敌人很有可能来自徐水镇，他们是离固庄最近的敌人。他突然想起前不久坐下喝酒、送机枪的松本清扬，那个天皇的穷亲戚，会不会是他来凑个热闹？

他往团部作战室走去，边走边考虑是否需要给分区作战室打个电话报告一下，当然不需要他们增援，他一个整团放这儿——二营、三营跟团部驻在一起，一营、五营驻扎在南边五里远的小李庄，四营、六营驻扎在东边七里远的马庄，他的部队呈品字形摆放，按说没有两个大队的日军，是啃不动的。而徐水镇的敌人，也就一个大队，满打满算三百多人，况且不可能都出动，顶多能来两个中队，这点儿力量想拿下固庄，那是痴心妄想，是做梦！他甚至不需要动用外围的四个营，仅用驻守固庄的这两个营，加上团部的警卫分队，就有很大把握消灭这股来犯之敌。他又想，鬼子主动找上门来，那是更好，先吃掉它这一股，然后乘胜追击，百里奔袭，一举端掉徐水镇这个重要据点，那么整个大阳山北麓的鬼子据点，基本都被拔除了……

他决定，先不给军分区报忧，等把这股偷袭的敌人拿下，再报喜不迟。

他住的地方离团部作战室隔着两个胡同，往作战室走去的时候，他的心情居然是轻松的，天下掉馅饼一般，给他送来这么一个歼敌的大好时机，他有理由感到兴奋。

不远处的胡同里，砰的一声枪响，有人倒地的声音，接着是凌乱的脚步声。他顾不上这些，裹紧大衣，加快了步子。

迈进作战室，三四个参谋和几个通信员正在收拾东西，急慌慌的，一副要撤退的样子。他喝问："你们干什么？冷副团长呢？"

一个参谋上前说："团长，冷副团长说是你马上过来，他去组织二、三营撤退，出去有一会儿了。"

他一个惊愕："什么？撤退？谁让撤退的？"

参谋们都有些发呆，过了好一会儿，才七嘴八舌、乱哄哄地补充道："团长，半个多小时前，西边、北边，还有南边三个方向都响起枪声，几个哨位都打电话报告，说是发现鬼子上来了，像是敌人大部队来偷袭。冷副团长马上给你打电话，汇报说，突然发现大批敌人，从三个方向包围了固庄，具体情况不明。他放下电话，就对我们说，团长命令，各营不得恋战，立刻往方庄收缩撤退……"

罗金堂蒙了——难道睡梦中自己接过电话？下过这样的糊涂命令？他一时记不起来，突然又想起什么："哎，小孙呢？怎么没来？"

众人都摇头，说没见到小孙。

冷长水不见，小孙也不见，难道这两个家伙怕死，都开溜了？

小孙不可能跑，他跟自己好几年了，从来不怕死，他很可能奔向二、三营传达自己的命令去了。那一定是冷长水有问题——昨晚他变着法儿灌酒；作为值班首长，规定不允许离开作战室一步；如果要撤退，也应该是最后一个撤——他竟敢擅自离开，说明了什么？

罗金堂突然感到后背发凉。这会儿，枪声离这儿越来越近，似乎前头的敌人已经摸进了庄子，与团部的巡逻兵交上了火。此刻他顾不得多想，摸起电话，但是几部电话全打不通，显然有人割断了电话线！他扔掉电话，对一个通信员说："你去二营传达我的命令，必须顶住北面的敌人，没有命令，不得撤退一步！"

通信员答一声"是"，顾不上敬礼，跑出去了。

他对第二个通信员说："你去三营，让他们立刻增援二营！"

第二个通信员跑出去了。

一个参谋带着哭腔说:"团长!怕是来不及了……"

"什么来不及?"

"冷副团长给你打过电话后,紧接着以你的名义给各营下达命令,让各营火速撤退,不得恋战……各营估计已经走远了……"

罗金堂脑子这下彻底清醒了,他大叫一声,猛地一拍桌子,吼道:"冷长水这狗日的!他要当汉奸!"

如果这时候他当机立断撤退,是能够走脱的,但是他认为自己身经百战,从来没有这么狼狈过,哪能轻易逃跑?团部警卫分队,加上通信员、炊事员等一些闲杂人员,大约有二百号人呢,利用相连的两处还算坚固的房屋院落,固守待援,坚持到天明。那些误听冷长水命令撤走的部队,接到他的命令,哪怕有一半返回救驾,里应外合,就能够一举扭转态势,乃至彻底干净地消灭这股敢于偷袭的凶恶之敌,然后组织团主力,扑向百里之外的徐水镇……

这个时刻,他豪气干云,丝毫不畏惧,掏出手枪,命令参谋们,马上去集合团部所有人员,带上所有的武器弹药,固守团部这两处较大的院落,只守不攻,节省子弹,把敌人放近了再打;任何人不得撤退,谁跑就枪毙谁。

一场惊心动魄的战斗,在这个冰冷的雨雪之夜,仓促地打响……

6

罗金堂没有猜错,指挥这次行动的,正是松本清扬中佐。

他上次从临山县城逃出来,狼狈不堪地钻进徐水镇炮楼时,身边只剩下十几个部下,几乎等于全军覆灭。作为天皇的亲戚,他脸面无光,败在罗金堂这样一个目不识丁的中国农民之手,更让他无地自容。

他不服气。他要报复。他日思夜想,挖空心思寻找复仇的办法。上峰有指令,本年度不再对大阳山区的八路军进行较大规模的扫荡,最快也要等到明年开春,才能举兵围剿。他不想等到明年,他一天都不想等。他必须打一个翻身仗,否则,不如让他死,即刻去死!

正当他焦头烂额之际,一次,徐水炮楼的翻译官高强无意中说,他和罗金堂手下的冷长水当年是同窗,小时候常在一块玩耍,虽然十多年不见,但老感情一定还在;他去问过俘虏来的土八路,得知冷长水现在是三团副团长,此人曾经当过军分区的副司令，司令江山身边的大红人，后来因为犯错误，被打入另册，一直没再翻身；而且此人和三团团长罗金堂素有嫌隙。

这个消息让松本如获至宝。他熟读《史记》《三国》，对中国史书中的计谋颇有研究，十分欣赏、崇拜中国古人的招数。俄国的列宁也说过，堡垒最容易从内部攻破，何不策反这个冷长水？

于是他喊来高强，二话不说，先深深地鞠了一躬，弄得高强无所适从，手脚没处放，"太君太君"地叫个不停。他又作了个揖，这才道："高君，请你一定帮我。"

他端出了自己粗略的想法。高强也正想露一手，便答应一定尽力。二人合计了半天，制订了一套较为详细的方案。

那天高强去固庄，其实带去了两封信，一封给罗金堂的，一封给冷长水的。为防止给冷长水的信暴露，高强把信藏于鞋底。冷长水先见到高强，拆看了松本清扬给他的信。信上提出，愿与冷君精诚合作，打败罗金堂这个军阀，请冷君提出条件，事成之后一定落实。

这个时候的冷长水，正处于极度苦闷时期。他被压抑得太久太久，原指望打下临山县城后，提拔一下，出一口气，面子上好看些。机会也确实来了——上级打算擢升罗金堂，让他当分区副司令，直接辅佐江山，由冷长水接任团长。但是，没想到罗金堂不干，说是宁为鸡口，不为牛后，还是当他的团长自在，等将来三团升格为旅级单位，不如直接让他当旅长算啦。

受过挫折的冷长水其实胃口并不大，无非就是想接这个团长。若论打仗，他差哪里了？打临山县城时，他干净利落地消灭了二百多鬼子伪军，几乎没放跑一人，正是他在城外的牵制，罗金堂才顺利拿下县城。然而，功劳都成了姓罗的，吹得神乎其神，他啥也没得到。按说他曾经是个堂堂的副司令，大阳山根据地的创始人之一，让他当个团长，又有何不可？他是犯了点儿错误，但是革命征途上犯错误的人不少，为什么老是跟他过不去？

他对江山尤感失望。他们是一个地方的人，一块起兵闹革命，江山最了解他，按说也应该最信任他，可是江山宁肯信任罗金堂、刘子厚这种人，早把他忘到了脑后。

他深深感到，在共产党这边，将永无出头之日。他不想再受罗金堂这种人压制，实在受够了窝囊气，他下决心要改变一下，就像当年他下决心跟江山起兵造反一样，再豁出去干一票。

冷长水向松本提出的条件是，只要他诚心诚意配合，不管接下来能不能打掉罗金堂，都不应亏待他。他在这边曾经担任过军分区的副司令，算是师一级领导干部，一旦他弃共投日，到了那边，至少要安排他当皇协军的副师长，常驻龙城，不驻外地的炮楼，不参与和八路军作战。

他以为这个条件会把松本清扬吓回去。如果吓退对方，也就罢了，等于没有这回事。

他不知道，松本这回真是豁出去了。松本为此特意跑了一趟龙城，找到驻龙城司令官山田雄文，强烈要求满足冷长水这个条件，并且向山田司令官提出，这一回如果还是不能打败罗金堂，他将剖腹自尽，以死效忠天皇陛下。

松本冒着风险，如约来拜见罗金堂，让冷长水感觉到松本确有极大的诚意——这诚意表面上是对罗金堂，实则是对冷长水，他来见罗金堂只不过是一个掩护。冷长水先于罗金堂见到松本，松本告诉他，冷君所提的条件，日方全都答应。

冷长水既兴奋，又颇为犹豫。松本提醒他，开弓没有回头箭，都到了这一步，冷君只有一条道走到底，退是退不回去的。他猜出松本的意思——如果不配合，那么，过后就把事情捅出来，他会两面不是人。他都暗中和日本人谈了条件，已经不是在这边能否待得下去的问题，而是脑袋还能不能保住……

日本人从来不是好东西，他不指望松本善良，事已至此，时不我待，他唯有抓住这个不是机会的机会，先跳出面前这个"苦海"，至于跳进去的，是不是另一个"苦海"，现在已顾不上多想。

他早年做过锄奸工作，具有自我保护的丰富经验，有把握把事情做得天衣无缝。趁罗金堂未赶到，他们当即商定了行动的时间——赶在冷长水在团作战室值班的夜晚，他便能更好地里应外合。他还当场给松本画了一张固庄外围几个哨卡的位置图。松本默记在心里，当他的面把那张纸烧掉了。

回来的路上，松本仔细察看了地形，选定了行军路线。按照和冷长水商定好的行动计划，今天一大早，松本留下一封遗书，颇有"风萧萧兮易水寒，壮士一去兮不复还"的悲壮意味，率领挑选好的二百名日军官兵，只带高强一个中国人，携带轻武器和足够的弹药，开始了百里奔袭。

为了避开八路军在徐水镇的眼线，他们天不亮悄悄离开镇子，半晌午到达日占区和八路军占领区的分界线牛头山，在山中休息待命。夜十一点，吃饱睡足的突击队员脱下军装，一律换上八路军的服装，左胳膊缠上白毛巾，隐藏前行。

天公作美，这一晚狂风大作，厚厚的阴云遮住了一切，四野不见任何光亮，有效掩护了松本所部的行动，使他们顺利绕开了好几个八路军的前沿观察哨卡，不至于过早暴露。他们推进至离固庄十八里远的于家沟，为了制造声势，松本把队伍分成三组，从北、西、南三个方向逼近固庄。前卫靠近固庄时，才被发现，双方交火。这时候天边响起一阵隆隆的闷雷声，更加渲染了恐怖的气氛。

按照冷长水的谋划，松本的部队不能急于进庄，要在庄外大造声势，造成敌人大批来袭的迹象，这样才能配合他把庄内的部队调离而去，给松本的致命一击腾出足够的空间。他猜出以罗金堂的禀性，不会轻易撤出，这就为松本聚歼他提供了最大的可能！

如此一来，松本已经有了八成胜算。他发誓要用黑虎掏心战术，用罗金堂善用的方式，打败这个大阳山八路军的所谓"战神"，以此证明，他才是大日本帝国的"战神"。

7

局势全都朝着松本清扬和冷长水所预想的方向发展，仿佛一切皆是天意。

这一阵平安无事，刘子厚等几个团领导都不在固庄，碰巧李兰贞又有了身孕，罗金堂大喜过望，冷长水借机把他灌醉。在他睡下以后，割断了通往他住处的电话线，这样就不会有电话把他唤醒。

天时、地利、人和，都有了。

深夜一点多，作战室接到几个哨位的电话，说有敌人来袭。接着是三个方向枪声大作。冷长水假借给罗金堂打电话，放下电话后，编造说，团长命令部队马上撤退，随即下达了各营往方庄方向紧急撤退的命令。他以组织督促二、三营撤退为由，离开作战室。出了院子，遇到小孙，他吩咐小孙去保护团长。小孙走开后，他绕到作战室后窗根下，割断了所有的电话线。

正要溜出庄子时，恰恰他又遇到了跑过来的小孙。小孙说："冷副团长，团长命令……"话未说完，他趁小孙不备，突然开枪，撂倒了他。

罗金堂进入作战室之后，与外界的联系全部中断，他命令几个参谋人员去组织团部剩余人员，固守待援。由于冷长水往外走时，命令途中遇到的所有人抓紧撤走，所以最后只归拢了一百五十多人，而且一半以上是后勤闲杂人员，战斗力并不强。

局势顿时急转直下。

大约半个小时后，松本的部队团团围住庄子中心相连的两个院落。这时候罗金堂就是想撤走，已经不可能。

本来打阵地战和村镇攻防战，八路军远不是日军的对手，现在罗金堂以弱打强，人数又不占优，他就是有天大的本事，也无法扭转战局了。

松本没有急于派兵出击，而是命令手下，先往那两个院子扔手雷。数百颗手雷鸣叫着飞进去，发出轰轰隆隆排山倒海般的声响，火光冲天，大地震颤，不少人被炸飞，残肢断臂跃上了房顶和院墙。

松本尚未组织冲锋，仅仅一阵下冰雹一般的手榴弹雨，就让里面的人死伤过半。

罗金堂向来以不怕死著称，死神每每绕着他走。但他知道，早晚会有死的那一天。而今，自己的死期，终于到了。

一个参谋爬到他身边，大声道："团长，我们掩护你冲出去……"他笑笑，往哪儿冲？敌人团团围住，看这阵势，今晚插翅也逃不脱。冲是死，不冲也是死；冲，死得更快，出门就得死；不冲，还可以多活一会儿，多打死几个鬼子。

以他那种打仗不要命的劲儿，早该战死。能活到今天，已是万幸。死，他没遗憾。他娶上了如花似玉的老婆，老婆又怀上了他的种，他一个杀猪的屠夫，能有这样的福分，还有啥不知足？天下有几个屠夫能有这样的命？

现在他微微有点后悔的是，在明知道冷长水投敌、部队撤走的情况下，不该硬撑，应该当机立断，先撤出去，找到部队再回头收拾这股敌人。现在想来，他有点托大了，这都是胜仗打多了，骄傲了，不把对手放眼里了，冲动了，才造成这个局面。

常听人说，淹死的都是会水的。他以前所谓百战百胜，少有败仗，到头来，总会有一个败仗找上身来，让你陷入灭顶之灾。这都是命。

唯一感到对不住的，就是身边这些年轻的小兄弟，由于他的失误，使他们过早地夭折……

风减弱了一些，月亮偶尔露一下脸，院子里，硝烟渐渐散去，除了伤者的哀号和垂死者的呻吟之外，院墙外面，一时安静下来。他命令守卫后院的人都撤到前院，严阵以待。

片刻过后，只听一个有些熟悉的声音在喊叫——

"罗团长！罗金堂团长！只要你投降，太君说了，可以保你不死……"

他听出来了，是那个高翻译官的声音。

他摸出一颗木柄手榴弹，拧开盖子，咬掉铁环，扬手朝声音来处扔过去。只听轰的一声闷响，有人惨叫，声音像来自地狱。

他走到院子中间，大声吼道："还能喘气的都听着——弟兄们！鬼子要上来，给我放近了，瞄准了打……我告诉你们，我罗金堂是不准备活过今晚！是男人，是中国男人，就要站着死！不该跪着活！只要是我罗金堂的兵，不能有一个当孬种。弟兄们！都听清了吗？"

四周响起七零八落的回答声，众人纷纷道："团长！听清楚了，我们不怕……我们跟你一块死……"

他眼眶一热，嗓子一哑，咳嗽两声，大声道："弟兄们！下辈子，我罗金堂还要带你们打鬼子……都听我的命令——手脚还利索的，爬上房顶，受了伤的，守住院墙，上来一个干掉一个！"

战士们立即行动，纷纷找到了自己的射击位置。

随着又一拨飞落的手雷爆响过后，日军开始冲锋，从四面发动进攻。这院子原是地主王鑫堂家的宅院，一门两进，前院为主院，是固庄最好的建筑，全是青砖瓦房，院墙也是青砖垒就，比较坚固，几百颗手雷竟然没有炸塌一角。罗金堂指挥众人，伏在围墙上、房屋窗台上，还有房顶上，居高临下射击……

厚重的大门被手雷炸中，起火燃烧，门板倒下了，但门楼还在，唯一的一挺轻机枪封锁住大门洞，有这挺机枪在，日本人就无法从大门攻进院子。

松本清扬指挥敢死队，一连发动了三次冲锋。

第三次冲锋时，有七个鬼子从墙头翻进了院子。罗金堂用手枪击毙其中一人，夺过一支三八大盖，接连刺死两人，余下的四个被其他人干掉。

松本紧接着组织第四次冲锋，决定先用集束手榴弹炸毁一段摇摇欲坠、即将倒塌的院墙，从这里打开突破口。站在他身后的冷长水观察一下，提醒道："松本君，事不过三，对方可能都死光了，走大门吧。"

松本当然不会听他的，坚持炸墙。一阵轰轰的响声过后，五六米长的一段围墙轰然倒塌。松本挥动指挥刀，十几个日军呈战斗队形，边放枪，边逼近围墙豁口。无论是房顶上，还是墙头上、房子里，已经没人开枪还击。院子里死一般的寂静。

日军纷纷猫腰从豁口进入院子……

此时已是黎明时分，风停了，月亮露了脸儿，又大又圆的月亮挂在西边的天空，天气寒冷，一派肃杀之气。偌大的院子里，一堆堆的战火即将熄灭，灰烬四起，血腥味扑鼻。房顶屋檐上、门槛上、墙根下、院子的角角落落，到处是尸体，到处是残肢断臂，到处是炸坏的农具、家具和枪支……

人都死光了。

但是院子中间，还有一个人站在那里，站成一座雕塑样，身上都是血，像是一座紫黑色的雕塑。他手中拄着一支刺刀弯曲的三八大盖，一动不动，弄不清他是死是活。

上百名日本人陆续进入院子，团团围住他。

他还是一动不动。都以为这人死了。

然而，他却突然发出了一声吼叫。离他最近的日本兵吓得纷纷倒退。只听他嘶声喊道："天皇的穷亲戚，有种你就滚出来吧！"

松本清扬手扶指挥刀，缓缓走了出来，走到离黑雕塑三丈远的地方，停下。人们都看着他。他居然出人意料地双腿一并，一个立正，然后恭恭敬敬地举起戴着白手套的手，冲面前的黑雕塑行了一个军礼，放下手，微微一笑，道："罗团长，你还好吗？"

"马马虎虎。"

"罗团长，今晚本人不请自到，抱歉啦！不过，今天你虽然败于我手，但我仍然佩服你。"

黑雕塑哈哈一笑，道："老子还没死呢，谁胜谁败，还难说呢。"

松本清扬摇摇头："以前屡屡输你，但我只赢一次，赢最后的一次——最后赢，才算赢。我打败了大阳山八路的战神，那么，我就是大日本皇军的战神！哈哈哈……"

"战神不是自封的。"

"罗团长，不要争了，你败局已定。"

"好，那我问一句：如果没有冷长水这个中国败类帮你，今晚你能赢我吗？"

松本诚实地说："不能。"

"这就对了，没有吃里爬外的内鬼帮忙，你们是打不赢我们的。"

"罗团长，今晚咱们不论输赢，我们是朋友嘛。罗团长，据我所知，你的岳父如今在龙城，他是皇军的人，你为何不像他那样，也为皇军服务呢？皇军不会亏待你的。"

"岳父？哈哈哈，我问过我老婆，他们早已断绝父女关系，本人不认他这个当汉奸的岳父。"

"罗团长，时候不早了，我不想多说。我最后再劝你一句——大丈夫能屈能伸，你如果投降皇军，我保你荣华富贵。"

"免了吧！老子活够了！"

"你真不怕死？"

"砍头只当风吹帽，少啰唆！"

话音未落，他不知从哪里摸出一把杀猪刀，用尽最后的力气，右臂猛地一抖，闪亮的刀子奔着松本清扬的胸膛直飞而去……

众鬼子发出"啊"的一声惊叫……

松本清扬本能地一歪身子，飞刀"哧"的一声，插入他的左肩胛骨。与此同时，他拔出腰间的王八盒子，弹匣里的子弹全部倾泻出去……

罗金堂轰然倒下了。

躲在暗处的冷长水，不忍再看，扭过脸去，习惯性地抬手摸一下少了小半边的左耳朵。不知为何，此时的他，内心感到十分的孤独。

这当儿，从东面的方向，传来密集的枪声，还有冲锋号声。显然，八路军增援部队上来了。

8

一百五十多位烈士的遗体就地进行了掩埋，唯独把罗金堂的尸体带回了方庄。这是江山定下的。

李兰贞因为有了身孕，江山担心她受不了，打算不让她见丈夫的尸身，开个简短的追悼会，埋葬之后，再把她领到墓地，做一个告别，也就罢了。

她不同意。

一大早，她就听到了丈夫的死讯，杨淑芳和蔡小梅过来陪伴她，她木呆呆的，一声不吭，也未流泪，像吓傻了似的。两人说了一大堆劝慰她的话，她一句也没听进去。江山、杜宗磊、刘子厚等首长来到她的住处，她只说了一句话："我要看老罗最后一眼。"

罗金堂的尸身暂时放在打麦场边上的一间茅草屋里，杨天龙带几个战士看守着。杨淑芳和一个护士搀扶李兰贞过来，江山等人跟在后面。进了茅屋，看到地上放着一副担架，一条白布单蒙在上面，显出一个人形的轮廓。

李兰贞缓缓蹲下，呆愣片刻，欲伸手去揭白布单。江山也蹲下，小声道："慢着。"她住了手，抬眼望着江山。江山道："李兰贞同志，无论怎样，你要挺住……一定挺住啊……"

江山泪水滚落下来。众人也都热泪涟涟。

她点点头，轻轻揭开白布单，她先是看到他弹洞密布的、像马蜂窝一样的大腿、肚腹、胸脯，全身都是凝固的血斑，紫黑色的躯体宛如一截冷却了的钢锭，无比地坚硬；她继续往上揭白布单，又看到了他粗短的脖子……

人们都扭过脸，不忍再看。

白布单全揭开了，她看到丈夫脸上盖着一顶棉军帽，她拿开军帽，赫然发现脖子齐茬茬地被砍断，竟然不见了丈夫的头颅！

她一阵哆嗦，半天才道："老罗的脑袋呢？"

杨淑芳等人哭出声来。

原来黎明时分，江山带人冲进固庄，敌人已逃窜，收拾乱七八糟的尸体时，怎么也找不到罗金堂，后来人们见院子中央一具没有头颅的尸身，怀疑是罗金堂的，刘子厚过来辨认一下，确实是罗金堂，江山便吩咐用马车拉回了方庄。

李兰贞呆呆地坐在地上，面色惨白如纸。杨淑芳边哭边扶住她，怕她挺不住。江山泣不成声，道："是我害死了老罗。没有内贼，引不来外鬼，我早该把冷长水这个混蛋一撸到底，可我有私心，想着他和我一起出来革命，我想保他，结果让他害死老罗……李兰贞同志，我对不住你啊……"

刘子厚哭道："老伙计，如果昨晚我在团部，你是不会死的，都怪我啊……还怪我老婆，非要赶这几天生孩子，让冷长水这混蛋钻了空子……"

第二天，杨天龙赶一辆马车，一路颠簸来到徐水镇，直接奔炮楼而去，到了吊桥下面，被站岗的鬼子拦住了，鬼子一拉枪栓，一个伪军喝问："干什么的？"

杨天龙不说话，撩起车篷上的棉布帘，搀扶李兰贞下了车。李兰贞说："我找松本清扬。"

"你是什么人？"

"我是八路军团长罗金堂的爱人。"

伪军冲鬼子耳语几句，鬼子进了炮楼，一会儿工夫又跑出来，吩咐伪军放下吊桥，然后带李兰贞一个人进了炮楼。

松本清扬站在炮楼内院的青石台阶上迎接李兰贞，他原本左肩中了一刀，吊着绷带，他不想让人看到他受伤的样子，取下了绷带。现在看上去，他一身笔挺的军装，没佩戴武器，胡须刮得干干净净，精致的鼻梁上挂一副小巧玲珑的眼镜，看上去彬彬有礼，根本不像刚刚指挥过一场屠杀的鬼子魔头，倒像一个爱好和平的青年军人。

李兰贞走到他面前，冷冷地望着他。

站在他面前的，是个稀有的美丽的女人。美人新寡，由于悲伤，更显得无比冷艳。他实在想不到丑陋的罗金堂竟会娶上这么漂亮的女人，也许这便是中国传统文化中的美人爱英雄吧。

二人都不说话，沉默了足有一分钟，他才开口道："你就是余小姐？"

她微微摇一下头："不，我现在叫李兰贞。我是罗金堂的夫人。"

"哦，罗夫人，你好！你大老远跑来，我能帮你什么吗？"

"我要完整装殓我的丈夫，不是无头的丈夫。"

昨天，她坚决要求讨回丈夫的头颅，不能让他尸身不全下葬，江山、杜宗磊他们拗不过她，商量来商量去，都认为只有她出面，徐水炮楼的鬼子才有可能交还头颅，考虑到她父亲毕竟是伪龙城市副市长、皇协军师长、龙城警察局长，料想日本人不会为难她，至少她不会有危险，所以今天一大早，派杨天龙陪同前来。

松本清扬早已猜到她来的目的，一阵默然。那晚他命人砍下罗金堂的脑袋，原本是想择日送到龙城去邀功，如果可能的话，再带到各个炮楼、据点去巡回展览，让他们见识一下这个六七年来令皇军头痛不已的八路军悍将，是怎样一副尊容，借此助长一下大日本皇军的志气，同时扬一下他松本中佐的威名……

现在看来，他得改变主意了——他无法拒绝一个妻子对丈夫的一片深情，而且她又是如此的美丽不凡，他不忍让她空手而归。

"夫人，请跟我来吧。"

他在前面走，李兰贞跟上。他将她带入一个房间。靠墙有张木桌，布置成了一个香案，三炷香在袅袅升腾，香案上摆着一个大木匣。松本清扬打开木匣盖子，说："他在这里。"

她心惊肉跳地移步上前，看到木匣里面，放着一尊大口瓶，一颗硕大的头颅浸泡在药水中——青森森的脑壳、小眼睛微闭、腮帮上有几粒若明若暗的麻坑、招风大耳，正是她的丈夫罗金堂！

她木呆呆地站在那里。从昨天到现在，她粒米未进，脸色灰暗，浑身麻木，还没有留过泪，现在更不想在敌人面前流泪，她忍着，不让眼泪掉下来。

松本清扬一脸的敬意，道："我们是两个国家，罗团长为他的国家，我为我的国家。但我敬佩他的英勇，敬佩他的精神。中国有句古诗：'生当作人杰，死亦为鬼雄。'罗团长做到了。死亡是一种艺术，你看罗团长的面容，是多么安详，就像睡着一般，没有痛苦，没有遗憾……从昨天到今天，我的部下都已经瞻仰过罗团长。让我们日本人这么敬佩的中国人，实在不多……"

一个鬼子抱着木匣往外走。

她缓缓跟在后面。

炮楼内院宽敞的过道上，几十名日军官兵分列两侧，齐刷刷地敬礼……

回去的路上，杨天龙想安慰李兰贞几句，但他不爱说话，不会说话，他只能尽量把马车赶得平稳一点，李兰贞有身孕，不能颠坏了她。

江山、杜宗磊率众迎接罗金堂的头颅归来。野战医院的医生把他的头颅缝合在他的身子上。护士端来一大盆热水，李兰贞不让别人动手，用毛巾蘸水，轻轻擦洗丈夫裸露的肌肤，擦得非常仔细。然后，在别人帮助下，给他换上当年申之剑送的那件呢子大衣，这件大衣他一直没舍得穿，还是崭新的。

收拾妥当后，人们都出去了，只剩下她一个人。她望着冰冷如铁的丈夫，眼泪终于滚落下来。这两天有人说闲话，说罗团长牺牲后，没见她掉过一滴泪，会不会是她和他没感情？毕竟是组织出面撮合的关系，感情基础不牢。

此刻，她伏在他的尸身上，泣不成声。她说不准是否爱过这个男人，可能有时爱，有时麻木，有时不觉得。但这个男人是个有情有义之人，丝毫不作假，敢作敢当。他出身卑微，原本是个乡野匹夫，革命事业把他变成一个英雄，一个顶天立地、连敌人都敬仰的英雄，她成为这种人的妻子，还有什么不满足的呢？

此刻，她想告诉他，她怀上了他的孩子，她一定把孩子生下来，给罗家留一棵苗儿。

江山一挑门帘，进来了，走到他的尸体前，半蹲半跪，双眼含泪。以前，他对罗金堂又爱又恨，常常拿他没办法，还得指靠他。现在，罗金堂一死，他才感到，他的一条臂膀被卸掉了，以后靠谁冲锋陷阵？

李兰贞哭着告诉江山，那次罗金堂带她回老家七里寨，主要目的是为侦察一下天柱峰，看看用什么方式拿下它，他已经有了计划。他朝思暮想，早点打下天柱峰，给江司令一个交代，报答江司令的恩情……

江山听罢，恸哭道："这些我都知道。老罗你走了，谁帮我打天柱峰呀……"

认识江山这么多年，她几乎没见他哭过。罗金堂死后，他不顾及司令员的身份，难以自禁，几番痛哭。

埋葬罗金堂那天，飘着大雪，山川大地，村庄道路，目力所及，一片银装素裹。罗金堂的棺材在震耳的枪声中落入无底深渊。

往回走的路上，杨淑芳紧紧挽着李兰贞。走着走着，李兰贞感觉下体一热，有一股灼热而黏稠的东西，随着大腿滚落下来……

她流产了。

这成为她一生中最大的遗憾——她深感对不起先夫罗金堂，有负于他，亏欠了他。

从此，她失去了生育能力，终生未育。

9

这两年，日军在太平洋战场上节节败退，噩耗频传，余乃谦越来越感觉到日本人大势已去，彻底失败不可避免，心情颇为不佳——他当然不是为日本人难过，而是为自己和家人担心，如果日本人滚蛋了，他们怎么办？

夫人韩素君也很敏感，对他说："日本人可能要靠不住，他们一拍屁股离开中国，咱往哪儿去？投靠谁？恐怕咱哪儿也去不了，还得在这地方待着。可是，你毕竟当过汉奸，国民政府会饶恕你吗？梁守盘这种人一旦回来，会放过你吗？"

说得他一头冷汗。

为此，夫人加快了搞钱弄钱的步伐，凡是有人有求于她、想从局子里和监狱里往外捞人，只要出手阔绰，她一律想办法给办。警察局那边的事情，余乃谦几乎不管，放手交给副局长张勇，偏偏张勇又听韩素君的，她想怎么着就怎么着。家里的地下室里，堆满了金银财宝、古玩字画，反正值钱的东西，她一概来者不拒。

钱存在日本人开办的银行里不放心，放在家里也不放心，眼见日本日落西山，最好的办法就是转到重庆去。秋天，韩素君以探望老父亲的名义，带张勇辗转去过一趟重庆，把一大笔钱转存到了重庆的中央银行。有这笔钱垫底，她心里才踏实了些。

日本人滚蛋了，将来的中国，还是国民政府的中国，还是蒋委员长的中国，连小孩子都知道，当汉奸可耻，要想洗脱汉奸的污名，保住身家性命，最终还得靠钱。

余乃谦本来是反感、反对夫人不择手段地搞钱，现在情况有变，只能睁只眼闭只眼，甚至是默默支持她了。

市政府那边，市长马国良撑着，他不想插手。警察局这边，由张勇负责，他懒得管，他只是提醒张勇，陆续抓进来的一些抗日分子，不能用重刑，更不能杀，要善待，留着也许有用，日方特高课那边如果要人，想办法糊弄过去，尽量不要交人。

他还叮嘱，几个关在特高课手里的重要的抗日分子，也要想办法力劝日本人不杀，能保一条命是一条命，将来这都是政治资本，也许还是救命的稻草。

他现在最主要的工作，就是当好皇协军第八师的师长，用心经营好这支队伍，现在他手下有五千多人，他认为还是太少。不论到什么年头，不管什么朝代，只要手里有人有枪，那你就是草头王，你就有与别人讨价还价的资本。

日本人刚来那时候，想加入皇协军的人，如过江之鲫，第八师最多时有一万五千多人，装备也说得过去，他这个师长当得过瘾。眼见日本人成了兔子的尾巴、秋后的蚂蚱，再想招兵买马就越来越困难了，愿意穿这身黑皮的大都是老弱病残，不过是为了混碗饭吃。

余师长每天都挖空心思，做梦都想着怎样壮大队伍。既然招不来兵，只能想办法减少损失，保住这五千多人，一是把人看好，防止有人开小差；二是尽量避战，少陪日本人去送死。

为了达到避战保存实力的目的，他想方设法巴结山田雄文中将，指望山田手下留情，遇到进山扫荡等重大军事行动，尽量派驻扎在城外几个县城的其他皇协军部队配合日军出动，让他们去送死，让他的第八师担任预备队。不得不出战时，他会吩咐下面，专门挑选一些老弱病残的士兵，携带一些破烂枪支上去应付，并且暗示下边，要多学八路军的游击战术，不打无把握之仗，不要逞能，能打就打，打不了就跑，跑不了就降，反正八路军不杀俘虏。对于那些从战场开小差的士兵，或者投降的家伙，只要愿意重新归队，第八师敞开大门迎接，不但不责罚，私下还会给予奖励……

为保护这支队伍，余师长真是操碎了心。

他承认，夫人从中起到了很大的作用。

山田雄文不是傻子，早就发现余乃谦消极避战，对大日本皇军"不够忠诚""不卖命"，是个"滑头鬼"，扬言要撤换他这个师长。余乃谦一度愁眉苦脸，如坐针毡。

他年轻时候发下的宏愿，是当市长，当省主席，当中央大员，后来发现，如果手中没有兵权，腰杆子就不壮，你这官当得就不硬气，没味儿，所以，他越来越看重兵权———一旦没了兵权，这个汉奸当得，还有什么味道？

关键时候，夫人比他有定力。夫人说："你把山田约出来，我要单独见他一次，看能不能帮你搞定他。"他半信半疑———女人不会是卖弄姿色吧？如果真靠这个，赔了夫人又折兵，更划不来，他也绝对不会同意。

他在龙城饭店置办了一桌酒席，好不容易把山田约了出来，席间就他们三人。山田来中国好几年了，一般的中国话都能听懂，不需要带翻译，这样说话更方便。然而，山田耷拉着一张驴脸，满心不乐意的样子，态度冷淡。喝了几杯酒之后，夫人冲乃谦使个眼色，他犹犹豫豫，最后还是找个理由出去了。

十几分钟后，卫兵把他叫回包间。这时他发现，山田气色好多了，笑意盈盈，口口声声叫他"余君"，还主动给他敬酒，并且夸奖说，他领导下的皇协军第八师对天皇陛下十分忠诚，他代表驻龙城皇军，向他表示感谢。

他心里顿时轻松多了，知道师长的宝座已然无虞。

送走山田后，夫人感叹道："没有不吃肉的狼呀！日本人也是人，是人都会有爱好，要么爱权，要么爱钱，要么爱色，要么爱古玩字画。山田将军的爱好和传说中的一样。"

他疑疑惑惑地问："他什么爱好？"心想，日本男人好色，个个不是东西，你打扮得花枝招展、香喷喷的，山田不是君子，他能坐怀不乱吗？

夫人白他一眼，哈哈一笑，说："他喜欢中国的古玩，尤其是玉器。"

为了这次见面，夫人悄悄做了精心的准备，带来了两件"国宝级"的礼物，一件是一枚东汉时期的玉佩，据鉴宝的大师说，它是汉代宫廷里的宝物；另一件是一只玉雕，制作于唐代中期。

山田见到这两件宝物，眼珠子都绿了，客气地推托两句，就笑纳了。还给自己一个台阶下，抿抿嘴说："半个中国都被皇军占领，这里的宝物理应属于大日本帝国。是不是，余夫人？"

自从和山田接上头，两年多来，夫人时不时地给他送宝贝过去，从玉器到瓷器，从古钱币到青铜器，应有尽有，据说不少属于"国宝级"。因此，余乃谦的师长宝座不但很牢靠，而且第八师基本上没有投入大规模的战斗，主要以守御龙城为主，所以战斗减员并不很严重，武器装备上，也一直得到山田的照顾。

有时，余乃谦心有不忍，道："夫人，这些国宝，落到外人手里，咱对不起老祖宗呀！"夫人淡然道："他又没回国，东西不是还在龙城，还在中国吗？"余乃谦说："将来他总会带走的。"夫人冷冷一笑，说："他不见得能拿走。走着瞧吧！"

驻防龙城外围临丘县城的皇协军第十二团，减员严重，人员不足六百，山田答应将该团划拨给他管辖。这话说过很久了，一直未落实。他盘算着，一旦十二团到手，就要尽快把该团精干人员抽调到龙城来，充实到各团，然后再把各团淘汰下来的老弱病残补充到十二团。

这天，山田雄文中将亲自打来电话，说道："余师长，我给你派兵过去，一会儿就到。"

他有些发蒙，接着又有些兴奋——难道是十二团要交给他？

10

大雪过后，阳光普照，天气晴朗，冰雪融化，龙城大街小巷都流淌着肮脏的泥水。皇协军第八师新任副师长冷长水身着崭新的黑色军装，脚蹬锃亮的马靴，腰间别一支勃朗宁手枪，踩着污泥，在山田雄文的副官安倍太郎少佐陪同下，来到师部，向师长余乃谦报到。

之前，山田曾经打过招呼，要给他配一个副师长，是从八路那边投诚过来的。日本人向来说一不二，他不敢不要。

徐水镇炮楼的日军风雪之夜偷袭固庄，端掉八路军一个团部，收获"固庄大捷"，取下团长罗金堂首级，龙城的大小报纸都登载过这个消息，有的还刊发了罗金堂首级的大幅照片。余乃谦早已知悉，八路军内部有人策应了此次行动，否则，以现在日本人的实力，想在八路身上取得这样一个"大捷"，殊非易事。

站在面前的这个左耳有点残缺的人，显然就是那个传说中的内线人物。

安倍少佐把冷长水向余乃谦做过介绍，冷长水双脚一并，一个敬礼，道："卑职冷长水向余师长报到。请余师长多多关照！"

冷长水恭恭敬敬地把日军龙城司令部的任命状摆放在余乃谦面前。

并不是把十二团交过来，余乃谦颇感失望，但当着安倍少佐的面，他不便流露出不快，于是，屁股离开太师椅，站起身，热情地伸出手："欢迎冷副师长。请坐，请坐。"

寒暄几句后，安倍少佐告辞。冷长水冷不防站起身来，冲余乃谦深深地一躬身子，道："余师长，卑职做了件对不起您的事，请多多包涵……"

余乃谦不由得一怔，脸带疑惑："冷副师长，这是啥意思？"

冷长水一脸的愧色，道："卑职配合皇军夜袭固庄，不幸打死令贤婿罗金堂，实在抱憾，请余师长……"

"等等！"余乃谦一下子明白过来——原来是自己不争气的女儿贞贞嫁给了那个死鬼罗金堂，而自己和夫人确实不知情。自贞贞民国二十六年底离开龙城，再也没回过家，连封信都没捎回来过，他和夫人只知道他在八路军大阳山军分区。多年没她的消息，现在突然得知她嫁了人，而且嫁的人已经死了，这让他心里一下子拐不过弯来……

他端起茶杯，抿口热茶，放下杯子，轻咳两声，主意便有了，遂叹口气，道："冷副师长，你刚才说那姓罗的是我女婿，实不相瞒，民国二十五年秋，我已经和女儿余立贞断绝父女关系，至于她后来嫁什么人，嫁的人怎么怎么样，实与我无关。唉，家门不幸，世事难料呀……"

提到女儿，尽管他故作平静，内心却委实有些淡淡的伤感。

冷长水一颗悬着的心终于掉落下来——自打知道要来第八师，他颇有些顾虑，怕余师长因为女婿被杀，怪罪于他，那样他就无法立足，日子难挨。现在看来，余师长急于撇清与身为八路军的女儿的干系，那么，罗金堂自然算不上他女婿，这个事也就不是个事了。他心里轻快了许多。

他们转换了话题，余乃谦问道："冷副师长，你带出来多少人？"

冷长水干咳两声，脸呈猪肝色，支吾道："余师长，卑职实在无能，除了我这颗脑袋，一兵一卒都没带出来……"

余乃谦打个哈哈，笑道："不能怪你，不能怪你，共产党八路军的人，个个都是花岗岩脑袋，很难撬动的。"

"余师长，卑职以后一定尽力，为我第八师发展壮大，贡献才智。"

余乃谦满意地点点头。面前这人据说当过八路军大阳山军分区副司令，相信他一定有不凡的才干，拉拢过来，说不定他就能为自己立下奇功。现在正是需要人手的时候，余乃谦想团结一切可以团结的人，愿意尽快和这个姓冷的交上朋友。

他深知，精诚团结，贵在精诚，主要在一个"诚"字——诚心诚意地与人合作相处。他想先摸摸对方的想法，同时把自己的所思所想透露给对方，如能基本一致，那么，交朋友并不是难事。于是，他主动起身，往冷长水面前的茶杯里续了点热水，这一下令冷长水大为感动。

"冷老弟，都这时候了，你怎么才想起投靠皇军？"他的意思是，日本人好景不长啦，这时候来，有些晚，恐怕没多少好果子吃啦。

冷长水仿佛有满腹的委屈，叹口气道："师座，说来话长。我冷长水当年是个热血青年，提着脑袋出来闹革命，不图荣华富贵，只为追求主义和真理。可是理想与现实总是错位，就因为我犯了点小错误，共产党竟一棍子差点把我打死，连降三级，贬为人下，遭受冷落与白眼。打临山县城立了功，却连个团长都接不上。这样下去，我在那边看不到有出头之日。我比谁差？要说打仗，司令江山不如我；要说搞政治工作，死了的罗金堂不如我。可我得到什么了？区区一个有职无权的副团长，团里啥事都是别人说了算。我刚参加革命时候的警卫员小田，都当上四团的副团长了，叫我这张脸，往哪儿搁？我实在咽不下这口气！这不，遇上一个机会，脑袋一热，牙一咬，心一横，就迈过来了。"

余乃谦相信他说的皆是实话，联想到当年自己遭受梁守盘等人陷害压制，搞得人不人，鬼不鬼，因此对冷长水大有惺惺相惜之感。曾经相同的际遇，使二人在感情上又拉近了一步。

"可是，在国人眼里，我们都是汉奸呀。冷老弟，你想过没有？"

"师座，我也看出来了，皇军——哦哦，日本人，长不了啦。中国将来，还是蒋委员长的天下，按说这时候，投蒋最好。可是，他在哪儿呀？他的部队在哪儿呀？离那么远，我去不了，而我一天也不想在那边待了，只有先当所谓的汉奸，过一天算一天，走一步看一步。师座，这都是我掏心窝子的话。我冷长水敢迈这一步，那是什么都不顾了，搭上性命也无所谓，反正人早晚都是个死！"

"冷兄弟，你是个实在人、爽快人，我喜欢！俗话说，跟着狼干吃肉，跟着狗干吃屎。换上我，兴许也会这么做！但愿以后咱兄弟二人，每一步都能踩准步点，跟上形势，搭上快车，都能有个好前程。"

"师座，以后部下就跟定你了！你往哪儿，我往哪儿！你指哪儿，我打哪儿！"

余乃谦激动地站起来，大手伸向冷长水。两人的手，紧紧地握在一块。

11

形势的发展之快大大超出人们的预料。

苏联人攻克柏林的消息，余乃谦是晚上从收音机里听到的。他感到心惊肉跳，一夜难眠——德国完了，日本还能撑多久？他还能撑多久？

第二天，山田雄文组织召开紧急军事会议，先是给部下打气，说，皇军主力正在湘西与国军进行雪峰山会战，进展顺利，誓夺芷江机场，威胁重庆，以图扭转对华不利战局；同时，帝国已准备好"本土决战"，宁为玉碎，不为瓦全，将与美国人血战到底……

　　余乃谦和冷长水参加了这次会议。余乃谦边听边在心中怒骂道："你们小日本就是他妈的太贪心，人心不足蛇吞象，如果你们不招惹美国，不招惹英国，不越过长城，只占住东北，你们会失败吗？我看不会。东三省一百多万平方公里，还不够吗？现在后悔了吧？后悔也晚啦！你们愚蠢，连带着让老子跟着受罪……"

　　山田雄文打了一通气，突然宣布："根据华北方面军司令部的命令，我部近期将对大阳山的中国军队进行一次大扫荡，驻龙城所有皇军、皇协军，除留下少数部队看守城市外，主力全部出动，会合驻周边各城镇的部队，集中统一行动。要求一周内做好出动准备。"紧接着，参谋长小野正二少将宣布各部队参战人数。余乃谦伸长耳朵听，他听到的数字是，第八师出动四千人。

　　余乃谦心里咯噔一阵响动——这当口儿四千人出城跟八路军打仗，保守估计，阵亡、逃亡加投降的，不会少于两千人，稍不留意，损失可能更大，第八师恐怕就要缩编成一个团了，这不要了他的命吗？

　　回到家里，他闷闷不乐，心事重重。夫人问明情况后，点上一支烟，边吸边道："我刚搞到一把战国时期的宝剑，国宝级的，大不了再给山田那龟孙子送过去，请他改变作战方案，让你的部队留守。"

　　余乃谦摇摇头："我看这回挺难办，那家伙今天眼珠子通红通红的。日本人到了穷途末路，瞪起眼睛想拼命，谁的面子也不会给。还是我和冷副师长合计一下，上了战场，看怎样保住我第八师，把损失降到最小。"

　　他没有在办公室和冷长水谈论这事，怕隔墙有耳，日本特高课的情报人员四处渗透，他的师部肯定藏有日本间谍，所以他得小心行事。

　　下班后，他约冷长水到一个老熟人开办的小餐馆见面，地方很偏，没人会注意。他又把张勇叫来作陪，张勇是绝对靠得住的人，而且张勇和重庆方面的人私下有联系，或许可以帮上忙。

　　一上来，余乃谦就把话题挑开，坦诚地对冷长水说："冷兄弟，我把第八师看作是命根子。你呢？"

　　冷长水正色道："我跟师座一个想法，将来日本人一走，咱只能依靠这几千条枪。我很明白师座的意思——接下来怎样避战，保存有生力量。"

　　余乃谦满意地点点头："冷兄弟，咱们心有灵犀，很好！只要咱老哥俩劲往一处用，就难不倒咱。你经历的阵仗多，有何好计策？"

冷长水思忖片刻，低声道："师座，卑职认为，眼下只有一个办法，能减少我八师的损失。"

"冷兄弟请讲。"

"跟八路军合作。"

余乃谦、张勇均是一个愣怔，都满腹狐疑地望着冷长水，心想这人刚刚过来，难不成是想两面通吃？

冷长水淡淡一笑，道："师座，如果你不愿听这个，那我收回。"

"你讲，放开讲！"

"好吧。眼下情况明摆着，山田司令官急了眼，部队进山扫荡，打仗已不可避免。柿子都拣软的捏，八路军最乐意打的，就是伪军——皇协军。师座若不想跟八路军硬拼，只能跟对方达成默契，否则，我第八师能不能成建制地回来，还真难说。"

"冷副师长，你快说说，怎么个合作？怎么个默契？"

"师座，我想起一件事——三年前，我们跟罗庄炮楼的皇协军大队长有过一次默契，他的部队跟随日本人出来扫荡，他怕我们搞他，派人跟我们联系，提出由他提供日军进军时间、路线、作战方案，打响之后，我们放过他的部队，专打后头的鬼子。结果那一次，我们敲掉一百多鬼子，没有动他一个人。这一次，为何不照方抓药？"

余乃谦紧绷着的面皮松弛下来，点点头，道："这个办法倒是值得考虑……"

张勇插话道："余师长，眼前恐怕也没有别的好法子。"

余乃谦点头道："冷副师长，你来负责跟八路那边联系？"

冷长水神色一凛，急忙摆摆手："他们最恨的人是我，恨我可以说超过恨日本人，无论如何我是不能跟他们再有任何联系。不仅如此，我还不能参战。"

"为什么？"

"那边的人恨不得剥我皮吃我肉，我如果参战，一旦他们获悉，会跟我第八师拼命。师座，你还敢让我上吗？况且我过来前，跟日本人提过一个条件：常驻龙城，不直接跟八路军作战。他们都答应过了。"

余乃谦掏出手帕，揩揩脸上的汗珠子，叹口气，道："既然如此，你就是想上，我也不让。那怎么跟八路联系上呢？"

冷长水冲张勇努努嘴，道："张局长在龙城神通广大，一定有办法。"

余乃谦望向张勇。张勇轻咳两声，不动声色地说："我认识重庆方面过来的人，他们或许跟共产党的人有联络。毕竟大家都是中国人嘛，有时需要彼此照应一下。"

冷长水道："这就好！拿到作战情报，及时传递过去，我第八师才可安全无虞。"

余乃谦冷哼一声，道："只是便宜了共产党。这份大礼按说应该送给国军。"

冷长水道："没办法嘛，谁让国军跑那么远？我们够不着。"

自从固庄事变后，冷长水内心深处隐隐感觉对不住江山，对不住共产党，所以他也想借机给江山送一份大礼，就当寻求一个心理平衡吧。

两天后，张勇给余乃谦、冷长水回话说，他已通过重庆过来的朋友，跟共产党在龙城的地下交通站建立联系，提出了皇协军第八师愿与八路军合作的意向，这边应于适当时机提供一份作战计划，条件是，阵前八路军不能打第八师，只打日军。对方表示同意。

余乃谦仍然忧心忡忡，感到这样做风险很大，他道："万一暴露，山田能饶了我们吗？"

冷长水说："卑职认为，风险不大。"

"你这么自信？"

"师座，我想问问——你、我、张勇，我们三个，不会告密吧？"

"那当然不会。"

"重庆方面的人，不会吧？"

"也不会。"

"共产党方面的人呢？"

"更不会。"

"所以呀，何来的风险？"

这么一分析，余乃谦心里便踏实多了。

冷长水继续道："师座到了前线，拿到作战方案并不难，关键是要准确、迅捷地传递过去。再就是交火那天，我师要装得像一点，得象征性打一打，不妨默许小部分人阵前溃逃。你一点不损失，日本人自然会起疑。"

余乃谦点点头，深感冷长水的确是个难得的人才，他能来第八师辅佐自己，真是大大的好事。

七日后，驻龙城日军、皇协军主力以军事演习的名义出动，余乃谦骑着东洋马出城，以前他很少亲自领兵上阵，这次离城，大有一种慷慨悲壮之感。

两万多日军、皇协军在大沙河一线集结完毕，分南北两路向大阳山深处的方庄、茅家沟一带迂回包抄。第八师一部配合日军第二十三联队从北路进击。

这天，惴惴不安的余乃谦接到山田司令部下达的详细行动方案——两日后的一大早，命令他亲率两个团配合第二十三联队从集结地罗庄出发，往东南直奔方庄一线。

他感到，机会来了。

他用携带的电台把这个方案传回龙城师部。

冷长水打开地图，目光停留在一个叫兰山崮的地方，那地方他很熟悉，两侧是绵延的山体，中间是平坦的谷地，一条公路从中间穿行，有一段峡谷变窄，是个设伏的理想之地。

半个小时后，他给余乃谦打通了电话，暗示道，兰山崮那地方野鸡很多，部队经过时，不妨派人搞几只炖了吃，野鸡肉味道极好。余乃谦听懂了。

紧接着，他秘密约见张勇，叮嘱他尽快把情报传递出去，并且建议对方在兰山崮动手。

这时候龙城地下党已经与省委建立了电台联络。江山当天就接到了情报，他正组织部队往东南方向转移，和杜宗磊等人一商议，决定打完这一仗再走。

第二天夜里，江山亲率两个团前往兰山崮设伏。

第三天一大早，开过早饭，皇协军第八师二团担任前卫，中间是日军第二十三联队约一千人，余乃谦亲率第一团负责殿后。他悄悄吩咐两个亲信团长，进入兰山崮一带之后，前卫和后卫须尽量与中间的皇军拉大行军距离，不要中了八路埋伏。

兰山崮伏击战，打得异常顺利。七百多日军被击毙，成为整个抗战期间江山所部打死鬼子最多的一次战斗。

余乃谦的部队，溃逃了一百多人，因为慌乱，自相践踏，又死伤八十多人。不幸的是，余乃谦被一颗流弹击中左臂，滚下马来，又摔伤了右腿。如此一来，祸兮福所倚——因为他受伤，日本人丝毫没怀疑他与八路军做了交易。这真是不幸中的万幸了。

这一仗打乱了山田雄文的部署，军分区司令部驻地方庄、省委驻地茅家沟，一直安然无恙。半个月后，大扫荡草草收场。

<h1 style="text-align:center">12</h1>

罗金堂牺牲之后，李兰贞有半年多时间几乎没有出门，她学当年的江母，在小院里养了几只鸡，还种了一些菜。但是她养的鸡总也长不大，要么是病死，要么是没看紧让它飞走，要么是一不小心，夜里让黄鼠狼给叼走，别人养的鸡到了该下蛋的时候，她养的鸡一只也没剩下。

江山怕她想不开，担心她脑子出问题，偶尔分身过来看望一下她，给她带来战场缴获的营养品，让她补补身子。杨淑芳更是时常过来陪她说话聊天。有一天杨淑芳叹口气说："咱姐儿俩一样的命，都是没人疼没人爱。"

杨淑芳一直单身，不论谁给她介绍对象。她一概拒绝，铁了心等江山。当年一起投身革命的小姐妹，全都成了家，唯有她待嫁，蔡小梅和杜政委的儿子杜钢，已经满地跑了，蔡小梅肚子眼见又鼓了起来，有人说，一准又是个男孩。蔡小梅喜滋滋地给肚里的孩子起好了名字，叫杜铁。

江山曾经一度有过把李兰贞送回龙城家中的打算，城里条件好，送她回去好好调养一下身心。但他又担心她的未来——天下人皆知，她父亲余乃谦是著名的大汉奸，而历史经验证明，汉奸卖国贼绝不会有好下场，让她回到那样一个家庭，一旦日本人撤走，她或许会跟着家庭一起遭受灭顶之灾。江山当然不希望这样的事情发生，所以，送她回城的事，一直没正式提出来。

这天，江山兴冲冲来到她住的小院落——也就是当年他母亲住的地方，对她说："兰贞同志，好消息！苏联正式对日本宣战，毛主席发表了《对日寇的最后一战》，鬼子快完蛋了！"

她欣慰地笑了笑，说："终于等到这一天了。"

江山告诉她，分区决定所属部队全线出击，力争一周内横扫根据地外围的五座日军据点，他将亲率三团攻打徐水炮楼，务必取下松本清扬的脑袋，为老罗报仇雪耻。

她愣了愣，道："我听老罗说过，徐水炮楼全是大青条石垒起来的，墙有一米厚，非常坚固，没有大炮，很难打下来。咱们，行吗？"

江山哈哈一笑，随即严肃地说："没有大炮，用牙齿也要啃下来。"

"那会多牺牲很多同志……老罗活着的时候，不建议强攻敌人碉堡。天柱峰上有大炮，他特别想把那些大炮给弄过来，可他没等到时候，唉……"

提起老罗，她的眼圈红了，几欲落泪。江山沉默片刻，道："兰贞呀，你放心，我们军分区的部队，攻坚能力那是比以前强多了，即使没有大口径的火炮，打一个小小的徐水炮楼，是没有问题的。至于牺牲嘛，是难免的，老罗，还有很多同志，不都牺牲了吗？"

"我就盼着咱们不战而胜，不牺牲人，少牺牲人。有命在，什么都在；命没了，什么都没了……"

自打罗金堂死后，她要么沉默不语，要么唠叨起来没个完。江山认为她受到罗金堂脑袋被砍的刺激，才变成这样的，当时她疯了一般非要去找敌人把男人的脑袋要回来。江山想，也许拿到刽子手松本清扬的脑袋，她的精神就会变好。

江山走出了小院。李兰贞望着他的背影，突然觉得他就像自己的父亲一样。自己的亲爸爸在城里当大官，七八年了，连个信儿也不捎给她，早把她这个女儿忘得一干二净，正因为有江母，有江山，她才觉得自己在这世上不是孤儿……想到这里，她的眼睛又湿了。

三团三千人马，浩浩荡荡开往徐水镇，团团围住了大炮楼。江山要求三团，一天内必须拿下。他还把分区直属炮营调过来，命令把所有的炮弹打出去。炮营仅有十几枚掷弹筒，还有五门小口径的迫击炮，炮弹打出去，落在炮楼主体建筑上，只能炸出一个浅坑。炮弹全部打光，只打开一个小小的缺口。

炮楼内，松本清扬指挥部下，用强大的火力封锁住那个缺口。

三团打了一天一夜，炮楼岿然不动。

江山急红了眼，亲临一线督战，气哼哼地说："要是罗金堂在，何至于这么费劲！你们给我一个炸药包，老子先上去炸！"

他一挽袖子，似乎真要冲上去的样子，刘子厚急忙拉住他。罗金堂牺牲后，刘子厚改任三团团长，他觉得当团长比当政委过瘾。当下，刘子厚建议说："打仗得学老罗，不能蛮干，要巧干。"江山说："怎么个巧干法？你们赶紧拿出方案来。"

几人研究了一番，决定地面堆柴火放火烧，利用浓烟的掩护，不停地派爆破手，携炸药包上去一点一点爆破，同时挖掘地道，挖到炮楼下面，再堆放炸药，把炮楼炸翻。

大火烧了一天一夜，把整个炮楼都熏黑了，牺牲了好几十个爆破手，好不容易又炸开了几个缺口。地道挖到炮楼底下，运进去一吨炸药，引爆之后，炮楼摇晃几下，裂了几个大口子，但还是没有倒下，整条地道却给封死了。

江山、杜宗磊和刘子厚急得眼里蹿火。没有别的好办法，只能继续组织力量从地面猛攻，从打开的缺口往里面甩手榴弹。

又打了一天一夜。

阵亡人员的遗体拖下来，摆了好大一片，杜宗磊和刘子厚等人都有些心虚，向江山试探着提出，是否先停止攻击，从兄弟部队调几门重炮过来，轰它几下子再说。江山咆哮道："我一分钟也不想等！现在我有两万多人，不是从前啦，我耗得起！告诉战士们，不接受里面任何人投降，统统给我消灭干净，一个不剩！一个不剩！！"

江山像疯了一样，牙齿咬得咯咯响。以前他不是这样的，杜宗磊和刘子厚望着他，感到害怕。

江山窝了一肚子火——自从没了罗金堂，三团似乎不会打仗了，他亲自坐镇督战，三天过去，军分区最能打的三团，竟然拿不下一个小小的炮楼，以后怎么打大仗？同时还有点不服气——没有罗金堂，他就不信啃不下这块硬骨头！

打到第三天夜里，炮楼里面活着的人已经不多，弹药亦将耗尽。深夜，松本清扬把高强叫过来，深深地鞠一躬，道："高君，请你一定帮我一个忙。"

是时候了，松本清扬决意剖腹自尽，以死效忠天皇。他拜托高强，他死后，务必立刻把他的尸体烧成灰，万万不可让八路军得到。

"他们最想得到的，就是我这颗脑袋。"他抬手指着脑门，"可我偏偏让他们得不到！"

他一阵狂笑，脸上又是血又是泪又是汗，面目狰狞。高强吓得双腿直哆嗦。

"高君，拜托啦！"他再次冲高强深深地鞠了一躬。

高强吓得倒退两步，木讷地点点头。松本一直待他不薄，去年夜袭固庄成功后，松本还奖励他三根金条，对于松本最后的这个嘱托，他是愿意完成的。

松本清扬上气不接下气地狂笑着，提着指挥刀进入一个烟雾弥漫的房间。不一会儿，里面传出一声沉闷的惨叫……

天刚放亮，冲锋号吹响，突击队员进入前沿阵地，轻重机枪火力全开，掩护冲锋。却在这时，人们看到炮楼一个最大的缺口里，伸出一面白旗，白旗摇晃一阵，有个嘶哑的声音喊道："八路爷爷，别打了，我们投降，我们投降……"

枪声停止了。阵地上死一般地寂静。

片刻过后，炮楼里钻出五个人，打白旗的那个人，有人认出，是高翻译官，他曾两次到过固庄，罗团长之死，此人逃不了干系。

五个伪军高举双手，战战兢兢地走过来。

江山、杜宗磊、刘子厚等领导也走了过来。刘子厚大声喝问："里面的鬼子呢？"

高强答道："都死绝了……这些王八蛋，早该死了……"

原来松本清扬剖腹自杀后，还活着的十几个日军纷纷选择自尽，有的自焚，有的吞弹，有的切腹。他们一死，伪军们才敢投降。

因为江山有话在先——不接受任何人投降，所以面对五个俘虏，人们一时不知该怎么办，都望向江山。

江山冷笑道："鬼子死绝了，你们他娘的还有脸活着？看看日本人，看看你们，他们全战死，你们全投降，一群没骨头的人！"

高强突然想起什么，丢下手中白旗，从背上取下一个布囊，提在手里，一脸媚笑，道："八路爷爷，我要献宝！"

众人都是一怔。刘子厚道："你搞什么名堂？"

高强打开布囊，人们赫然看到，里面装着一颗血淋淋的人头！

只听高强道："这颗人头是松本清扬中佐的，是他打死的贵军罗团长。昨夜我杀了他，我替罗团长报仇啦……"

江山讥笑道："说说你怎么杀的他。"

"我……我趁他不留神，一刀切下了它。"

"放你娘的屁！"

高强咧嘴苦笑，支支吾吾，不知道说啥好了。

"喂，你们几个，谁知道怎么回事？"刘子厚问道。

一个大个头伪军犹豫一阵，伸手指着高强说："他胡说！松本自杀后，他才砍下的。"

众人哄的一声，笑起来。高强脸涨得通红，垂下了脑袋。

江山咳嗽两声，亮开公鸭嗓子说："你们这些汉奸，比侵略者还可恶！以后国家再有难，外敌灭不了我们，国家却有可能毁于你们这一类的流氓汉奸卖国贼之手。老子革命十几年，从没杀过俘虏，今天要开一次杀戒！"

此言一出，众人群情激昂，一齐高喊："汉奸最坏！杀了他们！杀了他们……"

高强等五人面如土色，全都跪下磕头，乱纷纷叫道："八路爷爷，咱们都是中国人，中国人不打中国人。饶命，饶命啊……"

杜宗磊对江山道："老江！冷静！你冷静点……"

江山不耐烦地一挥手，对身边的杨天龙道："你还愣什么？"

杨天龙面无表情，端起手中的冲锋枪，一梭子弹扫了出去，高强等五人倒毙于地。当年在大槐树，杨天龙和罗金堂关系最铁，有人说他们是江山的哼哈二将，罗金堂牺牲后，他做梦都想亲手砍下刽子手的脑袋，只可惜迟了一步。

战士们欢欣鼓舞。江山对杜宗磊说："老杜，你可以报告上级，江某人愿接受处罚！"

杜宗磊苦笑两声："人都杀了，还处罚个球呀。好吧，下不为例！"

江山回到方庄司令部，头一件事情就是来到李兰贞的小院，把胜利的消息告诉她。如果不是担心吓着她，他真想带上松本的人头给她看看。

她欣慰地笑了。江司令不顾一切，拼了命打徐水炮楼，自然是为了告慰老罗的在天之灵，也许更是为了安慰她那颗受伤的心……于是，她说道："江司令，我代表老罗谢谢你。"

江山点上一支香烟，深深地吸着，没吭声。

她突然想起什么，仰起脸来问："江司令，牺牲了……多少同志？"

江山微微停顿一下，脸藏在烟雾里，声音低沉："五百多。"

"打死多少敌人？"

"两百左右。"

她久久沉默着……

"兰贞呀，你咋了？"

"我在想呀，我们牺牲五百多同志，老罗在九泉之下若是知道了，他会很难过的呀……"

她说不下去了。

第五章

1

一辆小汽车开进西大营，余乃谦和冷长水坐在车里，都阴沉着脸，缄默不语。透过车窗望出去，营院里几乎见不到人影，与平时生龙活虎的场面形成巨大反差。隐隐约约从各个营房里传来哭泣和号叫声，仿佛都死了爹娘——比爹死娘死还要悲戚。

几个小时前，传来天崩地裂般的消息——日本天皇发表广播讲话，声言为接受《波茨坦公告》，无条件投降。西大营里顿时乱了套，一片哭号声，有的军官受不了，切腹自杀；有的士兵受不了，点火自焚。

听到刺耳的哭号声，余乃谦愤愤地想，你们哭，你们死，他妈的活该！谁他妈让你们到我们国家来呢？你们他妈失败了，还可以滚回国，老子咋办？老子一家老小连个可去的地方都没有哇，老子还想哭呢……

尽管早料到会有这一天，但是余乃谦还是感到它来得快了点，来不及为下一步做好准备。他方寸大乱，便把冷长水叫来，从不吸烟的他跟冷长水要了一支雪茄烟，二人闷头吸了一阵，他才叹口气，道："冷兄弟，后悔了吧？"

冷长水也叹口气，道："师座，你说呢？"

"我觉得，你是后悔了——要是不过来，现在你就是个胜利者喽。"

"师座错矣！"

余乃谦一愣："话怎么说？"

冷长水站起来，边踱步边道："鬼子投降，国军和八路军都是胜利者，但对我本人而言，即使还在那边，我也不认为自己是个胜利者——师座别忘了，我正是因为失意才过来的。小弟以为，世上只有两种人生——失败的人生和成功的人生。我过来，是想追求成功的人生。当然你会说，我进错了庙门。记得我和师座初次见面就说过，我过来，只是权宜之计，最终目的，是投蒋。说到底，小弟舍命追求成功的人生，即使最后的结果仍是失败，可也毕竟努力过了，有何遗憾呢？更谈不上后悔了。"

余乃谦举手拍了两下巴掌："冷兄弟说得好极了！听你这么一说，余某人也不后悔啦！当初留下，想的就是利用日本人，实现在党国那边不能实现的理想。八年过去，手头现有八千人马，警察局那边，还有六七百人，枪弹无数。这不能说是失败吧？"

"何言失败？师座，这是很大的成功！"

余乃谦点点头，随即又皱起眉头说："只是往下咋办？咱们到了十字路口，冷兄弟有何高见？毕竟在国人眼里，咱们都是汉奸。日本人完蛋了，他们拍屁股走人，留下垫背填坑的肯定是我们这号人。"

冷长水说出他的通盘打算："当务之急，一是利用天下大乱之时机，把队伍尽量搞大，三个月内争取把队伍扩充到一万人，只要手上有人有枪，蒋政权归来，也奈何不得咱们，甚至还会利用咱们；二是采取一切手段，阻止八路军推进到龙城，对于咱们来说，现在最可怕的敌人，就是大阳山里那些共产党八路军；三是第八师得改个名号，我想了想，改叫'龙城忠义抗日救国军'，咋样？"

余乃谦频频点头，最后喜道："我本人也基本是这么个思路。咱兄弟二人又想一块去了。好，就叫'龙城忠义抗日救国军'，马上亮出旗号！我让后勤尽快定做一万套新服装，就照国军的式样做，咱们都换下这身黑皮。"

紧接着，余乃谦又把四个亲信团长喊过来，谆谆叮嘱道："日本人一投降，咱的部队肯定会有人开小差，都不愿背汉奸的骂名嘛！你们要告诉所有人，谁开小差、单溜，谁就有可能被当成汉奸抓起来枪毙！眼下最好的结果就是，都老老实实留下来，听从命令，振奋精神，抱成一团，等待蒋委员长腾出手来，授给咱们一个新番号，咱这支队伍就会洗白，从而正式编入国军的序列。诸位都听明白了吗？"

众人领命而去。余乃谦这才拉上冷长水来到日军盘踞的西大营，面见山田雄文。

小汽车在一栋三层大楼门前停下，这里是山田的司令部。安倍太郎少佐出来迎接二人。往二楼山田办公室走去时，余乃谦感觉和往日来这里时大为不同——以前他总是有点战战兢兢，今日腰杆不知不觉挺直了一些。

山田的眼睛红红的，显然刚刚哭过。天皇宣布无条件投降，对于有些日本军人来说，仿佛是灭顶之灾。二人进门后，瘫坐在办公桌前皮座椅上的山田，只是微微欠了欠屁股。二人毫不客气地坐上他对面的沙发。

来的路上，余乃谦还曾担心山田切腹自尽——他担心这位日酋一死，西大营里三千日军失去控制，同时夫人韩素君惦记着她送出去的那些"国宝"，只要他不死，就能有法子要回来。

三个人你望我，我望你，都有些发呆发木。到底还是余乃谦先行张嘴道："山田阁下，我来通知你，皇协军第八师已经不复存在，现改名为龙城抗、抗、抗那个忠义救国军。"他到底没敢完整说出"抗日"两个字，在山田面前他还是心怯。

山田鼻孔哼了一声，似乎已听明白，没有说话。

余乃谦扫一眼冷长水。冷长水咽下一口唾沫，清清嗓子，道："龙城忠义救国军总司令余乃谦将军希望山田阁下，向所属部队发布一道命令。"他直接把"抗日"两个字忽略了。

"什么命令？"山田坐直了身子。

"希望阁下命令你部所有人员，不得向八路军缴械投降，而且不得放弃现有据点，尽全力阻挡八路军靠近龙城。"

余乃谦补充道："虽然天皇陛下发布了投降令，但我认为，我们和八路军的作战，不能停止。将军阁下，你说呢？"

山田轻轻冷笑几声，道："余君，你是想说，让我的部队向你投降，对吧？"

余乃谦尴尬地一笑："这个嘛，卑职……本人还没想那么多。本人觉得，皇军应向国民政府、蒋委员长投降才对，毕竟他们代表中国。"

山田道："请你明白，帝国不是败于中国人，而是败于美国、苏联。如果没有他们，中国人再有八年甚至八十年都不能打败皇军！"

余乃谦道："这话没错。从本人内心，也不希望皇军失败，皇军在，本人还有得饭吃。可是天皇既已发话——无条件投降，将军阁下的部队，总不能跑去向美国、苏联投降吧？"

山田道："依我之见，我部最应该向八路军投降。七年多来，我与大阳山里的八路连年交手，总是无法击败他们，他们才真正地令人钦佩。余师长，我坦诚地告诉你，我可以向国军投降，也可以向八路投降，就是不会向你的什么狗屁忠义救国军投降！"

余乃谦气得小胡子直抖，又不敢发作。他原打算说通山田，即便不明着向他投降，私下里给一些好用一点的武器，总是可以的吧？毕竟他二人认识六年多，双方合作得很愉快，既然要缴枪，向谁缴不是缴？何必那么死心眼？

问题在于，他硬是没想到，这些狗日的日本人，竟然最瞧不起他这样的汉奸！真是白给狗日的卖了多年命。

一气之下，余乃谦脑子里突然冒出个疯狂的念头——何不趁西大营的鬼子士气极度低落之际，来一个突然袭击，拿下西大营？最起码也能落下个抗日的名分吧？

回去的路上，余乃谦迫不及待地把这个想法说了。冷长水却道："小弟认为，这么做不冷静。且不说我们八千人能不能打过三千鬼子，即便打胜，也是杀敌一千自损八百，划不来。我们现在最要紧的就是保存和扩大实力，不能随便动武。尤其我部还没有洗白，在国人眼里，还是汉奸，这时候与日本人干仗，属于火并，狗咬狗，无论八路军还是国军，都乐意看到这样的结果。"

余乃谦给说得面红脖子粗，摆摆手道："冷兄弟不要说了，我刚才纯粹是气头上的疯话，权当放屁。"

二人各怀心事，重又变得沉默。冷长水最害怕八路军打过来，余乃谦是既害怕共产党，更害怕国民党。国民党离得远，共产党离得近，因此当务之急，是先阻止八路军进入龙城受降。

谢天谢地，他们心头的这块大石头很快就搬开了——蒋介石发布命令，侵华日军不得向八路军、新四军投降，只接受国军的收编。同时命令日军就地维持秩序。

然而，八路军却不肯罢休，因为这是蒋的一个蛮不讲理的命令。江山的部队一路凯歌猛进，到八月底，一度攻至龙城南郊，炮弹都落到了城墙根下，把余乃谦和冷长水着实吓得不轻。若不是城外几个据点的日军全力抵抗，说不定龙城就被江山拿下了。

九月二日，日本在美军"密苏里"号战列舰上向包括中国在内的同盟国无条件投降，战争宣告结束。

龙城平静下来了。

余乃谦也获得了一段时间的宁静。夫人韩素君心中却不平静，她惦记着那些送给山田的"国宝"，再三催促丈夫去找山田要回来，她的理由是，不能让这些宝贝落到外国人手里，山田都投降了，说不定要当作战犯枪毙，你怕他作甚？

余乃谦不干，他本来对这些身外之物不感兴趣，说："是你主动送的，哪好意思再张口讨要？"

韩素君无奈之下，鼓起勇气带张勇去了山田的司令部。山田似乎已经猜到她的来意，态度和蔼，像个谦谦君子，没等她张口，便命人抬进来一个大皮箱，指着箱子说："夫人，东西都在这儿了。我们是失败者，失败者是不配拥有这些战利品的，完璧归赵吧。请收下。"

这大大出乎她和张勇的意料。回来后她对丈夫说："日本人真有好的，哪像中国的贪官，吃人不吐骨头。"又美滋滋地说："乃谦你可记住，我韩素君没让这些国宝流到海外，对咱国家是有功的！"

2

好消息有，坏消息更多。对于余乃谦一家来说，最要命的消息，莫过于梁守盘作为中央派到龙城的接收大员，从重庆抵达了龙城。

梁守盘来龙城当天，就召集社会各界开大会，发表重要讲话。首先宣布中央的任命，由他本人就任龙城市长，兼任龙城警备司令。他要求龙城军民，一定要听中央的话，绝对服从中央和蒋委员长的领导，维护好龙城社会秩序。他庄严宣布，按中央之规定，凡有汉奸嫌疑者先交权、交枪、交资产，待甄别后，加以处理。最后他说："经过八年抗战，天晴了，天亮了！龙城军民，务必上下勠力同心，尽早清除汉奸势力，恢复国民政府的各项权力，建设一个新的龙城。"

人们最关心对汉奸的处理。结果人们都看到了——这天，社会各界都有代表参会，就连待降的日军也派代表到会祝贺，向梁市长和社会各界表示，驻龙城日军自会尽力维持好秩序，一心等待国军主力前来受降。

两个过去八年中龙城最重要的人物——伪市长马国良，伪副市长兼伪军第八师师长、伪警察局长余乃谦，却没有受到邀请，令人产生无限遐想。

龙城社会上私下流传一份汉奸大名单，排名前两位的，也正是这二人。

当晚，马国良秘密造访东大营。自打听说梁守盘要回来，余乃谦不再回家住，一天到晚待在东大营里，哪儿也不去，这里有他的近一万人马，别人想搞他，就是插了翅膀也飞不进来。

马国良来东大营之前给余乃谦打过一个电话，余乃谦担心门口有梁守盘的探子，没让马市长坐小汽车，派了一辆拉煤的卡车把他接了进来。他径直进入余乃谦的卧室，顾不上客套，直截了当地说："乃谦兄，我打算走人。"

余乃谦微微一怔，道："老兄往哪儿走？"

"这个嘛，还没想好，先离开龙城再说。这里已是危地，你我性命危在旦夕。"

"老兄太悲观了吧？"

"现实明摆着。汉奸已成过街老鼠，人人喊打，你我一旦落入姓梁的之手，还有活路吗？"

余乃谦沉默了。

马国良提出，三十六计走为上，虽然他现在大摇大摆出城已不可能，但是余乃谦的部队每天都有车辆进出城，梁守盘初到，他的警备司令部正组建，尚未有足够的兵力接管、盘查，现在走，正是好时机，再晚就来不及了。

"你我兄弟一场，希望乃谦兄最后帮我一回，派车送我安全离开。"马国良抱拳冲余乃谦作了个揖。

已是秋末，天气寒凉，马国良的额头却挂着零星的汗珠。这一瞬间，余乃谦也有了逃走的打算。但是他很快冷静下来，端起茶杯，小口品茶，心中便有了主意，放下茶杯，缓缓道："国良兄，你能不能听我一句？"

"余兄请讲。"

"我问你，你能跑到国外去吗？"

"怕是不能。"

"你去投共产党八路军？"

"更不可能！"

"那好，我想说，普天之下，莫非王土，哪里有容身之地？哪里能安全？恐怕都不能。亡命天涯，惶惶如丧家之犬，不如以静制动，先留下观察一阵再说。"

"余兄呀，我总不能留下等死吧？你手上有兵，或许可以自保，我呢？我拿什么跟姓梁的周旋？"

"国良兄少安毋躁，听我说完。这姓梁的恨我，远甚于恨你，他最想做掉的，其实是我，他盯上的不是汉奸，而是我手上这一万兵。你手上无兵，他盯你干啥？不过是做做样子罢了。"

马国良擦一下脑门上的汗："余兄说的也有道理，可我还是不放心，我家门口，今天突然多了些不三不四的人，肯定是姓梁的派来的。这样下去，你说我能睡个安稳觉吗？"

"这正是兄弟下面要说的——干脆你跟我一样，搬这里来住，没事不要出去，他姓梁的手头没人没枪，一时半会儿奈何不了咱们。"

听罢，马国良激动地站起来，要向余乃谦鞠躬致谢。余乃谦急忙站起身，扶他坐好。主意拿定，二人心情因此都变得轻松了些，不那么沉重了。马国良回忆往事，感慨地说："你当这个所谓的汉奸，还是我拉进门的，你不怪我，还能帮我，说明我没看错人，我们比亲兄弟还亲。"

余乃谦道："人一生下来，走哪条路，都是命中注定，怨天尤人有何用？当初我若不跟老兄进这个门，哪有现在这一万人马？说一千道一万，老兄是我命中贵人，我永远得感谢老兄呢！"

二人情绪都很激动，聊到很晚。为了不出意外，余乃谦当晚留下马国良，没有放他回去。第二天，又派兵押车把他家眷接过来，在自己的住室边上，给马家人腾出了三间房子，日夜派兵值守。

这下马国良可以睡个安稳觉了。

新成立的龙城警备司令部派人给马国良和余乃谦送来梁守盘亲笔签署的通令，请他们择日到警备司令部报到，当面说明抗战期间有关通敌的情况，接受指证。马国良急慌慌拿着通令来找余乃谦，商讨怎么办。余乃谦二话没说，要过马国良手中的信笺，三两下撕碎，抛在地上，气哼哼道："报到个屎！咱不理他，看他姓梁的能把老子的卵蛋给咬下来。"

　　不出几天，又给二人各送达一份通令，这份通令言辞更激烈，不承认龙城忠义抗日救国军的番号，勒令立即取消，不得再穿国军式样的制服；勒令余乃谦交出伪第八师指挥权，交出所有的枪支弹药和战备物资，交清所有的资产，包括现在居住的余公馆。马国良因为伪市长一职自行作废，手下没人没枪可交，只勒令他交出侵占的所有资产。并且再次重申，限期到指定地点报到，否则就要派兵来东大营抓人。

　　余乃谦仍然如法炮制，一概对此置之不理。冷长水建议他，把家人接来住，以防不测。韩素君来了，老母亲却死活不愿挪窝，坚决不来。没有办法，只能让管家老常和一个厨师留下照顾老太太。

　　韩素君认为，老太太不来更好，由她占着那大房子，梁守盘就没办法没收。

　　老太太留下，余乃谦倒也不用太过担心——梁守盘如果派人到余公馆滋事骚扰，敢动老太太一根汗毛，那么他就敢豁出去，带兵上门灭了他姓梁的！余公馆本不属于敌伪资产，是他战前置办的，梁守盘逼迫他交出，纯属无理取闹，给他难堪。

　　又过几天，伴随第三封通令送达，来了几个警备司令部的人，带着大喇叭，在东大营门口叫嚷喧哗，直呼其名，勒令余乃谦、马国良两个大汉奸赶紧滚出来，到警备司令部受审，扬言如果再不出来，就冲进去拿人……

　　搞得余乃谦不胜其烦，吩咐副官张云，带一个排的卫兵，全副武装列队来到大门口，连推带搡，好不容易才把人赶走。

　　这样耗下去，总不是个办法。耗不起的是他余乃谦，随着国军主力即将杀回来，梁守盘的底气越来越足。一旦大军到达，兵临城下，他的兵权还能保住吗？想到这里，他浑身冒虚汗，比马国良还不如，马国良有他在前顶着，能吃能睡，脸色反而比刚来时好多了。

　　关键时候，还得靠韩素君拿主意，她决定主动出击——龙城的事，得到重庆去办，必须跑一趟重庆。她把值钱的东西装进两个大箱子里，包括从山田那里讨回来的那些"国宝"。然后，她拍打着箱子，对丈夫说："你这下该明白我为啥拼命搞钱了吧？我们全家的命，就指望它啦！"

　　"夫人，你心疼了？"

　　"钱就是用来救命的，旧的不去，新的不来，我不心疼。"她声音凄楚。

　　余乃谦不可能陪她去，他被警备司令部通缉，出不了城，更舍不得扔下队伍走掉，队伍才是他的命根子。幸好有张勇在，张勇一如既往，愿意鞍前马后地效劳。梁守盘归来之后，全市官员大换班，张勇虽然也是在册的汉奸人选，警察局长已换成梁守盘的人，但张勇似乎有重庆方面的后台支撑，梁守盘不敢拿他怎么样，他倒是可以自由行动。

韩素君和张勇精心制订了去重庆的路线图——先坐火车到南京，然后乘船西上，直达重庆。为了安全，张勇特意挑选了三个身强力壮枪法好的老部下，全程护卫。

临走的那天夜里，天上飘着这一年的最后一场小雨，余乃谦到东大营门口为夫人送行。他忽然有一种不祥的预感，觉得有可能见不到夫人归来，情绪极度低落，内心充满哀愁和伤感，以前夫人多次外出，从不曾像今天这样令他柔肠百结。夫人也是心中忐忑，拉着他的手，一再说："乃谦，别急，别怕，耐心等我的消息。"

夫人乘坐的小汽车远去了，余乃谦仍然站在雨中，久久不动。雨点似乎变成了雪花，落在脸上，冰冷刺骨。

也只有在夫人面前，他才肯展示自己软弱的一面。待转过身子，他重又振作起来，朝营院深处的住所走去。

3

下了黄包车，站在熟悉的门楼前，她赫然看到大门被硬物砸得坑坑洼洼，黑漆大部脱落，门上粘着脏兮兮的东西，发出臭烘烘的气味，令她几欲作呕。她心头不由得一紧——家里出了什么变故？奶奶、爸妈他们，还都好吗？

顾不得多想，她抬手照着一片干净点的地方，用力拍打了几下。过了好久，才听到一个苍老的、颤悠悠的声音问道："谁呀？"

听声音像是老常。她道："是我。"

确定门外只有一个女人，老常才从里面取下门闩，打开一条缝，伸出小半个花白的脑袋，仰脖打量她几眼，厚嘴唇哆嗦一阵，突然惊喜地咧开大嘴巴，眼圈一红，道："小姐！是小姐！小姐回来啦……"

李兰贞示意他动静轻点。老常闭了嘴，打开铁门，请她进来，随后把门闩紧。老常明显老了，背驼了，牙豁了，但他还在，说明这个家没闹出大乱子。

她走进院子，家里死一般地静，小花园里，花儿枯萎了，窗前那棵石榴树还在，叶子全落光了，光秃秃的枝条在冬日的寒风中摇摆抽打，像是不停地在和谁较劲。南墙根下那两棵柿子树也还在，两树之间的一张秋千架随风摇荡，绳索被岁月侵蚀，木板开裂，小时候她和哥哥立文常常荡秋千玩耍，现在她人回来了，回不去的是往昔的时光……

这个家和八年前离开时相比，陈旧了许多，落寞了许多，空旷了许多。

她丢下手中的小提箱，缓缓朝屋门走去。屋门开了一条缝，她轻轻推开，看到客厅里，一个白发稀疏的老太太躺在一张藤椅上，似睡非睡。奶奶也老得不成样子啦，眼睛、耳朵似乎都有问题，有人推门进来，竟然一点都没有发觉。

"奶奶!"她提高嗓门。

这下老太太听清了，猛地呆愣一下，忽地坐起来，缺牙的嘴抖动几下，发出一声撕心裂肺的呼喊："贞贞!我的贞贞……你可回来啦……"

她一头钻到奶奶怀里。奶奶紧紧地抱住她，仿佛怕她再跑掉似的，眼泪像断了线的珠子，扑簌簌往下滚落。她忍着泪水，不愿当着奶奶的面哭出来，到底还是没有忍住，她的泪水和奶奶的泪水混合到一块，打湿了二人胸前的衣襟。

奶奶边哭边伸手抚摸她的脸蛋。她这才发现，奶奶已经双目失明。

老常站在门口劝道："老婶子，贞贞回来了，应该高兴才是呀，可别哭坏了身子呀。"

奶奶明白过来，抹抹脸上的泪，大着嗓门说："对!高兴!不哭!不哭……"

晚上，祖孙二人在一张土炕上就寝，她看到奶奶的睡衣打着补丁，不由得心生感慨。她们不想睡，不停地拉呱儿，似乎想把八年要说的话，一个晚上都说完。奶奶说："你离家之后，一点音讯都没有，老太婆以为宝贝孙女早不在人世了，兵荒马乱的，一个大姑娘家，就是有八条命，都可能保不住。"

她说："都怪自己，没有想着给家里捎信，因为参加了八路军，而父亲给日本人做事，如果和家里联系，怕暴露目标，部队纪律也不允许。其实都是自己太死心眼，给你捎个信来，总是可以的，自己太不懂事了。"

奶奶说："一点都不怪你，要怪就怪你那个臭爸爸，为了当个官，脸皮都不要了，老太婆耳朵聋了，眼睛瞎了，但是心里明镜似的，他当的是汉奸，是给余家老祖宗丢人，是八辈子挨人骂的缺德差事。好些天了，吓得钻进兵营里不敢出来，他总不能在那里面躲一辈子吧?前一阵，天天有人到咱家门口喊口号，往大门上抹粪便，往院里扔砖头，还在墙上刷标语，骂他是狗汉奸卖国贼。有一天，差一点要放火烧宅院，要不是我跑到门口给人家作揖下跪，你回来就见不到老太婆了。有这样的爸爸，你回来能有好吗？"

她说："奶奶，爸爸是不对，但他是他，你是你，我是我。你可不要因为他，气坏自己身体。"

奶奶说："还有你那个妈，那真是毽子上的鸡毛，钻钱眼里了，天天想着捞钱，一天不捞手就痒痒。老太婆就不明白，她弄那么多钱，还不收手，能带到棺材里去吗？苍蝇不叮无缝的蛋，老太婆琢磨，人家盯上你爸，除了眼馋你爸手上那些枪，还眼馋你妈手里那些钱。钱是杀人不见血的刀，财一多，祸就来，她早晚会后悔的。俗话说得好，官再大，钱再多，阎王照往土里拖。他们两口子，活大半辈子，还是不明白这个理呀。"

她说："奶奶呀，咱不说他们了，说点儿高兴的事吧。"一时却想不起哪些事是高兴的事，突然想起哥哥立文，问道："奶奶，我哥出国这么多年了，现在他在啥地方？他过得好吗？他经常给家来信来电话吗？"

一说到立文，奶奶立马噤了声，吭哧吭哧咳嗽一阵，又支支吾吾一阵，终于打个哈欠说："奶奶困了，明儿个再说吧，你也累了，咱早点睡吧。"

她确实累，眼睁不开，翻个身便呼呼睡着了。这一夜，睡得好踏实，一直睡到日上三竿。

第二天忽然又想起立文的事，她去问老常，没想到老常也是闪烁其词，三缄其口，顾左右而言他，显然有什么重大隐秘不便透露。

她在家陪伴奶奶，度过了一小段快乐的时光，无忧无虑，啥也不想，仿佛回到上中学那时候，哥哥到南京上大学，父母亲常常外出，她放了学，就陪奶奶拉呱儿，听奶奶给她唱故乡的小曲，在院子里跑来跑去……

她真希望这种宁静的生活永远持续下去。

一天深夜，她都睡下了，老常又把她叫醒，请她赶紧起来，说是要带她去一个地方。老常在她刚出生那年就到了余家，全家人都信得过他，所以她也没问啥，穿好衣服，跟老常往外走。夜空漆黑，四面寂静，老常打开大门，侧耳听听，拧亮手中的手电筒一晃，随即又关掉。不一会儿，开过来一辆小汽车，老常示意她上车。

车子在城里转来转去，押车的人确定无人跟踪之后，吩咐司机加快速度。

最后进入一座兵营,她猜到,这是父亲藏身的地方。

车子停下,她下来,有个在路旁迎候的人把她带到一间房子里面,那人说道"小姐,对不起",同时伸手摸了摸她大衣的口袋,显然是查看她身上是否有武器。她愠怒地瞪了那人一眼,那人赶紧又赔笑道:"实在对不起,小姐,请谅解。"

那人给她倒上一杯热茶,转身出去了,接着进来一个身披黑大氅、头戴蓝礼帽的人,是她父亲余乃谦。父女二人对望着,眼神既不热烈,也不冷淡。父亲眼里有戒备,她眼里有陌生。

坐下后,父亲先开口道:"贞贞,还好吧?"

"还好。"

"你是共产党员吗?"

"以前是。"

"为啥现在不是了?"

"犯了错误,拿掉了。"

父亲居然轻轻一笑:"好,好。"

"好什么?"她不解。

"不是就好。"

"眼下国共合作,天下太平,即使是,你怕啥?"

父亲哈哈一笑,神情变得轻松起来,道:"你不懂政治。合作嘛,都是暂时的。国共国共,一个国,两家人怎么可能共事?不可能呀!一山难容二虎嘛。"

"哦,我可没想那么多。"

父亲兴致蛮高,继续调侃道:"一山难容二虎,除非一公一母。可是,谁愿当那个母的?所以,我认为很快就会撕咬起来。"

"你盼着这样?"

"该来的迟早会来,早点来对我有利。在国共眼里,我是汉奸,都想除掉。可一旦打起来,我就会像股票一样增值。知道股票吧?"

"不知道。"

"等天下真正太平的时候,我教你。"

"爸,如果真打起来,你投谁?"

"谁能够最后赢,我投谁。"

"你认为谁能赢？"

"谁兵多、谁后台硬，谁赢。"

"那就是国民党了？"

父亲点点头："所以，我让你妈妈去重庆，而不是去延安。"

她沉默了。

"孩子，你认为呢？"

她想了想，道："我想，身上干净的人，最终会胜利。"

父亲爽朗地笑了笑："有意思……那你认为共产党会胜？"

"是。"

"好吧，我们打个赌。"

父亲伸出一根指头，她也伸出一根指头。两根指头勾到一起。她想起小时候，父女二人经常为一件事情而这样打赌——这种温馨的时刻，以后还会有吗？

父亲收回手，神色重又变得忧戚凝重，深深地叹口气，告诉她，这么晚叫她来，是想把奶奶托付给她。

韩素君去重庆快一个月了，未有任何消息。眼下重庆到龙城电话不通，走前说好了的，他们一到重庆就发电报报个平安，这么久了，他未接过一封电报。他安排亲信到电报局给身在重庆的岳父家发了电报，询问情况，不知何故，也未接到回复。是途中出了变故，东西被抢人给暗害？还是到了重庆办事不顺遇到不测？一切都未可知。风声愈来愈紧，梁守盘留给他的时间不多了。

说到母亲，父亲双眼红了，两颗泪珠无声地顺着眼角滚落下来。她掏出一块手绢，递给父亲。在她印象中，长这么大，从未见父亲如此惊慌，如此脆弱不堪。

"你奶奶黄土埋到脖根了，万一我被杀被关，你妈妈生死未卜，谁来照顾她呀……"父亲几度哽咽，拿起手绢揩揩眼泪。

她突然想起哥哥，便道："立文到底怎么了？"

父亲镇定一下，道："你哥那边，你不要管，也不要打听。他很好。"

她点点头，答应父亲，自会照顾好奶奶，请他放心。

4

北风呼啸，雪花飞旋，寒气凛冽。江山骑马来到山下时，胸中却有着一元复始，万象更新和气吞河山的豪情壮志。这一天是一九四六年元旦。

一名黑大汉带几位随从立于山门迎候。江山和杨天龙飞身下马，有人上前接过马缰，把两匹马拴在山门旁的立柱上。

黑大汉名叫吴有忠，是"九路军"的二当家。江山和吴有忠寒暄几句，吴有忠一招手，四个身强力壮的兵丁抬过两顶小轿，二人分头钻入小轿，棉帘放下，有人一声吆喝，两顶轿子抬起。杨天龙跟随吴有忠带来的那几个随从簇拥着轿子步行上山。

日本投降之后，大阳山战火熄灭，突然闲下来的江山感到有些不适应，三想两想就想到了天柱峰。上一年，因为罗金堂的牺牲，江山失掉了打下天柱峰的底气，事情便置诸脑后，一直拖到现在。

根据地边缘地带的这颗钉子一日不拔掉，江山一日不安宁。眼下，是时候该解决了。

和杜宗磊商议一番，江山给"九路军"总司令龚黑柱写了一封亲笔信，诚挚邀请龚总司令到八路军大阳山军分区司令部驻地罗庄晤谈，并晓之以理，动之以情，希望他认清形势，以民族大义为重，尽早率精锐之师下山，编入八路军序列，共襄大事，为国家和平创立新功。

杨天龙奉命上山送信，带回匪首龚黑柱的一封亲笔信。信中说，他早有携众下山之意，很期待与江司令面谈，因山上事务繁忙，他不便下山，希望江司令不辞辛劳，赏光登山；山上风景无限，美食美酒应有尽有，他在小山上诚意恭候江司令大驾光临……

他把皮球踢给了江山。

此人不敢下山，早在江山意料之中。

江山决定赴约。杜宗磊等人不同意，担心他深入匪巢发生意外。江山说："龚黑柱不敢把我怎么样，你们有啥好担心的？吃饱了撑的！"

随着队伍越来越壮大，江山脾气也渐长，他一瞪眼，谁也不敢再阻拦他。他不惧凶险，只带杨天龙一个卫兵，如约前来。

轿子晃晃悠悠，棉帘开开合合，透过缝隙，江山看到，上山的路又窄又险，两侧是嶙峋的怪石、参天的大树，每隔一段，就能见到人工修筑或者天然形成的战备工事，有人持枪值守，工事里伸出黑洞洞的枪口。当真是个一夫当关，万夫莫开的地方，没有飞机重炮，不付出重大牺牲，想攻上山，真是连想都不敢想。

临近晌午，他们到达接近山顶的一个小平台。轿子放下，江山双脚落地，近旁的碉堡里有人出来，要他和杨天龙把佩枪交出来。吴有忠板起脸，瞪了那人一眼。江山却很大度地取下枪，交给那人。杨天龙也乖乖地把枪交了。

又往上攀登了四五十级台阶，眼前豁然一亮——一个约有二十亩大小的天然平台上，排列着数百名身背钢枪的士兵，以老兵为多。他们服装杂七杂八，颜色不一，却不显得凌乱；天寒地冻，朔风劲吹，每个人脸膛红通通的，看上去却个个精神饱满，无人畏缩。显然为了迎接江山，土匪们做了精心准备。

队列前，一个身披蓝大氅、头戴蓝色翻耳棉帽的英俊男子箭步上前，双手抱拳，冲江山行礼，不亢不卑道："在下龚黑柱，欢迎江司令来小山头做客，幸会！幸会！"

江山心头微微一惊，一时以为看走了眼——这人衣着洁净，眉目清秀，仪表堂堂，目光清澈犀利，说话文绉绉的，与传说中满脸黑麻子丑陋至极、奸淫抢掠无恶不作的大魔头大相径庭。与龚黑柱相比，面孔黑糙，不修边幅，身着灰棉粗布旧大衣的江山，倒更像一个山大王。

江山定定神，咧开大嘴一笑，双手抱拳还礼，扯着公鸭嗓子道："龚总司令，久仰！久仰！"

二人热情地握手。龚黑柱接着把他手下的四大金刚一一介绍给江山，这四大金刚除了二当家的吴有忠外，还有精瘦的三当家林冲之、矮胖的四当家孙冒贵、脸上带疤瞎了一只眼睛的五当家张喜明。这些人都是他的生死兄弟，须臾不离左右。

介绍完毕，稍事寒暄，龚黑柱对林冲之轻声道："开始吧。"

只见林冲之走到队列前，立正挺胸，大声吼道："向左、向右——散开！"

队伍往两边散开。龚黑柱手一扬，对江山道："江司令，请！"

江山随龚黑柱往前走了几十步，眼前又是豁然一亮——平台下面，是一个更小的平台，约有一个篮球场大小，上面排列着两种共十门大炮——至于是什么牌子的炮,江山不识得。边上还摆有四挺崭新的马克沁重机枪,八挺捷克制轻机枪。看来土匪的家底都在这儿了。

传说不虚。这些东西都是江山梦寐以求的,多年来他惦记天柱峰,其实惦记的正是这些宝贝。这么多的宝贝,超出了他的想象。有这些炮,他的炮营可以扩编为一个炮团,再打徐水镇那样的炮楼,似乎就不费吹灰之力了……

他望着这些大炮,口水都要下来了。在这云雾缭绕的山顶上,简直让人感觉是从天堂里偷来的……

龚黑柱观察着江山的反应,不易察觉地微微一笑,道:"让江司令看笑话了,区区几件破家伙什,吓唬一下山上的狼还行,真要扛下山编入贵军,怕是拿不出手啦。"

江山收回思绪,尴尬地笑笑:"龚司令开玩笑,这是实打实的好东西呀……不知从哪儿搞来的?"

林冲之上前道:"报告江司令!这六门德国造150毫米榴弹炮,是几年前从溃退的国军正规军那里捡来的,那四门日式三八式75毫米野炮,是日本人扫荡贵军时,我们趁乱夺回来的,轻重机枪大部分是从驻沂州的国军杂牌部队手里夺来的。这里的任何东西,都与贵军无关。"

江山咂咂嘴说:"我的部队穷,想夺也没有呀。"

众人都开怀大笑。

似乎是为了证明这些大炮不是摆设,接下来安排了射击表演,有个炮兵头目挥动一面小蓝旗,发出准备射击的口令,炮兵们熟练地填弹、瞄准。射击口令下达后,十门大炮依次射击,炮弹出膛,震耳欲聋,似乎整个山头都在晃动。江山透过手中的望远镜看到,炮弹都落在斜对面的一个小山头上,火光黑烟腾空而起,几棵大树中弹倒下……

江山放下望远镜,情不自禁地带头鼓掌。这时候天突然放晴,雪花消散,太阳像个金盆,挂在当午,令人心旷神怡。

看过炮兵的实弹演练,龚黑柱等人又陪江山在山顶上转了一圈,平台的东面,原是一座规模不小的寺院,现在做了兵舍,大殿墙壁、廊柱和屋顶的顶篷上,处处有烟火的痕迹,显示早年这里曾经香火旺盛。平台西边的缓坡上,有一些开垦出来的梯田,热天可以种菜,还有几座石头垒起的猪圈,里面有一些大大小小的猪。龚黑柱说,一大早宰了三头猪,用来招待江司令。

　　不远处山泉水叮咚作响，还有一处地方雾气蒸腾，是一个山顶温泉，热水喷涌不绝，可供千八百号人洗浴。江山不由得感叹，天柱峰真是个好地方，既像一个世外桃源，又是一个理想的屯兵之地。

　　午饭安排在寺院的一个偏殿里，鱼肉野味摆满一桌，酒香扑鼻。江山和龚黑柱都不饮酒，四大金刚喝起来没完。江山应付一阵，就和龚黑柱移步到寺院最里面的一处密室，一个硕大的炭盆烧得正旺，室内有花有草，春意盎然。二人脱下大衣大氅，分宾客落座。勤务兵端来茶点，退了出去。

　　该谈谈正事了。

　　来之前江山和杜宗磊等人多次合计过，如果这股土匪归顺，大头目龚黑柱可以安排当副团长，他手下的主要弟兄可以当营长连长。现在，江山决定改变主意，因为明摆着，以姓龚的这份实力，区区一个副团长绝对难以打动他。

　　言归正传，江山直截了当提出，如果龚黑柱同意接受八路军改编，并按规定时限率部下山归列，那么，可保他担任八路军正规部队的团长，他手下的四大金刚可选一人出任副团长，其余三人当营长，所属部众暂不拆散，当然，十门大炮等重武器须交上级统一调度。

　　这份期许大概与龚黑柱所预想的较为一致，他感谢八路军的诚意，尤其感谢江山不畏苦寒亲自前来，对江山的提议当场没有提出异议，答应和四位弟兄商量一下，尽快给江山一个明确的答复。

　　三两下就基本谈拢，江山颇感满意。龚黑柱话题一转，谈起一段往事，说一年多前，曾经在山门下偶遇贵军罗团长和夫人，他十分钦佩罗团长的英勇，不久听说他战死，深感难过。真是天妒英才，人生莫测。

　　"罗夫人心地善良，一件小事就可说明问题。"他道。

　　"什么事？龚司令不妨讲讲。"

　　龚黑柱十分坦诚地说，他这人不爱钱不恋权，就一个爱好——喜欢美色。山下有一户人家娶亲，听说新娘子颇有姿色，他便带人下山，把新娘子掳了来，到达山下时，突然遇到罗团长和罗夫人。罗夫人几句话一说，便打动了他，他当场放了人家。

　　"身边有一个好女人，可以让男人少犯错。可惜罗团长英年早逝，没这个福分了。"他感慨道。

　　江山一时摸不清他葫芦里卖的什么药，思忖一阵，道："八路军是一心向着老百姓的，无论是谁，遇到你说的那种事情，都不会袖手不管的。"

龚黑柱笑笑，问道："不知罗夫人再嫁没有？"

"这个嘛，还没有。"

"她还在贵军队伍里吗？"

"她嘛，在。"不知为何，江山说了一句假话。

5

一连收到警备司令部六份通令，余乃谦一概不予理睬。阳历年刚过，送达了第七份，却让余乃谦大感意外——这回不是措辞严厉的通令，而是一封梁守盘的亲笔信，口吻缓和。信中说，既然余师长不愿劳驾出东大营，那么，他愿意只身前来，会会余师长。

这封信让余乃谦如堕五里雾中，不知姓梁的是何用意。他一个人来干什么？他能干什么？无非是劝降吧？

国军主力尚在远方，一时到不了龙城。阳历年前，驻扎在沂州的杂牌军三十四师三千余人抵达龙城，举行了对日军的受降仪式，正式进驻西大营。这一下，梁守盘有了底气，原想利用三十四师逼迫余乃谦缴械，但是三十四师却按兵不动，且不说三千人打不过余部八千人，即使打得过，杂牌军也不会动手，杂牌军最大的特点就是保存实力，轻易不会打仗。各地惩办汉奸搞得如火如荼，他治下的龙城却是不温不火，只抓了几条小鱼小虾，两条大鱼一直藏在东大营。梁守盘坐不住了。

余乃谦更是坐不住。眼下仍然未有韩素君和张勇任何消息，他每天都派亲信到电报局查看是否有重庆来的电报，一无所获，失望至极。他既担心两人途中遇害，财物遭劫；更担心两人借机私奔——他已察觉到他们关系暧昧，恐怕早有私情，此番一去，宛若鱼儿游进大海，鸟儿飞入长空，他们带走了全部的家底，那些财物加上先前存在重庆银行的那笔巨款，八辈子都花不完。两个狗男女狠心而去，把个落难的他丢在龙城任人宰割。风声鹤唳，四面楚歌，余乃谦深感这是自己生命中最黑暗的一段时光，每天都仿佛生活在地狱中。

事情明摆着，一旦国军主力到达，他的部队就会哗变，他必得乖乖就擒，梁守盘绝不会轻饶他，不死也得坐穿牢底。留给他的时间不多了。

梁守盘提出要来，他不能不让。怕出意外，他吩咐亲信们精心做了布置，东大营加强警戒，如临大敌一般，门口堆起沙袋，架起机枪，房顶上也放了暗哨。确信只有一辆小轿车开到大门口，他才下令开门迎客。

梁守盘夹着个公文包，笑眯眯地下车，他身着中山装，面色、头发、皮鞋都是油光瓦亮。他果真是一人来的，连个随从都没带，公文包和上衣口袋都是瘪的，不像藏有武器。余乃谦更加放心，朝卫士使个眼色，意思是可以撤掉会客室的警戒。

这天余乃谦脱下军装，特意换上一身新中山装迎客，他小跑着迎向梁守盘，远远地伸出手来，两人像久违的老朋友那样，哈哈笑着，热情地握手问候。

余乃谦把梁守盘引进一间会客室，卫士带上门，出去了。梁守盘一坐下就亮开嗓门说："余老弟，本人肩负党国重托来龙城上任，手下的人所做之事，都是不得已而为之。得罪！得罪啦！还请海涵。"

余乃谦满脸媚笑，说："梁市长光荣归来，小弟很高兴。毕竟是老上司嘛，会关照小弟的。还请梁市长法外开恩，小弟万分感谢。"

梁守盘弯起右手食指，轻轻敲打着茶几，目光炯炯地望着余乃谦："法外开恩可以，关照一下也没问题，但有一个条件……"

"梁市长请讲。"

梁守盘的脸子突然板了起来："立刻交出部队！"

余乃谦倒吸一口冷气。他没想到梁守盘竟然这么单刀直入，丝毫不留情面。他的脸一阵红一阵白，半天才道："交出部队……汉奸的帽子，是不是……别扣了？"

梁守盘咄咄逼人："你说呢？"

余乃谦掏出手帕，揩揩额角的冷汗，叹口气："梁市长，请听小弟解释一下。"

梁守盘跷起二郎腿，不再看他，听他说。

他先从刚进城的三十四师讲起，说："这支杂牌军，抗战期间，一个日本人不打，而且还和鬼子勾勾搭搭，哪有一点中国军人的血性？他们基本上也不打八路。我呢？表面上是伪军不假，但我这八年，协助日本人可是没少打八路。打八路，是不是正合委员长心意？民国二十九年，国军主力在皖南，不也是端掉了新四军军部吗？我的队伍和那些国军，除了服装不同，又有何区别？

你看三十四师，还没我功劳大呢，他们倒成了英雄，我却要来背这个汉奸的黑锅……"

他又说："好吧，就算我是个汉奸，可是本人认为，汉奸跟汉奸也有区别。那些帮日本人做事，祸害老百姓的汉奸，才是真的汉奸，坏的汉奸；我表面上帮日本人做事不假，可我主要是为了打八路，我没有祸害老百姓，我的部队纪律很好。另外，去年初夏，我还给中国军队提供情报，在大阳山北侧的兰山崮，一下子吃掉了鬼子一个联队，这也算抗日吧？说是抗日英雄，也不为过吧？所以，像我这样的人，如果非要扣一顶汉奸帽子的话，那也算个假汉奸、好汉奸……"

他接着说："说到底，本人认为，我这属于黑皮红心，身在日营，心在党国，卧薪尝胆，忍辱负重，本来就有一颗中国心……"

他住了嘴。

梁守盘轻轻一敲茶几："说啊！"

"没了。"

"没了？"

"嘿嘿，没了。"

梁守盘看着他，愣着，愣着，突然一拍桌子，哈哈大笑，声震屋梁，笑出了眼泪。

"梁市长，你笑啥？"他小心地赔着笑。

梁守盘笑得上气不接下气，笑够了，笑岔了气，喀喀喀一阵咳嗽，抹抹眼泪，道："余师长，今天梁某真大开眼界啦！哈哈哈，汉奸也分好坏，屎也分香臭？哈哈哈……"

又是一阵止不住的笑。

余乃谦赔着傻笑。

梁守盘终于收住笑，脸又板起来："余师长，今天梁某就等你一句话——交不交？"

"交又怎样？不交又怎样？"

"交——算是立功，我这个新来的市长兼警备司令也有面子，你罪减一等！不交——哼哼！国军主力就要到啦！后果，你知道的……"

余乃谦头上又冒出冷汗，他顾不上擦，盯着对方，道："梁市长，怎么个罪减一等？不法办了？"

"一天牢不坐，怕是无法向社会公众交代。不过，可以酌情从宽，尽量从宽。"

余乃谦不易察觉地摇摇头。

梁守盘伸出三个手指头："看在老交情的分上，今天你可以不答复。我给你三天时间考虑，过时不候。到那时，可别怪我翻脸无情啊。"

梁守盘站起来想走，余乃谦急忙拦住他，指一指立于墙根的一只小皮箱，说："梁市长，小弟一点心意，一会儿让人放你车里……"

皮箱里装有二十根金条，是夫人走前留下让他"救急"用的。

梁守盘一听，脸色又变了，严肃地说："少来这一套！"

"可是，小弟听说各地的接收大员，都在拼命捞，什么票子、车子、房子、女子……搞'五子登科'那一套，这不过是小弟的一点儿小小意思，不成敬意……"

梁守盘坐下，脑袋靠在椅背上，闭上眼睛。少顷，他睁开眼睛，重重地叹口气，道："很多接收大员，确实太不像话！可是，梁某不是那种人，梁某一心为国，不徇私情。"

余乃谦看出他不会收，由衷感慨道："像梁市长这样的好官，党国真是太缺少了。如果这次小弟不死，还有机会为党国做事，一定约束好家人，坚决不取不义之财。"

也许这句话稍稍打动了梁守盘，他点点头，道："余老弟，你看，全国各地都在大抓汉奸，龙城汉奸指标要完成，一个大的不抓，成何体统？"

"是，是，小弟理解梁市长的苦衷。"

"那个马国良，他也躲在你这里吧？"

余乃谦心头一震，他都快把马国良给忘了，立刻道："在，在。"

"你这叫窝藏包庇汉奸，罪上加罪啊。"

余乃谦摇摇头，道："要说起来，他对小弟也算有恩。唉，有些话真是难以张口……他本来要跑的，是小弟把他……扣下了。梁市长，他应算是龙城头号汉奸吧？"

梁守盘点点头。

此刻，余乃谦原本一直提到嗓子眼的心，稍稍往下落了落。

6

当天晚上，一辆小轿车停在马国良住所门口。马国良化过装，提着一只小皮箱出门。余乃谦亲自过来给他送行，把一张火车票递给他，打趣道："老兄，这下连我都认不出你了。放心走吧。"

此前，马国良的家眷已经分批离开龙城，去了东北，马国良也闹着要走，余乃谦一直以他目标太大无法出城为由，没放他走。今儿个突然提出送他走，他连连感谢。

车里面有两个戴礼帽的卫士，要护送他去车站。马国良和余乃谦拥抱一下，急急钻进车里。余乃谦冲他挥手道别："老兄，一路走好。"

小车开走了。

车子没有去车站，而是开进了警备司令部的院子。等马国良反应过来时，两支枪顶住了他的脑袋。他傻眼了，憋半天，一声怒吼："余乃谦——你出卖朋友，你他妈是个孬种！"

马国良很快以"通谋敌国罪"被特别法庭判处无期徒刑。

交出马国良，仅为余乃谦赢得了几天的喘息之机。

一周之后，梁守盘捎话过来，提出只要余乃谦痛痛快快交出队伍，那么，政府可以不治他的罪，允许他跑路，保证他平安离开龙城。

余乃谦不相信对方有如此善心，姓梁的必欲置他于死地而后快——一旦交了兵权，他还是他吗？他之所以到现在还完好无损，不正是因为手头尚有八千人吗？有枪就是草头王，这是颠扑不破的真理，他不会轻易上对方的当。

他把冷长水叫来，想听听他的意见。

冷长水身为副师长，也在汉奸黑名册上，从内心里他不希望余乃谦跑路——余在，他还可以大树底下好乘凉，有人撑着，余一走，兵权一交，他的副师长自然也保不住，他就是鱼肉，只能任人宰割，马国良已经在前面做出了榜样。

他建议，不到万不得已不能交队伍，不交，手中握有筹码，还可决死一拼。余乃谦略感宽慰，说："兄弟和我想到一块了，我们是一根绳上的蚂蚱，愿我们风雨同舟，共渡难关，死扛到底，绝地求生。相信熬过去，便是一马平川。"

冷长水的日子其实也好不到哪里去，几个月来，他异常焦虑，期盼早日投入党国的怀抱，但苦于接触不上梁守盘。这天晚上，进门后，突然发现门下有一张纸条，他抑制住怦怦狂跳的心，哆嗦着手展开纸条，只见上面写道："冷副师长，如有兴趣，明天下午三点，东大营门外的鸿发旅馆 105 房间面晤。"

没有署名。他首先想到，这封信与梁有关。如果是余主使，假冒梁的名义约见，为引他上当，一定会署上名，以便试探他。现在余焦头烂额，方寸已乱，无暇旁顾，一般不会再在内部制造裂隙。

即使有诈，再三思考后，他还是决定冒险一见。

如果真是梁约见，一定图谋策反他，里应外合搞掉余，抓住队伍，自会许诺他新的官衔，他便一举洗白，正式成为党国一员。而这，正是他梦寐以求的。火中取栗的事情，在他已不新鲜。

他兴奋得一夜没睡好。

第二天下午，余乃谦召集四位亲信团长开小会，他算不得亲信，正好有空闲，大摇大摆转悠到门口，他身为副师长，卫兵不敢拦阻。出了门，抬腿就进了鸿发旅馆。

果然是一张熟悉的面孔候在 105 房间——这是冷长水第一次见梁守盘，以前只在报纸上见过他的照片。二人顾不上寒暄，甚至来不及坐下，二人隔着一张桌子站在那里，梁守盘就把话全挑明了——

"冷副师长，请你来见，只有一件事情：中国大地上绝不允许一支汉奸部队长期存在，你与余乃谦不同，你是八路那边过来的人，曾借日本人之手打掉过八路的一个团部，对党国也算有功。我们联手做掉余乃谦，部队腾笼换鸟，改编收归警备司令部，我本人兼师长，保荐你继续做副师长。现在就等你一句话。"

尽管一切都在意料之中，冷长水还是兴奋不已，眼皮直跳，道："谢谢梁长官信任，这正是在下想做的。只是四个带兵的团长全是余的亲信，要想下手，须找个好时机。"

"我想好了，最好的时机是国军主力一到。"

"另外，不能一竹篙打落一船人，还须请梁长官写个手谕，赦免余的所有亲信，只对余一人下手，这样他们才甘愿为我们所用。"

"这个没问题。"

只待了两三分钟，冷长水就告辞出来。顶着寒风往回走时，才感觉到后背都湿透了。想到来龙城后，余师长待己不薄，这么背后下刀子，似有不忍；又想到世界本凶险，你不下手，别人会下手，他也便顾不上什么情义了。

7

从天柱峰下来后，江山感染风寒，头疼发烧咳嗽，杨淑芳带着野战医院的医生来司令部给他把脉看病，还亲自煎药，喂他喝下。杜宗磊等首长都带着老婆孩子过来看望。杜政委的两个儿子杜钢杜铁满屋乱窜，调皮捣蛋得很，碰翻了茶碗，踢倒了夜壶。蔡小梅上去一人一巴掌，众人哈哈大笑。

杨淑芳羡慕得不得了。蔡小梅体恤老班长杨淑芳的心情，凑到江山跟前说："司令员，革命和结婚成家不矛盾，快点解决个人问题吧，早生儿子，让他长大了扛枪，革命事业不就有接班人了吗？"众人纷纷附和。江山咳嗽两声说："再打一个大胜仗，就考虑"。

杨淑芳心中一热，低下头去。

蔡小梅说："国共刚刚签了停战协定，哪还有仗可打呀？"

"协定就是一张纸，说撕碎，是很容易的事。老蒋坚持在停战协定中将东北除外，我看他是想先在东北开打，再将战火引到关内。"江山指一下蔡小梅微微隆起的肚子说，"我看不等你把这孩子生出来，我们就得打仗。"

众人都笑了。杜宗磊说："国军主力正从大西南源源不断往北方开拔，他们可不是来欣赏风景的。"

蔡小梅说："那就趁现在有空，把事办了呗。"边说边瞄一眼杨淑芳。

司令部的人早看出杨淑芳对江司令有意，而江司令却长期按兵不动，便以为江司令无意于她。杜宗磊朝妻子使个眼色，众人又换个话题说笑几句，都出去了。

江山烧得迷迷糊糊的时候，嘴巴叽里咕噜念叨一个人的名字，杨淑芳仔细辨别，弄清楚了——他念叨的是李兰贞。

"难道你心里还放不下她吗？她真值得你这么惦记吗？她一个寡妇，除了有个好脸蛋，啥也不会做，啥也不想做，她还有什么？……"杨淑芳心里委屈得不行，眼泪忍不住扑簌簌掉落下来……

江山醒过来后，眼望顶篷，目光迷离，仿佛入了定一般。护士小苏进来，喂他喝水。他只喝了一口，摇摇头，示意小苏出去。

他又念叨起来："李兰贞……李兰贞……"

杨淑芳叹口气，背过身去，赌气不理他。

"不知她怎么样了……她身体复原了吗？……她不会忘记老部队吧？……小杨，你咋不说话？"

杨淑芳转过半个身子，眼圈发红，一来为他的身体担忧，二来心里面责怪他至今念念不忘李兰贞。她叹口气，道："我说什么？"

"李兰贞……我不该放她回去……"

国共《双十协定》签署之后，"和平建国"的说法日盛，为了减轻部队和根据地民众的负担，有的部队开始精兵减员，处理了一批老弱病残的士兵。李兰贞就是在这股风潮下离队回家的。

"你后悔了？"她幽幽地说。

"是有点后悔……革命还需要她……"

"是有人还需要她吧？"她话中带刺。

他闭上眼睛，迷迷糊糊又睡着了。杨淑芳轻轻带上门，心情沉重地朝住地走去。

三天后的中午，老常把一个瘦瘦高高的男人带到李兰贞面前，那人摘下捂在脸上的棉围脖，露出一张熟悉的黄脸膛。李兰贞笑了，惊叫道："杨天龙！你怎么来了？"

杨天龙难得地咧嘴一笑，并不回答她，而是从怀里摸出一封信交给她。她撕开信封，打开，是一封江山的亲笔信，内容很简单，只有一句话——

"李兰贞同志：希望你见字立刻归队。江。"

她拿着信，感到很突然。离开部队时，她做了再也不回去的打算，领了六块银圆做复员费，和熟悉的人也都告了别。怎么突然又叫她回去？发生了什么事？

她问杨天龙。杨天龙摇头不语。

杨天龙临走时告诉她，明天中午十二点之前，赶到龙城南门外的陈家当铺，那儿会有人等她，并护送她回罗庄。

交代完毕，杨天龙就离开了，连一口热水都没喝。

整整一个下午，她都在考虑，是不是回去？如果回去，奶奶怎么办？她亲口答应父亲，要照顾好奶奶的……

夜里上了床，她打定主意：不回去了。

那里已没有她更多的牵挂——汪默涵至今在延安未归，自他走后，她没得到关于他的任何消息，他连一封信都不给她写，仿佛这个人从世界上消失了；罗金堂尸骨已寒，她慢慢在淡忘他——还有什么值得她惦记？似乎没有了。

然而她却翻来覆去睡不着。奶奶也没睡着。老太太已经知道山里来人给她送信的事，晚饭都没怎么吃。老太太也是心里有事搁不下。

鸡叫头遍时，老太太索性披衣坐了起来，不睡了。李兰贞拧亮台灯，电压不稳，灯泡一阵白一阵红，她爬到奶奶那一头，搂住奶奶的腰，大声说："你放心，我不走，在家照顾你。"

过了许久，老太太重重地叹口气，说："我琢磨着，鸡蛋不能都放到一个篮子里……"

"奶奶，你说梦话？刚才做梦了？"

老太太不理她，继续道："要是篮子倒了，鸡蛋不都打破了吗？"

"奶奶，什么乱七八糟的。"

"丫头啊，你爸妈真要出事，你咋办？"

"还能咋办？我们两个过吧。"

"老太婆老了，死活都一样。你还早着呢，不能等死，得好好活。"

"奶奶，大半夜的，你瞎琢磨啥呀，再睡会儿吧。"

"贞贞，老太婆想好了，你不能留，赶紧走。有老常照顾，你不用担心我……"

原来奶奶在为自己的安危担心，她心里酸酸的，用力搂紧奶奶的腰，脸贴住奶奶温热的肚皮，就像婴儿靠在母亲的怀中。

天一亮，奶奶就撵她走。她告诉奶奶，时候还早。上午，她烧好水，照顾奶奶洗了个澡，给奶奶梳头，把奶奶的衣服能洗的都洗了，又为奶奶更换了床单被罩。她干活特别利索，奶奶都感到奇怪："贞贞，你出去八年，学了本事啦。"

她笑了："这算啥呀，一点儿家务。奶奶，我都会打枪了！"

奶奶眯着眼，朝她竖起大拇指。

该离开了。奶奶眼睛看不见，伸出手来，抚摸她的脸蛋，抚摸她的头发。她一动不动，任奶奶摸个够。奶奶又从衣兜里摸出一样东西——那是一把金灿灿的长命锁。她尚未出生，奶奶就托人打制了两把长命锁，一把是哥哥的，一把是她的。那年她刚到大槐树不久，为了配合江山搞武器，摘下它让杨天龙拿来找父亲交涉，这把长命锁就留在了家里。鬼子来的那一年，她离家去罗庄找汪默涵，走前老太太忘记给她戴上。为这事，老太太念叨了好多次……

现在，奶奶又把长命锁仔仔细细给她挂在脖子上，闭上双目，嘴巴嚅动，似在默默向上天祷告，保佑孙女此去平安。

她想，自己这一走，说不定这辈子再也见不上奶奶了，泪水禁不住无声地流下来。奶奶催她快走，说："你走了，奶奶才放心。你待一天，奶奶担心一天。"

她最后拥抱一下奶奶，提上小箱子，快步离开了家。

8

李兰贞回到罗庄，先把那六块银圆的复员费上交给了财务。

这一天，龚黑柱派出的使者也到了。

使者是天柱峰二当家、黑大汉吴有忠。江山抱病和杜宗磊一起接见了他。

吴有忠提供了一个重要情况：新移防龙城的三十四师师长曲向天，原是龚黑柱当新兵时的连长，曲师长凭借这层关系，写信给龚，想收编九路军，提出的条件和八路军提出的几乎一样——所部改编为该师一个整团，龚任团长，其余主要弟兄也都各有安排。

"曲师长已派人给大当家的送来了委任状。"吴有忠说。

江山和杜宗磊互相递个眼色。这一来节外生枝，事态变复杂了。龚部是块肥肉，江山盯上，别人自然也会盯上。现在国共双方停战，却正是招兵买马的大好时机。

"龚司令什么态度？"江山问。

吴有忠道："大当家的让弟兄们拿意见。弟兄们都感到在山上住够了，住烦了，都想进城享享福，开开眼界，所以嘛，自然愿投三十四师……"

江山和杜宗磊一时不知该说什么，杜宗磊闷头抽烟，突然举起烟斗往桌角一磕，不满地说："二当家的大老远跑来，就为告诉我们这个吗？"

"老杜，你别急嘛。"江山转向吴有忠，"二当家的，我想知道，龚司令到底什么态度？"

"我们大当家的倒是愿意参加八路军。"吴有忠边说边摇一下头，叹口气，似是有些不满。

江山心里略觉踏实了一些，杜宗磊却是吃惊不小，担心土匪内部因此生乱，失去控制，收编之事落空，便道："弟兄们，都听他的吗？"

"他是老大，他一言九鼎，哪个敢不听！"吴有忠垂下了头。

杜宗磊点点头。江山拿起一支烟卷，放到鼻子底下闻着。自从有了缴获的卷烟，他不再吸"老炮筒"。由于感冒未好，咳得厉害，他听从杨淑芳的劝导，减少了吸烟，烟瘾上来的时候，就举一支到鼻子底下闻闻。放下烟卷，他道："二当家的，对我们还有啥要求，都说出来吧。"

吴有忠就把龚黑柱的意思讲了——

原来龚黑柱自打一年多前路遇李兰贞，心里一直放不下她，上次听江山说她守寡已逾一年，便动了心思。此番派吴有忠来，除了正式答复同意双方上次所谈的条件外，另附加了一个条件：愿与李兰贞结为秦晋之好。并且说，他从军前在老家娶过一房媳妇，没有子嗣，与妻子失去联系多年，至今单身一人；这些年因无人约束，他确实行为不端，名声不佳，但他愿意以此为良机，痛改前非，重新做人，以后坚决执行八路军的纪律……

"我们大当家的说，娶了李同志，就当八路军给他派了一个政委吧。如蒙各位首长撮合成这桩终生大事，他愿意约束好部下，保证婚后两月之内，全员搬下山，接受八路军改编。"

杜宗磊边听边皱起眉头。

江山终于忍不住，点上一支烟，用力吸了两口，大声咳嗽一阵，又把烟掐灭。其实他早看出那姓龚的对李兰贞有意——上次在天柱峰，对方主动说起她，扯起来没个完，他就预感到会有这一出，所以提前把李兰贞叫了回来。

他不希望有这一出，但又必须得面对。天柱峰他惦记了那么多年，眼看到手，他不想功败垂成。

送走吴有忠后，他与杜政委简单议了一下。杜政委提出，婚姻自主，不能强迫李兰贞同志，是不是非要结他妈的秦晋之好，一切由她本人说了算。江山完全同意杜政委的意见。

安排李兰贞休息了两天，原本想和杜政委一块找她谈，怕她难为情，江山抱着病体，单独去了她的住处，一五一十把情况讲了。又拿出龚黑柱写给她的一封亲笔信，请她当场拆阅。

龚在信中说，眼下国共双方都想收编他，他本想待价而沽，不急于下山，以便换取更大利益，却由于对她爱慕不已，每日思念，难以自拔，决意排除障碍，站到她所在的革命队伍里来，成为八路军光荣的一员。以后必当克服旧毛病，浪子回头，立志做一个江司令、罗团长那样的正派军人，二人携手，共创幸福生活……

大土匪这封信写得蛮有水平，情理俱在，一看就不是粗人。

看罢信，李兰贞良久不语。江山让她好好考虑一下，组织上绝不干预，一切请她自个儿拿主意。

她脑子很乱，把自己关在屋里，三天没有出门。眼前一会儿是前夫罗金堂的黑脸膛光脑壳，一会儿是龚黑柱洒脱的身影，万万想不到一年多前的那次路遇会成为自己生命中的又一个转折。

她想起老罗活着的时候，曾经设想过，用一个大美人把那好色的土匪头子引下山来，然后干掉他，并且开玩笑说，派她去执行这个任务。天柱峰是江司令的一块心病，更是老罗的一块心病，老罗非常想拿下它，既报答江司令的恩义，又能壮大己方的力量。老罗不在了，她是不是要为他做点事，尽点力，还个愿？

只见过一面，而且过去那么久了，那人还对她念念不忘，可见她在他心中，是生了根的。俗话说，浪子回头金不换。如果他真的如信上所讲，自此洗心革面，重新做人，等于她救了一个人。奶奶引佛家的话说，救人一命，胜造七级浮屠，那么她把一个浪子变成好人，她便算是有了佛心吧？

三天之后，她洗漱一新，换上一套新军装，出了小屋，迎着冬日的阳光，款款来到江司令的住处，推开屋门，对他说："我想好了，一切听组织的。"

江山灰暗的脸膛马上变得红润起来，病似乎一下子全好了，他站起来，伸出粗糙的大手，握住她柔软的小手，眼圈突然红了，说："兰贞同志，我对不住你，对不住老罗……"

她抽出手，微笑着说："老罗不要命打仗，是为了队伍；你把我叫回来，也是为了队伍；我同意这么做，还是为了队伍。我们都想到一块了，江司令，没啥对不住的。"

江山拉她坐下，给她倒上一杯热茶，道："兰贞，你还不是党员吧？"

她点点头："因为我做得不够好。"

江山眼圈又红了，背过身子，飞快地抬一下手，似乎抹去了眼角的一颗泪，转过脸来，道："千万别说你不好。在你面前，我们都自惭形秽。"

她道："江司令，我们是一家人，怎么客气起来啦？"

江山呵呵地笑起来，点上一支烟，美美地吸一口，告诉她道："听说龚黑柱求婚，有的同志开玩笑说，我如果同意，就像当年范蠡送西施给吴王夫差一个样。那意思你就是西施呀！还有人说，没有西施舍身，哪有勾践复国呀……"

江山的眼泪，竟然又下来了。

9

他们提前三天从罗庄出发，腊月二十八上午十点以前，准时到达天柱峰上。这天办喜事是龚黑柱定下的，据说是找了一位道行高深的老道给掐算出的良辰吉日。

江山原本想安排刘子厚代表"娘家人"去送亲，刘子厚坚决不干，说不想看到罗金堂兄弟的女人成为别人的老婆。最后派出杨淑芳、政治部群工部的部长、杨天龙三人，带一个班的警卫护送上山。

沿途工事、大树上，到处贴有大红喜字。上到峰顶，只见彩旗飘飘，锣鼓钹镲齐鸣。天柱峰上娶亲，似乎是开天辟地头一遭。龚黑柱原本想大办一场，李兰贞事先提出一个条件：要像八路军干部那样，办新式婚礼，不能摆出娶压寨夫人那样的封建阵势，要注意影响。双方协商之后，婚事从简，婚宴只备简单俭朴的酒饭，不搞铺张。

山上难得办一回喜事，加上临近年根，场面还是搞大了，尤其是新人落轿之后，鸣大炮十二响，令杨淑芳和李兰贞都大皱眉头。

这天新娘穿着八路军军装，没有披红戴绿，胸前只插了一朵小红花；新郎还没有正式参加八路军，不宜着八路军军装，又不便穿旧式军装，他穿了一套新做的蓝色中山装。新娘在杨淑芳陪同下进入大厅，数百双眼睛一齐望过来。

光彩照人的新娘子一下子令喧哗的大厅变得鸦雀无声。

李兰贞这一年尚不满二十八岁，正是女人最好的年纪，风华卓绝，气质高雅，像开得正艳的花，像酿得最甜的蜜，像最成熟的果实，像八月十五最圆满的月。她穿着军装，戴着军帽，柔美中迸发出一股英武之气，令这些在山上盘踞了八年之久的土匪们如见神女下凡，发出阵阵不绝于耳的赞叹之声……

也有人小声唠叨："即使寡妇戴新花，也是被人用过的啊。"

龚黑柱出场时，更令杨淑芳一愣——江山曾经说过，那个大土匪很英俊。打死她也不相信。现在只扫了一眼，不由得暗暗惊叹，土匪窝子里竟然藏有这等戏台上才可见到的白面书生。在她印象中，军分区营以上干部里面没有这样俊朗儒雅的男人，大学堂里出来的汪默涵都比不上他。他和李兰贞，倒真是一对璧人。又一想，李兰贞也不算亏，又找了一个团长，又一次成为团长夫人。想到自己快三十岁了，成老姑娘了，花儿要谢了，至今独守空房，不觉黯然神伤……

婚礼上没有拜天地拜父母夫妻互拜，也没有红盖头可揭，新郎官表演枪法，把婚典推向高潮。一片喧哗声中，几个卫兵抬过一张桌子，在上面并排插上十二支蜡烛，点着，人们都自觉地闪开一条夹道，只见新郎走到离桌子二十几步远的地方站定，凝神看一下方位，然后从口袋里抽出一条白白的薄纱巾，展开，抖两下，蒙住眼睛。有人远远地甩过来两支驳壳枪，他看都不看，伸手接过。前方，蜡烛的火苗模模糊糊，仅有一点点亮光闪烁不定。大厅里顿时静下来，人们都瞪大眼睛。只见他左手扬起，连发六枪，六支蜡烛同时熄灭；右手扬起，又击六发，剩余六支蜡烛熄灭。整个过程迅捷无比，毫不拖泥带水，令人叹为观止。

枪声散去，那十二只蜡烛依然立在那儿，冒着丝丝余烟……

他摘下面罩。大厅里掌声喝彩声此起彼伏……

有人大呼："不过瘾！不过瘾！"

又有人高呼："大当家的！在新娘子身上来两下……"

众人齐声喊："大当家的！搞几下新娘子！搞几下新娘子……"

李兰贞心里木木的。杨淑芳却是脸上一红，以为这些土匪要搞什么流氓行径，气愤得往前一站，想发声制止。这时只见龚黑柱扬起手臂，示意大家安静，然后他缓缓走到李兰贞身边，小声道："我的新娘子，下面我要表演，你不要怕。"

李兰贞不置可否，一动不动。

杨淑芳不知道他到底要干什么，想上前责问。杨天龙伸手扯一下她，示意她不要动。

龚黑柱抬双手把李兰贞的棉帽顶端压平，又托起她两条臂膀，使她两臂摆平，掌心朝上。这时过来一个卫兵，端着托盘，上面放着七只盛了大半盅酒的青瓷酒盅，他亲自动手，把一只酒盅稳放在她头顶，另外六只分别安放在她肩部、臂弯和掌心上。

然后，他伏在她耳边小声道："站好，千万别动。相信我。"

说罢，他接过双枪，背对着她，迈着四方步，朝前走去……

大厅里，死一般安静下来。

杨淑芳的心脏怦怦直跳。她想制止，但是已然来不及了。

李兰贞见过他打飞鸟，因此并不怎么害怕。然而打头上身上的酒盅，和打鸟不同，打鸟是放松状态下的击发，此刻她如果一紧张，身子一摇晃，不但打不准，危险性也大。她横下一条心，心想被他打死，也就算了。

她屏住了呼吸。

众人也是连气都不敢出。

龚黑柱没事一样，晃悠悠往前走了大约十几步，突然一转身子，抢起双枪，交替击发，砰砰砰七响过后，李兰贞头顶和双臂上的七只酒盅全不见了，碎片过了好一会儿才飘落于地，酒香霎时弥漫开来，沁人肺腑……

众人喝彩，欢声如雷，似乎要把大厅的盖子揭掉。就连杨淑芳和群工部长都忍不住鼓起掌来……

李兰贞呼出一口长气。有一些酒洒在了她身上，有人喊："给新娘子换换衣服。"吴有忠大声道："换什么衣服呀！这是喜酒。喜庆，对不对？"

众人又都大笑起来。

简单用过午饭，杨淑芳等人返回罗庄。临行前，杨淑芳突然很有些舍不得李兰贞，感觉像是把她丢到了狼窝里，猛地上前一把抱住她，流下了眼泪，嘱咐道："一定注意安全，实在待不惯就捎信回去，让江司令派人来接。"李兰贞反过来安慰她，说："淑芳姐，别为我担心，再过两月就下山，没事的。"

终于熬到了天黑，她喝了一碗粥，再无食欲。入夜后，山上异常安静，除了风声，再无其他杂音。在山上住宿，十分安全，丝毫不用提防敌人来偷袭，可以放心睡大觉，所以山上的人个个膘肥体壮，满面油光。

龚的卧房在寺院最里头的一个角落，先前一直是寺院住持的住所，两间正房，两间偏房，因为他大婚，新做了布置，各处挂上了红灯笼，贴上了红喜字，粉刷一新。虽然在高山顶上，这处住所一点都不寒酸，自参加革命之后，李兰贞还没住过这么高级的房舍。

有温泉水从泉源处接过来，流到偏房的一个石头凿出的池子里。房内热气蒸腾，温暖如春，李兰贞洗澡更衣，进到卧室。龚黑柱从外面转一圈回来，也去洗了澡，更了衣。进入卧室后，看到灯光下的她红粉扑面，娇艳欲滴，馨香四溢，更加光彩灼人。

她欲熄灭马灯，他不干，而且把火头拧到最亮。他双目炯炯，如两只小灯笼，细细端详着她。尽管已做过一回新娘，但她是羞涩的、胆怯的、慌乱的。他却并不像她想象中的那种猴急样子，而是有条不紊、成熟老练地做着一切——先是脱掉自己的衣服，然后不顾她的轻微挣扎，帮她脱掉一件又一件的衣服，把她放平，让她躺好。她伸手又想熄灯，他无言地制止了她。

接下来的一切，令她犹如腾云驾雾一般，完全迷失了自己。开始之前，他似乎叫了她一声"贞贞"——多少年了，没有男人再这样叫她。她眼圈一红，差点掉下眼泪来。

接下来，他的舌头在她脸上身上一寸寸地游走，感觉他的舌头就像一团火舌，舌头到哪儿，火烧到哪儿；他吻遍她全身，火也烧遍她全身，感觉被他烤焦，全身滚烫如烙铁，娇喘不休。到后来，他竟然不顾她强烈反对，去舔她的私处。她仿佛被电击，又气又羞，扭动着身子去推他，掐他，捶他，搞他，他反而更兴奋，像个吃奶的小猪崽那样，哼哼唧唧没个完……

她从不曾有过这种无比美妙而又羞耻难言的经历，这时刻把什么汪默涵、什么罗金堂，都忘到了脑后。他在她身上撒欢驰骋。她挥动小拳头用力捶打他的后背，迷迷糊糊地想，传说中的采花大盗，也不过如此吧……

这一夜他们重复了三四次，直到东方放亮，马灯里的油耗尽熄灭，二人才死去一般，沉沉睡去。

10

　　韩素君来到白象街的重庆电报局，给余乃谦发了一封电报。电文很简单，只有三个字：耐心等。

　　张勇交代过她，尽量少发电报，非发不可，应尽量简洁含糊，防止落到别人手里，坏了大事。

　　他们来重庆两个多月了，她一共给丈夫发过四封电报，除第一封报平安外，其他三封电文都是一样的内容，无非要丈夫耐心等待。

　　韩素君并不知道，余乃谦更没有想到，这些电报全都落到了梁守盘手中。梁守盘一到龙城上任，就悄悄派人控制了电报局，所有打给汉奸嫌疑人的电报，一律查扣上交。

　　韩素君和张勇这一次的重庆之行颇不顺利，在途中折腾了半个多月，历尽艰险才辗转来到陪都重庆。她原打算求老父亲发挥点余热，在上层找找人，帮丈夫疏通关节，她负责提供"炮弹"，只要把东西送上门，就成功了一大半。但是风烛残年的老父亲比年轻时还犟，坚决不给人打招呼，怕丢人。说到女婿的丑恶行径，老头子气得山羊胡子直抖，连连拍打着沙发扶手说："他活该！你们都活该！哪条路不能走？非要当汉奸。现在全国痛打汉奸，正在风头上，我不说还好，一张口，全重庆都知道我有个汉奸女婿，让我老脸往哪儿搁？当初你就不听话，非要嫁这个没骨头的货，到这一步，纯粹自找的！"

　　老头子是真生气。余乃谦得不到夫人的消息，给老岳父拍来电报，询问韩素君的情况，老头子一把撕碎电报，丢到痰盂里，对下人说："不理他，就当他死了。"

　　父亲这边的路子算是堵死了。更可气的是，她在家住，老头子鼻子不是鼻子，脸不是脸，仿佛她这个当女儿的一回来，给全家带来了霉气。

　　她一生气，搬进了旅馆。

　　住旅馆，张勇当然高兴。

　　先前在龙城，他们要想到一起，得偷偷摸摸的。

　　最早张勇惧于余乃谦的威势，加上他是自己恩公，在韩素君面前规规矩矩，一句轻佻的话都不敢冒，一点非分的念头都不敢有。到后来二人越靠越近——

当然都是韩素君主动，他恭敬不如从命，终于有一天，借着酒胆，他们爬到了一张床上。

韩素君并非水性杨花，更非荡妇，只因为丈夫只有官欲，缺少性欲，多年来夫妻生活乏善可陈，偶尔行一回，也都是应付一下，草草了事。韩素君中年以后，龙城地方虽是日本占领区，但多年不打仗，生活安逸，加上她发财有路，日日进金，身体心情都是最佳，所以萌生一丝淫心，也是人之常情。张勇时常在她身边晃来晃去，一旦把持不住，拖上床的，不是他又是谁？

当然这一切都发生在张勇老婆去世以后。他老婆活着时，他们顶多只是眉目传情，并无实质内容。转眼他老婆死了五年，他并没有再娶，二人年龄虽然相差五六岁，但他们在一起时，感觉挺好，接近五十岁的韩素君由于爱的滋润，容光焕发，神采奕奕，看上去像四十岁。

搬到旅馆后，韩素君大哭了一场，哭老父亲狠心，哭自己无助，哭丈夫独自待在龙城受煎熬无人照顾，最后哭自己命苦，赶上这么个糟烂年岁，党不是党，国不是国，爹不是爹，家不是家，简直让人没法活啦。

哭够了，她和张勇蒙头睡了三天，然后打起精神办正事。现在她不缺钱物，关键是把东西送给管用的人。重庆那么大，党国的各个大机构林立，哪个衙门进得去？现在她才感到，当年立文放弃财政部的职位是多么愚蠢，如果他不离开，至少也是个处长了吧？混好了副厅长、厅长都有可能。朝中有人好办事，如果他在，送钱送物的事，不至于这么难吧？

韩素君常年收钱替人消灾，终于体会到求人不易，送钱是个苦差事——不是心疼钱，而是求告无门。她和张勇梳理了一下，把能够接触上而又握有实权的人物列了份名单。这些人大多是父亲的故交，尽管父亲像躲狗屎一样躲这事，她也顾不得了。

头一个礼拜，她和张勇打着父亲的旗号，见到了三个名单上的人，送上礼物，提出要求，留下所住旅馆的电话号码，并且再三央告不要让父亲知道。这三人收下礼物，都说试试看。过去十多天，一个回话的没有。

又找了两个，结果还是一样。

韩素君气得要骂娘。自己从来都是收了钱办事，从不耍赖，偶尔办不成，就把钱退给人家。和他们相比，她真算是好人了。党国的风气，都让这些只收钱不办事的官员给搞坏了，还是熟人呢，就这么狠心，这和明火执仗的强盗，

100 1921-2021

红
色
岁
月

红
色
历
程

红
色
史
诗

红
色
经
典

又有何不同？

　　眼看手头和存入银行里的钱物下去了小一半，韩素君害怕了。这样下去，攒了八年的钱花光不说，救不了丈夫，回去怎么交代？

　　春节韩素君都没回家，在旅馆躺了一天，心里不知道有多凄苦，一整天只吃了一顿饭，张勇下楼买来两碗馄饨。她实在不愿面见自己的老古董父亲，如果他肯出面办，效果肯定不一样。你把事办了，留些钱送给你养老，多么好！可你偏偏瞎正经，不上道。

　　韩素君想，只要老余这回不死，能够熬过去，以后花再大的代价，也要让他当个大官，求人不如求己，这世道，太让人寒心了。

　　最无助的时候，张勇半开玩笑说："君姐，不行咱俩私奔，不回去了。管他老余怎么着，反正咱也尽力了。"

　　她也不是没想过，但她不敢动这个心。老余这辈子辛辛苦苦，一心往上爬，还不是为了这个家，还不是为了争口气；而且他从不拈花惹草，见了漂亮女人眼皮都不翻，现在当官的，有几个做到他这样？

　　听张勇说这话，她生气地给了他一巴掌，道："好个没良心的，没老余，哪有你今天？说不定早饿死了！睡了他老婆，还想贪他钱，老余真要死了，做鬼都不会放过你。"

　　张勇揽过她亲一口，道："我不过是说着玩儿，君姐哪能当真。"

　　韩素君突然想起抗战前一年老余遭梁守盘陷害，给投入监牢，她跑到南京想找人摆平。开始也是求告无门，带去的钱都打了水漂，后来还是老父亲出面，找到了孔祥熙身边的近人求情，终于让她见上了孔部长，这才保下老余。

　　她来了精神，便想如法炮制。年后一上班，拉着张勇去财政部找那个曾经的恩人，去了一打听才知道，那人前几年跑到上海，投奔汪伪政权去了，现如今也成了汉奸，生死未卜。

　　这条路又断了，急得她差点当场哭鼻子。

　　张勇比她冷静，说："我们不能光盯大官，有时现官不如现管，得换个思路。"

　　"你倒是拿主意呀！你的能耐呢？别光上了床逞能，下了床装尿。"

　　张勇给她一激，还真蒙出了一个主意——到军统那边找人试试。

　　一听说军统，韩素君眼前一亮，当即抓住他胳膊说："你能攀上戴局长才好，天底下没有他办不成的事。下辈子我当牛做马侍奉你，好不好？"

收拾打扮一下，二人乘车来到磁器口军统办公的地方。以为张勇认识这里多大的官，一问才知，他只认识一个管档案的小科长。韩素君撇撇嘴说："他要是在阎王爷那里管档案就好了，我家老余真给姓梁的杀了，让他把档案给改了，不收老余，把那姓梁的收了去。"

张勇说："你说的也不是没道理。死马当活马医，试试再说吧。"

张勇费了好大的劲，才联系上那个姓姜的科长，他一个人进去了，韩素君在外面等。过了没一会儿，他出来了，笑笑说："晚上到他家里去。"

姜科长家住两间破房子，在一个大杂院里，院子里到处飘着不佳的气味。张勇小声道："有门儿。"韩素君道："什么有门儿？"张勇道："他穷，需要钱。"

姜科长热情地把二人让进门。这人四十多岁，戴眼镜，圆脸，身穿一套旧中山装，一看倒像个厚道人。韩素君带来了一张三万元的银行票据，张勇手里提着的布袋里还有两件"国宝"级的玉器，这两样东西拿到南京，可以换两栋别墅。

坐下后，似乎怕客人瞧不起，姜科长解释道，重庆不比南京，房子紧张，有些部门的厅长也住这样的破房子。话题从房子说起，张勇边说边使眼色，提醒韩素君把礼物呈上。韩素君虽然不舍得，怕再打了水漂，禁不住张勇一个劲地使眼色，心一横，把东西拿了出来。姜科长一看，眼睛有点发直，说无功不受禄，这么贵重的礼物，他承受不起。

张勇说："这点东西算啥？现在派往各地的接收大员，都发了！你们在大后方，没有机会发财，我们在前方，搞钱的路子多一些。马上要还都南京了，给你留下点钱，回南京好置办一处房产，安排好一家人生活。"

这个理由倒也充分，姜科长不再推辞。接着谈老余的事情，姜科长出了个主意，说最好的办法，就是把老余当成军统派往敌占区的内线；抗战期间，军统往各地派了好多卧底，有些到现在都没暴露身份。

韩素君一听，简直心花怒放，心想上天有眼，终于找对了门，她忙不迭地说："请姜科长给龙城的梁市长发个电报，就说老余是军统的卧底，让他不要再揪着老余不放。"

姜科长摇摇头说："这事说起来容易做起来难，派出去的外勤，都建有正式档案，有编号，有戴老板的亲笔签字。没有这个，我打电报，他反馈过来，戴老板能饶得了我吗？"

韩素君说："那，给戴老板送钱，行吗？"

姜科长说："戴老板一般不收部下的钱，我是不敢送。你们还有别的途径上送吗？"

韩素君一听，路子要堵死，便又抹开了眼泪。

张勇道："姜科长，还得请你给指条路子，我们连重庆东南西北都分不清，都要急死了……"

姜科长沉吟片刻，又提出一个方案，说他有个表哥，在国防部工作，是个中将厅长，人很好，看他有没有办法。张勇脑子活泛，脑海里立刻冒出一个念头，一拍巴掌说："姜科长，有了！"

姜科长和韩素君都是一愣。张勇道出了他的想法："文的不行，来武的——现在全国各地，不是都在搞收编吗？有的地方连日本鬼子都给收编了，收编伪军更是屡见不鲜。老余手上现有八千人，收编过来，不是壮大了国军的力量吗？姜科长，麻烦你给表哥尽快说，国防部就管这事嘛。"

韩素君的大眼睛热辣辣地望着姜科长。姜科长却有些犯难，犹犹豫豫不接话。韩素君突然意识到什么，爽快地道："姜科长，你放心，我把家底全带来了，不会白麻烦表哥的。"

姜科长这才淡淡一笑说："我安排个机会，带你们见一下表哥，听听他怎么说。唉，表哥回南京，也需要置办房产，总不能住大街上呀……"

送礼最怕送不出去，敲锣听声，说话听音，韩素君兴奋得差点要给姜科长跪下磕头，说："无人关照，福也是祸；有人关照，祸也是福。事情成了，姜科长和表哥就是我们家的大恩人。"

姜科长谦逊地摆摆手，又提醒道："见表哥的时候，你们要死咬住，老余手上现有一万人，再多说点也行。唉，不到一万，人家看不上眼，不会给番号的。"

韩素君和张勇回去后，一商量，决定把剩下的钱物，全部砸到姜科长和他表哥身上。韩素君慷慨而悲壮地说："就这一锤子买卖了！如果不成，老娘就上吊！"

张勇安慰她道："你上吊，我跳江。"

韩素君赶紧捂住了他的嘴巴。

11

乌云散去，太阳露脸，鸟声呢喃，山风弱了一些，不那么寒冷了。龚黑柱把李兰贞带到山顶北侧悬崖边上一棵高大的皂角树下，指着上面说："贞贞，你看到了啥？"

李兰贞眯起眼，往上瞅，除了树枝树杈，没有一片树叶，只有一个茶杯大小的灰褐色的东西，挂在顶端的一根树枝上，微微摇晃。她说："是个马蜂窝吧？"

龚黑柱点点头，从怀里掏出一支小巧玲珑的崭新的勃朗宁手枪，推弹上膛，递给她，说："给我打下来。"

她犹豫一下。他用眼神鼓励她。她接过手枪，瞄准，击发。砰的一声，居然真的打中了，只见碎屑飞扬，附近树上的鸟忽地没了踪影，那个马蜂窝飘飘摇摇落到地上，他弯腰捡起来，冲她亮一下大拇指，说："枪送你了，以后防身用。"

她开心地笑了，笑声在山谷里久久回荡……

转眼过去了一个多月，她在山上生活得蛮愉快，与她以前想象的情景大为不同。他带她在山上转悠，教她打枪，陪她泡温泉，讲他小时候的事情，逗她开心。

小时候他是个调皮顽童，最喜欢玩弹弓，练出飞石打飞鸟的绝技，从军后发了枪，头一回参战，几乎弹无虚发，一连撂倒十余个敌人，震惊全营，深得长官喜爱。为了练好枪法，他学过绣花，培养手指的敏感度，现在新房里枕巾上的百合，就是他绣出的。鬼子来的那一年，所部溃散，他拉杆子上了天柱峰，凭借无敌枪法，消灭了原先盘踞在山上的土匪刘八郎部，在这里扎下根来，队伍愈加壮大，成为各方都不敢小觑的一股势力。

一开始，她学众人的样子，叫他大当家的，或者龚司令。到了床上，有时叫他老龚，或者叫他柱子哥。再过一个月，等他换上八路军服装，她就可以叫他龚团长了。

他给了她床第之欢、鱼水之娱，令她欲罢不能。先前老罗在床上，只顾闷头干事，除了刚猛，还是刚猛，缺乏情趣。他不是那样，他刚中有柔，柔中有刚，刚柔并济，奇情怪趣，花样繁多。他喜欢她的脚，他不喜欢三寸金莲，更不喜欢大脚女人，她的脚不大不小，正合他心意，因此他欢喜得不得了，把她双脚搂在怀里，帮她染脚指甲，甚至亲吻它。他文绉绉地说："再美的女人也不如你，再香的花朵也不如你的芳香……"

一次，他唠叨说，真打算和她一起逃到没人的地方过自己的小日子。

汪默涵绝情出走、罗金堂牺牲带给她的阴郁，一扫而光。

他贪恋女色，在这方面是个臭名昭著、远近闻名的人物，但自打和她成亲后，他变了，不再像过去那样四处派人劫掠良家妇女。一天，把守山根工事的小头目，悄悄把一个财主家的待娶新娘送上山来孝敬他，供他享用。这种事在过去稀松平常，会受到大当家的赏赐。这一次却不灵了，他一见大怒，上去劈面就是一个大耳刮子，骂道："王八蛋！老子金盆洗手，不是早说过了吗？赶快把闺女给人家送回去，好好赔礼道歉。"小头目连连求饶，命人抬上新娘，下山去了。

二月二龙抬头过后，杨天龙上来过一回。他是八路军的神行太保戴宗，爬高山如履平地，别人来回一趟用五六天时间，他能节省一小半。江山表面上派他来代表军分区首长看望李兰贞、龚黑柱，实际上是派他来查看龚部下山的准备情况。

龚黑柱热情地接待了他，告诉他下山准备工作正按计划进行，还让二当家的带他在山上转了一圈。当初双方之所以定下他们婚后两月下山，出于冬季天柱峰冰雪不断，道路难行的考虑，人员轻装下山不难，可那些重武器要想安安全全挪下山去，必须等到春暖花开，道路便于通行之后。

杨天龙还给李兰贞带来了一个大大的喜讯——她被吸收入党了，江司令、杜政委亲自担任她的入党介绍人。

这可是莫大的荣誉。

李兰贞却感到脸红心跳——别人入党，都是靠奋斗流血，她跑山上享福来了，啥贡献没做，组织上还能主动接纳她，实在令她不好意思。她想，等下山之后，不能再像过去那样浑浑噩噩了，得像杨淑芳那样，以她为榜样，好好地干一份工作。

12

余乃谦焦头烂额，度日如年，每天都像待在油锅里，几乎要彻底崩溃。没有军饷，缺乏补给，又不能像过去那样派兵强征强抢，东大营军心早就开始涣散，时常有兵开小差。梁守盘每日发动市民学生围堵营门，张贴标语，高呼口号，瓦解他的队伍。他不知道还能撑几天，生死悬于一线间。

有消息说，国军一支主力乘坐美国军舰，已于青岛登陆，不日即可抵达龙城。只要大军开到，他手下的弟兄百分百会哗变，不用梁守盘动手，他连东大营的营门都迈不出去，要么被捉，要么当场被杀，甚至他将死无葬身之地。

老天爷留给他的时间不多了。

他派亲信去求见梁守盘，代他答应梁曾经提过的方案：交出队伍，放他出走。梁守盘回话说，晚了，早干啥了？交队伍欢迎，想走不可能，可以帮忙交涉一下，不判死刑，留他一条性命。

他决定到万不得已之时，再答应这个条件。他相信只要不死，总有东山再起的机会。

这个时间，冷长水已经按照梁守盘的授意，悄悄做好了搞掉余乃谦的方案——他把一团三营营长王炳章拉了过来，这个王炳章跟余素有嫌隙，早就对余不满，他答应做掉余之后，保荐王炳章当团长。

王炳章制订的方案是，找个恰当时机动员余到三营视察，他一到立刻下手捉拿扣押，逼他交出指挥权，如果他抗拒，当场毙掉他，然后拿出梁守盘赦免他那几个亲信团长的手谕。这样一来，那几个亲信定会乖乖就范，或许不费一枪一弹就能完成梁布置的任务。

这天下午，王炳章跑到余乃谦办公室，急得不行，恳请师座到三营给弟兄们打打气，说师座再不出面安抚一下，三营的人都要跑光了。冷长水在一旁添话帮衬，说自己愿陪师座过去。余乃谦犹豫一阵，终于点了点头。平时有一个手枪连拱卫他的办公室兼住处，他担心出意外，一般不离开这座两层小灰楼。

余乃谦穿上军装，扎好武装带，戴上军帽，别上手枪，正要出门，桌子上的电话突然响了，吓了他一跳。他挥挥手，示意二人到门外等候。拿起话筒，里面传来一个女人的声音，他更是吓了一跳！

255

"你、你是谁？"他脑袋嗡嗡直响。

"余乃谦，你傻了？我是素君呀……"

通话质量不太好，话筒里有杂音。他还是没反应过来——这女人的声音来自地狱吗？或者另一个星球？抗战八年，重庆到龙城电话一直不通，难道这下接通了？

他嘴唇哆哆嗦嗦："素、素君？……你、你在哪儿？"

"我在重庆呀。"

这下他搞清了，心头蹿出一股怒火，他妈的走了这么久，连个音讯都没有，眼看老子要下地狱了，才想起跟老子联系，死哪儿去了？玩疯了吧？

不等他说出什么，那边又道："乃谦呀，你听好！你听好……"

他听成了"你挺好"，便吼道："我好个屁！"

"蠢货！我让你听好……"

夫人告诉他两件事——第一，张勇在军统找熟人给他建好了档案，他便成了军统的卧底，昨天戴笠坐飞机摔死了，他一死，这事就板上钉钉了；第二，国防部马上要给他一个新番号，他的部队保住了。这是双保险，他不会再有事了……

他掐住突突直跳的太阳穴，几乎要掐出血来。听明白之后，他竟然有一种腾云驾雾的感觉，仿佛升到了天堂里。

再见了，地狱！

丢下电话，他跌跌撞撞出了办公室，来到二楼朝外的廊台上，对着站在楼下的冷长水和王炳章吼道："我命令——全体到操场集合，本人要训话！"

冷长水以为余乃谦察觉到什么，紧张地看一眼王炳章，口中讷讷道："师座，怎、怎么了？"

他几乎疯狂，脸上冰凉冰凉，全是泪水。他仰天吼道："党国待我余乃谦不薄呀……快告诉全体弟兄，我们有救了！"

说罢，他摘下帽子，朝空中扔去。

冷长水提到嗓子眼的心往下落了落。显然，他的计划要泡汤了，他不知道这是喜还是忧，开始后悔不该跟梁守盘合谋。少顷，他定定神，冲二楼廊台那个黑色的影子抱拳拱手，大声道："恭喜师座……咱的苦日子熬到头了！"

余乃谦又活了过来，他抬头看，龙城的天空，是那样的美丽。

13

下山期限临近之时，突然下了场大雪，道路全被冰雪覆盖，由于十门大炮无法拆卸，搬运困难，还有几百发炮弹要一同运走，所以按计划下山已无可能。龚黑柱特意派人赶到罗庄说明情况，提出再拖十天半月，春分到来前一定全员整装赶往罗庄报到。

江山同意了。

这天，有个神秘客人踏着积雪上到天柱峰。龚黑柱说是去陪客，李兰贞整整一天都没见到他的面，这在以前从未有过。傍晚，她来到他们平常会客的地方，卫兵拦住了她，不让进，说是龚司令严令，任何人不得入内。

这位客人一定不是从罗庄来的，她想。便多了个心眼，在会客室门外多停留了一会儿，果然从门缝里看到一个人的侧影，感觉这身影很熟悉，却又一时想不起是谁。

入夜之后，她一直未睡，倚靠在床头等男人。

临近半夜，龚黑柱才神神秘秘地回到住处，看上去有些疲惫，但又颇为兴奋。她突然想起那人是谁了，脑子里顿时一片空白，许久才道："客人是从龙城来的吧？"

他一愣，道："你咋知道？"

"他叫冷长水。他是我们八路军的仇人，更是我的仇人。"

他又是一愣："他现在改名叫冷锋。"

"我不管他改叫什么。"

"可他现在是暂编第五十九师副师长，令尊的左膀右臂。"

"我只知道他是我们的敌人！"

"贞贞，你说的不假。但你想过没有，他也可算作是我的……恩人。"

"你的恩人？"她愕然。

他点点头："如果他当初不与日本人合作，我们……能睡到一张床上吗？"

她那颗心猛地往下一沉，仿佛坠到了冰窖里，全身冰凉刺骨。顿了好久，她道："你真这么认为吗？"

"事情明摆着嘛。"

他伸手想揽过她，她甩开了他的手。

"可他是我们的敌人！你马上要参加八路军，你不为咱们队伍做点什么吗？"

"你要我……做掉他？"

"……我只能说，你看着办。"

"宝贝儿，我也只能说，我不杀恩人。有恩不报非君子，有仇不报非丈夫，我就是这样的人，谁说也不中。"

她的心继续往下沉。

"再说了，现在全国停战，怎么敢杀一个国军少将副师长。"

"那就让他滚下山，别让我看到他！"

"不用撵，他明早就走。"他叹口气，"贞贞，罗团长已经不在了，就让他好生安息吧，我们都往前看，别计较那个了，好吗？"

她心乱如麻，躺倒，拉上被子蒙住头，再也不说什么。

冷长水——冷锋是奉余乃谦之命来天柱峰招兵买马的。

拿到一个暂编五十九师的新番号，余乃谦急于把本部扩充到一万人，冷锋想起，江山老早就打过天柱峰的主意，便向余师长建议，并自告奋勇上天柱峰说服龚黑柱。他曾经与梁守盘合谋暗害余乃谦，这让他深感愧疚，决心为余师长，为自己，也为党国做好这件事情。

他有过做政治工作的经验，很懂得循循善诱，没怎么费劲，就解开了大匪首的心结。

他先出高价——龚部如接受国军改编，可以扩充为一个旅，龚当旅长，手下主要兄弟皆比八路军的价码高出一格。

再展望大前景——国共现下是"和"了，但"打"是必然结果，而且不会太久，真要再等十年，蒋先生等不起，毛泽东也等不起。国军主力一旦挺进到北方各战略要地，双方动手，那是分分秒秒的事。国与共，两家实力摆在那儿，你赌哪一家？凡有点脑子的人都应看清楚，哪棵大树底下好乘凉。即使不打，永远不打，是到龙城生活好，还是在罗庄生活好？你们在这大荒山上还没待够吗？难不成要在乡下过一辈子吗？

接着说个人前途："你是余家女婿，岳父当师长，你当旅长，五十九师还不早晚是你的？想想当中将师长那是什么气派？"

然后陈述投共的可怕后果："现在他们弱小，会利用你；一旦得势，就会兔死狗烹清算你。你做过的事，他们清楚得很，一笔笔记着呢！我是过来人，在那边见得多啦！想办你的时候，祖宗三代都要查，这叫作秋后算账。"

冷锋的话，句句像枪弹，像匕首，令龚黑柱冷汗直冒，如坐针毡。

说到最后，没忘了轻松一下，道："娶了个大美人，听说龚司令收心了？"

"对，对，金盆洗手了，以后做个好丈夫。"

"到了龙城，也许就不这么想了。"

"为啥？"

"龙城美女如云，偶尔换一下口味，也是可以的。到了共产党那边，就别想了，战士调戏个妇女，都要枪毙的。大丈夫总不能一辈子在一根女人裤带上吊死吧？朋友是旧的好，花儿还是新的香，我不信，爱吃腥的人，能捂住嘴。龚司令新婚不久，信誓旦旦，新鲜劲儿一过呢，谁知道呀！"

说得龚黑柱不好意思地一笑，心里又痒痒开了。

龚黑柱有两个担心，一是李兰贞不干，怎么办？

冷锋破解道："她给共产党洗了脑，一开始会反对的。但是别忘了，那是回她家呀，她爸妈奶奶都等着她呢！还有什么比一家人团聚更重要的呢？我觉得，她很快会想通的。"

第二个担心是，这儿离龙城三四天路程，中间都是共产党的地盘，千把人携枪带炮，怎么过得去？

冷锋笑道："龚司令在山上待久了，不了解天下大势——现在正是国共停战之时，你部一旦有了新番号，就是国军在编人马，你大摇大摆去龙城就是了，我敢保证，他们绝不敢动你一根指头！"

又说："我明天一早下山，回去禀报余师长，立即着手解决你部的番号问题，会尽快返回。到那时，本副师长愿亲率你这支新锐，挥旗下山，跨过大沙河，直奔龙城！"

两人的手，紧紧握在一起。

至此，龚黑柱的心结全解开了。

他立刻召集四大金刚通报此事，本来他们早就愿去龙城享福，由于他力主投共，他们不敢明着反对，其实心里很不痛快。四人中除了吴有忠态度有些模棱两可，其他三人都是兴高采烈，兄弟之间的裂隙一下子抹平了。

龚黑柱深夜回到住处，心里是欢喜的，本想把这个决定给女人稍微透露一点，却因为冷锋，二人闹得不愉快。他理解女人的心情——见到杀夫仇人，哪个又能忍得下？他想，睡一觉就会好的，常言道，床头打架床尾和，相爱的夫妻，没有隔夜的仇。

他伸手去抚摸她，她烦躁地往里面躲。

结婚以来，这是她头一回夜里给他一个后背。

14

几天之后，杨天龙又来到天柱峰。上山道路上，冰雪基本都已融化，只有背阴的地方还有点冰碴儿。经过峰顶最后一个哨卡时，哨兵要下掉他的枪，说是大当家的有令，不能让外人带枪进山寨。杨天龙很配合，乖乖把枪交了。

龚黑柱很热情地接待他，还让三当家林冲之陪他在山上转悠，他看到重装备凡能拆卸的，都已经卸开并包装捆扎好。林冲之介绍说，山上带不走的粮食物品，全都白送给山下的百姓；还从山下的村庄雇用了一百多名民夫，用不了十天，一俟路上积雪全部化掉，他们就上山帮助搬运大件武器装备。

一切都像是即将拔寨下山的样子。

杨天龙见到了李兰贞，发现比上次见她时，憔悴了许多。趁身边没外人，他把棉衣下摆撕开一条小缝，抠出一粒子弹，伸嘴咬开弹头，从弹壳里捏出一个小纸团，塞给她，并且小声告诉她，江司令已到山下。

她展开，见上面写道："农历二月二十六，棋盘镇逢大集，务请引龚下山赶集。"

是江山的字迹。她来不及想别的，把纸团丢到火炉里。

夜里躺在床上，细琢磨纸团上的话，突然吓了一跳！后天就是棋盘镇大集，江司令让她引龚黑柱下山赶集，什么意思呢？

原来龙城地下党已经获悉龚黑柱决意投靠暂编五十九师，情报传递到罗庄后，江山气得脸黑了，眼斜了，嘴歪了，摔桌子砸板凳，大骂姓龚的无耻。

当初龚黑柱提出娶李兰贞作为接受改编的条件之一，杜宗磊等领导就不太同意，认为不能拿这个做交易，土匪是靠不住的，他们只认实力，有奶就是娘，没什么信义可言。

现在事情明摆着——如果让他得逞，那才真叫赔了夫人又折兵！让一个土匪把自己当猴耍了，会让天下人耻笑，他江山的面子不好看，八路军的面子更不好看；他江山咽不下这口气，八路军更是不能咽下这口气！八路军可不是他想耍弄就能耍弄的，他必须得付出代价……

江山把自己关在屋里不吃不喝，想了一天一夜，拿出两套方案。

擒贼先擒王。第一套方案就是让李兰贞想办法把龚黑柱引到棋盘镇，他亲自带司令部警卫营提前埋伏好，姓龚的一到，伺机捉拿，如果他反抗，格杀勿论！

据传龚黑柱自恃枪法好，每次下山都是仅带少数几个随从，他再厉害，双拳难敌四手，堂堂一个装备精良的警卫营，拿下他几人不成问题。

杜宗磊深知拦不住江山，也确实感到这口恶气难以下咽，再联想到龚黑柱多年来为害四方，糟蹋良家妇女无数，恶贯满盈，民愤极大，早就应该予以歼灭，便同意了江山的方案。

他们合计，一旦捕获或击毙龚黑柱，山上土匪会自乱阵脚，按惯例，二当家吴有忠便可接替龚升格为大当家，江山和他见过两次，感觉此人外粗里细，颇有正义感，把他争取过来，收编计划可照常进行。

但是这一切，首先需要李兰贞配合。

江山派杨天龙先行上山送信，他亲率警卫营随后秘密开赴棋盘镇。

李兰贞躺在床上，反反复复思索。自从冷长水来过后，她已察觉到龚黑柱出尔反尔，背信弃义，铁了心开进龙城投靠父亲。父亲竟然倚重冷长水这样的汉奸叛徒，说起来此人还是杀害他女婿的黑手，让她连带着对父亲产生切齿的痛恨。这都是些什么人呀？真真令人不齿……

江司令要她在指定时间引龚下山，不就是想消灭他吗？除此，还有什么目的？

没有了，只有这一个！

想到这里，她有些发抖……

这天夜很深了，龚黑柱才回来。看出她不高兴，他有意讨好她，尽管很累很乏，还是强打精神跟她亲热。她心里揣着引他下山之事，曲意逢迎他，二人酣畅淋漓恩爱了一回。平静下来后，她依偎在他怀里，抚摸着他光滑的肚皮说："柱子哥，听说后天是棋盘镇大集，我来山上两个多月，还没下去过一回呢。你能陪我去散散心吗？也好买些东西来。"

他打个哈欠说："好说，我陪，一定。"

他睡着了。她却毫无睡意，设想着后天上午到了棋盘镇，得想办法先把他那两支枪拿到自己手里，不能让他手上有枪，一是减少牺牲，二是他不开枪，或许还可以捡条命。这男人毕竟是自己的新任丈夫，她不想眼睁睁看着他死去……

次日一整天，她都心神不定，坐立不安，既害怕他变卦不去，又怕他真的去……

她在煎熬中度过了一天一夜，脸蛋红红的，额头发烫，手心里老是出汗，有时都能听到自己怦怦的心跳声。迷迷糊糊挨过了一夜，天刚放亮，他们一起起床，用过早饭，她坐下来梳洗打扮，他说去处理点事务，去去就回。

结果太阳升到好高了，还不见他回。她吩咐一个护兵去催他。他回话说，等他忙完，就走。

半晌午时，还是不见他露面，她心慌意乱，又让护兵去催。他又回话说，时候不早了，这时候下山，集市也该散了。区区一个棋盘镇破集市，不值得颠一趟。

显然，他这是有意拖延不去。难道被他察觉到了什么？

她感觉不像，因为他夜里睡得相当踏实。他只是临大事提高了警惕，不敢贸然下山而已。

他不去，她心情反而放松下来，知道过了午后三刻，还不见他影子的话，埋伏的部队自会撤去。

然而，江山会善罢甘休吗？

下午，杨天龙瘦长的身影晃荡过来。山上人都认识他，知道他是"压寨夫人"的客人，他想去哪儿，无人敢拦。他进到李兰贞住处的小院，瞅瞅无人跟踪，便又像上次那样，从棉衣角上撕开一条缝，抠出一粒子弹递给她。

是一颗勃朗宁手枪子弹，一颗实弹，沉甸甸的。

这便是江山的第二套方案——让李兰贞利用每天和龚在一起的机会，亲自动手除掉龚。第一套方案如果失败，马上就实施第二套，刻不容缓！

杨天龙小声道："江司令命令，一定抢在你父亲派人送番号过来之前动手，否则就晚了。江司令说，全体同志都在看着你，等你的好消息。他还说，只有你能完成这个光荣的任务。"

杨天龙平时很少说话，嘴巴极严，由他传达命令，江司令最放心。他一字不变地把江山的话转述给李兰贞，又补充道："依我看，一不做，二不休，今晚你就动手。"

说罢，杨天龙晃晃荡荡走开了。

这似乎是李兰贞认识杨天龙十年来，他说话最多的一次，她感觉他每一个字比黄金还要金贵，每一个字都是一颗射出的子弹。

她手握那枚冰冷的子弹，回味着杨天龙的话，感觉全身都冰冷刺骨。熬到天黑，龚回来了，带着歉意道："宝贝儿，今儿个太忙，确实脱不开身。过几日咱就动身去龙城，你想买啥，龙城还不有的是！"

她冷冷一笑，道："晚上还有事吗？"

"没啦！今晚好好陪你。"他伸手在她脸蛋上摸了一把。

她木木地又是一笑，道："老龚，咱们夫妻一场，连一顿酒都没喝过呢。我想喝酒了，你陪我喝一壶，好吗？"

他拊掌大笑："想喝酒呀，那还不好说！"当即吩咐护兵到伙房去，让大厨温酒炒菜。不一会儿，两个护兵用托盘端来温好的一锡壶热酒，还有六个他爱吃的菜，放在卧室里的茶几上。

二人围着茶几坐，茶几边上就是火炉，她后背是热的，前胸却是凉的。他提起锡壶，斟满两个小瓷杯，放下壶，端起杯来，和颜悦色道："夫人，今晚我舍命陪君子，来，咱们干！"

两个杯子一碰，他仰脖喝干。她却是愣在那里——他说"舍命"两个字，令她心里不由得一阵哆嗦……

15

他说他酒量不大，平时极少饮酒，怕喝酒误事。罗金堂活着时好像也说过类似的话，只不过老罗酒量很大，只是轻易不喝而已。

她不信，土匪哪有不喝酒的？在她印象中，土匪都是大碗喝酒，大块吃肉。然而喝了几杯之后，他脸红脖子粗，舌头也有点打卷，她这才信了——他确实不胜酒力。

半壶酒下去，从来不喝酒的她，开始摇晃。她木木地想，喝醉了好，喝醉了就可以忘掉杨天龙的话，死去一般，大睡一觉到天明。

但她的脑子一直是清醒的。他们边喝，她边劝他，不要去龙城，要去罗庄，现在回心转意还来得及，她可以在江司令面前保他无事，顶多不做那个团长，只要夫妻两个人好，比啥都好。她还说，她爸就是让官位给害了，她妈让钱财给害了，她奶奶说得对，到头来他们都会后悔的。

喝到后来，他舌头更加地转不过弯来，但他脑子也还算清醒，他有意不接她的话，只是说："咱们回龙城，全家团聚不好吗？"

"团聚？"

"是呀！"

她冷笑一声："若是只为团聚，十年前，我就不离开家了。"

"你为了啥？"

"我嘛……"她愣了好一阵，不知该怎么回答，突然想起当年汪默涵说过的话，便道，"我——只为主义！"

他闭上眼睛道："夫人，你说的那个太玄，太虚，就像这天柱峰的雾，抓不住的。我才不问什么主义，我只知道抓住眼跟前的。你看，旅长总比团长大，对吧？龙城总比罗庄大，对吧？国军总比八路强，对吧？再说了，我去龙城，是投奔你爸，壮大你余家的势力，你应该比我高兴，对吧？"

他铁了心，不回头；她死了心，不再劝。

一壶酒终于喝完，两人都醉了，不知道怎么爬上床去的，倒头便睡。到后半夜，她醒了，突然想起杨天龙白天说过的话，忽地坐起来。

马灯的灯油耗尽，忽闪几下，熄灭了。明亮的月光透过窗格照射进来，她看到他睡得跟死猪一样。房外不远处的一棵树上，竟然有猫头鹰在叫，叫声凄怆，深夜这不祥的声音让她心头一颤一颤的……

如果动手，这真是最好的时刻。

她定定神，下了床，摸索着从桌子抽屉里取出一把勃朗宁手枪——那是他送她防身用的，是他送给她的礼物，平时不给她子弹，怕她搞不好走火伤人，只有教她打枪时，才给她子弹。

此时，她拿枪在手，又从一件衣服里摸出杨天龙白天给她的那颗子弹，还算熟练地打开弹匣，压上子弹，推弹上膛，打开机头保险。

她回到床上。

他仍然在呼呼大睡。

她突然想，不执行江司令的命令，随他回龙城算了。但是这样一来，她过去的十年，她从前的一切，全都要推倒。往后她的身边，将是一群卑劣的人。

她心中的天平迅速向江山、江母、汪默涵、罗金堂这一边倾斜。她不能再犹豫了，再犹豫，她就会下不了手。过了今夜，哪怕明天就是地狱，她也不在乎了。

她恍恍惚惚地拽起被子一角，蒙住他的头，然后抽出绣有百合的枕巾——那是他的杰作——裹住枪管，抵住他的脑袋。这时，猫头鹰凄厉的叫声一阵阵传来。她闭上眼睛，恍恍惚惚地扣动扳机——只听一声闷响，他一声未吭，准是死了。

她丢下枪，脑子一片空白，全身冰凉，仿佛掉进万丈冰窟。不知过去多久，天蒙蒙亮了，她不敢掀开被子看他，她怕，她把一条腿伸到被子里，触碰到他的腿，感觉已经冰冷僵硬。她终于相信，他死了。

天大亮之后，四大金刚来到她住的小院门口，他们似乎已经预感到什么——大当家的从不睡懒觉，这么晚不起床，一定发生了重大事情。

她梳洗完毕，身穿八路军服装，拉开门闩，平静地对他们说："我把大当家的打死了。"

四人愕然不已，冲进屋里，随即里面传出号啕大哭声。片刻后，三当家的林冲之冲出来，拔枪对准她。另外三位也满脸挂泪跑了出来。

她说："你们可以杀我，为你们老大报仇，但要听我把话讲完。"

众人都看着吴有忠。吴有忠点点头。她又说："到操场上讲吧，把你们的弟兄都叫过来。"

听说老大被杀，山上乱了套，有哭的，也有笑的，大多数人木呆呆的，似乎天要塌下来，山要倒下去，地要陷进去。近千人陆陆续续集中到操场上，听"压寨夫人"训话。

只听她道："大当家的要带你们去龙城投奔我爸，这个节骨眼上，按说我不该杀他。但是我却把他杀了！为啥呢？杀他一人，可以救几百人。他要带你们去投奔的那个阶级队伍，是很不干净的！他们的人搞'五子登科'，发国难财，不顾老百姓死活，只顾圆自己腰包。我认为，他们是没有前途的，跟他们走，是没有未来的！而和我穿同样衣服的那些人，我给你们讲讲——八路军江司令、杜政委、我前夫罗团长等等，他们个人没有一点私产，没有一块钱存款，他们盖的被子都是破的，补了又补，他们和士兵吃一样的饭，穿一样的衣，睡一样的房子。这样的队伍，一定会越来越得人心的！俗话说，得人心者得天下。你们说，跟哪支队伍走好？"

操场上一片嗡嗡之声，有人大叫"杀了她，给大当家的报仇！""别听她胡说。"也有人高喊："她讲得对！""听她讲完……"

吴有忠威严地挥手，示意众人安静。平时大当家的说一不二，飞扬跋扈，压制众人，现在他死了，四大金刚等人悲伤之余，忽然都感觉心里头轻松了许多，不像过去那么压抑了。

只听她继续道："八路军江司令已经率大军堵住了山门。你们面前有三条路，一是到龙城投奔我父亲。去龙城的人，只要不带走重武器，我可以保证，江司令不会阻拦你们，还会派人一路护送你们。二是回家。你们离家久了，如果想家，想回去，按八路军的办法，每人发三块大洋的路费。二当家的，山上还有钱吗？我先借一点，给回家的弟兄发路费，下了山让江司令还你。"

吴有忠大声说："山上钱够用，不用还！"

她又道："第三条路，参加我们八路军。以前江司令答应老龚，下山后让他当团长。他不在了，我替江司令表个态：不管谁带头，你们只要有一半的人参加八路军，把重武器护送下山，那么，还会让他当团长！"

四大金刚互相打望一眼，听她继续说下去——

"最后我想说，我打死你们大当家的，如果你们谁想报仇，可以杀我。但是，想投八路的，我看就不要杀我了，因为咱们马上就是一家人；想回家的，也不必杀我了，因为报这个仇没啥意义；想投奔我爸的，我看也不要杀我了，我是他女儿，你杀了我再跑去跟他干，你心里能踏实吗？"

人群发出哄的一声，不少人笑了起来，大大冲淡了刚才悲伤的气氛。林冲之低下了头。

江山敢让李兰贞杀龚，也是因为他算准了，那些想投奔他父亲的人，是不会轻易对她下杀手的，所以她相对是安全的。

然而，笑声未散，只听有人大喝一声："我杀了你……"随着枪栓一响，一颗子弹射出……站在李兰贞身边、一直紧张地盯着乱哄哄人群的杨天龙，飞身挡在她面前，电光石火的一瞬间，一颗子弹飞来，击中杨天龙右胸，他大叫一声倒地。

　　杨天龙上山前，江山也曾给过他一颗子弹，意思是"如果保护不好李兰贞，你就不要回来了"，所以他拼了命也要保护李兰贞。

　　这当儿，吴有忠跨过来，像一尊黑铁塔一样挡在李兰贞面前。开枪者是龚黑柱的贴身护兵马小宝，他一时想不开，对李兰贞开了枪。吴有忠喝令把马小宝押起来，又命人赶紧把杨天龙背下去抢救。

　　一阵混乱过后，人群重又安静下来。吴有忠高声喊道："刚才嫂夫人把话都说明白了，我就不重复了。全体听我的口令——想跟八路走的，站左边！想去龙城的，站右边！想回家的，站中间！都他妈给我痛快点！"

　　说罢，他第一个站到左边。

　　林冲之犹豫片刻，站到了右边。矮胖的四当家孙冒贵，紧接着跟随林冲之站到了右边。

　　脸上带疤、瞎了一只眼睛的独眼龙张喜明，站到了中间。他身体不好，打算还乡。

　　到最后一查人数，有五百多人愿跟吴有忠去罗庄，三百多人愿意去龙城，一百多人愿意返乡。

　　跟随吴有忠到达罗庄的五百多人，后来扩编为一个团，吴有忠担任团长。这个团在两年半之后的龙城战役中，最先登上二郎山主阵地，被中共中央军委授予"龙城第一团"荣誉称号。吴有忠一九五二年牺牲在朝鲜战场上，他最后一个职务是某师副师长。他的骨灰后来安葬于龙山烈士陵园。

　　吴有忠到达罗庄后，江山问他："你为什么不去龙城？"他回答说："李兰贞同志的父亲是国军的师长，她都不愿回龙城，说明你这儿更有吸引力，所以，我就来了。"

　　当然，这些都是后话了。

　　把左、中、右三拨人数点清并一一造册登记之后，早过了午饭时间。吴有忠忙完，感觉身后不对劲，他回头一看，发现李兰贞已昏倒在地。

第六章

1

初夏的龙城，是一年里最美的季节，槐花、石榴花、玉兰花竞相开放，空气里有一股淡雅的清香；柳树、杨树吐过了絮，满街的柳树杨树看上去绿莹莹的，显得干净而清爽。一些临街的院墙上，爬墙虎的枝条开始往上伸展，用不了多久，它们就会覆盖住那些灰色的建筑，在炎夏来临之际，给行人带来一丝视觉上的清凉。

八年抗战，龙城并没有受到战火的毁坏，城区和八年前的样子差不多，城墙看上去显得破旧了许多，不少地方砖石坍塌，更有一些地段的墙体完全塌陷，被岁月夷为了平地，砖石被人取走，长出了荒草。好在一时半会儿打不了仗——即便打仗，战火也不会轻易烧到龙城来。

他嫌驾驶员开车慢，把小伙子撵到副驾驶位置上，自己亲自驾车，先看了几段城墙，然后拐往城区繁华地带，经过三马路、四马路、新世界电影院、欧亚咖啡馆、市政府所在地（原先的美国领事馆），还有瑞福祥绸缎庄、万紫巷商铺、奇美美发店……路况不好，他开得又快，这辆墨绿色的美式吉普颠簸得厉害，像一艘小船行驶在海面上。

经过营区门口，吉普没有进去，而是继续往前，朝龙山方向开去，车子在龙山脚下转了一个圈，道路两旁都是粗大的法国梧桐，绿树成荫，景色优美。这一带都是达官贵人家的别墅区，有西式小洋楼，有中式的四合院，还有中西合璧的楼宇庭院。

前方，一栋两层西式小洋楼进入眼帘，是那么熟悉。他犹豫一下，踩刹车减速，猛地把车停靠在路边。他没有马上下车，而是望着那座小楼出了一会儿神，又从贴身的衬衣口袋里摸出一个薄薄的旧钱夹，打开，扫了一眼，赶紧合上了。钱夹里，有一张她的二寸黑白小照，岁月无情，不仅在人的面庞刻下沧桑，连照片都不放过，它已经发黄变旧……

他推开车门。这时，从宅院门口的岗亭里钻出来一个挎短枪的卫兵，卫兵跑过来，狐假虎威地吆喝："喂！你找谁？"

他抬腿下车。这天他没有戴帽子，脸上架着墨镜，军装外面罩一件美式军用风衣，下车的时候，风衣领子一扎，露出了肩章。卫兵一看，立刻傻了眼——面前竟然是一位将军，而且军阶是中将！腰间还挂有一把佩剑，似乎是中正剑——急忙立正挺胸敬礼，大声道："长官好！"

他轻哼一声，往大门走去。那名卫兵颠颠地跑在前面，殷勤地推开大铁门，又颠颠地跑进去通报。他站在院子里，目不斜视。少顷，余乃谦和韩素君出了屋门，看到他，两个人都是猛地一个惊愣。

他摘下墨镜，大步向前，边走边行了个举手礼，道："余、余师长你好！韩姨好！"他先前称呼余乃谦"余叔"，现在改口叫他"余师长"。

韩素君望着他，吃惊地张大了嘴巴，终于认出他来了，情绪非常激动，失声说道："你是申、申副官！申之剑！"

余乃谦急忙纠正道："素君，现在是申师长了！一三六师申师长！"

申之剑微微一笑，用力握住余乃谦的手："还是叫我小申吧！叫之剑也行。"不等他们放手，韩素君伸手过来，抓住他的手不放，连连摇着，高兴得仿佛见到多年不见的亲儿子，眼圈红了，差一点就要拥抱他，口中讷讷道："小申……申师长，这都多少年不见了？你从天上掉下来的吗？"

三人都笑了。余乃谦道："素君，你傻愣着干啥，快请客人进屋呀！"

热热闹闹进到客厅，余乃谦让座，韩素君倒茶，忙活了好一阵，三人才安坐到茶几前。彼此再打量一下，他发现韩夫人倒没怎么变，余乃谦明显变老了，垂着眼袋，额角闪烁着白发，背似乎也有点驼。而在余氏夫妇眼里，他几乎完全变了，变得都要认不出来了——原先光滑洁净的少年脸，黑了，胖了一些，有了细密的皱纹，眼角有几条纹路，像刀刻的一样，尤其是左腮上，添了一块铜钱大的伤疤，显然这是在战场上留下的印记。

半月前，郭炳勋的四十七军从青岛登陆，前卫部队随后开进龙城。梁守盘组织了一场盛大的入城欢迎仪式，社会各界隆重迎接"百战百胜"的国军精锐归来。余乃谦以新任暂编五十九师师长的身份就座于主席台中间一侧。本来他和郭炳勋是老朋友，老郭还曾是贞贞、申之剑名义上的媒人，但是那天老郭见了他不冷不热，不咸不淡，估计姓梁的抢在这之前说了他不少的坏话。

谁都知道他的部队曾经是汉奸部队，他这个师长更是来路不正，夫人建议他近期少露面，低调一点更好，所以从那天起，他推托身体有病，躲在家中休养，有活动就安排副师长冷锋和政训处长张勇替他出面应付。

申之剑的一三六师作为四十七军的后卫，刚刚开到。过去的八年，余乃谦身陷日本占领区，消息闭塞，很少得知关于申之剑的消息，不久前刚刚听说他已经成为国军精锐部队的中将师长，可见他已是党国栋梁，前途不可限量。他能主动登门看望，余乃谦感到很有面子。以后有他和郭军长在龙城，自己的这点儿力量不仅可以保住，或许还能发展壮大……

韩素君当下最关心申之剑是否结婚，当年把他和贞贞硬捏在一起，两人的婚配终成泡影，无疑是个天大的遗憾。一想到那个不争气的女儿，就感到她真是个不折不扣的害人精。

话题三转两转，终于绕到申之剑个人的事情上来，韩素君犹犹豫豫道："申师长呀，你结婚了吧？夫人一定很漂亮吧？"

申之剑神色略显尴尬，小抿一口茶，道："韩姨，我跟随郭军长连年征战，四海为家，随时准备把身躯献给国家，至今还没顾上考虑个人问题。"

韩素君感慨道："像你这样的英雄男儿，一定会找到一个美满中意的人儿。唉，都不容易，都不容易呀……"

往下不知该说什么好了。

三人心里都装着贞贞，又都不想唐突说起，仿佛她是大家心头的一块伤疤。到底还是韩素君没忍住，试探着问："申师长呀，你和……我家贞贞，还有书信来往吗？"

他摇摇头："没有。民国二十六年底，罗庄一别，再也没有她任何消息。她还好吗？"

余乃谦本来心中责怪夫人，不该这时候提起贞贞，让大家都难堪。见申之剑似乎还很记挂贞贞，便叹口气，道："唉，她在共产党那边，钻山沟吃野菜，恐怕想好也难。一言难尽，一言难尽啊……"

韩素君想，她在那边那些烂事，瞒是瞒不住的，早晚人家都会知道，索性借机透露个一二，于是不住地摇头叹气，说："当初要不是她走错路，你们……你们的孩子早都满地跑了……那边搞共产共妻，前几年听说，他们强迫她嫁了个姓罗的团长，后来又听说姓罗的让鬼子给打死了。后来又……唉，都是我这当娘的，没教导好闺女……"她没敢提贞贞嫁给土匪的事。说到后来，伤心加失望，竟然眼圈红了。

申之剑面色沉郁，一言不发。

余乃谦制止道："素君，申师长荣归故里，咱高兴还来不及，今天不提那档子事，啊？"

二人原指望女儿"被迫"再嫁龚黑柱后，招姓龚的进城当个旅长，让她借机脱离共方，以前的事就算洗白了，哪想到她竟敢枪杀龚黑柱，使他们的如意算盘再度打翻……

申之剑大度地笑笑，道："余师长、韩姨，世事难料，我和贞贞虽然没做成夫妻，但我心里对你们二老还是心存感激的。贞贞当年年少，脑子发热，意气用事，受共产党蒙骗去了山里，如果不是日本人打进来，而且一待就是八年，我们早把山里的共产党打光了，也早就把贞贞救回来了。走到这一步，首先是我们军人失职。贞贞她活着就好，也许以后还有碰面的机会……"

前些年他忙于四处征战，把她埋在内心最深处，轻易不敢触动，以为可以彻底忘却。而今重返故地，放下行囊，征尘未洗，便来探知她的消息，可见忘掉一个人，是何等难！

"她现在也还独身呢……我这当娘的，做梦都想她早点回城里来，不能一辈子不嫁人呀！做闺女的再不是，也是娘身上掉下来的肉。申师长你还惦记她，我和你余叔真是太感激了……"韩素君边说边又抹开了眼泪。

余乃谦道："素君！行啦，行啦！不说这个了。申师长，你们还会走吗？"

申之剑说："上峰原打算让我部开往东北，途中电令我们进驻龙城，估计一时三刻不会动了。"

余乃谦问道："内战，你看会打起来吗？"

申之剑道："国军主力到达指定地域，稍做准备，内战就会重开。"

余乃谦兴奋得一拍巴掌："咱们军人就是为战争而生的，不打仗，要咱们干啥？我老了，再不打仗就该退休了，我支持打，早打，快打！打完了，天下真正太平了，我要解甲归田，回平安镇老家养花、钓鱼，安度晚年！"

三人都笑起来。

申之剑离开之前，特意到老太太房间看了看老人。老太太眼睛瞎了，看不见他，脑子里还是八九年前那个穿军装的腼腆小伙子，拉着他的手，不住地唠叨说："怪我，都怪我，老糊涂了，前些日子就不该撵贞贞走。"

儿子渡过难关后，老太太确实对自己放走孙女感到很后悔，她怪完自己，又怪儿子，说以后再有外国人进来，就是去要饭，也不能当什么汉奸了。"要不是你惹祸，我能赶她走吗？"她拍着大腿说。

申之剑对老太太说："老奶奶，贞贞没走远。您老放心，等我彻底打败他们，就把贞贞接回来。"

2

五月底，汪默涵从延安回到大阳山，正赶上部队改编。根据上级命令，八路军大阳山军分区部队改编为解放军大阳山野战纵队，江山任司令员，杜宗磊任政治委员，纵队下辖五个旅，加上直属炮兵团，共计三万余人，可谓兵强马壮。

那段时间江山整天乐得合不拢嘴。自从十多年前他发动大阳山起义，腥风血雨，屡败屡战，最悲惨的时候，只剩下三十六人，但他从不服输，永不低头，终于赢来今天统兵数万的大好局面，根据地纵横几百里，土改运动如火如荼，农民子弟踊跃参军，也许用不了多久，大阳山纵队就会扩成两个纵队，三个纵队……

内战不可避免，国共双方都在秣马厉兵。龙城地下党传出情报，抗战前驻扎在龙城的原四十七师再度归来。江山颇有点跃跃欲试，想早一点跟他们决一雌雄。

汪默涵被任命为纵队政治部副主任。江山找他谈话，表示了歉意，说："默涵同志，你是咱根据地老领导了，曾经多年担任军分区副政委，这一次却要委屈你了，降了你一格，当副主任。请你理解，不要有情绪啊！"

汪默涵淡淡一笑，说："纵队政治部副主任，正师级吧？我以前当军分区副政委，算是副师级，这不升了一级嘛，谈何情绪？"

江山笑呵呵地拍拍他肩膀说："老汪，你这样理解，我就放心啦！"

一晃，汪默涵在延安待了四年多。在延安的日子，说起来他并不开心。赶上延安整风，搞得人人紧张，他反复做检讨，主要是检讨自己在大阳山目无组织，不守纪律，擅自行动，而且与一名女下级关系暧昧，双方反目，遭到女下级枪击，给党的形象造成恶劣影响。

情绪最低落的时候，他曾萌发退出党组织，回江南老家自谋生路的想法。身边也确有个别人交了脱党申请，告别延安，返回了故乡。他反思自己这些年所走过的道路，感觉当初如果不是头脑一热热血翻涌加入组织，并且把岚岚也带进来，或许他们大学一毕业，就离开大城市，找一个清静之地，当一名与世无争的中学教师，在孩子们的琅琅读书声中，终老一生。

一切都已不可复来，就像生命、时光和黄河之水，无法倒转。

抗战胜利后，身边不少人赶赴东北，他也报了名。临出发时，他却被从名单中剔除出来，原因是他曾经在公开场合唱过几句和平建国、不希望打内战的论调，带队的领导不喜欢他，认为他缺乏革命斗志，情绪低沉，没有锐气，像墙头草。

他不愿面对李兰贞，尤其龙城是他的伤心之地，因此他不希望返回大阳山。但是，他却不得不回来。

回来之后，半个多月的时间里，他一次也没见过李兰贞，仿佛她失踪了一般，一些熟悉的老战友也从不当他的面提起她。他支离破碎地听到一些关于天柱峰事变的消息，说到她在其中的作用，人们都是含含糊糊、轻描淡写地几句带过。

她去了哪里？

有一次他很想问问江山，结果话到嘴边，又放下了。出了那么一档子事，他实在没有勇气再关注她，更不想因为自己的出现，再给她的生活带来波澜和烦恼。

六月中旬，侦察员报告，大沙河以北的国军正在构筑野战工事，时常有飞机从龙城方向飞过来，到罗庄及附近一带上空转来转去，懂行的人说，那是侦察机。

内战的阴云开始积聚。

江山未雨绸缪，命令部队沿大沙河一线布置警戒阵地，在大沙河至罗庄之间七八十里的地域，利用地形构筑梯次纵深防御阵地，纵队首长都要下到各旅督察指导。这天，汪默涵本要到驻扎在三旅的平泰县城去，江山叫住他说："老汪，我另给你个任务，去一趟茅家沟。"

茅家沟是省委后方机关所在地，有温泉和一个后方医院，周边风景优美，能去那儿，简直就像去天堂享福。他不解，道："你们都去前面吃苦，我去茅家沟干啥？我身体又没毛病。"

江山诡谲地一笑，道："派你去看望一个老朋友。"

"谁啊？"

"李兰贞。"

他愣在那里。

从天柱峰下来后，李兰贞身体和精神状况都不太好，江山派人送她到茅家沟休养，一去两个多月，江山老想去看看她，因为太忙，一直未成行。汪默涵回来后，他灵机一动，很想撮合一下二人，毕竟他们是师生关系，是很有感情基础的。汪默涵爱人李雅岚同志"牺牲"后，他一直未娶，在延安四年，并没听说他有意中人。二人都是单身，如果捐弃前嫌，结成夫妻，不但解决了他们的个人问题，而且当年枪击事件也就不值一提，多美的事！

杨淑芳也说，李兰贞两度嫁人，两度守寡，够可怜的，这回一定给她找一个好人家，汪副主任再合适不过。

"老汪，怎么了？"江山吸着香烟，问道。

"我去看她，不合适吧？"

"谁说不合适？李兰贞同志是我纵队的大功臣，女中豪杰，她现在是政治部敌工科副科长，你代表纵队首长去看望她，正合适！"

汪默涵只得点点头，答应了。

两天后，他到达茅家沟，这地方他很熟悉，当年经常来这儿开会。他在后方医院花园的一座亭子间里等她，回想着她先前的模样——她的脸庞、她的眉眼、她的身影……突然发现，竟然都有些模糊了！

他感到颇有些不可思议。

身后响起一个清脆的嗓音："李副科长，就是这位首长找你。"

他急忙站起来，转过身子。在他面前，站着两个人，一个是小护士，另一个穿病号服的，就是她了。她面色苍白，目光有些呆滞，没有了先前的清澈，头发也显得干枯。

猛然见到他，她愣了好一阵，目光渐渐变得柔和起来，幽幽道："汪副政委？你回来了？"

他点点头，不敢与她对视，忙道："兰贞同志，我现在是纵队政治部副主任，以后还是叫我汪副主任吧。"

"哦，汪副主任……汪副主任，请坐吧。"

小护士像一阵风似的离开了。

他们面对面坐下。在双方眼里，彼此都变得陌生了，如果在人丛中突然相遇，他们还能认出对方吗？

"兰贞同志，你还好吧？"

"好。您呢？"

"也还好。"

往下就没话了，都不知该说些什么。太阳很大很圆，知了在附近的树上鸣叫，亭子里凉风习习，清风送来阵阵山野的气息，微甜，微腥，微香……

到底他是领导，是老师，是兄长，是代表纵队首长来看望她的，不能冷场。想了想，他道："兰贞同志，你最好到处走走，对身体好，老在这地方待着，没病也能搞出病来。"

"去哪儿走走？"

"你好久没回城了吧？回家里看看，不好吗？"

她轻轻叹口气："家我是回不去了。回去又能干什么？"

"我给你一个任务，好不好？"

"任务？什么任务？"她有些兴奋了。

"内战很有可能不以人的意志为转移而惨烈爆发，我想，你父亲是国军师长，你的那位……老朋友申之剑，也是国军师长。你回城去，劝劝他们，做做工作，开导一下，让他们以国家和平为念，不要积极打内战，以免家园毁灭，生灵涂炭。你看，这不是很有意义吗？"

她冷冷地一笑："您是说，让他们放下屠刀，立地成佛？"

他双掌一拍："对呀！"

"他们能听得进吗？"

"事在人为，只要把道理讲通讲透，多少总会有一些效果吧？"

愣了许久，她摇摇头："汪、汪副主任，你想得太天真了，他们绑到一辆战车上，这辆车开得飞快飞快，让他们跳下来，会摔断腿的，他们不会干……不碰得头破血流，谁又会清醒？"

他哑口无言，望着她往下说。

"我当学生的时候，您在课堂上说，中华民族这艘破船沉陷于污泥之中太久太久，需要来一场猛烈的暴风雨，荡涤污秽，才能迎来凤凰涅槃。现下如果要打内战，那就是大哥欺负小弟，小弟不能不还手。谁是最后的胜利者，只有天知道。但是我想我知道，有信仰的人，才是笑到最后的人。您、江司令、罗金堂这些人，在我眼里，都是有信仰的人，而在龙城，我没看到有这样的人。既然不可避免，就让内战成为民族的一次机遇吧。您说呢？……我来这里两个多月，胡思乱想的都是这些问题……"

她的成长、成熟，令他吃惊。她的冷血，更令他吃惊。他不想跟她探讨这个问题，对于战争，他已厌倦，他不想再打仗。打仗为什么？他想不明白。他最近想得最多的，是放下执念，破除苦恼。

看上去她还不错，并不是有人认为的她脑子出了问题，他可以放心离开了。他用这个月的津贴，给她买了二十个鸡蛋，一只老母鸡，一包红糖，都已经交给了伙房，给她补补身子。

该告别了，她挥挥手，很快扭过了身子——都说，冬过雪化水，爱过情化泪。她确实流了泪，只是她不想让他看到自己流泪。从天柱峰下来后，这好像是她第一次流泪。她想，自己都快三十岁了，以后可不要再轻易流泪了。

3

八月里，几场雨过后，大沙河水面宽阔，黄水裹挟着泥沙奔涌而下，蜻蜓低飞，燕子鸣叫，两岸的庄稼一片青葱碧绿，微风吹过，沙沙作响。如果没有冒出一排排昂起的炮筒、一条条纵横交错的战壕、阳光下无数个闪亮的钢盔，那么，大沙河两岸真是一个美妙的好去处。

天刚放亮，一夜未睡的申之剑站在前沿指挥部外面的一个高坡上，举起高倍望远镜，向河对岸望去，他看到了那座被完全炸断的青石桥的桥头，仅剩几块大石伫立在水边，一群水鸟停立在上面；目光往上抬，再远处就是几座小山包——这地方他刻骨铭心——日本人来龙城那一年，他和曾子烈率两个营在此固守，阻击从龙城出来的日军，打响四十七师抗战第一枪，战况惨烈，两个营几乎全军覆没，曾子烈阵亡，他侥幸得以活命。

时光不会倒转，场景或可再现，只是位置颠倒了一下——守在对面山包上的，是解放军，那是对方防御阵地的一个主桥头堡，拿下它，渡河就变得轻而易举。

他的参谋长卢振来跑上高坡，请示是否开始。他放下望远镜，抬腕看表，秒针抖动，渐渐向分针、时针靠拢，指向六点。他摘下雪白的手套，挥一挥手，轻声道："开始吧。"

卢振来道"是"，转身跑下高坡。片刻后，三颗绿色信号弹破空而起，随之而来的，是撼天动地的炮击，数十门野炮、山炮，还有前出抵近大沙河岸边的数十门迫击炮，纷纷把弹雨倾泻到对岸的共军阵地上……

他透过望远镜看到，那几个山包完全被炮火覆盖，烟尘遮天蔽日。他可以放心地回到指挥部喝茶了。

半月前，在确定谁来打响进攻大阳山共军第一枪时，申之剑站出来，向郭军长请求，他先上，第一阶段无需其他师配合，只要把军炮兵旅配属给他，一三六师三日之内即可推进到罗庄一线。郭炳勋相信该师的战力，当即准予他率先发动攻击。

一三六师是四十七军的主力，前身是原四十七师一三二团，郭炳勋和申之剑都当过该团的团长，它亦是国军王牌之一，全部美械装备，训练有素，官兵素质高。郭炳勋曾两度率该师入缅作战，打出国威军威。一九四三年参加缅北战役时，担任旅长的申之剑率所部堵住日军一个旅团的退路，在友军配合下，与敌激战三日，歼敌三千余人，他面部负伤，战后获赠中正剑和青天白日勋章。四十七军只有寥寥几人得到过这种最高奖赏。

在罗庄，江山综合各种情报，得知郭炳勋竟敢只拿一个师来跟他掰手腕，不由得呵呵笑了，心想敌人也太猖狂——一个师，满打满算，不过一万人，我有五个旅，三万多人！想一个打我三个，也太没数了！

他决定，集中全部主力，在大沙河与一三六师打一仗。他对部下们说："这是内战爆发后我们打的头一仗，只许胜，不许败！"

经过紧张的战前动员和准备后，各部队陆续进入指定阵地，严阵以待。

但是战局的发展完全超出了江山的预料——至中午时分，青石桥主阵地失守，敌人乘橡皮舟渡过大沙河，沿河二十几里宽的防御阵地全线告破！

如果这时候撤退，还来得及，但是江山、杜宗磊等人一商量，都不同意撤退，因为刚一打就退，会大大挫伤部队的士气，以后怎么面对强大的敌人？他们决定退到第二道防线坚守，以平泰县城为支点，与敌人决战。

下午，部队成功渡河后，郭炳勋特意来到申之剑的前线指挥部，他夹着雪茄烟，对申之剑说："对面的共军看上去气可吞牛，而力不能穿鲁缟。"他的意思是，敌人人数虽多，但是虚张声势，他们的力量其实连最薄的丝绢都不能穿透。卢振来说："看他们遇到谁了，有军座、申师座指挥，他们坚持到明天中午，就算是有本事。"众人哈哈大笑，气贯顶篷。

帐篷里有美国香槟酒，郭炳勋建议喝一杯，庆贺初战告捷。勤务兵把酒杯端到申之剑面前，他却不喝，把酒推开说："还不到庆贺的时候。"

郭炳勋指着他说："你呀，总是与众不同！"

众人又是一阵哄堂大笑。

傍晚，申之剑过河，他把指挥部设在靠近平泰县城的一个小村庄里。天黑了，卢振来请示，是否全线停止攻击，待次日天亮再打。申之剑说："不能停，集中全部炮兵，轰击县城，两小时后，命令一团攻城，三、四团在外围钳制敌人。"

平泰县城位于大沙河至罗庄之间，是大阳山北面的门户，距离大沙河十余里，地位十分重要。县城主城区建在一个隆起的岗坡上，长约三里，宽约两里，易守难攻。抗战期间，这里是游击区，极少发生战斗，所以县城较为繁华，有三条主要街道，房子大都是石头或青砖筑就，易于坚守。

申之剑想早点拿下县城。只要县城易手，这一仗胜负立判，往下就是乘胜追击赶鸭子了。

江山想守住县城，只要县城在手，大沙河防线就不会被敌人冲垮，还可利用县城吸引住敌人，从东、南、西三个方向来一个反包围，大量杀伤敌人。

刘子厚率三旅主力固守县城，江山本想赶过去亲临一线指挥，杜宗磊拽住了他，坚决不同意他离开罗庄纵队指挥部，说"你不是罗金堂，你是纵队司令，这个指挥位置你只要活着，就不能离开一步"。杜宗磊的话令他怅然不已——如果罗金堂还活着，平泰县城交给他，还有什么不放心的？

　　双方鏖战竟日，江山越打心里越没底。从前边传回的消息，大都是坏消息。敌人炮多，机枪多，冲锋枪多，卡宾枪多，火力凶猛，战术灵活，战术动作纯熟，善于利用地形地物，士兵体力好，冲锋格外凶猛，且骄横异常，清一色的美式服装和墨绿色钢盔，显得威风神气……

　　从抓获的俘虏嘴里得知，敌人是一三六师，师长就是"老熟人"申之剑。

　　杜宗磊突然想起什么，说："要知道这家伙这么凶悍，那年就不放走他了。"

　　江山说："是李兰贞、罗金堂把他放走的。"

　　杜宗磊说："要不，把李兰贞叫回来劝劝他？悠着点打嘛。"

　　江山烦躁地说："笑话！或许他就是打给李兰贞看的！"

　　过了一会儿，江山又说："我们不是从前，焉能再指望一个女人出头？"

　　江山说得没错，申之剑不惜冒险只凭区区一个师，就敢跟江山的五个旅硬碰硬，他就是想打一个漂亮仗，给李兰贞瞧瞧。

4

　　三旅政委吴开渠负伤，江山、杜宗磊任命汪默涵代理三旅政委，率部分机关人员紧急赶赴三旅，协同刘子厚指挥作战。指挥所设在一户木柴商人家的地下室里，入夜之后，敌人轮番炮击，隔着厚厚的顶篷，都能感觉到头顶上的隆隆炮声，大地在颤动，仿佛地下有个巨兽在拼命喘息。

　　炮击停止后，夜已深沉，无论是后方的江山、杜宗磊，还是前方的刘子厚、汪默涵都没有想到，敌人竟敢发动夜战。在他们印象中，国军不善夜战，惧怕夜战。

　　但是这一次，敌人可不是等闲之辈。汪默涵猛然想起，那一年在大槐树，申之剑就发动过一次夜战，差一点把游击大队消灭光。他有一种不祥的预感——今夜凶多吉少。他想提醒刘旅长，如果敌人来势太猛，抵挡不住的话，打一打就适时撤出战斗，军事斗争须从长计议——内战刚刚开始，急什么呢？歼敌的机会以后还不有的是？

　　后来的事实证明，尽早撤出是最好的选择。

江山打来电话说，打夜战更能发挥我军的长处，三旅不论付出多大代价，务必守住县城，把敌人牢牢吸住，为明天的大反攻赢得时机。

在这种情况下，没人敢提撤退。汪默涵想了想，把话咽了回去。

敌人炮击过后，刘子厚、汪默涵等人离开地下室，到地面上指挥。商人家后面不远处，有一座明代古塔，塔身细高，都以为古塔已经被炮火摧毁，这时发现，塔身仍然屹立。刘子厚豪迈地打气道："好啊！有这座宝塔镇守，敌人是攻不破平泰县城的！"

他们钻到塔上观察战况，望远镜里，整座县城似乎都被刚才的炮火点燃，到处烈焰翻滚，黑烟腾腾。不一会儿，敌人从北、东、西三面围攻上来，短兵相接的战斗瞬间打响。

战至午夜，记不清敌人发动了多少次冲锋，虽然都被勉强打退，最能打仗的三旅更是损失惨重，而且三分之一的县城落入敌人之手。

随着几发红色信号弹升空，战场霎时安静下来。汪默涵认为是时候了，他向刘子厚提出，赶紧请示江司令，部队撤出战斗。刘子厚眼睛一瞪，道："我又没打败，为啥撤退？"

"等天一亮敌人再上来，就不好撤了。"

"你为什么要撤？"

"为保存有生力量。"

刘子厚杀红了眼，十分不满地瞪汪默涵一眼："老汪，少找理由！你害怕你撤，没有命令，不战至最后一刻，老子决不撤退！"

"我汪默涵从不是贪生怕死的人，我是为战士的生命考虑……"他还想劝说，刘子厚不再搭理他，倒头在一张行军床上睡着了。

事后才知道，敌人之所以停止攻击，是为了掩护一个更大的行动——其实这是一个阴谋。否则，等不到天亮，敌人就能攻克县城。

天蒙蒙亮时，散布在各处的士兵正在酣睡，突然炮声又起。短暂的炮击过后，敌人发起凶猛的集团冲锋，以班排为单位，从三个方向突入县城中心，充分发挥美式火焰喷射器和 M1 巴祖卡火箭筒的威力，与守军展开逐街逐屋的争夺。

那座古塔被削掉了一半，剩下的一半摇摇欲坠。刘子厚、汪默涵等人爬上屋顶，他们看到敌人的美制 M1917 重机枪在黎明的街道上织出密集的火网，无数暗绿色的钢盔汇成狂澜巨浪，从三面涌卷过来，热浪灼人眼球……

汪默涵再次提出撤退。

这时候与纵队司令部的电话联络中断，刘子厚接不到撤退的命令，不敢擅自行动。

汪默涵说："刘旅长！将在外，有自主决定权。多滞留一分钟，多死数十人！你不能再犹豫！"

刘子厚倒是没有犹豫，他命令通信员："去！把预备队拉上来！"

预备队新兵多，大多没有经过实战。汪默涵急了，指着刘子厚鼻子道："《史记》上说：'驱群羊而攻猛虎，虎之与羊不格明矣。'刘子厚同志，你这是以卵击石呀！"

刘子厚更急。眼睛里喷火，吼叫道："你是大学生，老子也是大学生，少卖弄学问。再扰乱军心，我他妈把你捆起来！"

汪默涵长叹一声，扭过脸去。不知不觉，他满脸是泪，泣道："生命呀，鲜血呀，老百姓的骨肉呀……"

没等预备队拉上来，一发迫击炮弹落到屋顶上，轰的一声，刘子厚像一只大鸟一样飞起来，然后摔到地面上，身受重伤，昏死过去。

汪默涵竟然没事，他抖落身上的瓦片，一面指挥抢救刘子厚，一面以代理旅政委的名义，发出全旅撤退的紧急命令。

这一刻，那半座古塔轰然倒塌了。

部队撤出县城后，汪默涵便消失得无影无踪……

江山一夜未眠，指挥部与三旅失去联络后，他感觉不妙，和杜宗磊等人商议后，决定改变原定对平泰县城反包围的作战计划，命令就近的四旅派人通知三旅立即撤出，第二道防线的所有部队全线后撤，退入大阳山区进行防御。

放弃平泰县城，意味着放弃罗庄。抗战爆发前后，江山就将司令部设在罗庄，抗战胜利后，罗庄成为大阳山根据地新的中心，部队在这里完成改编，他对罗庄是满怀深情的。然而现在却不得不放弃，他心情沉痛。

他和杜宗磊做了分工，老杜负责指挥驻罗庄的后方机关、医院、被服厂等单位的撤退事宜，他坐镇司令部收拢部队，并随时做好带指挥部撤出罗庄的准备。

上午八点多钟，先是头顶飞来两架飞机，在罗庄上空投弹扫射，飞机刚走，从东面的方向突然传来一阵密集的枪声。在罗庄附近担负总预备队的五旅报告说，东面发现大批敌军。江山大吃一惊，一面命令五旅顶住，一面组织司令部人员撤出。

这路敌人难道是从天上掉下来的吗？犹如晴天霹雳，江山简直蒙了。

原来昨天深夜，申之剑停止攻城，实则是为掩护一支奇兵出击——他预先派工兵营在大沙河下游搭设浮桥，夜深之后，号令二团隐蔽渡河，采用大迂回大穿插的战术，马不停蹄绕道奔袭罗庄，一夜行军上百里，直扑江山的老窝！

二团号称猛虎团，该团在抗日战场上屡立战功，是郭炳勋、申之剑最信得过的部队。郭炳勋曾经标榜说，老虎天生吃肉的，老鼠只会溜墙根，二团一个团，足可以打败敌人一个师。

江山猝不及防。罗庄一下子乱了套。

镇子外面，敌人大声呐喊着"活捉江山"，凶猛地前冲……

转眼之间，敌人的前卫部队冲到了街口。

江山严令五旅，坚决堵住敌人，不能放一个进来，至少坚守两个小时，然后他在几个部下护卫下，骑马驰离罗庄。然而刚出镇子不远，就有两架敌机追着他们的屁股俯冲过来，机关枪像母鸡发情一样，发出咯咯嗒嗒的欢叫声，随着一阵疯狂的扫射，几个部下全部中弹落马。江山的坐骑受惊，疯狂前冲，停不下来，一架敌机俯飞到头顶，丢下数枚炸弹，几声震耳欲聋的爆响过后，巨大的气浪掀翻了江山的坐骑，马腹被炸开了个碗口大的洞，血肉喷溅，江山被甩出老远……

5

江山挣扎着想爬起来，但是浑身无力，四肢麻木，动弹不得。

后面的追兵嗷嗷怪叫着追上来。这些敌人是从镇外绕过来的。

他闭上眼睛，心想此时只有束手就擒的份儿了。

千钧一发之际，有个黑影从斜刺里冲过来，弯腰一把把江山提溜到肩上，便即拔腿狂奔。子弹在他们身后嗖嗖嗖响个不停，玉米秸秆、小树枝、草茎纷纷断裂，中弹的地面冒出一股股小白烟……

江山只觉耳畔生风，宛若腾云驾雾一般。那人驮着他钻进大片的玉米地，玉米叶子划得他睁不开眼，脸上着了火一般。身后的枪声渐渐远了。他这才大松一口气，脑袋一沉，闭上眼睛。

这个赶来救他的人，是杨天龙。

四个多月前在天柱峰负伤后，杨天龙一直住在野战医院疗伤。后半夜医院组织伤员紧急转移，他随队离开，走了一程，又返回来，正赶上江山被炸弹掀翻在地，追兵已在身后不远处。他背起江司令，一口气跑出十多里，越跑越慢，遇到前来接应的部队，这才停住脚步，放下江司令。

有人惊叫道："老杨，你受伤了！"

他说："没事。"话没说完，突然感到右膝盖一阵钻心的疼，身子摇晃一下，颓然瘫在地上。

鲜血染红了他的右腿，像刚从染缸里捞出来一样——原来一颗子弹从他右腿弯射进膝盖，子弹嵌在了膝盖骨里，也不知这十里多地他是怎么坚持过来的。

江山对身边人说："快把杨天龙抬下去救治，他可是咱纵队的飞毛腿呀，一定治好他的伤！"

两日之后，部队撤到大阳山深处的固庄、方庄一线，才稳住脚跟。抗战最艰苦的岁月，江山的部队就是在这一带度过的；抗战大反攻，他就是从这里出发的。没想到兵强马壮之后，只此一仗，便把他打回了原地。

这一战，虽然歼敌三千多，但是全纵队伤亡近四千人，在平泰县城，说是血流成河、尸横遍野，一点也不为过。一个旅长、一个旅政委重伤，三旅代理政委汪默涵不知去向，活不见人，死不见尸；一个团长牺牲，三个负伤；牺牲六个营长，连排干部损失更大。重武器几乎全部丢光了……

这一仗，仅仅打了一天半，部队的损失，比整个八年抗战损失都大。正是由于他的轻敌和指挥失误，才招致如此之大的折损。他深感对不起牺牲的官兵，他是个罪人……

这是一场不折不扣的败仗，三万人打不过一万人，算得上是被申之剑横扫。雄心勃勃的江山，快要支撑不住了。

他把自己关在屋子里反思，不吃不喝不睡，抽烟咳嗽，欲哭无泪，痛苦不堪。几天时间，白头发添了许多，都像个小老头了。

警卫员去敲他的门，他不开。杜宗磊过来敲门，他还是不开，气得杜宗磊要踢门，被人拉开。

这时候，李兰贞从茅家沟回来了。

蔡小梅像见到救星，拉上她就往江司令的住处走。走到半路，她问明情况，丢下蔡小梅，去了野战医院。

半个多小时后，她拖着一瘸一拐的杨淑芳走过来。杨淑芳眼睛红红的，心中难过，知道这一仗对江山打击很大，担心他身体出毛病，更怕他一蹶不振，早想去劝劝他，又不好意思过去。她边走边道："兰贞妹妹，我告诉你，汪副主任……他失踪了……"

李兰贞一怔："他是……牺牲了吗？"

杨淑芳说："不清楚，确定不了。"

李兰贞叹口气说："该死的活不了，该活的死不了。我知道他命硬，他不会死的……"

二人拖拖沓沓来到江山的住处，小警卫员伸手阻拦，为难地说："首长有话，谁也不让进。"

李兰贞突然抬腿朝他踢去，低声喝道："你滚开！"

小战士不敢再说什么，委屈地躲到一边去了。

李兰贞上前拍门，用力拍门，边拍边喊："江司令！江司令！我是李兰贞！你开门！开门……你不开门我开枪了！"

屋门终于开了一条缝。一线阳光照进去，投射到江山脸上、身上。在李兰贞眼里，他一脸萎靡，胡须满腮，全身疲惫，连脊背都是弯的。

江山颤巍巍地看一眼李兰贞，再看一眼杨淑芳。他双目无神，傻傻的，呆呆的，整个人像丢了魂魄。

李兰贞清清嗓子，道："首长，有几句话我要说，你想听吗？"

江山木木地点一下头。

"请你听好——那年在大槐树，你手下只剩三十六个人，你也没有这样！我还听江妈妈说过，你们江家先后有二十三口人被敌人杀死，你也没有倒下！今天远不是山穷水尽的时候，男人，心大天地大，懦者戚戚，勇者无惧，只要坚信最终会赢，再大的挫折都可以抬腿迈过去！江司令，这就是我想说的话。"

江山神色凝重，不住地点头，眼睛渐渐湿润了，喃喃道："谢谢，谢谢兰贞……"

屋门，从里面全拉开了。阳光汹涌，投射到江山身上，他整个人显得亮堂了许多。

"江司令！我要去找汪默涵了。"

江山挥挥手，说："去吧，一定要找到他。"

李兰贞把杨淑芳推到江山面前，微微一笑，笑得很甜、很柔、很美，道："江司令，让淑芳姐进去陪陪你吧。我走了，再见！"

她敬了个礼，转身，大步走出了小院落……

在她身后，江山抬起手臂，朝她的背影敬礼。

江山的眼角颤抖着，终于滚下两颗硕大的泪滴……

良久良久，江山和杨淑芳收回目光，二人对望一眼，竟然都脸红了。江山侧过身子，让杨淑芳进来。杨淑芳走到桌前，拿起暖水壶，倒了一杯热水，端给江山。江山乖乖接过，乖乖地喝了个一干二净。

他留意到她左脚一瘸一拐的，而且她头发、上衣都汗湿了，一动就忍不住扯一下嘴角，很痛苦的样子，于是问道："小杨，你咋了？"

她说："没事。"

"不是没事，是事情很严重。到底咋回事？你不说我找你们院长。"

她只好说了。

十多天前，她的左脚不小心踩到一块玻璃碴儿上，小拇指被割破，发炎，流脓，忙得没顾上治疗。几天前从罗庄撤退，途中左脚疼得厉害，肿得老高老高，穿不上鞋；马匹都让给伤号骑了，她为了跟上队伍，也为了防止得败血症，经过一个小村庄时，从老百姓那里借来斧头，咬紧牙关，硬是挥斧头将自己溃烂的小脚趾剁掉，拿盐水清洗一下，用纱布包上，拄着棍子赶上队伍，这才没有掉队……

听她讲完，江山动情地说："淑芳，你真是个勇敢、坚强的女人。你比我强呀……"

他叫她"淑芳"！

以前他从来没这样叫过她。他总是叫她"小杨"，或者直呼其名，叫她"杨淑芳"。

今天他竟然叫她"淑芳"！

她脑子嗡嗡响，有些眩晕，有些窒息，几乎站立不住。她摇晃几下，什么也不顾了，眼一闭，一头扑进他怀里……

男人说得对，她是个坚强的女人。参加革命后，她几乎没有哭过鼻子。但是今天，再也克制不住，她伏在江山温暖的怀抱里，呜呜地哭起来，眼泪哗哗流，似乎想把十多年没流的眼泪，一股脑儿全流出来……

江山轻抚着她的头发和后背，不说话，一任她哭个够。

过了许久，她不哭了，仰起脸望着沉思不语的江山，动情地说："我的男人，想说啥，你就说给我听……"

江山缓缓道："淑芳，这一仗，把我打蒙了，也把我打醒了。敌人是凶恶的，是不好对付的，头脑发热是要出问题的。现在还不能跟敌人硬碰硬，得灵活机动消灭敌人的有生力量，保存好自己。这回我就是吃了兵力分散、战线过长的亏，明明没把握打赢，非要强打，打得不顺手时，又不及时撤出，死要面子强撑着。淑芳，这都是血的教训呀……"

她紧紧地抱住他，脸贴住他的脸，想给他力量，想给他安慰，同时也想从他那里得到力量和安慰……

经此一战，江山从失败中学会了打仗。

6

很快，两年过去了。

两年间战局发展之快，出乎很多人预料。历史的车轮虽然无法倒转，但总是有很多有趣的契合点。

秋高气爽的八月，大阳山纵队指挥机关和主力部队从罗庄整队出征，北上参加龙城战役。而在两年前，几乎同一个时刻，他们是从这里仓皇逃往大阳山深处的。

李兰贞已经被任命为政治部敌工科科长，因为另有任务，不能随同大部队出发。江山登车之前，特意把她喊过来，告诉她，办完事不要耽搁，立即赶往龙城，那里更需要她。

大军浩浩荡荡北上，李兰贞带着杨天龙和两个战士小张、小于，向着相反的方向进发。小张、小于肩挎卡宾枪，腰间挂满子弹，显得威风神气。

杨天龙拄一根棍子，一瘸一拐行走在最前面。上一回负伤后，他的右膝盖进行过两次手术，虽然伤腿保住了，但是右腿短了一截，成了个瘸子。以前他是有名的飞毛腿、神行太保，爬高山如履平地，现在正常走路都有些困难。江山让他复员，到地方上给他安排个省力的工作，他死活不干，坚决要求留下，最后留在司令部机关打杂。

他们一直往东南方向走，临近傍晚，视野里出现了一座云雾缭绕的高山，这便是燕来峰。

燕来峰的东面，便是著名的天柱峰。天柱峰高而险，攀登困难；燕来峰比之低矮不少，坡势平缓，上燕来峰要容易许多。

当晚，他们在燕来峰下一个只有几户人家的小村庄歇宿，后半夜开始登山。杨天龙让小张、小于做了个简易担架，一旦李兰贞走不动时，抬她上山。黎明时分，快上到峰顶时，有段路比较陡峭，杨天龙让她坐担架，她不同意，对小张、小于说："有人腿不好，都爬得挺欢，我腿脚好好的，坐担架要被人笑掉大牙。"

一句话把大家说得笑起来，笑声在山间传得很远。

这天她特意换了便装，虽是八月，山上寒凉，她上身穿一件小碎花的夹袄，下身是一件粗布蓝裤，脚蹬千层底方口布鞋，像一个乡间走亲戚的小媳妇。

他们到达山顶时，天光已大亮，李兰贞看到峰顶有一座规模不大的寺院，杨天龙往那边一指，说："就是这儿。"

她打量着那座看上去显得破败不堪的小寺庙，眼前浮现出那个人的影子，心情颇为复杂。两年来，她一直寻找他，平泰县城附近的基层党组织和民兵也积极配合寻找，龙城地下党通过内线多方核查证实，大沙河、平泰、罗庄之战的俘虏中没有他，至于他是否被击毙，连同大批尸体一块埋掉，则是无法查证了。

正当她要放弃寻找的时候，杨天龙从一个刚入伍的新兵口中得知，他有个表哥在燕来峰上的燕来寺当和尚，表哥有一次向他透露说，寺里新来的住持以前当过八路军的大官。杨天龙把这个线索记在了心里，抽空专门上了一趟燕来峰，证实了那个新兵所提供的情况不虚。

杨天龙提醒道："李科长，你快过去看看吧。"

她点点头，一个人朝那边走去。山顶上有一块平地，种着青菜和稀稀拉拉的玉米，看来和尚们就靠这个生活了。鼻端嗅到了山菊花的芬芳，晨光照耀下，山顶景色还算优美，但她无心欣赏。

时候尚早，山上不见一个人影，兵荒马乱的年月，难得有人上到这荒山顶上来游玩，所以她沿着杂草丛生的小路往寺庙走去时，有个挑水的小和尚遇见她，竟然吓了一跳，放下担子，拔腿往大殿跑去，显然是报信去了。

她缓步走到大殿前，停下了。

大殿里，一尊颜色斑驳的佛像前，有个中年和尚坐在蒲团上，他身穿灰布长衫，衣履洁净，微闭着眼睛，敲着木鱼，嘴里念念有词。她抑制住怦怦的心跳，迈步入殿，转到那和尚侧前方——只看一眼，不用再看第二眼，确确实实就是他了！

虽然早有心理准备，但这一刻她仍然是无限的惋惜，心头隐隐的痛楚——久违了，我曾经的爱人！你曾是坚定的革命者，你把我领进革命队伍，从而改变了我的命运，而你自己却遁入空门，成为一个逃兵。难道你真的看破了所谓的红尘，要在这荒山野寺了此残生？

她久久地、默默地打量着他，期待他停止诵经，睁开眼睛来与她对视；她希望看到他眼睛里冒出火花——只要有火花，就有对新生活的渴望。他们不可能再回到过去，她只希望把他带离这虚幻的世界，重新使他回到火热的生活中来，做些更有意义的事情……

他微微睁开眼睛，认出了她。然而他沉静似深潭之水，不起一丝波澜，随即微闭眼睛，继续不紧不慢地敲击木鱼，嚅动嘴唇念念有词，就仿佛她不存在似的。

他早就有了皈依佛门的执念——自从心爱的女人彻底离他而去之后，他开始厌倦人生，对政治和战争愈加排斥，总想逃到一个无人相识的地方，过清静的、无欲无念的生活。苦海茫茫，回头是岸，人是在希望中过活的，没希望了，还留恋尘世干什么？

两年前，在平泰县城，那个血流成河的地狱般的夜晚，深深刺激了他，促使他下了最后的决心，从县城撤出后，他趁乱脱离队伍，辗转流落到这荒僻的燕来寺剃度出家。他不希望任何人打扰他。一切皆为虚幻，大悲无泪，大悟无言，大笑无声。一切众生，从无始来，迷己为物。曾经相识的人，就不要惦记他了，权当他死了吧……

时间一分一秒过去，她终于沉不住气，清一清嗓子，说道："汪、汪先生，是江司令派我来找你的……"

他停止敲木鱼，睁开眼睛，并不看她，讷讷道："施主，这里没有汪先生，我法号叫释然。"

说罢，他再次敲响木鱼，同时嘴里念念有词。她真想捡起一块石头砸向他——当然她不能这么做。

"先生，我们的队伍壮大了，江司令带领大军去打龙城了，也许用不了几天，就能打下来。也许用不了三年五载，我们就能得到整个天下。先生，当年你参加革命，不就是为了这一天吗？"

他道："佛说：'我执，是痛苦的根源。'人们常常被一个'争'字所困扰，小到争衣食名利，大到争夺天下，争到最后，原本阔大邈远的世界，只剩下一颗自私的心。人生至境是不争。战争的原因是少慈悲心，好结怨。仇恨永远不能化解仇恨，只有慈悲才能化解仇恨，这是永恒的至理。"

她道："不争，得看不争什么，不争财色，不争权夺利，不争是非人我，其不争也君子。若救度众生的事，拯弱济贫的事，弘法利生的事，君子应当仁不让。我们现在做的，不正是这样的事吗？"

他道："佛说：'放下才能得到解脱。'困扰我们的是我们的心灵，而不是当下的生活。如果能以一颗平常心去对待生活中的一切，就会祛除心中的杂念，享受一种超然的人生。是你的，终归属于你；不是你的，你怎么都得不到。正当的争取会得到属于你的东西，不正当的争取会败坏你的人品，即使一时得到了，也终会失去，而且还会失去其他更多的东西。春来花自青，秋至叶飘零，不堪回首，人生如梦；爱也悠悠，恨也悠悠，到头来是竹篮打水一场空……"

她道："最好的人生态度是积极进取，这是先生在课堂上给我们讲述的。打烂一个旧世界，是为了建设一个新世界。江司令希望先生能随我下山去，我们一起参加新龙城的建设。"

他摇摇头道："佛说：'缘为冰。'释然将冰拥在怀中，冰化了，释然才发现缘没了。释然与施主、江施主等人，以及与你们的队伍，缘已尽。龙城也好，天下也好，与我无干，释然此生，已了无牵挂……"

这时，那个担水的小和尚敲响了大殿外面的铜钟，悠扬的钟声回荡在大殿里。释然收起木鱼，站起身，冲她长长地一拜，然后转过身，穿过窄门，缓缓走向后院……

望着他的背影，她想起许多年以前，他曾给她讲过一句斯大林的话——每当历史的列车转弯时，总会有人从车子上掉下来。这个过去叫汪默涵、现在叫释然的男人，无疑便是从历史的列车上掉下来的人。

佛说，前生五百次的回眸才换得今生的一次擦肩而过。她和他，便算作擦肩而过吧？

她在钟声中，步出大殿。一群燕子绕着寺院低飞滑翔。她想，就让燕子来陪伴他的余生吧。

她往前走去。在她身后，燕来寺成了一个小小的背影……

7

八月下旬，解放军五个纵队完成了对龙城的包围。

守军共有八万多人，其中郭炳勋第四十七军辖三个师，约三万六千人；余乃谦新编第五十九军辖两个师，两万五千人；梁守盘兼任司令的龙城保安总队近两万人，另有税警团等小股部队两千多人。余、梁的部队均受郭炳勋指挥，郭任守城总司令，余、梁任副总司令。

郭炳勋把龙城防务划分为两个守备区，并报经南京国防部批准，西线由他的四十七军三个师防御，一三六师师长申之剑兼任西线守备区指挥官；东线由余、梁的部队负责防御，东线指挥官由余乃谦兼任。

这个守备方案明显是西强东弱，四十七军战力强劲，远非余乃谦和梁守盘的部队可比。

针对郭炳勋的守备方案，解放军野战部队首长也把攻城部队分为两个集团，三个纵队打西，两个纵队打东。总兵力约十五万人。

几个纵队都想打四十七军。野战军首长先征求江山的意见，问他打东还是打西。打西，就是和申之剑再掰一掰手腕。

谁都知道两年前江山吃过申之剑的大亏，现在正是复仇的良机。经过两年的交战，蒋军败迹频现，江河日下，在大阳山，郭炳勋的部队多次受挫，申之剑的一三六师早已不复当年之勇。野战军首长的意图显然是，让江山先挑对手，给他一个复仇的机会。

然而，谁都没想到，江山并没有强烈要求打西，他只是说，请首长定，不管打东还是打西，他都无条件执行。

这就给人一种错觉——一朝被蛇咬，十年怕井绳。江山态度含糊，是因为他被申之剑打尿了，他害怕再碰申之剑。

在这种情况下，野战军首长只能替他挑一个弱一点的对手，大阳山纵队和野战军四纵负责打东，另外三个主力纵队负责打西。

江山回驻地传达任务，听说不让打西，各旅、团长嗷嗷直叫，场面炸了锅一般，都认为野战军首长瞧不起咱大阳山纵队，是戴有色眼镜，是故意给小鞋穿。等大家牢骚发得差不多了，江山扯着公鸭嗓子说："打龙城，军委给的期限是十五天。让我们打东，如果五至七天就打开缺口，那么，东郊的飞机场就成了我们的！他郭炳勋、申之剑想跑，那比登天还难！这时候，我们再回头加入打西的阵营，还愁没有机会消灭郭炳勋、申之剑吗？"

大伙都笑了起来，人们这才明白，原来江山胃口大着呢，他是吃着碗里，瞅着锅里，两边的肉，他都想吃！

刘子厚要求，三旅打主攻，争取用最短的时间、最小的损失占领飞机场，拿下余乃谦、梁守盘，然后倾全力和申之剑掰手腕。

攻方的期限是半个月，守方的期限是一个月。正式开打之前，东郊机场降落了一架飞机，蒋介石亲临视察、打气。飞机停了一个小时，蒋在机场接见了旅长以上将领，他给郭炳勋的期限是至少守一个月，务必在城外牢牢拖住攻城共军，他会适时派重兵南北夹击，不仅要解龙城之围，而且更要把共军这五个主力纵队消灭在龙城根下。

飞机起飞前，蒋介石又把郭炳勋、申之剑、余乃谦、梁守盘、冷锋等人特意召到飞机上面谕，每人敬了一杯酒。受召将领都表了誓死与龙城共存亡的决心。蒋最后告诉诸将，放心守，不要担心后路，如果真守不住也没关系，石家庄不是刚丢了吗？丢了也就丢了，只要尽力，他不会责怪大家，而且还会派飞机来接他们和家眷到南京。

余乃谦从机场直接回到余公馆，韩素君已经听说龙城被解放军围住的消息，她很慌乱。这两年多，她又积攒了很多钱和值钱的宝贝，一旦开战，这些钱财怎么办？想往南京或者上海转移，已经是来不及，她责怪余乃谦没有提前打个招呼，弄得措手不及。余乃谦叹口气说："我也没想到共军这么快就敢围龙城，他们胃口也忒大了点。"

老太太坐在客厅一角，她耳朵聋，都以为她听不清，结果她听清了，道：

"要打仗了，是吧？"

余乃谦大声道："娘！是要打仗了，不过暂时没事的，您老放心！"

老太太说："我不放心！老婆子跟你们想的不一样。贞贞她妈，你要那么多钱干吗？乃谦，你要那么大权干啥？世道乱，这些东西都会招来杀身之祸！我老婆子就想早点回咱老家大阳山平安镇去，咱们一块走。人这辈子，图这图那，到头来，不就图一个平安吗？"

余乃谦连连叹气，不说话。

韩素君说："老太太呀！平安镇早成了共产党的地盘，咱回那儿，东西会被抢，人会被枪毙的！"

老太太作势要哭，道："乃谦你告诉我，老家回不去了吗？"

余乃谦脸一扭，沮丧道："娘，回不去了，或许永远都回不去了……"

老太太不干，颤巍巍地抬起手，用力拍打着茶几："乃谦你听着，你娘死了，好歹你得把她埋回老家，她想叶落归根，人死入祖坟，她可不想当孤魂野鬼哪……"

余乃谦嘴上答应，心里发毛。

不一会儿，张勇来了，他现在是五十九军副参谋长兼政训处长。三人小声议论战局，都感到此战前景不乐观，除非蒋委员长另派国军主力远道来救，否则，能守个半月二十天，就算很不错了。

谈到退路，韩素君牵挂她的钱袋子，点上一支"哈德门"，猛吸几口，说："哪里能保全我的财产，我就去哪儿。"

张勇说："夫人，那只能去南京，因为只有到南京，才能保住私产。"

韩素君说："那我就去南京。"

张勇转向余乃谦道："军座，必须不惜一切代价把飞机场守住，只要飞机场在手，就有办法走人。"

韩素君道："飞机又不是牵在手里的风筝，它不来咋办？"

张勇道："夫人放心，关键时刻委员长一定会派飞机来，他可以不救我们，但他必救郭炳勋、申之剑这些爱将。"

韩素君心里稍稍踏实了些。余乃谦半开玩笑说："夫人，你手头那么多宝贝，实在不行，不妨去给共军送送嘛，网开一面放你从地面上走嘛。"

韩素君认真道："这倒是个不坏的主意。"

张勇冷笑道:"这世上,人人都有个爱好不假——有人爱钱,有人爱色,有人爱权,有人爱古玩字画。共产党呢?他们爱啥,你想过吗?"

不等别人回答,他自问自答道:"他们只爱江山!"

8

就像日本人来的那一年那样,余乃谦感到自己又走到一个十字路口。

未来的结局,不久可见分晓,无非有这几种:一是力战,守住城池,成为党国功臣;二是破城之前挤上去南京的飞机;三是城破战死,成为党国的大英雄;四是战败被俘,作为战犯去蹲共产党的大牢;五是战场起义,改换门庭,接受改编,成为共产党的座上客。

第一种如能实现,当然最好,但是可能性不太大;第三种、第四种他须竭力避免;第二种和第五种是他重点考虑的。

扔下队伍,只剩光杆司令一个,跑去南京干什么?去喝西北风吗?以后还有翻身的机会吗?这辈子怕是难再有了。

与之相比,他似乎更倾向于战场起义,至少全家性命安全无忧,至于部队能否保得住,可以讨价还价。当然他得走着瞧,边打边看,最后一刻再做定夺。

九月一日,解放军开始攻城,战斗从外围打起,打了两天,仅仅丢失了一小部分外围阵地。他松了口气。

到第四天,大阳山纵队集中两个旅猛攻东郊飞机场方向,已有数发炮弹落入跑道附近,他开始动摇。

飞机场当然是重中之重,有它在手,进退自如。幸好余乃谦听从了张勇的建议,派副军长冷锋督率一七七师守卫机场。郭炳勋对余乃谦的这个部署也很满意——冷锋守飞机场最合适不过,因为他心里最清楚,他没有退路,一旦战败落入共军之手,他的下场会更惨,比任何人都惨,所以他比任何人都卖命。有冷锋督战,飞机场方向暂时无虞。

余乃谦乐于看到这个局面,因为己方打得越好,他与共方谈判时的要价,自然就可以抬高。

然而打到第五天,整个龙城外围约有一半的阵地落入共军之手,余乃谦估计照这样下去,半月都坚持不了,他更加地慌乱。郭炳勋打来电话,命令他务必死守，不可动摇，说东线攻城力量弱，共军主力都在西线，东线只要力拼，是能顶住的。郭又打气说，已向南京发报，援兵不日可到。

余乃谦此刻最盼的，不是援兵，因为援兵一说不过是糊弄小孩子的，鬼才信；他现在像热锅上的蚂蚁一样，急切盼望共产党方面来人与他谈判。

早在几个月前，龙城共产党地下组织一个姓邬的负责人曾两次与他接触，力劝他大势所趋之下幡然醒悟，与蒋介石国民党彻底决裂，率部起义，站到人民一方来。那时候时机尚不成熟，他当然不予理睬。但他相信战端一开，对方一定还会派人来找他。

果然熬到第五天下午，他的副官张云神秘地向他报告，晚上邬先生要来。张云是共产党的人，他清楚，之所以没有动他，是想留着他为己所用。

毕竟又迎来一个重要的时刻，余乃谦心事重重，晚饭都没怎么吃，在东大营指挥部等到晚上八点多钟，张云亲自开车带进来两位客人，一位是邬先生，另一位是个白净帅气的年轻人，为了掩护身份，二人都穿着国军服装。他让张云把客人带到一间密室，他要单独和对方谈判。

张云带上门出去，站在门外负责警卫。余乃谦热情地请两位客人入座。屋里灯光有些昏暗，那位年轻的客人看着面熟，他一时却又想不起在哪儿见过。邬先生笑笑说："余军长，你没认出她吗？"

那年轻人直勾勾地望着余乃谦，调皮地扑哧一笑。余乃谦登时惊愕地说不出话来——站在他面前的，竟然是女儿贞贞！

李兰贞冲父亲敬了个举手礼，三个人都笑起来，紧张的气氛一下子缓解了。

邬先生和李兰贞带来了野战军首长的指示，如果余乃谦率五十九军战场起义让出飞机场，那么，这支部队将成建制保留，报中共中央军委批准后，他可继续当军长。另外，他以前对人民犯下的所有罪行，皆可一笔勾销。

余乃谦内心欣喜不已——这个条件可以说十分优厚，共产党够意思。他一激动，冒出几句大实话，说："日本人来那一年，兄弟就说过，人冷烤腿，狗冷烤嘴，鸡冷上架，鸭冷下水，一不做，二不休，扳倒葫芦洒了油。投共产党，现在是时候了！本人答应！"

邬先生和李兰贞都开心地笑了。

他只有一点不放心——怕共产党说话不算数。他把疑惑抛出来后，李兰贞说："爸呀，我在那边十多年，他们说话算不算数我还不清楚？你不信别人，还不信我吗？"

余乃谦爽快地一拍大腿说："好，我就信一回！"

他们当下商定，后天晚上八点，也就是九月七日晚八时整，以六颗绿色信号弹为号，余乃谦率所部战场起义，并立即通电全国；所部阵地即由解放军大阳山纵队接管。

邬先生说："解放军首长还担心，冷锋负责守飞机场，如果他不配合，怎么办？"

这也正是余乃谦此刻担心的。现在他后悔了，当初就不该听张勇的，派冷锋去守飞机场。想了想，道："一七八师是我先前暂编五十九师的老底子，全部拉出来，没有一点问题；守机场的一七七师三个团长，有两个也算是我的人，他们会听我的。冷锋本人不要指望，他会顽抗到底。起义之前，我以召开军事会议的名义通知他来开会，当场拿住他！"

邬先生点点头，但还是有些不放心的样子。余乃谦看出来了，拍着胸脯说："邬先生，请转告贵军长官，如果只拉一个师出来，兄弟不当军长，当师长！这样行不行？"

邬先生笑了笑："余军长，我们不是这个意思……那好吧！相信余军长会妥善处置冷锋。"

余乃谦说："小小一个冷锋，翻不了船。"

邬先生又道："我的情报显示，张勇是保密局的人，余军长须格外小心。"

余乃谦大大咧咧地说："张勇是我一手带出来的，他敢炸翅儿，老子敲掉他！"

邬先生最后提出一个要求——为了保证余乃谦及其家人的安全，解放军首长决定派一个加强排，全部换上国军服装和武器装备，于今晚后半夜通过已经掌握的渠道，进入他的司令部来，负责他和家人的安全保卫工作。

余乃谦首先意识到，这是对方防他变卦，派人来监视他，心中对此略感不快。但他又想到自己不可能变卦，也便释然。他淡淡一笑说："解放军首长想得可真周到，兄弟万分感谢。"

谈判进行得非常顺利，不到半小时就结束了。邬先生很满意，指着李兰贞对余乃谦说："余军长，如果你家千金不来，我们能谈得这么拢吗？"

余乃谦诚恳地说："我闺女来和不来，那是不一样。她往这一坐，我就把你当成了自家人，啥都好说嘛！"

二人握手言欢。邬先生先行告退，让他们父女再聊一会儿。余乃谦拉着女儿的手坐下，亲自给她杯子里续上茶水。过去的十多年里，父女二人天各一方，难得这么轻松愉快和谐地相处。想想再过不到两天，就将发生一件轰动全国的大事，而他们父女二人便是主要参与者，不由得都感到很振奋。

她想起抗战胜利那年，也是在这里，她曾和父亲打赌——谁能最后取得胜利。现在，她认为可以下结论了。于是，她冲父亲伸出一根指头："爸，还记得这个吗？"

"什么？"父亲一时没搞明白。

"咱们打过赌，你忘啦？"

父亲一拍脑袋："噢，想起来了，当时我赌国民党赢。"

"你输了吧？"

"现在下结论为时过早嘛。"

"你还不承认呀？"

父亲沉思片刻，竟然说出一番含义颇深的话来，他说："现在看来，你们赢是必然，因为你们那边没有腐败，干净！但是在人类历史的长河中，输和赢都是暂时的，失败者，会励精图治，以图东山再起；成功者，会骄奢淫逸，重蹈失败者的覆辙。自古就是英雄打天下，小人坐天下。中国历史都是这么写的。你们可别重复走我们以前的路啊，倒霉的是老百姓……"

她点点头："爸，我们不会的。瞧！我给忘了，咱们马上就是一家人了，还你们我们的，多见外啊！"

父亲一拍巴掌，笑道："对！一家人！"

"爸，别人都说你变来变去的，以后……你不会再变了吧？"

父亲神色庄重，道："我是善变，善于叛变，这不假。民国二十六年，我叛变党国，给日本人服务，宣誓效忠日本天皇；民国三十四年，我又算是叛变日本人，回头为党国服务；这一次，又要叛变党国，上共产党的船。你看，爸爸老啦，头发白了，快折腾不动了，从此再也没有机会叛变了，只能是一条忠心，走到底了。"

她高兴地与爸爸对了一下巴掌。

这时，她想起奶奶、妈妈，很想回家看看她们。父亲说："现在城里很乱，你不要乱走动，一会儿就让张云送你出城。你留这儿，我反而分心。"

"奶奶、妈妈，还好吗？"

"还好。张勇怕出事，把她们，还有冷锋、梁守盘等主要官员的家眷，集中安置到警察局住，那里有地下室，不怕打炮。"

一听此言，她突然有了一种不祥的预感……

9

九月七日午后，离正式起义时间只剩几个钟头时，余乃谦才意识到，他犯了一个巨大的错误！

千不该，万不该，他不该把老母亲和夫人交给张勇保护——她们竟然成了张勇手中的人质！

张勇是受南京直接领导的大特务，手眼能通天，他早就察觉到了。原指望张勇为自己所用——替他打通与南京的关系，同时帮他监视政敌梁守盘，以及冷锋等部下。他做梦都没想到，张勇的刀子有一天会架到他的脖子上！

七日下午四点，将有一架飞机降落龙城，来接守军师以上将官以及市党部主要官员的家眷去南京，仅停留十分钟，规定每一个家庭只能携带两件行李。

这显然是南京方面为防止守城将领生变而玩的花招，由张勇秘密承办。还好，除了余乃谦，其余人家都愿意走人。

在张勇蛊惑下，韩素君一天来一直刻意隐瞒要走的事。

下午三点，家眷们都集中到东郊飞机场，郭炳勋的家眷也带着大箱子赶了来。

变故遽然出在余母身上——本来老太太就不愿挪窝，张勇和韩素君好说歹劝，骗她说换个安全的地方，才把她哄了来。到了机场，听人说要坐飞机去南京，老太太一是害怕坐飞机，二是不想离开老家，一着急，一口气没上来，登时人就没了。

张勇深知，这一下闯了大祸——害死余母，余乃谦哪能饶他？一定会跟他拼命！韩素君也感到事态严重，老余肯定连她也不会放过，她动员张勇，一不做，二不休，一块走。

张勇前年在南京新娶了老婆，老婆也在保密局，儿子刚满一岁，他很想走人，离余乃谦远远的。然而这时候他绝对不敢擅自离开。

日本人来的第二年，军统龙城行动组的人找到他，要发展他加入军统，他感到当汉奸没出路，就答应了。抗战胜利那年，他擢升为军统龙城站副站长，内战爆发，军统改称国防部保密局，他成为该局在龙城驻军的实际负责人，负责监视龙城驻军高层，政训处的人，都是听命于他的特务。就连郭炳勋、梁守盘都惧他三分。

余乃谦对他有恩，韩素君对他有情，这些年他未忘恩情，一直明里暗里保护他们。那年在重庆，要不是他出手相助，余乃谦早被当作汉奸处置。他的耳目众多，上午已经获悉余乃谦即将叛变投共，并且把消息向梁守盘、冷锋透露了一点，本打算把家眷们送走，即刻联合梁、冷逼余交出兵权，不伤他的性命，也不扣押他，把他一人交给共军就算了——对他已经算是十分仁慈了。

但是现在，形势所迫，他不得不出重手！

韩素君的话倒是提醒了他，干脆一不做，二不休。他把电话交给韩素君，让她打电话把老余叫到机场来，就说老太太要去南京，走前想见他一面。

余乃谦在东大营接到电话，悚然一惊，知道张勇要挟持老太太和夫人，没想别的，只带张云和两个护兵，挤进一辆小轿车急急赶往飞机场，一路上对张勇破口大骂，扬言要枪毙他。

墨绿色的大飞机在头顶盘旋。小轿车在轰鸣声中急驰至贵宾室门口，车没停稳，余乃谦抢先下车，一头扎进屋子。在他身后，张云和两个护兵被政训处副处长冯从轩带人拦住，枪被下掉。

余乃谦一进屋，门在他身后猛地关上，他头一眼看到的，是躺在沙发上的老太太。他大叫一声："娘……"扑了上去，双膝一软，跪在沙发前。娘没有动静，他伸手一摸，娘的手已变凉。他傻眼了，惊愕万状，泪如泉涌……

没等他反应过来，一个硬邦邦凉飕飕的东西顶在他后脑壳上。

"军座，恕在下失礼！"

他微侧一下脑袋，看到举枪对准他的，是眼睛血红血红的张勇。下意识伸手一摸腰间，是空的。他来得匆忙，竟然忘记带枪！

"军座请听好——你面前有两条路，一是现在去南京，到委员长面前认个错，或许能保住老命；二是留下，我把郭军长梁守盘冷锋叫来，宣布你要叛变投共，当场处决你！"

"你……你放肆！把枪放下！"

"你敢动一动，就打死你！"

余乃谦望一眼老娘的尸体，想到大计就要坏在面前这个混蛋手里，不禁悲痛欲绝，万念俱灰，面如土色，惨声泣道："老天爷呀，都怪我瞎了眼……"

飞机的轰鸣声中，只听"砰"的一声闷响，余乃谦一把捂住胸口，但是他随即发现，脑袋上的枪口移开了，张勇身子剧烈一晃，倒在地上……

这时，韩素君手中一支小手枪在冒烟……是她开的枪！刚才她一直站在张勇身后，听到张勇说，要么把丈夫带到南京治罪，要么在众人面前处决他，她清醒过来，没有犹豫，从肩挎的坤包里抽出一支小手枪，对准张勇后背扣动了扳机。

然而张勇并没有立刻死去，他咕哝一句"臭婆娘……"，倒下的同时顺势朝韩素君开了一枪。韩素君腹部中弹，惊叫一声，扑通跪在地上。余乃谦反应过来，敏捷地扑上去卡住张勇脖子。这时候，张勇已经死去。

飞机轰鸣着，停在屋外不远处的跑道上。余乃谦冷静下来，顾不上韩素君死活，抽出张勇手中的短枪，一个箭步蹿到屋门口，把门拉开一条缝，对外喊道："冯从轩，你来一下。"

冯从轩毫无防备，答应一声推门进来，余乃谦突然右手举枪顶住他胸口，左手抽出他腰间佩枪，同时抬腿把门顶上。冯从轩一看倒在地上的张勇尸体，全明白了。

余乃谦像个杀人魔王一样，面目恐怖狰狞，大眼珠子瞪着他："想死还是想活？"

冯从轩结结巴巴道："军、军座，您让属下做啥？"

"你若听我的话，到了解放军那边，我给你官升两级！"

冯从轩战战兢兢道："军座，属下听话，一定听话。"

"给塔台打个电话，就说张勇副参谋长命令，其他人不走了，让飞机赶紧飞走。"

冯从轩拿起门后桌子上的电话，照实做了。驾驶员本就不想久留，一听放行，立马驾机起飞，机场安静下来。

这时候，一辆大卡车驶到机场，杨天龙率领化装成国军的那个加强排从东大营赶了过来，指挥众人三下五除二干掉了在场的政训处特务，他虽跛着一条腿，但看上去久经战阵，颇有威势。张云领着他奔至贵宾室门口，他二话不说，横起膀子撞门。张云高喊："军座！解放军来了！救星来了……"

屋内的余乃谦一听，长出一口气。张云、杨天龙进来后，吩咐众人抬起受伤昏迷的韩素君往医院送，又拖走张勇的尸体。

余乃谦一身大汗，腿是湿的，不知是汗水还是尿了裤子，他瘫坐在沙发上，喘着粗气对杨天龙说："你早到三分钟，那架飞机就跑不了。不过这也很好！你立功了！"

杨天龙只是嘿嘿一笑。

事情没完，他决定一不做，二不休，命令杨天龙带人掐断机场所有的电话线，只留贵宾室这一部电话，机场塔台所有人一个不得离开。然后，他让冯从轩分别给冷锋和梁守盘打电话，就说——

"余乃谦意图叛变党国，事情败露，张勇副参谋长命人押解他随同家眷飞去南京。张副参谋长已去西大营面见郭长官，请求让梁长官代理东区守备司令，冷长官代理五十九军军长。一个小时后，请梁、冷二位长官务必赶到东大营指挥部领受新任命。"

冯从轩已不再恐惧，从容不迫把余乃谦的意思转述给了梁、冷。余乃谦甚至听到话筒里传来梁守盘的朗朗笑声。冯从轩放下电话后，余乃谦一把拔掉电话线，随后扑到母亲尸体前，涕泪交加，磕了三个响头，吩咐张云带人留下看护老太太遗体，然后换上一身士兵服装，在杨天龙护卫下，坐大卡车急赴东大营。

10

梁守盘的指挥部在东郊粮库，冷锋的指挥部在飞机场跑道东南角的笔架山下，那架飞走的飞机，他们都看得清清楚楚。正是这架飞走的飞机，使他们坚信余乃谦已是万劫不复。二人都是乐滋滋地赶往东大营的。

冷锋先到一步。

吉普在指挥部那幢二层小洋楼前面停下，冷锋和两个护兵刚下车，就被杨天龙带人上前缴了械。须臾之间，反差太大，他一时没反应过来，木呆呆立在那里。

　　这时，余乃谦出现在二楼对外的廊台上。冷锋看到他，故作镇静地仰起脖子，苦笑道："军、军座不是去南京了吗？"

　　余乃谦拍拍栏杆说："南京本人是没机会去喽，刚才真应该把你送走。老弟，你愿意去吧？"

　　冷锋傻愣愣地点一下头。

　　"不过，你也没机会去喽。哎，你都知道了吧？我要起义。"

　　"不、不，卑职不知道……"

　　"我给你说了实话，你不说实话，真不够意思。"

　　"军、军座，卑职也是刚听说，卑职不信……"

　　"千真万确，还是信了吧！老弟，我们一起干，成不成？"

　　冷锋欲哭无泪，四下看看，无处可逃，只得哭丧着脸央求道："我比军座更了解他们，我不能过去……伸头是一刀，缩头也是一刀，我他妈豁出去了，求军座给我一枪吧！"

　　余乃谦笑着摇摇头："我不杀你，杀你还轮不到我。"

　　"余、余乃谦！你好狠毒……"冷锋简直要崩溃了。

　　"我狠？鬼子走的那一年，是你背后捅刀子，想和梁守盘联手做掉我，就差一点点吧？别当老子不知道！还有我那个八路军的团长女婿罗金堂，是怎么死的？你最清楚吧？他可是你的战友！若说狠毒，我看没人超过你，你的良心大大地坏了！天道有常，报应不爽，老子一贯认为，叛徒绝没有好下场！老子今天不杀你，让你多活几天，还算仁慈吧？给我带下去！"

　　杨天龙一挥手，两个战士上前，把大喊大叫的冷锋拖了下去。

　　片刻之后，梁守盘到了，他是坐小轿车来的，车子还没停稳，几个战士扑上前，拿枪顶住他和两个护兵的脑袋。梁守盘没有反抗，乖乖下车，他很冷静，没有叫喊。

　　余乃谦再次出现在二楼的廊台上，冲梁守盘一抱拳，道："梁兄，得罪啦，惭愧！惭愧！"

　　梁守盘面孔冰冷，一声不吭，根本不看他。

　　"本人作为东线守备司令，决定率部起义。梁兄，咱们一块干吧？过去之后，兄弟可保你做师长，如何？"

　　梁守盘突然冲余乃谦的方向"呸"了一口，指着他道："休想！姓余的，你的节操真不如一个妓女！"

余乃谦冷笑几声："姓梁的，你不听我的，你的部队会被解放军消灭光，得死多少人哪？那你他妈就是个刽子手。老子就算是妓女，也比你个刽子手强！"

"你个王八蛋，不折不扣是个党国败类！"

"老子是党国败类不假，但老子马上就是解放军的军长！你服不服？"

"呸！"

余乃谦俯身指着他道："冥顽不化，我看你是茅坑摔跟头，离屎（死）不远了！看在多年老朋友的分儿上，我就不动手了，给你个以死效忠党国的机会，请你自裁吧。"说罢，他故作惋惜地摇摇头，手猛地往下一劈。

一个护兵把手枪弹匣退出来，子弹一枚一枚弹空，然后把一粒子弹压进去，装上弹匣，子弹上膛，递给梁守盘。

他身边的十几个人，同时都把枪口对准了他。

余乃谦转身离开廊台。只听背后梁守盘声嘶力竭地吼道："余乃谦——我日你八辈祖宗……"然后"砰"的一声枪响，接着是身体倒地的声音……

这一天经历了太多的事情，余乃谦感觉很累很乏，坐在椅子上闭了会儿眼，想到自己这辈子，真正的对手不是共产党，而是梁守盘、冷锋、张勇这样的人，共产党只想要他的枪，而这类人不仅想要他的枪，还想要他的命，想要他的钱，想要他的女人……真是太可恨了，和这类人决裂，实在是走了正道……

他掏出怀表看了看，马上就到六点半了，离约定起义的时间还有一个半小时。他不想再等——都说心急吃不了热豆腐，但是也别忘了，肥肉趁热吃才香！夜长梦多，事不宜迟，还等什么？他决定立刻通知解放军方面，起义时间提前至晚七点。

九月七日晚七时，余乃谦向全国通电，宣布新编五十九军战场起义，龙城东线大部分阵地和飞机场随即落入解放军之手，龙城战役因此迎来根本性转折，全线胜利在望。

第二天一大早，一辆美式十轮卡车把杨天龙等四十多人送回位于龙城东郊二十里堡的大阳山纵队司令部，张云随车前来，代表余乃谦军长给江山送来一份"礼物"。江山亲自出门迎接，众人下车后，张云和两个士兵一起，从车上把一个蒙着厚帆布的沉重物品抬下车来。江山手夹香烟，笑眯眯地说："张副官，什么宝贝呀？"

张云卖个关子道:"请首长自己看。"

江山扔掉烟蒂上前,伸手掀起蒙布,张云在一旁协助把蒙布全部揭下来——原来蒙布覆盖着的,是一只半人多高的铁笼子,一个没戴帽子、佩戴中将军衔、双手被铐的国民党军官蜷缩在笼子里,无疑他就是冷锋了。

江山微微一愣,望着紧闭双眼如一摊烂泥的笼中人,不易察觉地叹了口气,抬手示意众人散去。张云冲江山敬个礼,把钥匙甩给杨天龙,上车走了,五十九军已连夜撤往平泰县城休整并接受改编,他要赶去会合。

铁笼前只剩下江山、杨天龙和两个警卫员。江山不满地瞪一眼杨天龙,道:"这成什么话?打开!"

杨天龙赶紧上前打开笼子上的大铁锁,伸手把冷锋拉出来。冷锋佝偻着身子站在江山面前,原本身材高大的他显得矮小而卑微。

过了许久,江山才道:"老朋友,你还好吗?"

冷锋眼睛眯成一条缝,不敢与江山对视,垂头咕哝道:"哦……还好。"

"冷长水,你让我做了好久好久的噩梦……这一页,终于可以翻过去了。"

冷锋沉默着。

"噢,给你个中将副军长,老蒋待你不薄嘛。"江山点上一支烟,猛吸两口,"不过呢,如果你走正道,别动那些歪心思,现在应该是我的副司令,也差不多嘛!你后悔吗?"

冷锋微微摇一下头:"说不后悔是假,但我只想说,不后悔,至死不悔。"

"你还算条汉子。我能为你做点什么?"

"本人只求速死。"

"愿在世上挨,不往土里埋。你当真不怕死?"

"死亡最大的敌人不是怕死,而是贪生。我不贪生,只求速死,少受折磨。"

"我们优待俘虏,这你知道的,何谈折磨?"

"是我心灵的煎熬,这与贵军无关。"

"你的煎熬早就开始了,从你决定出卖罗金堂、出卖自己灵魂那一刻就开始了。走到今天这一步,是你应得的下场!"

冷锋脑袋垂得更低了。

"本人没有权力杀人。至于你结局如何,须交由人民审判。"江山转向杨天龙,轻声道,"带下去吧。"

他背着手，前头走了。此刻他心中没有喜悦，只有沉痛和遗憾。

冷锋并没有等到新成立的龙城市人民政府对他的审判，几天后，在关押他的地方，他用腰带勒死了自己。

<h1 style="text-align:center">11</h1>

当天上午，龙城保安总队悉数被歼，东线全线告捷。野战军首长出于减少城市损失的考虑，不希望打巷战，东线的两个纵队除留下四纵原地警戒以外，大阳山纵队转进到西线，与其他三个纵队一起，向四十七军发动最后的攻势，争取在郊外彻底消灭敌人，结束战役。

四十七军三个师呈 U 形排开，沿龙城西南、正西、西北方向的黄龙岗、二郎山、李家崮子布防，经过七日多的激战，已经有一半多的外围阵地被攻下。余乃谦部战场起义，极大地动摇了郭炳勋的意志，他悄悄做好了化装逃跑的准备。

西线主阵地位于二郎山一带，为申之剑的一三六师镇守，这里有龙城西面最高的山头，可以俯瞰相邻的阵地，此地打得最惨烈，担负主攻任务的七纵损失也最大。

只要拿下二郎山主阵地，西线守军自会全线崩溃。在江山强烈要求下，野战军首长决定大阳山纵队投入到二郎山方向，与七纵一起，合力攻打一三六师。

打一三六师，不用动员，因为两年多前的那场惨败，大阳山纵队上上下下早都憋着一口气，要向申之剑复仇，彻底干净地消灭一三六师。

杜宗磊向江山提出，能否派李兰贞去见一下申之剑，奉劝他投降，以便尽快结束战斗。江山想了想，否决了，一是他认为李兰贞这时候去，有危险，到处都在发生战斗，他不想拿李兰贞冒险；二是申之剑异常冥顽不化，脑袋是花岗岩做的，很难设想此人会投降；三是内心里他特别想和申之剑硬碰硬较量一回，彻底消灭掉这个当年令他灰头土脸的敌人。

中午十二时，两个纵队集中所有炮兵，向二郎山主阵地发动最猛烈的炮击，大地在震撼，二郎山方向成为一片火海，黑烟笼罩了半边天。

炮击结束，江山亲自指挥两个团，从左翼发动波浪式冲锋，寸土必争，与守敌展开殊死较量。这两个团往前推进两公里之后，江山又增派两个团接力冲锋。他号令部队，天黑前务必抢在七纵前头，把红旗插上二郎山主峰，吃掉仇敌一三六师，活捉敌师长申之剑！

下午三点多，攻击部队推进至二郎山半山腰，打主攻的七团、九团共选出二十四名敢死队员，他们每人怀抱炸药包和爆破筒，在轻重火力掩护下，四人一组，去爆破山顶的六个主碉堡。敢死队出发之前，江山不顾杜宗磊阻拦，冒着流弹赶来动员。

李兰贞也跟来了。

江山做了简短的动员，要求敢死队员们灵活机动地冲上主峰，想方设法炸毁敌人碉堡，为后续部队扫清道路。他扯起公鸭嗓子吼道："你们二十四个人，是我们大阳山纵队的英雄！相信你们一定会成功！二郎山主峰将永远刻下你们的名字！龙城人民永远不会忘记你们！"

勇士们个个眼睛血红，像要喷出血来，齐声吼道："誓死完成任务！"

这时，李兰贞突然站出来说："司令员，我能讲两句吗？"

江山郑重地点点头。

李兰贞一一望向勇士们，他们中有好几个她看着眼熟，是从天柱峰跟她下来的，他们原本是土匪，现在却敢于舍命去炸碉堡；这二十四名勇士，当然知道自己的生命很快就会结束，但他们并没有丝毫的畏惧，个个都是一副视死如归的平静模样。山上的敌人，碰到这样的对手，失败是必然的。

想到勇士们或许一个也活不下来，她感到痛彻心扉。她张了张嘴，想说什么，但是没说出口——她竟然不知道此时应该说点什么。

人们都静静地望着她。

她沉默着，克制着，不使眼里的泪水流下来。片刻之后，只见她走上前，出人意料地张开怀抱，微笑着，一个一个去拥抱这些年轻的生命……

最后，她只动情地说了一句话——

"大姐等你们回来！"

那些年轻的生命，脸上都显出欣慰、幸福与陶醉的神情。

江山大手一挥："出发！"

勇士们头也不回，一个个悲壮而决绝地向前走去……

夕阳即将坠入地平线的那一刻，吴有忠担任团长的九团抢在七纵十二团前面，把红旗插上了二郎山主阵地，荣幸地成为"龙城第一团"。事后得知，那二十四名爆破手，只有五人活了下来。

二郎山主阵地易手，西线守军顿时呈落花流水之势，狼奔豕突，大部被歼，小部分逃回城内。野战军首长命令东、西两线的部队进一步收拢压缩，天黑之前从四面围住龙城的城墙，不使城中敌人逃脱，待次日天明后再向内城推进。

在城外，各纵队的主要任务就是抓俘虏。

黄昏来临，枪炮声变得稀稀落落，夕阳的余晖泼洒过来，山峦像涂上一层血色。气浪呛人，很多人在咳嗽。李兰贞骑着一匹大白马，信马由缰，在山脚下徜徉，她看到满山遍野都是俘虏，这里一群，那里一堆，捉俘虏比捉鸭子还要容易。我方和敌方，都打乱了建制，有些乱套，似乎到处都在响起"活捉申之剑"的叫喊声……

在她耳朵里，这是个多么熟悉而又陌生的名字。

一面小山坡上，聚集了好几百个俘虏，或站或坐，黄澄澄一片，战士们正逐一对俘虏甄别登记。按照上级要求，不愿意留下参加解放军的俘虏，可以当场发给路费和路条，由其自行返乡，但是对于营以上官佐，作为战俘，要接受审查。

她骑马慢腾腾踱过来，目光扫向俘虏群，竟然一眼就望见一张熟悉的面孔，尽管他胡子拉碴，脸上满是黑灰，一副炊事兵打扮，两条胳膊上套着油腻腻的套袖，还扎着一条脏兮兮的围裙。

她勒马站住了。带队的是个营长，认识她，兴高采烈地高喊道："李科长，你好！"并冲她敬礼。

她心不在焉地还礼。这个瞬间，脑子是空白的，她手抖缰绳，马在原地打转。她无意识地抬起右腿，马靴狠狠踹向马肚子，大白马吃痛，长声嘶鸣，抬起前蹄，在空中剧烈晃动，似乎想把她甩出去。大白马越是不听话，她越是踹它，大白马受惊一般，冲向俘虏群……

在人们的惊呼声中，只见一个黑影从人丛中一跃而起，飞身扑向大白马……他抱住了马脖子。但是马并没有停下来，那马仿佛理解她的心思似的，带着二人向远处跑去。那位营长在身后喊："李科长！小心！"她没忘记冲身后挥一下手，大声道："我没事……"

大白马带着二人跑出一百多米，才停下来。身前身后，不断有人穿过，已经没人注意他们。她下马，目光炯炯地望着他。他飞快地与她对视一眼，赶紧移开了目光。

她说："明知打不过，为什么不投降？"

他说："我打了十几年仗，脑子里从没有投降的概念。"

她说："今天是时候了。"

他的目光是冰冷的，决绝地说："不，我宁愿死，也不愿与他们为伍。我恨他们，因为他们——夺走了我的女人！我永远恨他们……"

她说："你真不打算归顺？"

他说："我应该战死，或者自裁，之所以没死，是想最后见你一面。现在，可以死了！"说罢，从怀里掏出一个空钱夹，打开，递给她，"物归原主吧。"

她接过，仔细一瞅，里面夹有她一张小小的旧照，是她十八岁那一年送他的，照片已泛黄变淡，恍若隔世，几乎认不出来是自己。她心乱如麻，说不清是感动还是怜悯。

天色渐渐暗下来，情势紧迫，不容耽搁，她把钱夹丢到地上，从口袋里摸出一张路条递给他，说："你走吧。不要往南，南边过不去，最好往北，先去北平。"

他愣怔一下，手哆嗦着，犹豫一阵，还是接过了路条。

她牵上马，往人多的地方走去，没有回头。

他弯腰捡起钱夹，揣进怀里，最后望一眼她的背影，转身往相反的方向行去，消失在黑暗之中。

12

龙城战役进入尾声。

九日上午，各部队进城，已经遭遇不到有效的抵抗。

进城的除了战斗队，还有数支城市工作队，解放之后的龙城将以他们为主组建各级人民政府。

苏小淘就在进城的队伍里，他没有前往指定的地点，而是甩开众人，独自前行，往一条他熟悉的小巷子急奔而去。

那年他带汪默涵进城锄奸，到过这儿，汪默涵亲手处决了叛徒，后来他才知道，当时汪手下留情，并没有杀掉此人。这些年，尽管叛徒冷眉隐姓埋名，深居简出，很少抛头露面，然而龙城地下党组织最终还是摸清了真相。

被敌人割去舌头并蒙冤数年，变得非人非鬼，苏小淘最痛恨的人莫过于冷眉。得知真相后，他早就盼着来龙城找她索命，让她得到应有的惩罚。因此，破城之后，他第一时间往这个地方赶来。

进入那条又窄又深的小巷子，闻听四面响起的零星枪声，他渐渐放慢了脚步……突然感到，自己竟然淡忘了此行的目的！

他不是来讨债的吗？

是的，本来他是要来讨债，但在这一瞬间，他忽然想通了。

一扇黑褐色的小铁门闪进他的眼帘，这就是她的家，院子里有一棵桂花树。他闻到了桂花的香味，不由得停下脚步。

他终于想通了——此刻他对自己说："我们胜利了，胜利者应该大度一点，以前的老账，咱就掀过去吧。我是让你给弄得人不人鬼不鬼的，我恨你。但如果没有你，敌人照样不会放过我呀，当时就被杀掉了，早成鬼了……"

他想扭头走掉，看到小铁门虚掩着，忍不住轻轻推开……

面前的惨象顿时让他傻了眼——他来晚了一步！

这个以前叫李雅岚、后来改叫冷眉、最后改叫蓝惠的女人，自知罪孽深重，欠的债终究要还，她用十几年的时间试图摆脱梦魇，终究是无法摆脱。龙城攻陷，她决定结束自己的一生，同时结束那个挥之不去的噩梦……

早晨，她用一根绳子，把自己吊死在院子里那棵桂花树上。她留下一封简短的遗书，向那十二个因自己而惨死的魂灵道歉。她的丈夫外出买早点，回来发现她已死，丈夫痛不欲生，拿出一把防身用的小手枪，在桂花树下饮弹自尽……

大约这个时刻，李兰贞走进纵队指挥部，她看到江司令正在接电话，江司令显得很兴奋，放下电话，对杜政委说："老杜！好消息！捉住一个大官！你猜是谁？"

李兰贞心头不由得一紧。杜宗磊张口道："申之剑？"

江山两眼放光，说："比他官还大——郭炳勋！"

杜宗磊笑得合不上嘴，双拳一碰说："太棒了！"

原来，昨天下午郭炳勋和副官化装成商人出城，后半夜在大沙河乘小船偷渡时，因为慌乱翻了船，副官当场淹毙，他灌了不少水，被冲到下游岸边，奄奄待毙，幸好遇上大阳山纵队一支后勤运输队，把他救活，他一醒来就承认自己是四十七军军长，口口声声感谢解放军救了他。

"但我最想要的是申之剑！"江山一拳捶在桌子上。

"是啊，活不见人，死不见尸，难不成他上天入地了？"杜宗磊困惑地摇摇头。

李兰贞走到他们面前，羞赧地一笑。江山这才注意到她，问道："哎，你笑什么？"

愣了愣，她终于憋出一句话，小声道："申之剑跑了……"

仿佛一声炸雷响起，江山和杜宗磊都是一脸的惊愕之色。指挥部里，所有人都停下手中工作，呆呆地望着她。江山摸摸脑袋，死盯着她："你刚才说什么？"

"申之剑跑了……是我放跑的……"

杜宗磊马上道："你胡说什么？"

她摇摇头："政委，是真的。"

江山突然跳起来，一巴掌拍在桌子上，震倒了两只茶碗，然后他抬起手，怒气冲冲地指着她鼻子，想说什么，张了张嘴，没说出来，颓然坐下了。

屋里死一般寂静。过了许久，江山抬起头，目光复杂地望着她，似乎想对她说："既然别人都不知道，你来说这个干吗？"

她无比愧疚地望着江山，柔声说道："我对不起组织，对不起司令员。我走了。"

她转身朝外走去，把一个孤独而落寞的背影留给了众人，就像一首结束的华章，幕布缓缓落下了……

尾　声

　　由于私自放走战犯申之剑，李兰贞被撤销纵队政治部敌工科科长一职，并被开除党籍。一九四八年底，她转业到地方，组织上按副科级别给她安排了工作。

　　一九五〇年初，她在大街上遇到了老战友杨天龙。龙城解放后，杨天龙也脱离了部队，进入龙城荣军医院长期休养，治疗伤残，他也享受副科级待遇。

　　年底，二人到区民政局办理了结婚登记手续，没举行任何仪式，像战争年代那样，两个人把铺盖搬到一起，杨天龙下厨做了两碗汤面，就这样把婚结了。

　　夜里躺在床上，她睡不着，想起十四年前第一次到大槐树，就是杨天龙把她背到江山面前的，她还忆起，罩住她脑袋的头套里有一股酸臭刺鼻的气味。小时候曾听奶奶念叨过，老家有这样一个说法——第一个背自己的男人，就是自己命中的丈夫。

　　看来她命该如此。

　　听说女儿嫁了个科级干部，而且还是个瘸子，母亲韩素君差点气晕过去，说："你嫁的什么人呀？凭你的条件，再差也得嫁个师长，对吧？你倒好！将来我和你爸靠谁照应？"

　　她笑笑说："现在新社会了，不是从前了，人人平等，不需要谁照应谁。"

　　那年在飞机场挨了张勇一枪，加上儿子立文的死，韩素君受到惊吓刺激，断断续续住了一年多的医院，脑子时好时坏，以后不管她说什么，家人尽量都让着她。

父亲余乃谦替她打圆场道："杨天龙在飞机场救过我的命，算是我的恩人，这个女婿我认！"

她想起，那年在天柱峰，杨天龙也曾替她挡了一枪，也算是她的救命恩人呢。

余乃谦只干了不到一年的解放军军长。南京解放时，有关部门缴获了保密局的档案，查到他竟然还是个军统卧底特务！这下军长没法干了，他一边喊冤写申诉，一边等待组织上的结论。由于当事人都不在，谁也说不清，后来请专家鉴定档案上戴笠的笔迹，最终认定戴的签字是伪造，这才作罢，但也不适合再带兵，遂脱离军队，按正厅级待遇安排到省政府当了一名参事。

手中无权，余乃谦心有不甘。这时候韩素君反而大彻大悟，把一切都看开了。身体渐好之后，她信奉了基督教，床头摆放着一本厚厚的《圣经》。她劝丈夫说："这世间的人，一辈子争来争去，无非是权呀、利呀、地位呀，到头来不过是一个死，有啥意思？还是当老百姓好，啥也不争，图个温饱、清净、平安就成，对不对？"

她把《圣经》上的话念给丈夫听："我们赤裸裸地来，自当赤裸裸地去，上帝会收回他给予的一切，愿上帝保佑你，阿门！"

余乃谦打个长长的哈欠说："话是这个理。可是今儿个信了，睡一觉，明儿个又忘了——人都是这样。"

一九五五年秋末的一天，在街道办担任爱国卫生运动委员会副主任的李兰贞，被叫到龙山脚下的军区大院参观。现场会结束之后，她没有马上离开，而是独自沿着营区里一条漂亮的林荫小道溜达。走着走着，总觉得路边的一栋房子眼熟，本来走过去了，却又忍不住折了回来。

她看到原先高大的门楼没了，变成了铁栅栏大门，围墙变矮了，门口的岗亭也换了样式……她懵懵懂懂地朝大门走去，从岗亭里出来一个小战士，拦住了她。

小战士警惕地问道："同志，你找谁？"

她愣了一下，恍然道："噢，我不找谁，我随便转转。"

小战士礼貌地说："对不起，这里不能随便转。"

她抱歉地冲小战士笑笑，转身就要走开，这时，只听大门里面有个熟悉的声音道："小张，是谁呀？"

小战士说："不认识。"

大门从里面拉开，一个熟悉的身影出现在门口，她身着新式军装，佩戴少校军衔，看上去十分英武。

二人对望一眼，都吃惊地张大嘴巴，同时欣喜地叫道——

"李兰贞！"

"杨淑芳！"

杨淑芳奔过来，兴奋地拉起李兰贞的手，笑着对小战士说："小张呀，这位是李阿姨，我和首长的老战友。李阿姨参加革命时，你还没出生呢！"

小张冲李兰贞敬礼道："阿姨好！"

杨淑芳热情地拉她进家。走进院子，她看到窗前的石榴树没有了，院墙边上那两棵柿子树还在，原先那里有一个旧秋千架，现在换成了新的——小时候她和立文经常在那上面荡秋千，熟悉的场景令她的眼睛微微湿润。

闲谈间她了解到，江山现在是军区副司令，不久前刚被授予中将军衔；杨淑芳现在是军区总医院的副政委，副师级；他们夫妇已经有了三个儿子——江文、江武和江斌。杨淑芳自豪地说："如果老江不反对，我还会为他江家生一串儿子！"

杨淑芳问起她的个人情况。听她说嫁给了杨天龙，杨淑芳一怔，叹口气道："也好，都是老战友，彼此知根知底。老杨是个老实人，会一辈子对你好。"听说她只定了个副科级，杨淑芳又道："你是有点亏。我呢，也亏啦！老江要是个上将，我可能就给授个中校。"

后来她了解到，一九五五年授军衔时，全军女干部只授了一个少将李贞，几个大校和上校，刘伯承元帅夫人汪荣华也仅仅授了个少校。

她笑笑说："我是犯过错误的人，要不是江司令护着，当时可能得坐牢。现在有个饭碗端着，很知足了。"

杨淑芳说："对！知足常乐。"

说起她犯的错误，杨淑芳道："老江说过，当时处理你，迫不得已。哎，你的党籍，恢复了吗？我记得老江说，找机会给你恢复。"

她摇摇头。

杨淑芳说："唉，你转到地方上，他就说不上话了，地方上的事难办。可惜啦！"

她说："没事，是我做得不好，我不够格。"

杨淑芳笑着说："你呀，总是谦虚。啥时候你再立个大功，就给你恢复党籍，给你提职！"

不久，她果真遇到一个立功的机会。

那天她到区粮管所买粮，遇到一个中年男人，那人四方脸，浓眉大眼，下巴上有一颗醒目的黑痣。听人说他是新来的华所长。她总觉得这人面熟，以前似乎在哪儿见过。回去后，她一直放不下这事，想呀想呀，终于眼前一亮，隐隐约约想起来了。

她不放心，又拉上杨天龙去了一趟。杨天龙站在一旁瞅了好一阵，也想起来了，冲她点点头。她把杨天龙打发走，来到华所长跟前，直直地望着他。华所长抬头，与她对视片刻，眼神明显地错乱，表情也很古怪慌张，下意识地摸一下那颗黑痣，脑门上沁出了细汗，支吾道："同、同志，你找谁？"

"我就找你。"她说。

华所长四下看看，说："屋里坐吧。"

她随他进入所长办公室。他慌张得厉害，给她倒热水时，有一半洒到了桌子上。她不客气地坐下，吩咐他把门关上，说："华所长，请坐吧。"

他坐在她对面，下意识地又伸手摸一把那颗黑痣，面若灰土，汗水从额角滴落。

"我提一个人，华所长或许认识。"她说。

他嘴巴哆嗦一阵，重重地叹口气，垂下头："你是余小姐……"

她点点头："天下太小，李二丑，我们又碰面了。"

那年申之剑血洗大槐树，就是他带的路。她"投降"后随申之剑回龙城，路上和他有过几次照面，紧接着他被郭炳勋下令关了起来，再以后就不知道他的下落了。

鬼子来的那一年，李二丑和苏小淘逃出龙城后，他先是回到家乡，在母亲已死房子被毁的情况下，他参加了一支八路军队伍，改名华抗战，解放后转业，先是在市粮食局工作，不久前刚下到这里当所长。

现在，他属于典型的"镇反"漏网分子，举报他，也许她就可以当科长，重新入党。

他突然想起什么，起身走到一个木柜前，掏出钥匙，打开一个抽屉，拿出一堆东西，捧到她面前。她看了看，有五枚立功奖章，一摞立功受奖的证书，还有一个第三野战军组织部颁发的三级伤残证书。

她这才意识到，自己刚才有点过于严厉，不由得冲他笑了笑。

他仿佛受到鼓舞，索性脱掉上衣，光着膀子，把胸前和后背上的三处伤疤亮给她看，又指着左肋说："这里还有一颗子弹没取出……"

然后，他呆呆地望着她，满眼都是哀求……

她居然有点肃然起敬了，感觉眼角湿漉漉的，站起身来，说："华所长，我明白了——世上早已没了李二丑，你已经赎过罪了，用你的行动。你不该再受惩罚。今天就当没这回事，好好活着，好好工作。"

说罢，她绕过他，往门口走去。

在她身后，他缓缓跪下了……

一九五七年春，上级号召党外人士向党提意见提建议，余乃谦也接到了开会通知。

他去开会前，夫人问他："你想提哪些意见？"

他哈哈一笑说："废话少说，拣重要的提。"

夫人问："哪些是重要的？"

他在家憋了太久，感觉有好多要说的话。想了想，说："以前共产党老骂国民党腐败透顶，现在我觉得，他们也有了这种苗头，一些干部比待遇，比级别，比房子，比老婆，比车子。当然了，共产党也是人，不是神，可以理解。我觉得，他们应该向我学学——我这一辈子，不爱钱，不好色，不贪不嫖，不养小老婆，男人做到这一步，不容易！"

夫人撇撇嘴说："我看你得管住自己这张破罐子嘴，现在可不是从前了。"

他拍拍脑袋，自知失言，像小孩子那样腼腆地笑笑，说："我知道，以前可以胡说，如今得改改。"

见风使舵是他的拿手好戏，这个难不倒他。那天的会议上，他没怎么提意见，一个劲地说好话。

这年年底，他被推举为省政协副主席。

他哈哈大笑，笑得喘不动气，气血翻涌，通身舒泰。夫人以前曾鄙夷他想不开，他就不明白，男人来到这个世上，不就是来争权的吗？

笑着，笑着，突然他一翻白眼，摇晃两下，扑通一声倒地，昏迷过去。

夫人费力地去扶他，说："老东西，你还是没活明白呀……"

从这以后，他就再没有站起来。

几天后，他去了城市另一角的革命公墓。

大饥荒过后的一九六三年，李兰贞和杨天龙商量，说她不想待在城里混日子，想搬到乡下去，自食其力，种田也好，养鸡也好，办个学堂当老师也行。杨天龙一切都随她，她说什么就是什么。

这时候，她的母亲韩素君已经过世，她在城里没有了牵挂。

他们决定去杨天龙的老家大槐树，听说那里前几年饿死了不少人，有大片土地撂荒。她辞去工作，他们租了一辆卡车，拉上本来不多的家当，还有三个领养的孩子，以及祖母的骨灰盒，一大早出发，傍晚就到了大槐树。

他们结婚之后，她一直怀不上孩子，去医院检查，医生告诉她，这辈子不能生育了。之前，他们已经领养了哥哥立文和嫂子蓝惠的儿子余果，她给他改名叫李未果——暗喻他是一颗未成熟的果实。这之后，又领养了两个男孩，一个是烈士子弟，父母双亡；另一个是被人遗弃在大街上的，不知其父母是何方人氏。

那棵五百年的大槐树还在，形如巨盖，有风吹来，发出絮絮叨叨的声音，仿佛一个慈祥的老婆婆，在诉说百年的沧桑。

他们在大槐树旁找了两间石头房子安了家，又在山坡上选了个地儿，葬了祖母的骨灰。

杨天龙的老家就是这个地方，当年她参加革命也是在这个地方——就当是叶落归根吧，人生画了一个圈，起点也是终点。

她想起汪默涵曾经说过，咱们闹革命，是为了让老百姓过上好日子，让他们吃饱穿暖，孩子有学上，病了有医看。回到大槐树后，她看到很多人家还住在原先的破房子里，吃了上顿没下顿；孩子没有学上，整天在山沟里钻来钻去，打打闹闹，学不到东西不说，还有危险，遂打算先办个小学校，把孩子们招进来。老杨每月有公家发给的伤残金和生活补助金，可以省出一些钱来办学，这样就把孩子们的学费都免了。

在以后的许多年里，她教书，学生由最初的十几人，到最多时的三十多人，换了一茬又一茬；老杨开垦出六亩山地种粮种菜，全家吃饭问题解决了。老杨还像以前那样，一天说不了几句话，他干活不惜力，除了种田，有空他就拖着一条瘸腿上山植树。十几年之后，四面荒山都变绿了。

在大槐树的日子，虽然艰苦，但她是称心的。

好像只有一件事情令她很不开心，久久难以释怀。

一九六六年夏天，全国开展轰轰烈烈的"破四旧"运动，有一队红卫兵打着红旗来到这里，硬说这棵大槐树也是"四旧"，因为它太老了，经历了明清两朝，是封建社会的流毒余孽，必须破掉它。

然而树太大，遮天蔽日，革命小将们不知拿它怎么办好。

有人提出点火烧。接着有人反对说，历史上它多次被烧，更是无数次遭受雷击，可它每次都死不了，这老树太顽固，生命力太强，得想个万全的法子破掉它，最好是连根拔起。

小将们开了个诸葛亮会，人人出主意想办法，最后决定先锯断，再挖根。他们弄来七八张大锯，两人一组，环绕着大树开锯，大伙轮流上，锯了两天两夜，折断了几十根钢锯条，每个人的手都磨出了无数血泡，好不容易才把它锯倒——它轰然倒地的那一刻，人们感觉整个山谷都在晃动……

挖根，又用了两天，把革命小将们累惨了，他们带着胜利的喜悦和极大的疲惫走了，没有了大槐树的大槐树，顿时让人感觉空旷了许多。

没有了大槐树的大槐树，还能叫大槐树吗？

第二年，她在大槐树的原址上，栽上了一棵小槐树苗。它活了下来，到她去世那一年，已是杯口粗，枝繁叶茂。

她是一九七八年底去世的，活了六十岁，正好是一个甲子的岁月。

她抗战前参加革命，依她的资历，逝世后可以进龙城的革命公墓。然而她却给老杨留下遗言，哪里也不去，就留在大槐树。她说，当年她跟汪先生出来参加革命，第一站是在这里，死后也要埋在这里。

她的墓碑后面，是祖母的墓，仿佛她就在祖母的怀抱里，祖孙二人永远相陪相伴。

又过了两年，杨天龙也去世了。

让人感到奇怪的是，老杨死后，没和妻子同穴埋葬。二人的墓碑并排相挨着，中间隔了一米的距离。人们猜测说，也许老杨清楚，女人心里真正所爱的男人并不是他，他配不上她，所以才没有合葬，他有自知之明。因此可以说，他是个厚道人、实在人、大好人、值得尊敬的人。

她去世大约十年之后，一辆小轿车开进了大槐树。

这时候进山已经很容易，大槐树四面的山都打通了隧道，一条省级公路穿过狭长的大槐树山谷，往南直通旅游胜地天柱峰。

小轿车开进山谷之后下了公路，向东一拐，不远处就是那棵已经长成碗口粗的槐树。小车停住，下来一老一少两个人，老人看上去七十多岁，鹤发童颜，面容清癯，西装革履，腰板挺直，戴着老花镜。

老人久久打量着粗壮的槐树，目光温润，表情肃穆。年轻人在一旁介绍说，那棵老槐树就在这个地方，据说当年国民党烧过它，没烧死；日本鬼子烧过它，也没烧死；"文化大革命"爆发那年，红卫兵把它锯倒刨根，老槐树才没了的，很可惜。

老人突然开口道："国民党烧它那一次，就是我带人来的。"

年轻人一怔，抬手扶扶近视眼镜，一脸惊讶，重新打量了一眼老人。

这位老人就是申之剑。

那年他逃出龙城，一路扮作乞丐，几经历险到了北平，后坐飞机回到南京。由于国军败仗连连，他对党国越来越失望，便没再上战场。一九四九年到台湾后，很快退出军界，成为一个商人，并和一位当地女子结了婚。

一九八七年，台湾当局开放去台老兵回大陆探亲旅游，他第一批报了名，半年之后得以成行。他在大陆已经没有直系亲人，到龙城后，他向台办的工作人员提出，想到大槐树来看看。台办的人费了好大劲才搞清楚，他所说的大槐树，不过是大阳山区深处的一个山谷，原先有过一棵树龄几百年的老槐树而已。

年轻人定定神，说："申先生，我们了解过了，现在这棵树，是一位山村女教师栽种的，她叫李兰贞，是一位老红军，十年前过世的。"

从龙城一下飞机，他就向台办负责接待他的人提出，想找一位名叫李兰贞的女士，她原名叫余立贞，她父亲叫余乃谦。余乃谦大名鼎鼎，一说人们都知道，当天就查清了李兰贞的下落，所以来这里之前，他已经知道她去世了。

年轻人叫来了大槐树村的村主任，村主任在前面带路，三人爬到一个小山坡上，一眼就看见三座小小的墓碑，普通的石头刻的，三个坟包都是黄土堆起来的。从这里往下看，是一座两层的楼房，房顶上飘扬着一面国旗。村主任指着楼房说，以前李老师就在那地方教学生，她活着的时候还没有这个楼，当时是几间石头房子。

　　村主任和年轻人到一边抽烟去了，他缓缓走到她的墓前，只见墓碑上刻着"李兰贞同志之墓"七个字，没有生平介绍。

　　他注目片刻，鞠了三个躬，然后从贴胸的口袋里，摸出一个钱夹，打开，抽出一张小小的老照片——那是她十八岁那年，他头一回到她家，她赠给他的礼物。照片上的她，那么清纯，那么典雅。照片右上角写着"十八岁留念"几个小字，年代久远，已经看不真切了。

　　五十二年来，这张照片一直陪伴着他，离他的心脏很近很近，从没有与他分离过。此刻，他默默地对她的照片，同时也对她的坟墓说："贞贞，在这个世界上，最爱你的人，是我。你是我此生唯一所爱的女人。这辈子没做成夫妻，咱们天堂里见——天堂里不会有国共之争吧？"

　　他摸出一个打火机，把照片点燃。照片很快燃尽，一缕青烟飘向空中，宛若一个远去的、谁也抓不住的魂……

　　一九七八年夏末秋初的一天夜里，她做了一个长长的梦，梦见了很多已经死去的人，有父母奶奶，有汪默涵，有罗金堂，有哥哥立文和嫂子蓝惠等人，居然还有龚黑柱，他们一个个栩栩如生，微笑着向她走来……

　　这时候她已经查出罹患癌症，自知将不久于人世，便向老杨和李未果提出，能不能带她上到东山顶去看看。她在这山窝窝里待得太久，感到憋屈得慌。

　　李未果收到了大学录取通知书，马上要到龙城上大学，他说要带妈妈到龙城去转转看看，杨叔叔也一块去——这些年来，孩子一直叫她"妈妈"，叫老杨"杨叔叔"。

　　她没有同意。她是个病人，行动不便，不想再给孩子添麻烦。李未果拗不过她，只好从生产队借了一辆手扶拖拉机，一大早拉着她上山，老杨也跟着去了。

　　山上修了简易的盘山公路，手扶拖拉机勉强能开上去。当年打仗时，站在谷底，感觉四面的山好高好高。如今上山，不觉得那么高了，一会儿就到了山顶。

　　李未果搀着她下车。在她眼里，孩子越长越像他的母亲蓝惠。她没有见过嫂子蓝惠，只见过她的几张照片，李未果的眉眼、鼻子、下巴，像极了他的亲生母亲。

　　这些年，李未果常常让她想起汪默涵。汪就是因为深爱他的母亲蓝惠（汪默涵叫她岚岚）不能自拔，才决绝地与她说再见。她的命运之波澜，一切都是因汪而起；李兰贞这个名字，似乎也与李雅岚有关。

说到底，是因爱而起。

人生的磨难与毁灭，往往不是由于恨，而是由于爱，就仿佛汪默涵之于岚岚、申之剑之于贞贞、余立文之于李雅岚、她之于汪先生。爱情就像一把火，可以给人温暖，给人光明，也可以把人烧焦。爱是危险的，尽管如此，还是有那么多的人不顾生死，飞蛾投火一般，把自己置于绝境。爱与恨，有时只在一念间，天堂与地狱，就像左手与右手，每天都不离你左右……

爱也罢，恨也罢，只要爱过，就知足了。世界需要爱，不需要恨。

爱情、革命，都是浪漫的事，也蕴含着无尽的沧桑。但这一生，她不后悔。她出来革命，不是为了占有，不是为了争夺，而是为了寻找爱，为了化解恨。这一生，一切经历如梦似幻，得之我幸，失之我命，她不想有任何的抱怨。

过往的光荣，不会灰飞烟灭。

她站在山巅，久久地望着东方喷薄而出的太阳出神。起风了，她伸手到怀里，摸出一个十分陈旧的笔记本，打开，从里面捏出一样东西。李未果和老杨都看清了，是一根蓝色的羽毛。

十八岁那年秋天，她从家里偷跑出来，跟汪先生私奔进山，途中，清晨，也是这样的时刻，山洞门口一棵高大的核桃树上，两只漂亮的鸟儿在嬉戏亲昵。她跑出来欣赏它们。它们受惊飞走时，抖落了这片羽毛，她伸手接住了它。

许多年过去，她把几乎所有的东西都丢掉了，唯有这根蓝色的羽毛，一直没有丢，夹在汪先生送给她的一个笔记本里。

阳光明媚，清风浩荡。她像个淘气的孩子那样，微笑着举起那根羽毛，手一松，羽毛飞起来。它飘呀，飘呀，飘呀，一直飘向未知的远方……

2017 年 4 月北京